카모르트

가넬로크

하얀 늑대들

White Wolves

IX

윤현승 장편소설

제우미디어

윤현승

1978년생. '다크문'으로 1999년부터 작품 활동을 시작해 이후 '하얀 늑대들',
'라크리모사', '뫼신사냥꾼' 등을 출간했으며, 2019년 현재 온라인에서
'이스트로드 퀘스트'를 연재하는 등 활발한 활동을 이어가고 있다.

하얀 늑대들·IX

초판 1쇄 | 2019년 07월 10일
초판 6쇄 | 2024년 07월 17일

지은이 윤현승
펴낸이 서인석 | **펴낸곳** 제우미디어 | **출판등록** 제 3-429호
등록일자 1992년 8월 17일 | **주소** 서울시 마포구 독막로 76-1 한주빌딩 5층
전화 02-3142-6845 | **팩스** 02-3142-0075 | **홈페이지** www.jeumedia.com

제우미디어 트위터 twitter.com/Jeumedia
제우미디어 페이스북 facebook.com/jeumedia
제우미디어 네이버 포스트 post.naver.com/jeumediablog

ISBN 978-89-5952-619-2
       978-89-5952-610-9 (set)
• 파본은 구입하신 서점에서 교환해드립니다.

만든 사람들
출판사업부 총괄 손대현 | **편집장** 전태준 | **책임 편집** 성건우
기획 홍지영, 박건우, 장윤선, 안재욱, 조병준
디자인 총괄 디자인그룹 헌드레드 | **영업** 김금녕, 권혁진

4부

죽지 않는 자들의 군주

차례

♦
♦
♦

✦Chapter 12✦
하늘 산맥에서 온 원군

라이는 지붕에 앉아 드래곤 기사단 건물 내에서 이동하는 사람들의 움직임을 구경하고 있었다. 사실은 로크 시내를 돌아다니거나 다른 곳을 구경하고 싶었지만 여기서는 방향을 잡을 수가 없었다. 인간이 나무를 보고 방향을 잡지 못하듯 레미프도 건물이나 도로를 지표로 삼는 게 힘들었다. 라이도 마찬가지였다.

라이는 건물과 건물 사이로 걷는 제이메르를 발견했다. 카셀이나 타냐와는 달리 그와는 별로 할 얘기가 없었다. 그 두 사람과도 딱히 할 얘기가 많은 것은 아니었지만 적어도 그들은 라이를 가만 내버려 두지 않았다. 라이는 두 사람의 얘기를 듣는 게 좋았다.

하지만 같이 있어도 할 얘기가 없고 들을 얘기도 없는 제이와도 딱히 심심하지는 않았다. 가끔 하는 검술 훈련도 재미있었다. 대체 왜 '훈련'이란 것을 해야 하는지는 잘 모르겠지만.

제이는 많은 기사들이 빠져나가는 바람에 휑한 건물 여기저기를 돌아다니고 있었다. 중요한 임무 때문은 아닌 모양이었다. 라이가 보기에 제이가 중요한 순간은 옆에 카셀이나 타냐가 있을 때뿐이었다.

제이는 라이가 있는 주방 쪽 건물로 걸어왔다.

'나한테 오는 건가?'

제이는 그냥 주방으로 들어가 시야에서 사라졌다.

'아니었군.'

잠시 후 지붕 밑으로 제이의 목소리가 들렸다.

"감자."

"누, 누구요!"

아까부터 계속 감자를 깎으며 '나한테 이런 일만 시키다니' 하고 투덜대던 어린 요리사의 목소리였다. 제이의 대꾸가 한 번 더 들렸다.

"감자."

정체를 물었는데 감자라는 대답을 얻은 어린 요리사는 위협하는 목소리로 말했다.

"함부로 들어오시면 아니 되오! 여긴 드래곤 기사단의 소유지며……."

"드래곤 기사단의 주방이겠지. 삶은 감자 하나만."

그 뒤로는 아무 말도 돌아오지 않았다. 잠시 후 제이는 감자 두 알을 손에 쥐고 도로 나왔다. 유심히 내려다보고 있는데 갑자기 그가 라이를 향해 고개를 휙 돌렸다. 꽤 먼 거리였지만 그는 금방 라이를 알아보았다.

"라이냐?"

제이의 목소리가 밤공기를 쩌렁쩌렁 울렸다.

"나다."

라이가 대답했다.

"뭐 하냐?"

"구경."

제이는 뭔가 고민하는 듯하더니 말했다.

"얘기 좀 하자."

"올라와라."

"올라간다."

제이는 감자를 입에 물고 기둥을 딛고 뛰어올라 지붕의 끝을 잡았다. 팔 힘만으로 몸을 끌어올려 매달려 올라가는 것을 보고 라이가 손을 내밀어 주었다. 제이는 거절하지 않고 그의 손을 잡고 지붕 위로 올라갔다. 그리고 라이가 앉아 있는 자리 옆에 섰다.

"딱 좋은 전망이군."

높은 곳을 무서워한다더니 이 정도 높이는 괜찮은 모양이었다. 제이는 감자를 먹으며 말했다.

"카셀이 너 걱정하더라."

"무슨 걱정?"

"너 외롭지 않을까 하고. 카셀도 바쁘고, 타냐도 바쁘고, 시간 좀 남는 나는…… 뭐, 하여간 그렇다. 혼자서, 안 심심해?"

"사람 구경, 재밌다."

라이는 제이가 볼 수 없는 먼 곳을 손가락으로 가리켰다. 두 아낙이 빨래 너는 위치를 놓고 싸우고 있었다. 곧 세상의 운명을 결정짓는 전쟁이 이 도시에서 벌어져도 빨랫줄 소유권은 중요한 모양이었다. 제이는 뭐가 재미있다는 것인지 도통 알 수 없다는 눈으로 시큰둥하니 말했다.

"그러냐?"

제이가 그런 말만 하고 입을 다무는 것에 라이는 익숙해졌다. 라이는 빨랫줄 쟁탈전의 결과가 어찌 될지 흥미진진하게 구경했다. 마침내 양쪽 집안 남편들이 등장했다. 두 남자가 여인들의 문제를 해결하는 건가 싶었지만, 오히려 싸움이 더 커졌다.

옆에서 제이가 칼을 뽑았다. 싸움 구경을 미루고 돌아보니 제이는 뺀 칼을 라이에게 내밀고 있었다.

"뭔가?"

라이가 물었다.

"가져."

제이가 말했다.

"왜?"

"너, 칼 없잖아."

"그래서, 네 칼을?"

"이 칼 좋아."

"무슨, 뜻인가?"

"그러니까…… 너 정도 실력자가 아무 칼이나 갖는 것도 우습고……."

제이는 적절한 이유를 붙이려다 말고 막무가내로 들이밀었다.

"그냥 주면, 그냥 가져라."

라이는 한참이나 제이의 손을 바라보다가 칼을 잡았다. 제이는 벨트를 풀어 칼집도 내주었다. 라이는 칼집도 받았다. 하지만 묶는 방법을 몰라 그냥 들고만 있었다. 그러자 제이는 직접 그의 허리에 칼집을 달아주었다.

"근사하군."

제이가 뿌듯해하며 말했다. 라이는 몸에 뭔가를 치렁치렁하게 매달고 싶지 않았지만, 근사하다고 말해주니 기분이 나쁘지는 않았다.

"하나 묻자."

제이가 말했다.

"물어라."

"어떻게 카셀한테 합류한 거냐?"

감옥에서 눈을 떴을 때 카셀이 있었다. 그 순간 카셀이 나타났다는 사실 외에는 거의 아무것도 기억나지 않았다. 카셀이 자기 옆에 서라고 했을 때 묘한 기더의 끈이 느껴진 것 외에는.

"……기억, 잘, 안 난다."

"기억도 안 난다면서 지금은 왜 있어? 하던 거니까 마저?"

제이가 계속 물었다.

카셀의 옆에 있으면 수많은 전투를 경험한다. 모즈와 싸우고 드래곤과 대립하고 마법사를 만났다. 이제 더 강한 적과 싸우게 될 것이고 그것은 아주 기쁜 일이다. 그러나 반대로 적의 편에 서면 제이와 싸울 수 있게 되고 로핀, 타냐와도 싸울 수 있다. 그렇다면 적의 대장이 자신의 편에 서라고 하면 섰겠는가? 그렇지는 않았다.

"왜, 그걸, 묻는가?"

라이는 자기 안에서 해답을 낼 수가 없어 오히려 반문했다.

"이상하니까. 내가 보기에 너라는 녀석은…… 카셀의 말을 듣고, 카셀의 말을 따르는 게 이상하니까. 그러니까 내 말은, 그게 어울리지 않으니까, 그런 게, 너는……."

제이는 머쓱해서 머리를 긁적였다가 괜히 침을 뱉었다.

"아니다. 생각해 보니 다 이상하네. 카셀 옆에 있는 녀석은 다."

"너, 이상하다."

라이가 말했다.

제이는 조금 어처구니없어하며 말했다.

"그래. 나도 포함해서 이상하지."

"아니, 이상하다."

라이는 제이가 직접 채워 준 칼을 뽑아 내리쳤다. 제이는 갑자기 내리치는 검을 무리 없이 막았다. 그가 충분히 막을 수 있을 정도로 휘두르긴 했으나 이런 걸 아무렇지도 않게 막는 건 대단했다. 여태까지 그런 레미프는 거의 없었다.

"뭐야, 이 자식! 갑자기 공격해?"

진검을 휘두른 점에 대해서는 역시나 화를 냈다. 하지만 라이는 칼을 내리지 않았다. 내리고 싶지 않으니까.

"이상하다……, 너의 검. 너의 기술. 처음 본다."

"굳이 칼 휘두르면서 말해야 하는 거냐, 이건?"

제이는 화를 냈다.

"처음 본다. 너처럼, 센 녀석……."

라이는 한 번 더 반복해 말했다.

"처음 본다."

제이도 슬슬 싸울 준비를 했다. 진검을 들고 연습한 적은 한 번도 없었다. 항상 목검이나 나무 막대로 대신했다.

제이는 항상 졌지만 매번 대단한 공격을 보였다. 패배의 두려움도 없었다. 지금도 진검을 들고 위협하는데도 그는 긴장하지 않았다.

"카셀, 내게 말했다."

라이는 자세를 잡지 않고 제이를 겨냥했다. 제이도 특별한 자세는 잡지 않았다. 이런 싸움은 처음이었다. 누구든 칼을 잡으면 자세를 잡는데, 제이는 아니었다.

"옆에 있으면, 강한 녀석, 얼마든지 만난다……, 그렇게 말했다. 싸움……, 나의 기더다."

라이는 항상 생각했다.

'목검을 든 제이메르는 나를 이길 수 없다. 그러나 진검이라면 전혀 다른 싸움이 될 것이다. 제이메르는 나보다 약하다. 그러나 나를 죽일 수 있다.'

카셀의 말이 떠올랐다. 제이는 사냥꾼이라고.

"말해, 다오. 지금, 넌, 무슨 생각, 하는가?"

제이는 갑작스러운 공격에는 유연하게 대응하지만 갑작스러운 질문에는 전혀 대응하지 못했다. 이럴 때 공격하면 참 쉽게 이길 수 있겠구나 하는 비겁한 생각마저 들었다.

"내 생각? 그걸 어떻게 설명해?"

제이가 당황하며 물었고 라이는 고개를 끄덕였다.

"그래도, 해, 다오."

제이는 힘들게 설명했다.

"좋아. 너와 나는 지금 반걸음 떨어져 있다. 방금 한 걸음이 되어 버렸지만. 이런 싸움을 한 건 아란티아에서 퀘이언과 아이린밖에 없었다."

퀘이언과 아이린이 누군지도 설명해 주지 않고 제이는 말을 이었다.

"이럴 때면 난 머릿속에 초원을 그린다. 그리고 토끼를 떠올리지. 토끼는 나고 호랑이는 너다. 너랑 싸우면 항상 난 싸우기도 전에 물려 죽은 기분이다. 지금도 진짜로 호랑이한테 물린 것 같다. 숨을 잘 못 쉴 정도야."

앞뒤 인과 관계 없이 대뜸 요점부터 말하는 제이의 설명법은 익숙해지기 힘들었다.

'걸음이 뭘까? 토끼와 호랑이는 어떤 동물이지? 카셀이라면 더 자세히 설명해 줬을 텐데.'

제이가 물었다.

"그럼 너도 설명해 봐. 나는 네 안에서 어떻지?"

"나의 기더, 에 있지 않은 자. 나보다 약한 자. 그러나, 날 죽일 수 있는 자."

공교롭게도 라이 역시 제이처럼 설명할 수밖에 없었다.

"뭔 소리인지 하나도 모르겠다! 그래서 내가 너보다 약하다는 거야, 강하다는 거야?"

제이는 또 화를 냈다. 라이가 보기에 그는 딱 두 개의 감정만 가지고 있는 것 같았다. 우울해하거나 화를 내거나. 어린아이처럼 단순했다.

"혼자, 답 찾아라. 넌…… 나, 도, 이길 수 있다."

라이는 그렇게 설명하고 칼을 접었다. 제이는 목을 쓰다듬으며 물러났다.

"못된 녀석. 방금 먹은 감자가 체하는 것 같잖아. 카셀한테는 이런 거 하지 마라. 걘 죽어."

"안 한다."

라이는 칼을 집어넣고 빨랫줄을 놓고 벌어진 신경전을 마저 구경하기 위해 목을 길게 뺐다. 하지만 이제 그곳엔 아무도 없었다. 아직 어느 쪽 빨래도 널려 있지 않은 걸 보니 휴전인 모양이다. 더 재미있는 싸움이 벌어질까 싶어 계속 기다렸는데, 남쪽 성문에서 먼저 요란한 일이 벌어졌다. 라이는 잠깐 상황을 지켜보다가 너무 멀어서 제이의 눈에는 보이지 않는다는 사실을 떠올리고 설명했다.

"남쪽 성문, 누가, 온다. 거기, 카셀, 있다."

"그래?"

제이는 아직 칼에 대한 얘기를 더 하고 싶은 기색이었다. 하지만 미련을 갖진 않았다.

"가 봐야겠다."

벌써 성문이 열릴 테니 지금 가면 늦을 것이다. 그래서 라이는 손을 내밀어 제안했다.

"내가, 데려다줄……."

"싫어!"

제이는 지붕에서 뛰어 내려가 버렸다. 왠지 여기 혼자 남는 것이 싫어져서 라이는 남쪽 성문을 향해 날아갔다. 성문으로는 거의 이백여 명이 한꺼번에 들어오고 있었다.

'우그······.'

하늘 산맥 아닌 곳에서 만난 첫 번째 우그의 이름은 아직 인간의 언어를 익히지 못한 라이가 발음하기 너무 까다로웠다. 그래서 라이는 그냥 그를 우그라고 불렀다. 그 남자 역시 라이를 이름으로 부르지 않고 레미라고 불렀다. 그래서 이름은 기억할 수 없게 되었다.

'어쨌든 날 믿어. 이거 하나만 기억해! 네가 날 버리지 않으면 나도 널 절대 버리지 않아. 알았지, 레미?'

라이는 어렴풋이 떠오르는 그의 얼굴에 대고 50년이나 반복해 온 질문을 또 한 번 하고 있었다.

'왜 돌아오지 않나? 난 아직도 기다리고 있다. 그사이 아이를 가졌다면 그 아이에게 내 이야기를 해 주지 않았나? 내게 보내라. 이번에는 내가 하늘 산맥을 여행시켜 주겠다. 기다리고 있다. 여기 레미가 널 기다리고 있다. 아직 어딘가에 살아 있다면 대답해라.'

라이는 성문이 더 가까이 보이는 자리에 착지했다. 그런 생각을 하면서 날아와서인지 힘이 빠졌다. 고개가 숙여지고 날개도 축 늘어졌다.

'내 이름은 카셀이다.'

처음 라든의 감옥에서 만났을 때 카셀은 그렇게 말했다.

'내게 와 줘서 고맙다, 라이.'

라이는 지금이라도 그에게 묻고 싶었다.

'정말 고마우냐, 카셀?'

제이가 남쪽 성문 앞에 도착했을 때 카셀은 벌써 하얀 늑대들을 맞이하고 있었다.

"아즈윈! 던멜! 로일!"

카셀은 성문이 열리자마자 달려가 안으로 들어오는 세 명을 한꺼번에 끌어안았다. 그 모습을 보자, 제이는 얼결에 성문 근처로 와 버린 것이 조금 후회됐다. 그가 낄 수 있는 자리가 아니었다. 앤발디에서 구출된 주민들이 먼저 로크에 도착해 있는 가족들과 눈물로 상봉하는 현장에 멀뚱히 서 있는 것도 민망했다.

제이는 문득 시선이 느껴져 위를 올려다보았다. 지붕 위에 라이가 있었다. 하지만 땅으로 내려오지는 않았다.

'저 녀석, 왔네. 그런데 왜 저런 곳에? 아, 저 녀석도 아는 사람이 없나?'

라이가 아는 하얀 늑대라고 해봐야 기껏해야 타치셀에서 만난 아즈윈 정도일 테지만, 녀석의 성격에 굳이 내려와 아는 척할 리는 없었다. 멀어서 라이의 얼굴 표정을 알아볼 수 없지만 소외당한 분위기를 풍기고 있었다. 그건 제이도 마찬가지라 여전히 멀찌감치 떨어진 자리에서, 열심히 세 사람에게 떠드는 카셀의 뒷모습만 바라보았다.

그때 세 사람 틈으로 아이린이 보였다. 제이는 팔짱을 낀 손에 힘을 꽉 주었다.

'어서 오십시오, 마스터.'

제이는 누구보다 앞에 서서 아이린을 맞이하고 싶었다. 하지만 차마 그렇게 하지 못하고 뒤에서 안절부절못하고 서 있기만 했다.

"마스터 아이린께서 오실 줄은 몰랐습니다. 정말 큰 힘이 될 거예요."

카셀은 아이린을 세 사람 이상으로 반겼다. 그녀는 웃으며 손을 내저었다.

"애들 무기 전달해 주고, 하늘 산맥에서 여기까지 길 안내해주러 온 거야, 캡틴. 나머지는 너희들이 해야지."

카셀이 그녀와 이야기를 주고받는 사이 드래곤 기사단이 성문을 통과해 제이의 옆으로 지나갔다. 제이는 그들 틈에서 브란더를 발견했다.

"여어, 살아 있었군."

제이는 팔짱 낀 채로 고갯짓만 해서 인사했다. 내심 그가 살아 돌아온 것이 기뻐 당장 말에서 끌어 내려 포옹이라도 하고 싶었지만 그 정도로 끝냈다. 브란더도 제이를 발견하더니 한 손을 들어 보이기만 했다.

"피곤해 보인다?"

"개선하고 돌아온 건 아니잖나?"

"들었다. 캡틴 데라둘이⋯⋯."

제이는 위로하려다 말았다.

"뭐, 어쨌든 잘 살아 돌아왔다, 브란더."

"고맙다."

브란더는 짧은 미소만 보이고 다른 동료들을 따라갔다. 제이는 브란더의 등을 시선으로 좇다가 다시 카셀 쪽으로 고개를 돌렸다. 그러자 벌써 아이린이 앞에 와 있었다.

"이 녀석, 내가 왔는데 여기서 모른 척 딴 데 보고 있어? 예의가 안 되어 있다."

"아…… 저, 오셨습니까?"

제이는 어색하게 고개를 숙여 인사했다.

"아니, 아니잖아, 제이메르. 나와의 인사는 이걸로 정하지 않았어?"

아이린은 제이를 강제로 세게 끌어안았다. 제이는 당황하면서도 그 포옹을 거절하지 않았다. 차마 하지 못했던 것을 먼저 해준 것에 차라리 안도했다. 그녀는 제이의 등을 토닥거리면서 길게 숨을 내쉬었다.

"아아, 역시 젊은 남자의 가슴이 좋구나. 좋아, 좋아. 잘 지냈어, 내 제자?"

"예, 마스터."

아이린은 포옹을 풀었지만, 제이의 허리는 계속 한 손으로 안고 있었다. 그녀는 카셀에게 물었다.

"어이, 캡틴. 가넬로크 의회 의원들은 어디 있나? 할 말이 잔뜩 있어."

"지금 오고 계실 겁니다."

카셀이 다가와 말했다. 카셀의 옆으로 아즈원과 로일, 던멜이 따라왔다. 제이가 살짝 손을 들어 세 사람에게 인사했다. 로일과 던멜도 같이 손을 들었다. 로일은 여전히 건강해 보였으나 던멜은 초췌해 보였다. 루티아에서 죽다 살아났는데 여기까지 그 먼 여정을 버틴 것만도 대단한 일이었다. 아즈원은 제이에게 별 관심 없는 눈빛이었다. 제이도 그녀를 보는 둥 마는 둥 했다.

아이린이 주변 소음을 이겨내려고 큰 소리로 말했다.

"이 성 수비대장 좀 불러줘. 적이 남쪽을 완전히 장악했다. 우리도 오다가 들켜서 위험할 뻔했어. 지금 당장 방어 준비를 하라고 전해. 오늘 밤에라도 쳐들어올 것 같다."

"그거라면 타냐에게 먼저 말해야 할 겁니다."

"마스터 타냐?"

"예. 아로크의 탑을 작동시켜 모즈 군대를 막을 겁니다."

"흥미로운 얘기를 하는군. 자세히 설명해 봐."

카셀은 다른 세 사람과의 재회를 오래 즐기지도 못하고 아이린과 함께 떠났다. 제이는 당연하다는 듯 마스터와 카셀을 따라가려다 멈췄다. 하얀 늑대들 셋은 그대로 있었다. 제이는 조금 당황했다. 셋에게 '너희들 카셀 안 따라가?' 하고 묻는 것도 바보 같아 보여 관뒀다. 힐끗 위를 올려다보니 라이도 어디로 갔는지 보이지 않았다.

요새 들어 자주 벌어지는 일이 또 벌어졌다. 제이는 있을 자리를 찾을 수가 없었다. 카셀은 정신없이 바빠서 같이 맥주 한잔 마시지 못했고 타냐는 아예 탑에 처박혀 있으니 마주칠 일도 없었다. 방금 전 라이를 만났어도 잠깐뿐이었다.

'전쟁이 벌어지면 나한테 할 일이 생기기나 하는 건가? 군대와 군대의 싸움이라면 군사 훈련도 안 받은 나 같은 녀석은 별 도움이 안 될 텐데.'

싸움이 벌어지면 로크의 병사들 사이에 섞여, 같이 싸우면 그만이라고 생각해 왔다. 그런데 지금은 그러기 싫었다. 그곳은 '그의 자리'가 아니라 아무나 있어도 되는 자리였다.

'빌어먹을, 내가 언제부터 그런 거 따졌다고?'

아이린의 옆도 그의 자리는 아니었다. 방금 따라가지 않기를 잘했다. 어려운 마법 설명과 별 관심 없는 작전 지시만 나열될 자리에 멀뚱히 서 있어 봐야 바보가 된 기분만 느낄 것이다.

"술이나 마시러 가자."

제이는 휙 돌아서며 말했다. 그냥 입에서 목소리가 샌 것일 뿐, 누구를 지목해서 말한 건 아니었다. 그런데 뜻밖에도 대꾸가 돌아왔다.

"나도."

아즈윈이었다. 하늘 산맥 레미프들의 도시 타치셀에서 만난 뒤로 처음 만난 건데 그녀는 잘 아는 사이라도 된 것처럼 자연스럽게 제이의 팔을 잡아끌었다. 여전히 표정은 무관심했는데, 손길은 다정했다. 제이는 그게 굉장히 어색하고 괴이하게 느껴졌다.

"빨리 안내해. 지금 맥주를 마시지 않으면 죽어 버릴 것 같으니까."

아즈윈은 말하면서 재촉했다. 로일과 던멜도 그의 뒤를 따랐다.

"뭐야, 너희들?"

제이가 물었다.

"뭐가?"

아즈윈은 찡그린 얼굴로 되물었다.

제이는 그녀의 손길을 뿌리쳤다.

"그러니까 술집 같은 데 갈 시간이 아니잖아. 그러니까, 내 말은, 너희들 말이야! 너희들은 술 마시면 안 되지! 로크 의회라거나 작전 지시라거나 경비대 같은 데를 가야지!"

"뭐야, 이거? 생각보다 재미없는 놈이었잖아. 그렇게 안 생겨 가지고."

아즈윈은 놀리더니 혼자 앞장서며 중얼거렸다.

"그런 데는 너나 가시던가. 우리끼리 가자."

하늘 산맥에서 온 원군

로일이 아즈윈을 뒤따르면서 제이에게 말했다.

"고새 지휘관 자리에라도 올랐나, 제이메르? 규칙이라도 지키게?"

로일이 지나치고 던멜도 뒤따라갔다.

'어? 이거 굉장히 기분 나쁜데? 저놈들, 방금 날 착한 어린애 취급했어!'

제이는 큰소리로 셋을 불러 세웠다.

"거기가 아니야!"

막 아무 술집에나 들어가려던 셋이 돌아섰다. 제이는 엄지로 등 뒤를 가리켰다.

"로크에 있는 술집은 다 다녀 봤지만 맥주는 이쪽 집이 최고다. 따라와."

"진작 그럴 것이지."

아즈윈은 가까이 다가오더니 손을 내밀었다.

"팔짱 껴 드릴까, 제이메르 기사님?"

"지랄하고 있네. 따라오기나 하시지!"

"어머, 애 좀 봐? 언제 봤다고 앙탈이야?"

로일이 웃지 않았다면, 제이는 그녀가 시비 거는 걸로 착각했을 지경이었다.

아즈윈은 신난 척하면서 제이메르를 끌고 술집에 들어왔지만 전혀 흥은 나지 않았다. 세 남자 모두 생각이 많아서 그런지 억지로 감정을 고조시키는 아즈윈의 웃음에 장단을 맞춰 주지 않았다.

던멜과 로일은 아즈윈이 억지로 이러는 걸 알고 있는 눈치였다. 아무것도 모르고 뭔 술을 그렇게 빨리 마시냐고 타박하는 제이메르가 차라리 지금의 그녀에게는 편한 상대였다. 하지만 그녀는 일부러라도 제이메르에 대해 관심을 껐다. 들은 말이 있어서 그런지 녀석을 대하면 게랄드의 죽음이 저절로 떠올라 버렸다.

'앞으로도 가까이 두지 않는 게 좋겠어. 자칫하면 엄한 애한테 화풀이를 하게 될 거야.'

어째서인지 던멜도 제이와 인사 이상의 대화는 시도하지 않았다. 로일만 그저 그동안 카셀을 잘 지켜 주었다는 겉치레 인사를 해 줄 뿐이었다.

짧은 기간이었지만 카셀이 떠난 후, 타치셀에는 많은 일이 있었다. 레미프들은 인간보다 사고방식이 복잡하고 수명이 길어서인지 얽히고설킨 문제를 간단하게 해결하려고 들지 않았다. 로핀은 무려 사—크나딜이라는 드래곤을 대동하고도 프보에 레미프들 간에 벌어진 갈등을 봉합하지 못했다. 크나딜은 답답해하는 로핀에게 조언했다.

'너와 내 할 일은 여기까지다. 나머지는 레미프들 스스로 하게 두어라.'

크나딜은 조만간 다시 올 것을 기약하고 타치셀을 떠났다. 아즈윈도 서둘러 레미프들의 일을 정리하고 가넬로크로 떠나고 싶었다. 하지만 일이 이렇게 되자 로핀은 타치셀을 떠날 수가 없게 되었다.

'나도 초조하다만 너까지 그러진 마라, 아즈윈. 하늘 산맥의 시간은 초조한 자에게는 빠르게, 느긋한 자에게는 느리게 가니까.'

로핀은 위로했지만 오히려 역효과였다. 카셀을 따라가고 싶은 마음이 드는 낮에는 하는 일도 없이 시간이 너무 빨리 지나가 버렸고 게랄드가 생각나는 밤에는 너무도 천천히 갔다. 세르메이는 론틀로스와 함께 자기네 나라로 돌아갔고, 아즈윈은 뭘 할지도 모르고 마냥 기다려야 했다.

그때 구원자처럼 아이린이 등장했다. 딱 한 번만 만나 봤으면 원이 없겠다며 꿈에도 중얼거렸던 사람이었는데도, 아즈윈은 의외로 기쁘지 않았다. 그저 선배의 갑작스러운 등장으로 뭔가 달라졌다는 것을 직감했을 뿐이었다.

아이린이 데려온 사람은 다름 아닌 로일과 던멜이었다. 원래 예정은 던멜이 부상에서 회복되어 걸을 수 있게 되면 로일과 함께 아란티아로 돌아가는 것이었는데 아이린이 루티아에 나타나 경로를 바꾼 것이었다.

'그래서 둘을 가넬로크로 데려가시는 길이군요. 그것도 저까지 데리고 가려고……'

아즈윈이 말했다.

'응. 하늘 산맥을 통과하는 게 훨씬 빠르니까.'

아이린은 당연하다는 듯 대꾸했다.

'혹시 여왕님께선 하늘 산맥에서 벌어진 사태를 다 알고 계시는 건가요?'

'적어도 짐작은 하고 계시지.'

아즈윈이 모르는 곳에서, 심지어 로핀도 모르는 곳에서 일이 전개되어 가고 있었다. 루티아에서는 나디우렌이 움직였다는 사실을 알아냈으며 레미프들도 하늘 산맥에서 벌어진 무서운 일이 아크랜드로 옮겨 가고 있음을 알았다. 라든이나 란도르 같은 즈비 레미프 도시들은 인간들을 돕고 싶어 했다. 그러나 크나딜은 하늘 산맥의 무녀들을 통해 신탁으로 명령했다.

'너희들의 자리를 비우지 말라.'

실제로 하늘 산맥의 모즈들과 익셀런 제1기사단은 가넬로크로 떠났지만 카구아들은 여전히 하늘 산맥을 돌아다니고 있었다. 병력을 인간에게 내주면 자칫 카구아 한 마리에게 레미프 마을이 전멸할 수도 있었다.

'우리 셋이 여기 오는 사이에도 카구아들을 만났다. 괜한 싸움을 벌이지 않으려고 피했지만 놈들은 아직도 루티아를 노리고 있고 레미프들의 도시 근처를 배회하고 있어.'

아이린의 말에, 아즈원은 의아해하며 물었다.

'어째서 그 엄청난 것들을 가넬로크로 데려가지 않은 걸까요? 모즈들 천 마리보다 카구아 한 마리가 전쟁터에서 더 유용하게 쓰일 텐데요.'

'카구아라는 존재를 만나 보지 못한 인간들의 사기를 떨어트리기에도 적절하겠지.'

아이린이 말했고, 로핀이 분석했다.

'빅터가 그런 걸 몰라서 하늘 산맥에 카구아를 남겨 놓은 게 아니야. 목적이 있을 것이다. 그렇기에 크나딜께서는 레미프들에게 자리를 비우지 말라는 신탁을 내리신 거고.'

즉, 하늘 산맥의 싸움도 아직 끝난 게 아니다. 그래서 로핀은 하늘 산맥에 남기로 결정했다.

'나는 크나딜의 명령을 기다리겠다. 너희들끼리 먼저 가넬로크로 떠나라.'

결국 아이린과 아즈원, 던멜, 로일은 로핀을 두고 타치셀을 떠났다. 숲을 걷는 내내 아즈원은 아무 말도 하지 못했다. 특히 아이린이 르고의 무기를 내줄 때는 참고 참았던 울음이 터지는 줄 알고 혼났다.

'로일과 던멜 너희들 칼은 제이메르가 갖다 줬지? 활은 안 가져갔더구나. 받아라, 던멜. 그리고 이건 아즈원 네 거다. 방패와 칼. 칼날의 무게감이 앞으로 쏠리게 만들었더구나. 너한테는 그게 맞는다고 생각하셨나 봐. 방패는 예전 것이 워낙 잘 만들어졌던 거라 이번 것도 거의 같게 만들었대. 그리고 이건……, 주인이 없구나.'

마지막으로 꺼낸 것은 게랄드의 도끼였다. 예전 것과 디자인이나 크기는 같았으나, 다른 재료를 썼는지 날이 별빛처럼 반짝이는 것만 달랐다.

'제가 주인이에요. 저한테 주세요.'

아즈원은 눈물이 나려는 걸 겨우 참고 요구했다. 아이린은 이유를 묻지 않았다. 마치 무거운 거 대신 들어 줘서 고맙다는 듯 선뜻 내주었지만 일부러 화제 삼지 않으려는 것이 눈에 보였다.

하늘 산맥을 막 벗어날 무렵에 나타나 준 것이 바로 레-가넬-란도르, 아침의 드래곤이었다. 가넬은 크나딜의 명령을 받고 날아왔다며, 넷을 태우고 단숨에 아크랜드를 가로질렀다.

리마 성의 위험을 발견한 것도 가넬이었다. 가넬은 자칫 이곳에서 구아닐을 만나면 자신은 물론이고 성에 갇힌 사람들이 위험할 수 있다며 신중을 기했다. 넷은 먼저 리마 성으로 달려가 대기하고 아이린이 성을 칼의 마법으로 보호한 다음에야 가넬은 불을 뿜었다.

아이린이 나르베니 집정관을 베면서 리마 성의 싸움은 끝났다. 하지만 그녀는 방심하지 않았다. 자칫 여기에서 구아닐과 러스킨, 빅터를 만나면 원치 않은 전투가 벌어질 수 있다며 걱정했다. 다행히 피난민들을 수습해 로크로 올 때까지 구아닐은 나타나지 않았다.

'나타났으면 좋았을 텐데.'

맛도 잘 느끼지 못하면서 맥주를 석 잔째 비운 아즈윈은 불쑥 그런 생각이 들었다.

묵직하게 등을 잡아당기는 도끼의 무게감이 느껴질 때면 그녀는 그날의 일이 떠올랐다. 게랄드는 모든 것을 떠넘기고 가 버렸다. 울프 기사단의 의무도, 둘만의 사랑도.

게랄드는 구아닐과 싸우겠다는 각오로 아즈윈을 구하려고 나타났다. 단지 그 자리에 구아닐이 아니라 네이슨이라는 남자가 있었을 뿐. 만약 그 자리에 나타난 게 구아닐이었더라도 게랄드는 같은 일을 해냈을 거라고 믿었다.

'그러니까 게랄드가 남기고 간 그 일은 내가 해야겠어.'

로핀이나 아이린의 생각은 전혀 달랐다. 그들은 드래곤을 상대하는 것은 드래곤이거나 마법사여야 한다고 생각했다. 자고 있는 것도 아니고, 하늘을 날고 수백 명을 쓸어버리는 불을 뿜는 드래곤을 탁 트인 공간에서 잡는 것은 불가능하니까. 그래도 아즈윈은 그러기로 결심했다. 게랄드가 던져 준 말대로…….

'그렇게 하고 싶으면 그렇게 하라.'

하늘 산맥에서 온 원군

27

정신을 차리고 보니 로일은 자리에 없었다. 던멜도 뭘 그리 깊이 생각하고 있는지 벽만 바라보며 술을 마시고 있었다. 제이는 알아들을 수 없는 불평을, 들어주는 대상도 없이 떠들며 맥주만 마셨다. 옆에 있는 아즈윈에 대해서는 아무 관심도 없었다.

사실 그녀도 제이에 대해 아무것도 묻지 않았다. 어떻게 카셀의 옆에 서게 되었는지, 아란티아에서 대체 무슨 일이 벌어졌는지. 그리고 왜 그가 게랄드 대신인지!

검은 옷을 입은 녀석들이 술기운 오르기 시작하는 아즈윈의 옆으로 나타났다. 일단 경계했다. 블랙풋이었다.

'카모르트에서 어떻게 알고 온 거지?'

어째서인지 제이도 그들을 아는 눈치였다. 그동안 무슨 일이 있었나 보다 추측할 뿐, 아즈윈은 알고 싶지 않았다. 지금은 그냥 이대로 늘어져 있고 싶었다. 그녀는 방해받지 않고 취하고 싶었다. 취하려면 아주 많이 마셔야 할 것 같았다.

때마침 블랙풋에 대한 생각을 하고 있던 던멜은 갑자기 나타난 헤더와 발락을 보고 깜짝 놀랐다.

'찾아뵙는 게 늦었습니다, 테마르.'

헤더는 수화로 인사했고 발락은 멋쩍게 고개만 까닥 숙여 인사했다.

'너희들이 어떻게 이곳에?'

던멜도 수화로 물었다.

'얘기하자면 깁니다.'

던멜은 맥주를 더 주문하며 웃어 보였다.

'오늘 밤이 아니고는 시간이 없을 테니 듣고 싶다.'

헤더는 능숙한 수화로 긴 얘기를 빠르게 이어 갔다. 블랙풋이 의뢰인의 신상을 발설한 시점에서 암살 집단임을 포기할 수밖에 없었다는 얘기부터, 본의 아니게 첩보 집단으로 활동하게 된 이야기, 집정관 나르베니가 벌인 끔찍한 학살, 카셀을 돕게 된 배경까지.

'루티아에 계셨다고 들었습니다.'

'나 역시 많은 일이 있었다.'

던멜은 루티아에서 벌어진 일을 시작으로, 루티아를 함락시켰던 괴물들이 이제 로크로 오고 있다는 얘기로 마무리했다. 이미 로크 의회의 정보를 꿰고 있는 헤더에게는 그리 새로울 게 없는 내용이었다.

'전투가 시작되면 너희들도 어쩔 수 없이 싸움에 휘말리게 될 거다.'

고작 두어 달 지났을 뿐인데 헤더는 더욱 성장한 모습을 보였다. 하지만 모든 아버지들이 딸을 걱정하듯, 던멜도 그녀를 걱정했다.

'마스터 제라르께서 돌아가신 후 조직원들은 더 열심히 기술을 연마했습니다. 전투가 있으면 도움이 될 겁니다.'

헤더는 자신 있게 말했다.

'하지만 너희들을 바라보는 시선은 그다지 곱지 않을 것이다. 아무래도 블랙풋이라는 출신 자체가……..'

발락이 던멜의 수화에 끼어들었다.

'상관없습니다. 우리가 돕고자 하는 건 로크가 아니라 바로 당신입니다. 마스터 테마르.'

'난 마스터가 아니다, 발락.'

'저에게 있어서는 마스터십니다.'

던멜은 보일 듯 말 듯 희미하게 미소 지었다.

'그래. 한 사람이라도 더 필요한 시점이지. 도와줘서 고맙다.'

'언제든 불러 주십시오. 조직원 중 한 명은 항상 옆에 있을 겁니다.'

헤더가 수화로 말했다.

'알았다.'

'그리고 테마르.'

헤더는 마지막으로 덧붙였다.

'블랙풋은 아직도 당신을 기다리고 있습니다.'

던멜은 그 이상 수화를 하지도, 보지도 않고 새로 시킨 맥주만 들이 켰다. 헤더는 계속 기다리다가 발락의 권유에 못 이겨 그곳을 떠났다. 블랙풋에 돌아가는 문제에 관한 한 던멜은 헤더에게 더 이상 희망을 주 고 싶지 않았다. 그는 자신이 블랙풋에 아무 역할도 하지 못한다는 것 을 잘 알았다.

사실 이번 전쟁에도 도움이 될 자신이 없었다. 그냥 자리를 지키는 것이 고작일지도…….

루티아에서 플로라는 가지 말라고 말렸다. 루티아의 마스터들 모두 그렇게 말했다. 같은 싸움을 한 번 더 하면 죽을 거라고 경고했다. 그 러나 던멜은 로일과 아이린을 따라 루티아를 떠났다. 경고를 무시한 건 아니었다. 지금도, 그때도 네이슨에게 당한 부상이 쉴 틈 없이 심장을 찔러 대는데 무시할 수가 없었다.

'도움이 안 될 걸 알면서 왜 따라오겠다는 거니?'

루티아를 떠나기 전 아이린이 물었다.

'그래야 할 것 같습니다.'

'그냥?'

'그냥.'

예전처럼은 움직일 수 없다. 그래도 던멜은 로크에 왔다. 적어도 인간의 운명을 결정짓는 전투에서 멀리 떨어진 관중석에 앉아 있고 싶지 않았다.

'죽는다면 전장에서 죽어야지.'

마스터 칼스텐은 죽음 앞에서 웃었다. 던멜도 그러고 싶었다.

"난, 나가 본다."

옆에 있던 제이가 탁자에서 일어났다. 던멜은 손만 들어 주었다. 제이는 어딘지 모르게 안절부절못하고 있었다.

'있을 자리를 찾고 있나 보군.'

안 봐도 뻔했다. 지금의 제이는 카셀의 친구 내지는 경호원 외에는 아무런 입장도 취하지 못한 것이다. 어디 가서 한자리 해 먹을 녀석도 못 되었다. 계속 있을 곳을 찾지 못하면 녀석은 이번 전투에서 일개 병사로 뛰게 될 것이다.

'그런 것도 좋지.'

던멜은 스스로에게 물었다.

'그럼 나는? 나야말로 아무 쓸모가 없지 않나?'

던멜은 쓸쓸히 자신을 쳐다보는 아즈윈을 바라보며 생각했다.

'이 애들을 지켜야지. 그게 내가 할 일이다. 이제 모두가 한자리에 모일 수는 없게 되었지만, 남은 친구들만큼은 내가 지켜주고 싶다.'

아즈윈은 연거푸 맥주 넉 잔을 들이켜더니 벽만 쳐다보고 우수에 젖은 눈을 하고 있었다. 처음에는 만족스러워하더니 나중에는 어딘지 서글퍼 보이기까지 했다.

'왜 저래, 저 여자? 여기로 안내하라던 그 기세는 다 어디 가고?'

제이는 더 마시고 싶지 않았지만 여자한테 주량으로 지고 싶지 않아서 넉 잔째를 주문했다. 던멜도 블랙풋 녀석들이 가고 난 다음, 생각에 잠긴 듯 벽만 바라보고 있었다. 뭔가 잔뜩 말하고 싶은 밤이었다. 그런데 제이는 이 두 명을 상대로 할 말을 찾을 수가 없었다. 그래도 루티아에서 친절하게 대해 주고 말이란 걸 할 수 있는 사람은 로일이었는데, 언제인가 기척도 없이 사라졌다. 이렇게 술이라도 마시러 오면 '있을 곳'을 찾을 수 있을 거라고 기대했으나, 역시나 여기도 그가 있을 곳이 아니었다.

"난, 나가 본다."

듣지 못하는 던멜은 슬쩍 돌아보고 아는 척이라도 해 줬지만, 들을 줄 아는 아즈윈은 쳐다보지도 않았다. 제이는 술집 주인에게 다가가 부탁했다.

"혹시 맥주 두 잔 줄 수 있어? 잔은 나중에 돌려줄 테니까."

술집 주인은 제일 큰 잔 두 개를 내주었다.

"바쁘실 텐데 뭘 갖다 주겠다고 그러세요? 그냥 마시고 아무 술집에나 줘 버려요."

"얼마야?"

"안 주셔도 돼요. 저 테이블 술값도 오늘 안 받겠습니다."

"어? 나 누군지 알아?"

"알죠. 로크를 구할 전사님 아니십니까? 얼마 전에 앤발디에서 오는 피난민들을 '천사님'과 함께 구한 얘기로 로크는 떠들썩하죠."

주인은 웃음으로 답했다. 제이는 우는 것 같은 얼굴로 웃어 주고 나왔다. 잔 두 개를 들고 걷는 모습이 우스꽝스럽게 보일 거라고 생각했지만 다른 사람에게는 어째 좋게 보이는 모양이었다. 심지어 맥주를 흘리지 않으려고 조심조심 걷는 그를 위해 피해 주기도 했다. 예전에는 무서워서 피하던 사람들이 지금은 존경을 담아 피했다.

"혹시 내 친구 어디 있는지 알아? 날개 달린 애."

제이는 지나가는 아무 사람한테나 대고 물었다. 무서워서 피할 줄 알았지만 친절하게 가르쳐 주었다.

"저쪽에 있어요. 성벽 바로 앞에 있는 풀밭에서 방금 봤어요."

제이는 그곳으로 갔다. 라이가 있었다. 놀랍게도 로일도 거기에 있었다.

"너, 언제 와 있었냐?"

제이가 물었다.

"방금. 한잔 마시니까 배가 불러서 산책하려고."

제이는 라이에게 술을 내밀었다.

"먹을래?"

라이는 망설이지 않고 받았다. 아마도 라이가 인간의 문화 중에서 유일하게 받아들이는 거라면 술일 것이다. 게다가 마시는 속도도 빨랐다.

"아까 지휘관 얘기 말인데."

로일에게서 지휘관 자리라도 얻었냐는 질문을 들었을 때 제이는 무척 놀랐다. 안 그래도 경비대 측에서 지휘관 자리를 맡아 달라는 요구가 있었다. 하지만 제이는 거절했다. 지휘라는 건 해 본 적이 없어서 못한다고 솔직하게 말했다. 하지만 경비대장은 겸손의 뜻으로 받아들였고 언제고 생각이 바뀌면 다시 와 달라고 부탁했다.

제이는 선두에 서서 뒤따르는 사람들을 리드할 자신이 없었다. 후방에 서서 다른 사람들에게 이리 가라 저리 가라 지시할 자신도 없었다. 강한 사람을 추켜세우고 약한 사람을 챙겨주는 배려심도 없었다.

가만 생각해 보면, 울프 기사단 틈에서도 제이는 있을 곳을 찾을 수가 없었다. 화이트 게이트 전투에서도 결투를 위해 찾은 빌리의 앞이 유일한 그의 자리였다. 루티아에서는 정신없이 로일과 던멜을 따라다니기만 했다. 로크에서는 카셀의 옆자리라도 차지하고 있었지만, 스스로 자리를 만들 노력은 하지 않았다.

타냐는 자기가 있을 곳을 알았다. 하얀 늑대들 셋은 어디 있건 자유로웠다. 레미프인 라이조차도 어디 있건 자연스러웠다. 제이는 어디 있건 항상 어색했다. 지금도 라이와 로일이 같이 앉아 있는 옆자리가 부자연스럽게 느껴졌다. 혼자 있었던 시간이 너무 길어서일까? 다시 혼자가 되어야만 편해지는 걸까?

로일은 한참 제이를 쳐다보다가 물었다.

"지휘관이 어쨌다고?"

제이는 뭔 얘기를 하려고 했는지 까먹고 당황했다.

"아니야. 아무것도."

제이는 대충 얼버무리고 다른 걸 물었다.

"그런데 둘이 어떻게 같이 있는 거야?"

"그냥 바람 쐬고 싶어서 나와 봤더니 이 친구가 날아가는 모습이 보이더군. 카셀의 친구라고 했더니 같이 있게 됐다."

라이는 빈 잔을 내려놓으며 대뜸 말했다.

"가라."

"누구? 나?"

로일이 물었다.

"그렇다. 가라."

"어째서?"

"너, 나. 기더, 겹친다."

원래부터 표정이라고는 없는 녀석이었으나 무표정하게 노려보는 눈빛이 무서웠다. 하지만 로일은 웃었다.

"기더? 그거 레미프어지?"

로일은 기분 나빠 하지도 않고 일어서더니 말을 이었다.

"그게 무슨 뜻인지는 모르겠지만, 나도 네 옆에 있으면 안 되겠다고 생각하던 참이었다."

영문을 모르는 제이가 물었다.

"왜 그래? 둘이 싸웠냐?"

로일은 허리에 손을 올리고 앉아 있는 라이를 내려다보았다. 웃고 있나 했더니, 노려보는 시선이었다.

"저 녀석과 나는 '뭔가'가 겹친다. 같이 있으면 둘 중 하나는 죽을 거다."

로일이 먼저 고개를 돌려, 성문 쪽으로 걸어갔다.

"야, 어디로 가? 술집 거기 아니야."

제이가 소리쳤다. 하지만 로일은 돌아보지 않고 손만 저으며 작별 인사를 했다.

제이는 답답한 마음에 물었다.

"다들 어떻게 자기 있을 곳을 아는 거지?"

라이가 대답해 줄 리 없는 질문이었다. 그런데도 대답했다.

"아는 거 아니다."

라이는 손가락으로 먼 지평선을 가리켰다.

"있는 거다."

지평선 너머에서 붉은빛이 하늘을 가로질러 곧장 로크로 날아오고 있었다.

"너도. 나도."

제이는 화가 나고 민망했다. 인간 말도 제대로 못하는 라이가 자기보다 인간관계를 더 잘 이해하는 것 같았다.

'그러니까 그게 무슨 뜻이야? 있는 거라는 게 도대체 뭔데?'

제이는 창피해서 그 질문을 소리 내어 묻지도 못했다.

로일은 라이와 긴 얘기를 하지 않았다. 그러나 라이가 자신을 대단히 경계한다는 것은 금방 알았다. 그의 옆에 앉는 것만으로 알 수 없는 긴장감이 전해져 왔다. 카셀의 친구라고 말하지 않았다면, 서로 칼을 뽑았을지도 모를 노릇이었다.

라이를 보자, 로일은 루티아에서 벌어진 네이슨과의 싸움이 떠올랐다. 부상당하지 않았다면 그를 이길 수 있었을까? 루티아를 떠나 타치셀을 거쳐 가넬로크로 오면서 로일은 몇 번이나 그 대결을 곱씹었다. 하지만 자신 없었다. 그러다 타치셀에서 게랄드가 네이슨을 죽이고 같이 죽었다는 말을 듣고 로일은 죄책감에 시달렸다.

'그때 내가 끝을 봤더라면?'

루티아에서 네이슨과 정면 대결을 할 기회는 얼마든지 있었다. 그러나 로일은 망설였다. 여기는 나의 전장이 아니다. 여기서 싸우다가 죽어서는 안 된다……. 그런 생각 때문에 로일은 힘을 아끼고 말았다. 네이슨을 최후의 상대로 여기지 못한 탓이었다.

노르만트에서 카셀이 보검을 던져 주던 때가 떠올랐다. 로일은 그때 처음으로 전력을 다해 칼을 휘둘렀다. 그 순간은 적이 누군지 중요하지 않았다. 오직 상대를 베는 것, 친구들을 지키는 것만 생각했다. 그런데 네이슨을 상대로는 그러지 못한 것이다.

아이린은 로일에게서 카모르트의 일을 자세히 듣고 싶어 했다. 카셀이 모두 해 줬을 텐데도 그녀는 굳이 로일의 입을 통해 들으려고 했다. 나중에 알았지만 아즈윈도 같은 얘기를 했던 모양이었다. 하지만 아즈윈의 얘기 속에서 찾아내지 못한 이상한 점을 로일의 얘기 속에서 찾아냈다.

'왜 카셀에게 보검을 돌려줬어?'

'그게 왜요?'

'처형장에서 검은 사자 백작을 네가 벴지? 그 순간 네 손에서도 보

검의 빛은 사라지지 않았다면서? 그럼 네 칼일 수도 있었어. 그런데 왜 돌려줬어?'

'글쎄요. 카셀이 캡틴이니까?'

대답해 놓고도 확신하지 못했다.

'그건 답이 안 돼. 퀘이언은 네게 보검을 줬어. 그럼 보검의 주인은 너였다. 어떻게 생각하면 넌 보검을 지켜야 할 의무를 끝까지 이행하지 않은 거야.'

로일은 우물쭈물하다가 던멜에게만 말하고 다른 모두에게는 숨겨 온 얘기를 했다.

'실은 전 이미 보검에게 버림받은 몸입니다.'

'칼에게 버림을 받아?'

'호이로-모.'

'웬 레미프 언어를?'

'절 버리기 전에 칼이 했던 말입니다. 만나자마자 로핀에게 물었습니다. 로핀은 그게 레미프의 언어가 아니라고 하시더군요. 고대어라고요.'

'고대어와 레미프어가 서로 다른 거였던가? 그런데 칼이 너에게 말을 걸었다고?'

'카모르트의 한 마을에서 있었던 일입니다. 거기에서 저는 깜빡 졸았는데 그게 졸아서 존 게 아니었던 모양입니다. 칼이 저를 버린 겁니다. 그때 이런 말을 했어요. 호이로-모, 쥬모티야 자이-와 보드웝프 두 유위……. 로핀도 잘 모르겠다고 하더군요. 그런데 전 알 것 같아요. 아니, 알아 버렸어요, 얼마 전에.'

그는 몇 번이나 같은 꿈을 꿨다. 어째서 예전 일이 이렇게 선명하게 다시 꿈으로 나타나는지 알 수 없었다.

'날 보내라……. 칼의 말에, 저는 그럴 수 없다고 말합니다. 난 당신을 지니고, 지켜야 할 의무가 있다고. 하지만 칼은 단호히 거절합니다. 그리고 말하죠. 언제고 다시 너에게 돌아갈 테니 날 보내라……. 그런 뜻이었습니다.'

아이린도 로일과 같은 생각에 이르렀다.

'그럼 노르만트에서 네 손에 보검이 들어갔던 순간은 아직 보검이 말한 언젠가가 아니란 소리겠구나. 그래서 언제 카셀에게 다시 보검을 달라고 할 거니?'

'달라고 할 생각 없습니다. 보검은 스스로의 의지로 절 버렸습니다. 그러니 스스로의 의지로 제게 돌아올 것입니다.'

'어찌 보면 멋진 것 같기도 하고.'

아이린은 고개를 끄덕였다. 로일은 뒷말을 꾹 참았다. 그때가 되면 노르만트에서 했던 것처럼 또 한 번 전력을 다해 싸울 수 있을 거라고 말하고 싶었다. 그러나 도저히 아즈윈이 있는 자리에서 네이슨을 만나 전력을 다하지 못했다는 말을 할 수가 없었다.

라이를 보자마자 로일은 또 한 명의 네이슨을 만난 것처럼 가슴이 두근거렸다. 보자마자 전력을 다해야 할 상대라는 걸 알았다. 아즈윈도 라이에 대해 비슷한 평가를 내렸다.

'보검을 들고 러스킨을 겨냥하는 녀석의 모습은 마치 검은 사자 백작을 앞에 둔 너 같았다.'

적이 아닌 게 다행이었다. 하지만 동시에 오래 같이 있을 수도 없었다. 라이가 가 달라는 말을 할 때 로일은 오히려 안도했다.

로일이 터덜거리며 걸어간 곳은 아로크의 탑이었다. 거기에 카셀과 아이린, 그리고 루티아의 마스터 타냐가 서 있었다. 아즈원이 넉 잔의 맥주를 마시고 로일이 이렇게 방황하는 시간까지도 그들의 얘기는 진행 중이었다. 분명 마법에 관한 얘기일 테니 빠지려고 했지만 카셀이 로일을 발견하고 손짓을 했다.

로일은 오랜만에 만난 타냐에게 가벼운 목례를 하고 옆에 섰다. 탑에 대한 설명이 한참 마무리되어 가고 있었다. 그리고 거기에서 로일은 깜짝 놀랄 이름을 들었다.

라틸다 쟌스테인.

성문에서 아이린을 만나자마자 카셀은 다른 하얀 늑대들과 재회할 시간도 갖지 못하고 아이린에게 끌려가 아로크의 탑에 섰다.

탑 앞에 미리 나와 있던 타냐는 짧은 인사말도 없이 곧장 마법에 대한 설명을 시작했다. 마법사들은 아란티아에서 찾아온 또 한 명의 마스터라는 말에 인사하러 나왔지만 아이린은 굳이 그들과 인사하느라 시간을 낭비하지 않았다. 그러다 보니 그녀를 안내한 후, 카셀은 할 일이 없어졌다. 타냐를 만날 좋은 구실이라 옆에 서 있기만 했다. 멀리서 다가오다가 멈칫하는 로일을 부른 것도 혼자서 아무 말 않고 있는 것보다 한 명 더 말없이 있어 주면 나을까 해서였다.

"축복의 탑에는 그랜드 로크의 마법사 백 명이, 분노의 탑에는 카모르트에서 온 라틸다 쟌스테인 여백작이. 그리고 이곳 아로크의 탑은 제가 작동시켜 로크에 방벽을 칠 겁니다.”

타냐의 말을 끊으며, 로일이 깜짝 놀라 말했다.

“라틸다가 여기 있단 말입니까? 어디에요?”

오자마자 떨어져 버렸으니 카셀은 로일에게 이 중요한 얘기를 해줄 시간이 없었다.

“라틸다는 지금 분노의 탑 쪽에⋯⋯.”

카셀은 그사이 있던 일을 길게 설명하기보다는 근처에 있는 병사 한 명을 불렀다.

“이분을 분노의 탑으로 모셔다드리시오. 마차를 불러도 좋고 말을 하나 빌려줘도 좋으니.”

병사는 로일이 누군지도 모르고 캡틴 울프의 명령이니 무조건 극진히 모셨다. 로일은 두말 않고 병사의 뒤를 따라갔다. 타냐는 멀어져 가는 로일의 등을 바라보며 하던 설명을 끝냈다.

“문제는 두 개의 탑을 어떻게 지키느냐입니다. 아로크의 탑은 로크 존 내에 있으므로 안전합니다만, 나머지 둘은 자체 병력으로 지켜야 합니다.”

“로크 존의 힘은 어느 정도지요? 마스터 타냐.”

아이린은 아로크의 탑을 올려다보며 물었다.

“카-구아닐은 막을 수 있습니다.”

“자신할 수 있어요? 하늘 산맥에서 녀석을 봤다면 지금과 또 다를 거예요.”

아이린의 말에 카셀이 조심스럽게 물었다.

하늘 산맥에서 온 원군

41

"왜 그렇죠?"

"지금도 계속 성장하고 있으니까! 오면서 봤어. 지금 사방을 날아다니고 있더군. 심지어 카모르트의 국경까지 날아갔다가 다시 가넬로크 남쪽으로 날아오곤 하지."

"로크가 아닌 곳도 난리겠군요."

"거대한 검은 괴물이 날개를 퍼덕이고 돌아다니고 있으니, 사정을 모르는 곳에 사는 사람들이 오히려 로크 사람들보다 더 무서워하고 있을 거야. 우리도 리마 성에서 피난민 데리고 여기 오다가 자칫 마주칠 뻔했지."

"위험했겠어요. 어떻게 무사하셨죠?"

아이린은 허리의 칼을 손으로 탁 쳤다.

"구아닐이 무서워하는 건 딱 둘이야. 드래곤을 죽일 칼과 드래곤을 죽일 마법. 칼은 나와 로핀에게 있다. 마법은 타냐에게 있다. 녀석은 절대 우리 셋 앞에 나타나지 않을 거야. 자, 그런 얘기는 옆으로 치워두자고. 그거 말고도 할 얘기는 얼마든지 있으니까."

아이린은 타냐를 돌아보았다.

"로크 존의 힘으로 죽지 않는 자들의 군주도 막을 수 있을까요?"

"아마도요. 하지만 그자의 힘은 마법과는 별개의 문제라서 장담할 수 없습니다. 우선 분노의 탑과 축복의 탑 양쪽을 보호하지 않으면 싸움 자체가 안 됩니다. 천 년 전 아로크가 멸망한 것도 축복의 탑이 무너진 직후였습니다."

"구아닐은 그 사실을 아주 잘 알고 있겠지요……."

아이린은 턱을 쓰다듬으며 중얼거렸다.

카셀은 두 사람이 아무 말이 없자, 비로소 입을 열었다.

"아이린, 우리는 아직도 적 병력의 규모를 알지 못합니다. 초기에는 이만 정도라고 보고가 들어왔는데 급격히 늘어나서 그 뒤로는 정찰병들이 나서지도 못하고 있습니다. 어느 정도입니까?"

"십만에서 십이만."

주저 없는 아이린의 대답에 카셀은 눈을 감아 버렸다. 아이린도 바지춤에 손을 찔러 넣고 한숨을 내쉬었다.

"알아. 솔직히 말해 가넬로크에 더 많은 군대가 있을 줄 알았어."

"죄송합니다. 제가 할 수 있는 건 이 정도뿐이었습니다."

아로크의 탑 근처는 아직도 공사가 한창이었다. 탑에서 뿜어내는 마법의 방벽을 유지하려면 기본적으로 내부 골격 자체가 튼튼해야 했다. 죽지 않는 자들의 군주가 내는 힘을 버티려면 타냐도 전력을 다해 힘을 써야 할 텐데 지금은 힘을 반만 써도 탑이 통째로 흔들리곤 했다. 최대한 서둘러 보수하고 있지만 천 년 전 건물이라 쉬운 작업이 아니었다.

"사과할 일은 아니지. 그래도 절망적인 건 절망적이라고 말할 수밖에……."

아이린은 씁쓸하게 말을 이었다.

"그나마 로크의 성벽 전체를 지키는 게 아니라 탑 두 개를 지킨다니 큰 짐을 덜긴 했지. 현재 아군 병력은?"

"로크의 수비대가 이천, 각 지방에서 호출해서 올라온 군대가 오천, 기병대가 천, 거기에 드래곤 기사단 백오십 정도입니다. 지금 리마에서 귀환한 기사들을 합치면 이백쯤 되겠군요. 거기에 카모르트에서 온 원군이 이천오백 정도입니다. 이로피스에서 원군을 보내온다고 하지만 시간 내에 도착할지는 모르겠고요."

"10대1이네. 그 반대 수치라도 모즈가 적이라면 쉽지 않은데 말이야."

아이린은 농담처럼 말하고 허탈하게 웃었다.

"현재 분노의 탑과 축복의 탑 근처에 서둘러 목책과 벽을 짓고 있습니다. 그러나 십만이라는 숫자 앞에서는 별 의미가 없겠군요."

아이린은 카셀의 표정을 읽고 고개를 저었다.

"캡틴이 자꾸 그런 얼굴 하면 안 되지. 설사 내가 절망적이라고 말했더라도 너는 기운차게 말해 줘야 해. 우리는 이길 수 있다, 이길 수 있으니까 힘내자. 그런 걸 입버릇처럼 말해도 모자라."

"압니다, 아이린. 하지만 전……, 모르겠어요. 우선 캡틴 하로우나 루에머스 집정관 앞에서는 당당하게 행동하려고 노력합니다. 하지만 저부터 힘이 나질 않는군요."

"단걸 좀 먹어. 그리고 우리에게도 희망은 있어. 아, 마침 오시네."

아이린은 머리를 긁적이다가 하늘을 올려다보았다. 거대한 두 쌍의 날개가 남쪽에서 날아오고 있었다. 그 커다란 날갯짓 소리가 로크 시민들의 시선을 끌었다.

두 마리 드래곤은 곧장 아로크의 탑 쪽으로 날아와 너른 공터에 도달했다. 거대한 덩치에 비하면 소리가 나지 않는다고 봐도 좋을 정도로 조용한 착지였다. 하나는 붉은빛을 뿜는 드래곤이었고 다른 하나는 황금빛으로 둘러싸인 드래곤이었다.

마법사들은 기겁을 하며 몸을 숨겼다. 그러나 카셀과 타냐, 아이린은 덩치 큰 손님을 맞이하기 위해 먼지가 일어나는 바람 쪽으로 더 다가갔다.

"마스터 크나딜, 또 뵙게 되어 영광입니다."

카셀과 타냐는 붉은 드래곤 앞에 무릎을 꿇어 인사를 했다. 몇 번을 봐도 보석처럼 빛나는 크나딜의 몸은 아름다웠다.

"멀리서 듣자니 절망을 이야기하고 있었구나, 캡틴 울프. 그건 내가 죽을 때 논의해도 늦지 않다."

크나딜의 목소리는 잠깐 우울해졌던 마음을 다시 일으켰다.

"직접 전투에 나서시려고요?"

"물론이다."

대답은 크나딜의 어깨에 타고 있었던 로핀이 했다. 로핀은 비어 있는 소매를 펄럭이며 단숨에 드래곤의 어깨높이에서 뛰어내렸다.

"이건 이미 인간들만의 전쟁이 아니다. 드래곤들도 함께하리라고 여신 나디우렌께서 미리 언급하시지 않았더냐?"

카셀은 힘 있게 로핀과 악수를 했다. 그리고 아이린에게 묻지 못했던 것을 속삭여 물었다.

"아즈윈은 괜찮은가요? 아까 잠깐 봤을 때는 괜찮아 보이긴 했습니다만……."

"혼자 떨칠 일이니 내버려 둬. 네가 나설 일이 아니야!"

로핀은 웃는 얼굴로 냉정하게 말했다.

'그건 그렇지만.'

카셀은 속으로만 말했다. 방금 로핀이 아무렇지도 않게 한 말에 카셀은 또 한 번 상황을 직시했다. 그가 설사 그런 뜻으로 말한 게 아니더라도 카셀은 그렇게 받아들이게 되어 버렸다.

'내가 나설 일이 아니다…….'

로핀은 아이린과 악수하며 짧게 재회했다.

"내가 너보다 먼저 도착하려고 했는데 크나딜께서 좀 늑장을 부리셨다."

"여전히 막 나가는구나, 로핀."

아이린이 질책하는 어투로 말하며 웃었다.

"가넬, 로크의 사람들이 주인의 목소리를 기다리고 있습니다."

로핀은 앞으로 나서며 가넬에게 큰 소리로 말했다.

"그렇구나."

황금빛 드래곤은 크게 포효하며 하늘을 날아올랐다. 로크의 병사들과 기사들이 얼마나 환호하고 있을지 보지 않아도 상상이 갔다.

드래곤이 돌아왔다! 그들에게 있어 그보다 더 사기를 끌어 올릴 소식이 또 있을까?

구름 뒤에서 나타난 또 한 마리 드래곤이 하늘을 나는 가넬의 옆에 따라붙어 맴돌았다. 크나딜이 손가락으로 그 드래곤을 가리키며 말했다.

"저 아이는 아직 '레'의 칭호를 얻지는 못했으나 전투에 관한 한 가넬과 어깨를 나란히 하는 드래곤이다. 이름은 셀바이크, 가넬과 함께 구아닐을 막아 줄 것이다."

아이린도, 로핀도 희망찬 얼굴로 하늘을 올려다보았다. 평소의 카셀이라면 두 마리 드래곤이 까마득히 높은 하늘에서 춤을 추고 포효하는 모습에 벅차올라야 할 순간이었다. 그러나 감정이 증발해 버린 듯 카셀은 놀라지도, 기쁘지도 않았다.

"나와 아이린이 와 있는데 루밀이 빠질 리가 없다. 녀석은 어디 있지?"

로핀은 방금 수년 만에 하늘 산맥을 내려왔을 텐데, 이미 모든 소식을 들은 사람처럼 물었다.

"동쪽 성 경비대에 있을 겁니다."

"현 상황과 앞으로의 전략에 대해서는 모두가 모여 있을 때 다시 얘기하도록 하지. 일단 난 녀석 얼굴 좀 보러 갔다 오마."

로핀은 기세 좋게 말하며 휘적휘적 자리를 떠났다. 아이린은 크나딜과 잠깐 얘기를 나누었다. 베나 에사르크에 대한 얘기 같았다. 카셀은 멀찌감치 떨어져 말없이 서 있기만 했다. 타냐가 다가와 카셀의 손을 따뜻하게 감싸 쥐었다.

"또 안 좋은 생각 하고 있어요? 드래곤께서 오셨는데 좀 희망을 가져요."

카셀은 억지로 웃으며 말했다.

"그래요."

티를 내지 않으려고 했지만 타냐 앞에서 속마음을 숨기기는 어려웠다. 타냐도 더 묻지 않고 그냥 손만 잡아 주었다.

메이루밀은 각지에서 모인 군대가 어떤 체계로 움직이면 좋을지에 대해 캡틴 하로우와 의견을 나누고 있었다. 하로우는 언뜻 보기에 허약하고 자신감 없는 남자였으나, 다방면의 지식을 가지고 있었다. 따로 루밀이 조언을 할 필요가 없을 정도로, 그는 혼자서 거의 모든 군사 배치를 해나갔다.

전투와 전략에 조예가 깊은 의원들도 큰 도움이 되었다. 서로 충돌하면 걷잡을 수 없는 게 의회란 곳이었지만, 다양한 사람들이 한목소리를 낼 때 정말 강한 게 또한 의회였다.

"바쁘지 않으면 잠깐 시간 좀 내지? 바빠도 시간 내고."

문을 열고 들어온 외팔의 남자를 보고 메이루밀은 거의 비명에 가깝게 소리쳤다.

"로핀!"

"어, 내 이름 로핀이야. 그렇게 큰 소리로 상기시켜 주지 않아도 돼."

"하하, 이 친구야, 여전하구만."

루밀은 로핀을 세게 껴안고 몇 번 흔들었다.

로핀은 루밀의 얼굴을 손가락으로 잡아당겼다.

"잘 있었나? 어이쿠, 얼마나 고생을 안 했으면 피부가 탱글탱글하군. 내가 하늘 산맥에서 레미프들이랑 뒹굴고 있을 때 자네는 여자랑 침대에서 뒹굴었나 보지?"

"여자는 무슨! 배 안 나오려고 발악하면 피부는 알아서 따라 주는 거야."

둘은 크게 웃었다.

루밀은 잠시 작전 회의에서 빠져 로핀과 이야기를 나누었다. 몇 날 며칠을 해도 모자랄 개인적인 이야기는 잠시 접고, 로핀은 앞으로의 일을 의논했다. 서로가 죽지 않는 자들의 군주와 대적하기 위해 전혀 다른 장소에서 진행시켰던 일의 접합점을 얘기하다 보니 공통된 이름이 나오게 되었다.

카셀!

로핀이 턱을 쓰다듬다가 말했다.

"하늘 산맥에서 하는 꼴을 봤을 때부터 알아봤지만 역시 우연은 아닌 것 같군. 아란티아의 축복이 그 애를 끌고 온 거야."

"나도 카모르트에서 직감했다. 커다란 일이 있으면 아란티아는 스스로를 지키기 위해 사람들을 끌어들인다고 했지. 그럼 하얀 늑대들 다섯 명으로도 모자랐던 걸까?"

"오죽 모자랐으면 우리까지 끌고 왔겠어?"

로핀은 키득거리며 웃었다.

"큰 싸움이 있을 거야."

"알아."

로핀도 수긍했다. 그리고 갑자기 목소리를 낮춰 진지하게 물었다.

"그거 들었나, 카셀에게?"

루밀은 로핀 쪽으로 좀 더 다가갔다.

"루티아의 커다란 힘과 아란티아의 커다란 힘이 죽지 않는 자들의 군주 쪽으로 흘러 들어갔다. 루티아의 큰 힘은……."

"테일드지? 들었다. 그리고 아란티아의 큰 힘은?"

로핀은 주저하며 대꾸했다.

"마스터 그란돌."

루밀은 잠깐 어안이 벙벙한 얼굴로 있다가 물었다.

"상징적인 의미인가?"

"직접적인 의미야. 나도 믿고 싶지는 않아. 앤발디에서 살아남은 기사가 그런 말을 해 줬다. 자기들의 캡틴을 죽인 건 회색 로브의 마법사지만 싸움을 한 건 그란돌이라는 사람이었다고."

"말도 안 돼……."

"조만간 우리 앞에 나타날 거다. 그때 진실의 여부를 알 수 있겠지. 왜 아란티아의 축복이 은퇴한 우리까지 싸움판으로 끌어들였냐고? 그분 때문이 아닐까?"

루밀은 대답하지 못했다. 로핀도 지금만큼은 농담으로 넘기지 않았다. 그란돌이 어떤 인물인지, 누구보다 로핀이 잘 알고 있었다.

"죽지 않는 자들의 군주는 수없이 인간 세상을 두들기면서 학습했다. 인간을 멸망시키려면 결국 인간을 이용해야 한다는 사실을, 녀석은 수많은 실패 끝에 알아낸 거다. 10년 전에 빅터를 얻었고 론타몬을 이용해 대륙 정벌을 시도했다. 그때 아란티아가 하늘 산맥으로 들어가는 입구라는 사실을 깨달았고 하늘 산맥에 미리 집어넣어 둔 빅터를 이용해 역으로 아란티아를 무너트리려고 했지. 그 계획은 실패했으나, 패배한 건 아니야."

로핀은 베나 에실크를 꽉 쥐고 말을 이었다.

"죽지 않는 자들의 군주는 처음부터 하늘 산맥에서 일을 마무리 지을 생각이 없었던 거야. 10년 동안 모아 온 군대를 굳이 가넬로크로 내려보낸 것만 봐도 그렇다. 놈은 때가 됐다고 생각한 거다. 인간 세상에서 가장 강한 마법사 테일드와 가장 강한 기사인 그란돌을 얻은 바로 지금이 인간을 무너트릴 가장 근사한 시기라고 말이야."

때마침 붉은 드래곤이 로크를 가로질러 분노의 탑을 향해 날아가고 있었다.

"저분은?"

루밀이 물었다.

"마스터 크나딜. 베나 에사르크의 주인이시다."

"난 베나가 여신 나디우렌의 칼인 줄 알았는데."

"나디우렌의 칼은 지금 퀘이언이 가지고 있는 베나 실크지."

"나마저도 헷갈리는데 다른 사람은 어쩌나 싶군."

"그게 당연하다. 두 분은 전혀 다른 몸이면서 같은 몸이니까. 베나 에사르크나 베나 실크나 따지고 보면 같은 칼이나 다름없다고 봐야지."

"그런데 어디로 가시는 건가?"

로핀은 루밀의 질문을 질문으로 받았다.

"지금 우리에게 새로운 전력이 생겼다. 드래곤 가넬, 셸바이크, 크나딜. 자네라면 어떤 작전을 짜겠나?"

루밀이 대답했다.

"지켜야 할 건 탑 두 개. 그럼 작전은 간단하군."

굽 높은 구두로 뛰어오던 라틸다는 그만 휘청거렸다. 놀란 로일이 달려가 부축하려 하니 그녀는 얼른 손을 내저었다.

"괜찮아요. 이런 일로 부축받으면 더 꼴사나워져요."

라틸다는 로일 앞에서 옷을 여미고 싱긋 웃어 보였다.

"오랜만이에요, 로일. 루티아에 안 좋은 일이 벌어졌다고 들었는데 건강해 보여서 다행이에요."

"예, 라틸다. 여전히 붉은 옷이 아름다우시군요."

"그래요? 로일을 위해 일부러 맞춰 입은 보람이 있군요."

"저를 위해서요?"

"그럼요. 이곳에 온 것도, 어쩌면 당신을 다시 만날 수 있을지 모른 다는 예감 때문이었어요. 너무 속 보였나요?"

라틸다는 농담처럼 진심을 말했다. 이마에 땀이 맺히도록 달려와 준 그의 얼굴을 보니, 설레고 흐뭇해지는 건 어쩔 수 없었다.

"아니, 변함없어 보여서 다행이에요."

로일은 말하며 양팔을 활짝 펼쳤다. 라틸다는 한순간 놀라 머뭇거리 다가 그냥 그의 품에 안겼다. 그녀는 한참이나 말없이 안겨 있다가 말 했다.

"로일이 이렇게 나올 줄은 몰랐는걸요?"

"다시 만나면 꼭 이렇게 해야지, 하는 생각을 계속 하고 있었거든 요."

탑이 무너지는 꿈을 꾸고 세 나라의 연합을 추진하면서, 라틸다는 로일을 떠올리지 않을 수 없었다.

'로크로 직접 가면 로일을 볼 수 있을지도 모른다.'

로일은 다시 돌아오겠다는 약속을 지킬 테지만, 언제일지 모르는 그 날을 덴모주에서 마냥 기다리고 싶지 않았다.

라틸다는 이번 로크의 전투가 얼마나 거대해질지 알았다. 그런 전투 에 하얀 늑대들이 빠질 리가 없다고 믿었다.

라틸다는 로일과 재회할 장소를 전장의 한가운데로 정한 셈이었다.

죽을지도 모르지만, 적어도 그 순간에는 같이 있고 싶었다. 자신의 죽음을 다른 사람의 입이나 편지로 전하고 싶지도 않았고 로일의 죽음을 그런 식으로 전해 듣고 싶지도 않았다.

한없이 끌어안고 싶었지만 갑자기 하늘 한쪽이 밝아 오며 세찬 바람이 일었다. 붉은 드래곤이 분노의 탑 쪽으로 날아왔다. 라틸다는 비명을 질렀고 로일은 그녀를 꽉 끌어안았다.

"괜찮아요. 저 분은 아마도 마스터 크나딜일 겁니다."

"크나딜이요?"

라틸다는 바람에 눈을 가늘게 뜨고 탑의 3분의 1이나 되는 거대한 몸을 바닥에 사뿐히 안착시키는 드래곤을 지켜보았다.

"어느 쪽이 라틸다냐?"

드래곤이 물었다.

"이분입니다."

오들오들 떠는 라틸다를 끌어안은 채로 로일이 말했다.

"내 이름은 크나딜이다. 네가 분노의 탑을 맡은 어둠의 마법사구나."

놀란 건 로일이었다.

"어둠의 마법사?"

라틸다는 로일에게 설명할 자신이 없어, 그냥 크나딜에게만 대꾸했다.

"네, 접니다."

"그대에게 전하는 작전 사항이 있다. 시간이 없는 고로 내가 직접 전달하겠다."

"말씀하십시오."

로일이 대답했다.

"어둠의 마법사는 이대로 여기 분노의 탑을 지킨다. 그대가 데려온 카모르트의 병력은 전원 축복의 탑으로 가게 될 것이다."

"제…… 병사들이요?"

"이미 그 병사들의 운영권을 로크의 의회에 넘겼다고 들었다."

그렇게 하더라도 그 병사들은 자기 옆에 있을 거라고 생각했던 라틸다는 조금 놀랐다. 그녀는 조금 용기를 내어 로일의 품에서 벗어나 물었다.

"혹시 캡틴 울프가 직접 지시한 내용인가요?"

"지시 자체는 다른 쪽에서 내렸을 것이다. 그리고 내게 전달을 부탁한 것은 아이린이니 나는 잘 모른다."

전지전능할 것 같던 크나딜은 솔직하게 모른다고 말했다. 옆에서 로일이 '아이린은 제 선배 울프 기사입니다.' 하고 라틸다에게 추가 설명해 주었다.

"카모르트 병력뿐 아니라 로크 수비대, 기병대, 가넬로크 군 병력 전부가 축복의 탑을 지킬 것이다. 가넬과 셀바이크 역시 그렇다."

"제가 기억하는 게 맞다면 탑은 모두 두 개를 지켜야 한다고 하지 않았나요? 그럼 제가 있는 탑은……, 어찌 되는 건가요?"

"내가 지킨다."

크나딜은 짧게 설명하고, 로일에게 말했다.

"그리고 하나 더, 로일 그대에게도 할 일이 있다."

"네, 마스터 크나딜."

로일이 앞으로 한 걸음 나섰다.

"이것은 카셀이 직접 지시했다. 그대는 탑 안에서 라틸다를 지킨다."

"카셀이 직접 내린 지시라고요?"

로일이 웃으며 물었다. 크나딜은 고개만 살짝 까닥였다.

라틸다는 허탈하게 웃으며 말했다.

"축복의 탑은 일만의 군대가 지키고 분노의 탑은 여기 셋만 지키게 되는 거군요."

"그래도 적은 어느 쪽을 공격해야 할지 쉽게 선택하지 못할 겁니다. 몇만의 대군이라 해도 말입니다. 그렇지 않습니까, 마스터 크나딜?"

로일이 말했다.

"그건 적이 택할 문제지."

크나딜은 무뚝뚝하게 말했다. 하지만 그 안에 숨겨둔 자신감이 살짝 엿보였다.

로일은 크나딜이 있는 것도 잊고 다시 라틸다의 두 손을 맞잡았다.

"기억하십니까? 당신과의 계약은 아직 끝나지 않았습니다."

"세상에서 가장 강한 기사와 드래곤들의 마스터를 제 경호로 두게 되는 건가요? 내가 그럴 자격이 있는지 모르겠군요."

"적어도 저에게는 있지요."

나팔 소리가 울렸다. 그것은 단순히 행진을 뜻하는 나팔이 아니었다.

"무슨 소리죠?"

"가넬로크의 나팔 체계는 제가 알지 못하지만 느낌상 경계경보쯤 되는 것 같군요."

"적이 쳐들어오는 건가요?"

라틸다는 로일과 크나딜 양쪽 모두에게 물었다. 로일은 대답하지 않았고 크나딜은 대답 대신 먼 곳을 응시하며 말했다.

"탑에 오르라, 어둠의 마법사여."

라틸다는 치맛자락을 꽉 잡았다. 크나딜은 빛이 나는 눈을 가늘게 뜨고 말했다.

"로크의 방벽을 세울 때가 왔다."

아로크의 탑 꼭대기에서 솟아오른 푸른빛이 로크의 하늘을 천천히 물들여 갔다. 타냐는 분노의 탑 쪽에서 오는 어둠의 힘을 느껴보았다. 몇 번밖에 연습을 하지 않았는데도 라틸다는 충분한 힘을 공급해 주었다. 오히려 축복의 탑에 있는 숙련된 마법사 백여 명의 힘이 더 약하게 느껴질 정도였다. 그들이 분노의 탑에서 오는 힘에 맞추려고 허둥대고 있음이 느껴졌다.

어쨌든 타냐가 방벽을 세우기에는 충분한 마법이었다. 곧 반투명한 푸른빛이 반구 형태로 밤하늘을 뒤덮었다.

타냐가 정신을 집중하기 위해 감았던 눈을 뜨자 아이린이 앞에 있었다. 아이린이 로크의 하늘에 펼쳐진 장관을 바라보며 말했다.

"이게 로크의 방벽이군요. 대단해요, 마스터 타냐. 이런 거대한 도시를 통째로 감싸는 방벽이라니."

"고대의 마법사들 덕이지요. 아이린도 그 칼로 이런 걸 만들 수 있지 않나요?"

"난 마법사가 아니라서요. 아주 일시적으로밖에 유지하지 못하죠. 하지만 이건 더 오래 버티겠죠?"

"일단 이 상태가 시작되면 이대로 한숨 자도 방벽은 유지됩니다. 제 생각에 라틸다와 전 보름쯤은 문제없을 겁니다. 오히려 축복의 탑에 있는 나이 많은 분들이 조금 걱정이네요. 그들이 일주일 이상 같은 힘을 유지할 수 있을까요? 유지하는 시간에 관해서는 연습해 볼 수 없는 문제라서……."

"마법 싸움이 아니라 체력 싸움이 되어 버리는군요."

"그렇죠."

아이린은 뒷덜미를 간질이는 머리카락을 털며 말했다.

"아까는 많이 놀랐어요, 마스터 타냐. 얼굴이 그렇게 바뀌어 버리다니."

"마스터라는 칭호는 빼셔도 됩니다, 마스터 아이린. 절 좀 더 어린아이 취급하셔도 됩니다. 아니, 그리 대해 주시는 게 제게는 편하겠군요. 당신은 제게 아주 특별한 분이니까요."

타냐는 살짝 미소 짓고 말했다.

"그럼 그렇게 할게. 그럼 타냐도 나를 마스터라고 높여 부르지 않아도 돼. 나 역시 타냐가 조금 특별한 존재거든."

"그렇게 하죠. 따지고 보면 우리는 한 남자에게 빠졌던 여자들이군요."

아이린은 팔짱을 끼며 좁은 창틀에 앉았다. 수십 길 높이의 탑 꼭대기에서 부는 바람이 머리카락을 흔들었다.

"한 남자라! 테일드를 좋아했었어?"

"사춘기를 같이 보낸 스승님이 그런 멋진 분이라면 당연하지 않을까요?"

"하긴, 나랑 같이 있을 때조차 네 얘기를 더 많이 했을 정도였어. 질투 날 정도로. 하지만 너는 진짜 사랑하는 사람을 찾아 버렸고 나는 여전히 그 녀석을 사랑하고 있지. 그 차이야. 그러니까 내가 이겼어. 그렇지?"

아이린의 말에 타냐는 짧게 웃었다.

"뭘 놓고 이겼다는 건지 잘 모르겠지만 어쨌든 스승님은 당신을 만난 후 항상 행복해하셨어요. 저는 진심으로 그 행복이 오래 가길 빌었습니다."

"미안하군. 그 기도를 들어주지 못해서."

"당신을 탓하는 게 아닙니다. 누구도 탓할 수 없다는 걸 알잖아요."

아이린의 미소 뒤에는 눈물을 참는 슬픈 눈망울이 감춰져 있었다. 타냐는 무슨 말을 해도 그 상처를 후벼 파게 될 것 같아 말을 꺼내지 못했다. 그러나 아이린이 그 말을 먼저 해 버렸다.

"내가 화이트 게이트 앞에서 베야 했을까?"

"……후회하십니까?"

"후회해야 할까, 말아야 할까?"

아이린은 웃으며 말을 이었다.

"미안, 미안. 긴장을 풀어 주려고 얘기를 꺼낸다는 게 그만 정신 집중을 방해할 얘기만 하게 되는군. 병력 배치 알려 주러 왔어."

"대충 압니다. 모든 병력은 축복의 탑에, 마스터 크나딜만 분노의 탑이죠? 적절하군요."

"로일도 함께 있지. 던멜은 아직 부상 중이라 로크 성문을 지키고 메이루밀이 로크 내 약 오백 정도 되는 병력을 지휘하고 있다. 병력이 많은 축복의 탑에는 로핀이 가서 지휘를 돕기로 했고."

"제이메르는요?"

타냐의 질문에 아이린은 의미심장하게 물었다.

"제이메르는 왜?"

"그는 최근 자기가 있을 곳을 찾지 못해 방황하고 있습니다. 카셀이 챙겨 주면 간단하겠지만 문제는 카셀도 지금 있을 곳을 찾지 못하고 있거든요. 그래서 여쭈었습니다."

"축복의 탑이지, 뭐. 그쪽 총지휘관은 로핀이 될 테니 알아서 처리하겠지."

아이린은 허탈하게 웃으며 말을 이었다.

"있을 곳을 찾지 못한다……? 그럼 녀석은 아직도 세 번째 테스트를 통과할 수 없겠어."

"대체 세 번째 테스트가 뭡니까? 기준이라는 게 있긴 있는 겁니까?"

"하얀 늑대의 이빨이라는 것에 기준이 어디 있겠어? 하지만 이제 보니 알겠더군. 제이메르는 하얀 늑대가 되지 못해. 녀석에게는 늑대의 이빨을 품을 자리가 없는 거야."

가넬과 크나딜이라는 드래곤이 있다는 것만으로 로크의 방벽이 더욱 단단해지는 기분이었다. 두 드래곤의 힘이 마법사들의 기운을 북돋아 주었다. 하지만 그건 적도 마찬가지였다. 분명 구아닐 옆에 있는 모즈들도 하늘 산맥에 있을 때보다 더 강해졌을 것이다.

"아이린이 보기에 카셀은 어떠신가요? 하얀 늑대의 이빨을 가졌나요?"

"난 녀석을 평가할 자격이 없다."

"왜요?"

"왜겠어? 녀석은 진짜 캡틴 울프야. 사람 보는 눈이 없는 내가 봐도 알 수 있을 만큼 확연하게! 그러니 녀석이 얻어야 할 건 믿음이야. 자신이 울프 기사단의 캡틴임을 자기 스스로 믿어야 해."

라든에서도 경험했지만, 로핀은 늘 자신이 있을 곳을 금방 찾았다. 로크에 오자마자 당연하다는 듯이 축복의 탑을 지키는 자리로 갔고, 보나마나 지금 총지휘관이 되어 있을 게 뻔했다. 있을 자리를 찾지 못하는 제이메르가 로핀에게 끌려간 건 어쩌면 당연한 일이었다. 그러나 카셀까지 데려가진 못했다.

누구도 카셀을 자기 자리로 데려갈 수는 없었다. 그가 만들거나, 그가 직접 찾아야 한다. 하지만 없었다. 타냐가 알아챘으니, 이미 카셀도 알고 있을 것이다. 세 마리 드래곤이 나타나는 순간, 이제 이 도시에는 카셀의 할 일이 없었다.

"아이린의 자리는 여기입니까?"

타냐가 물었다.

"라틸다를 로일이 지키니, 난 널 지켜야지."

"든직하군요."

"카셀도 여기로 보내 줄까? 적의 규모를 보니 어차피 이 방벽이 무너지면 그 뒤는 공성전을 대비할 필요도 없을 정도로 압도적인 병력이더라. 죽을 때는 사랑하는 사람의 옆에 있어야지. 아마 카셀이 로일을 성문이나 축복의 탑으로 보내지 않고 분노의 탑으로 보낸 건 그런 이유 때문일 테지."

아이린은 창문 너머로 평원을 뒤덮는 모즈들의 이동을 보며 말했다. 카—구아닐은 아직 보이지 않았으나 있다 해도 저 숫자에 밀려 드래곤의 위압감은 나타내지 못할 것 같았다. 아군에 드래곤이 셋이나 있다는 게 의미가 없을 정도로, 적의 숫자는 많았다.

"카셀이 옆에 있다면 저에게도 많은 위안이 되겠죠. 그러나 그 말은 절대 하지 말아요. 카셀은 이미 해야 할 일을 다 해 주었습니다. 이후 카셀이 있을 자리는 카셀이 스스로 찾아낼 겁니다."

"넌 정말 강한 아이야."

아이린은 웃으며 계단 밑으로 내려갔다. 타냐는 다시 눈을 감고 말했다.

"아이린."

"응?"

"아까 물었지요? 베었어야 했냐고?"

"응."

"베었어야 했습니다."

"그게 누군지 알았더라도?"

"예."

"쉽게 말할 문제가 아니야."

"어렵게 드리는 말씀입니다."

타냐는 눈을 뜨지 않고 말을 이었다.

"테일드가 죽지 않는 자들의 군주를 쫓아가던 그 순간 적은 상처를 입은 상태였다고 했죠?"

"맞아."

"반면 테일드는 부상이 없었고요?"

"맞아."

"아무리 죽지 않는 자들의 군주라 해도 베나 에사르크에 베인 상태에서 완전한 힘을 가진 테일드를 꺾을 수 있었겠습니까? 그런데 테일드가 강제로 몸을 빼앗겼다고요? 그런 일은 일어나지 않습니다. 저는 테일드가 얼마나 뛰어난 마법사인지 잘 압니다. 지금 남아 있는 모든 루티아의 마스터가 힘을 합한다 해도 그분 한 명의 힘을 당해 내지 못할 겁니다."

"너 설마 테일드가……?"

아이린의 눈꼬리가 치켜 올라갔다.

"영겁의 세월을 버텨 온 악마의 영혼이라 해도 멀쩡하게 살아 있는 마법사의 몸을 강제로 빼앗을 수는 없습니다. 지금 적의 군대를 이끄는 익셀런 제1기사단을 보십시오. 나르베니 같은 평범한 여자도 그토록 강하게 만들었고 병약한 카모르트의 백작을 한 나라를 위협할 수 있는 암흑의 군주로 만들 수 있음에도 정작 더 강한 자들은 왜 그보다 더 강하게 만들지 않고 그냥 수족으로만 부리겠습니까? 그렇게 할 수 없기 때문입니다."

타냐 역시 이런 설명은 하고 싶지 않았다. 그러나 아이린 외에 이런 얘기를 할 수 있는 상대가 없었다.

"테일드는 악마에게 스스로 몸을 내준 겁니다."

"멍청한 소리! 테일드가 왜?"

아이린은 계단에서 도로 올라오며 소리쳤다.

"이유는 저도 모릅니다."

"테일드가 인간을 배신하기라도 했다는 거냐?"

"수십 년을 루티아에 충성한 러스킨도 배신했습니다. 테일드라고 그러지 못할까요?"

"너……."

타냐는 한번 엎질러진 물을 주워 담으려고 노력하지 않았다. 그녀는 마음속에 지니고 있던 의문을 모조리 쏟아 냈다.

"당신의 스승인 그란돌까지 저쪽에 붙었다고 들었습니다."

"조종당하는 거다, 당연히!"

"아란티아에서 부활한 캡틴 웰치를 잊으셨습니까? 웰치는 그자의 힘으로 살아났음에도 스스로의 의지로 움직였습니다. 그런데 그란돌은 그러지 못하는군요. 웰치보다 정신력이 약해서일까요?"

"넌 지금 나의 스승과 너의 스승을 동시에 모욕하고 있어."

"상관없습니다. 아이린, 다시 한번 기회가 온다면 망설이지 마십시오. 그 말을 하고 싶었습니다. 부디 저의 스승님을…… 다른 사람이 아닌 당신의 손으로 죽여주십시오."

타냐는 목이 메어 더 말하지도 못했다. 아이린은 잔뜩 화난 표정을 지었지만 더 뭐라 하지 않았다. 그녀는 결국 아무 말도 더하지 않고 계단을 내려갔다. 타냐는 입술만 굳게 다물었다.

한참이 지난 후 타냐는 아이린이 앉아 있었던 창틀에 손을 짚었다. 모즈들은 아로크 탑에서 내다보이는 평원 전체를 넓게 뒤덮고 있었다. 그리고 로크 성벽에서 한참 떨어진 거리에 멈춰서 시위라도 하듯 소란스럽게 떠들었다. 그러나 방벽 너머를 공격해 오지는 못했다.

로크의 방벽은 모즈들을 허락하지 않았다. 이론대로 되었다. 축복의 탑에서 마법사들이 환호하는 소리가 방벽의 마법을 따라 타냐에게 전해졌다. 하지만 타냐는 기뻐하지 않았다. 이건 싸움을 시작할 수 있는 발판을 마련한 것에 불과했으니까.

"카셀."

타냐는 어딘가에 있을 그에게 말했다.

"당신이 있을 곳이 제 옆이었으면 좋겠어요."

Chapter 13

즈토크 워그

자정에 긴급 개최된 의회였지만, 의원들은 의외로 침착했다. 하늘
산맥에서 내려오는 괴물들과 드래곤을 적으로 맞이한다는 것만으로 패
닉을 일으켰던 처음을 생각하면 지금의 대응은 놀랄 만한 것이었다.

그것은 의원들에게만 한정된 모습이 아니었다. 축복의 탑이나 로크
의 성문을 지키는 병사들 역시 미리 내려진 지시대로 자기 자리를 지키
고 있었다. 로크의 시민들은 두려움 속에서도 작은 희망을 품고 앞으로
있을 큰 전쟁을 묵묵히 기다렸다.

"드래곤들이 함께 계신다는 것이 이 정도까지 큰 도움이 될 줄은 몰
랐소."

한참 그런 얘기를 하던 루에머스가 말했다. 일부 의원들도 '드래곤
이 오셨으니 이제 로크는 살았다'고 벌써 전투에 승리한 것처럼 들떠
말했다. 적이 도달하기 전까지 눈코 뜰 새 없이 바쁘게 움직이던 의원

들의 망중한이었다. 루에머스의 초대로 그 자리에 앉아 멍청히 이야기를 듣던 카셀은 툭 내뱉듯 말했다.

"병사들이 아무리 의욕적이어도 검은 드래곤 한 마리의 힘이면 탑하나 지키는 것도 어렵……."

희망 섞어 이야기하던 의원들이 모두 말을 멈추고 카셀을 돌아보았다. 카셀은 바로 말실수를 깨닫고 자리에서 일어났다.

"그냥 그런 관점에서 전투를 바라볼 필요도 있는 것 같아서 말씀드렸습니다. 먼저 일어나겠습니다."

루에머스가 걱정스러운 어조로 물었다.

"괜찮소? 얼굴이 말이 아니군."

"그냥 피곤한 것뿐입니다. 좀 쉬어도 될까요?"

"아무쪼록 그리하시오."

카셀은 회의실에서 나와 늦은 밤의 정원을 거닐었다. 변함없이 아름다운 정원이었으나 이제 순수한 마음으로 감상하지도 못했다.

하얀 늑대들과 재회했으나, 반가움을 나눌 겨를도 없었다. 아즈원과 로핀은 제이메르까지 데리고 축복의 탑으로 가버렸고, 던멜도 메이루밀의 지휘를 돕느라 정신이 없었다. 로일은 카셀이 직접 라틸다가 있는 분노의 탑으로 보냈다. 타냐는 이제 아로크의 탑을 비울 수 없었다.

'타냐에게 가 볼까? 아니, 방해만 될 거야.'

전투를 앞두고 모두 떠나버린 정원의 고요함이 외로움을 부풀렸다. 항상 하얀 날개를 펼치고 있는 라이를 보면 마음이 진정되곤 했으나 지금은 그마저도 위로가 되지 못했다.

"힘들어, 보인다. 자라."

라이도 카셀을 보자마자 그런 말을 했다. 모두들 그런 말을 했다.

쉬어라.

피해라.

가장 안전한 곳으로.

"라이. 너까지 그런 말을 해서는 안 돼."

카셀은 차가운 석재 의자에 앉아 이마를 짚었다.

"난 또 아무것도 못하고 있어. 전장에 나서지 않는 울프라니! 라이, 너는 무엇 때문에 나를 따르는 거지? 네가 나를 벨 수 있는 그 순간에 나를 베지 못한 건 로핀과 타냐가 막고 있어서였지, 나 때문이 아니었다. 네가 두려워한 건 내가 아니라 로핀이었어. 그렇지? 그런데 왜 너는 나를 따라온 거야?"

라이는 고개를 갸웃했다. 말이 어눌해서 그렇지, 듣는 것만이라면 어지간한 인간보다 이해력이 좋은 그가 못 알아들어서 그런 몸짓을 취한 건 아니었다.

"그런 말, 카셀, 답지 않다."

"너도 내가 약한 모습을 보이지 말아야 한다는 거야? 나는 타냐에게 약한 모습을 보여 버렸다. 그 순간 타냐가 어떤 행동을 취한 줄 알아? 내게 의지하고 싶은 마음을 지우고 나를 안아 주었어. 나는 그걸 이제야 알아차렸지."

카셀은 두 손으로 얼굴을 쓰다듬었다. 그러다 타냐에게 보인 약한 모습을 라이에게도 보이고 있다는 사실을 깨달았다.

"아니다, 아니야. 잊어버려라, 라이. 방금 내가 한 말은 모조리 잊어버려. 없었던 말이야."

카셀은 후들거리는 다리를 짚고 의자에서 일어났다. 그때 라이가 대답했다.

"약속, 때문이었다."

"무슨 약속?"

카셀은 갑자기 무슨 소릴 하는 건가 싶어 라이를 올려다보았다.

"방금, 생각났다. 내가 카셀 따른 이유. 약속했다. 내가 약속 지키면……, 카셀도 약속, 지킨다고."

그것은 라이가 아란티아의 보검을 쥐고 카셀에게 들이민 상태에서 했던 말이었다. 정신없는 순간이긴 했지만, 확실하게 기억이 났다. 카셀은 약속했다. 자신의 옆에 서면 그의 기더가 되어주겠다고.

"50년 전, 함께 여행한, 우그, 그도 같은 약속, 했다. 나를……, 버리지 않는다, 말했다. 카셀, 너 그 우그 닮지 않았다. 그런데도, 너, 보면 그 우그 생각난다. 그래서, 따랐다. 다시 한번, 그때의 믿음, 그때의 즐거움, 느끼고 싶었다. 그래서 따랐다. 친구다. 배신, 하지 마라."

라이는 천천히, 또박또박 말을 이어 갔다.

"나도, 배신하지, 않는다."

라이는 할 수 있는 한 가장 쉬운 단어를 택하여 자신의 복잡한 감정을 드러냈다. 자리만 이렇지 않았다면 카셀은 노르만트에서 자신에게 충성을 맹세한 하얀 늑대들 앞에 섰을 때의 기분을 느꼈을지도 몰랐다. 하지만 지금은 무거운 책임감만 느껴졌다.

카셀은 라이의 굵은 팔뚝을 잡고 말했다.

"고마워, 라이."

하얀 늑대들이 왔다. 드래곤이 왔다. 아로크의 탑에 있는 루티아의 마스터가 마법의 방벽으로 로크를 지킨다. 하늘 산맥에서 온 천사가 우리를 수호한다……. 로크 사람들은 그런 말들로 두려움을 이겨 냈다.

"이제 내가 할 일은 끝났어. 내가 원하던 대로 됐어. 나머지는 의원들이 다 알아서 할 거야. 전투 지휘는 로핀과 메이루밀이 돕겠지. 싸움은 병사들과 기사들이 하는 거고."

카셀은 허리에 차고 있는 아란티아의 보검을 풀어 라이에게 내밀었다.

"이제 내겐 이 칼, 필요 없어. 네가 쓸래?"

당연하겠지만 보검은 말이 없었다. 라이도 말이 없었다.

"이 칼은 네 손에 있을 때도 빛을 냈어. 진정한 영웅이 쥐었을 때 빛이 난다……. 이 전투에서 영웅이 되어야 할 전사는 너야."

라이는 손을 내밀어 보검이 아닌 카셀의 팔뚝을 쥐었다.

"난, 그 칼, 싫다."

"맞다. 그랬지."

"그리고, 제이메르, 줬다. 내게. 자기 칼."

그러고 보니 라이는 지금까지 없던 칼을 차고 있었다.

"제이메르가 준 거라면, 르고의 칼이구나? 그건 마음에 들어?"

"그렇다. 이제, 이 칼 주인, 나다. 그리고, 그 칼 주인, 너다."

"왜? 내가 쥐었을 때 보검이 빛을 냈으니까? 맞아. 그땐 주인이었어. 하지만 더 이상은 아니야. 나한테는 필요 없어. 그러니까……."

"필요 없으면, 버리는가?"

라이는 카셀의 팔뚝을 쥐고 있는 손에 힘을 세게 주었다.

"버, 버리는 게 아니야. 이건 더 효율적인 선택을 위해……."

"효율, 위해, 나도, 버릴 텐가?"

"아니야!"

"너에게, 속한 것, 다른 사람, 주지 마라."

라이는 무표정한 얼굴로 화를 내고 있었다.

"알았어."

라이가 손을 놨다. 그가 쥐고 있던 팔뚝이 빨갛게 손자국이 나 있었다. 카셀은 힘없이 다시 칼을 차면서 말했다.

"어리광 좀 부렸을 뿐인데, 넌 정말 가혹하구나."

카셀은 터덜터덜 정원을 걸었다. 라이가 옆을 따라왔다. 물론 아무 말도 하지 않았다.

모즈들의 군대가 몰려온 축복의 탑은 금방 대치 상태가 되었다. 로핀은 부대 배치를 위해 말을 타고 돌아다니고 있었다. 아마 당장 쳐들어오진 않을 테지만, 만에 하나 쳐들어온다면 즉시 싸울 수 있어 좋고 쳐들어오지 않아도 훌륭한 실전 연습이 될 거라면서.

"걱정 마라! 쳐들어오면 맞서 싸우면 그만이지."

로핀은 그렇게 소리치고 다녔다. 이중적인 의미였다. 쳐들어오지 않을 거라며 안심시키는 것이기도 하고 긴장감을 갖게 만드는 것이기도 했다.

"듣자니……."

제이는 거기까지 말하고 입을 다물어 버렸다. 팔짱을 끼고 모즈들의 주력 부대가 있는 방향을 응시하던 아즈윈은 한참이나 그의 뒷말을 기다렸다. 그래도 말이 없자 자기한테 한 말이 아닌가 보다 하고 다시 앞을 보았다.

잠깐 타치셀에서 마주쳤을 뿐 잡담을 나눌 정도의 친분이 있는 것도 아니고, 제이 쪽에서 워낙 무뚝뚝하게 나오니 말을 트기도 곤란했다. 게다가 아즈윈은 그럴 만한 마음의 여유도 없었다.

"……네가 그……."

그 말을 하고 제이는 또 입을 다물었다. 아즈윈은 이 자식이 지금 누구 놀리나 싶어 화를 냈다.

"할 말 있으면 해! '듣자니 내가 그.' 뭐?"

제이는 아즈윈을 똑바로 바라보고 말했다.

"……하얀 늑대들의 전투 포메이션을 지시한다며?"

"그래."

"그럼 나도 그거 몇 개 가르쳐 줘."

아즈윈은 어이가 없어 웃었다.

"나 없는 사이에 울프 기사단으로 임명받았나?"

"그런 건 아니고."

제이는 뒤를 힐끔 돌아보았다. 아즈윈도 그 시선을 쫓았다. 부대 사이사이를 돌아다니던 로핀은 말을 멈추고 같이 이동 중인 지휘관 몇 명과 대화를 나누고 있었다. 간간이 웃음소리가 터지는 걸 보아 진지한 얘기를 하는 건 아닌 모양이었다. 이런 상황에서도 웃게 만들다니 과연 로핀이었다.

"나 때문에 게랄드가 죽었다면서?"

본인이 그런 말을 하자 아즈윈은 속마음을 들킨 것 같아 움찔했다.

"카셀이 그러디?"

"로핀이라는 사람이 말한 걸 다른 녀석이 듣고 그걸 내가 들었다. 아란티아의 축복 어쩌고가 빠지게 될 하얀 늑대 한 명을 끌어들이려다 내가 대신하면서 그게 나라는 게 게랄드가⋯⋯."

제이는 말하다가 멈췄다. 아즈윈은 답답해서 그의 말을 맞춰 주었다.

"게랄드가 빠지는데, 그게 어쨌다고?"

"그러니까 내 말은, 내가 그 자리에 있겠다는 뜻이다."

아즈윈은 눈을 가늘게 뜨고 제이를 노려보았다. 제이는 그녀의 시선을 회피하며 말을 이었다.

"루티아에서 한 개 배웠다. 던멜, 로일과 함께. 게랄드라는 녀석이 서 있어야 하는 자리에⋯⋯."

"게랄드를 함부로 '녀석'이라고 호칭하지 마!"

"⋯⋯어쨌든 그 자리에 내가 한번 서 보았다. 힘들더라. 게랄드가 얼마나 대단한 녀서⋯⋯ 아니, 검사, 아니 기사였는지는 알겠더라. 그래서 가능하다면, 그 자리에 내가⋯⋯, 그러니까⋯⋯."

아즈윈은 옆에 세워 놓은 도끼를 제이에게 내밀었다.

"들어."

"뭘?"

"이 도끼."

"왜?"

"이건 게리의 무기다."

"게리가 누군데?"

"게랄드."

"왜 게리가 게랄드인데?"

"닥치고 들어."

제이는 도끼를 들었다. 아즈원은 빠르게 설명했다.

"르고가 게리의 힘과 기술에 맞춰 만든 최고의 무기다. 이걸 네가 소화할 수 있다면 그때 그 자리에 너를 넣어 주지."

"이건 뭔가 또 테스트냐? 너희들은 왜 맨날 이런 거만……."

"까불지 마. 네 스스로 내뱉은 말을 책임지라는 거다."

제이는 도끼를 한 바퀴 손에서 돌렸다. 들자마자 놓칠 줄 알았더니, 제법 동작이 매끄러웠다.

"무겁군."

"따라와."

아즈원은 제이를 널찍한 자리로 끌고 갔다.

"막아 봐."

아즈원은 오른손에 든 칼을 앞으로 내밀고 왼손에 든 방패는 허리 뒤로 숨겼다.

"왜 거꾸로냐? 방패가 앞이어야지."

제이가 물었다.

"배울 거야, 말 거야?"

"좋다. 공격해 봐."

제이의 말이 떨어지자마자 아즈원은 달려가 칼을 휘둘렀다. 도끼를 들어 막은 제이는 뒤로 휘청하고 물러났고 아즈원은 물러난 제이의 가슴에 칼을 들이댔다. 제이는 놀라 움직임을 멈췄고 아즈윈은 그의 가슴을 걷어찼다. 제이는 뒤로 한 바퀴 굴렀다.

"한 번."

아즈윈은 다시 자세를 잡으며 말을 이었다.

"세 번 같은 꼴 당하면 네 제안은 못 들은 걸로 하겠다."

제이는 먼지를 털고 일어났다.

"그런 식이라 이거지? 잠깐 기다려."

제이는 도끼를 두 손으로 잡고 세게 몇 번 휘둘러 보았다.

"됐어. 다시 해 봐."

말이 끝나자마자 들어간 아즈윈의 공격에 제이는 또 비틀거렸고, 이어지는 공격은 막지 못했다. 목 바로 아래까지 들어와 있는 칼에 제이는 마른침을 삼켰다. 도끼로 방어할 기회도 없었다.

"두 번."

아즈윈이 말했다.

"한 번 남았지!"

제이는 소리치며 도끼를 휘둘렀다. 아즈윈은 여전히 방패를 든 왼손은 뒷짐 진 채 칼만으로 제이의 도끼를 몇 번 받아 주었다. 그리고 갑자기 왼손에 든 방패로 제이의 머리를 쳤다. 제이는 머리를 잡고 휘청거리다가 겨우 균형을 잡고 섰다.

"세 번."

아즈윈의 말에 제이는 부정했다.

"방금 건 아니었다. 방패였으니까 죽은 걸로 인정 안 돼!"

"진지한 얼굴로 농담하냐? 진짜 쳤으면 두개골 깨졌어. 세 번 맞아."

제이는 거칠게 숨을 몰아쉬더니 뒤로 몇 걸음 물러났다.

"아니야. 두개골 깨졌어도 난 계속 싸웠을 거니까."

"좋아. 머리 깨졌다 치고 한 번 더 와 봐."

제이는 달려와 도끼를 횡으로 세게 그었다. 아즈윈은 여유 있게 피하고 또 이 녀석의 어딜 쳐 줄까 하다가 움찔하며 물러났다. 제이는 휘두른 도끼의 회전을 살려 어느새 아즈윈의 머리를 내리치고 있었다. 피할 타이밍을 잡을 수 없을 정도로 빨랐다. 아즈윈은 방패를 내밀어 도끼를 막으며 옆으로 살짝 흘렸다. 어금니 시린 금속성이 울리며 도끼가 바닥에 내리꽂혔다. 아즈윈은 칼을 든 손의 팔꿈치로 제이의 얼굴을 후려쳤다. 제이는 도끼를 놓치고 바닥을 굴렀다.

아즈윈은 소름이 돋아있는 목덜미를 문질렀다.

'뭐야, 이 녀석? 그렇게 세게 휘두른 다음에 바로 다음 목표점을 잡아?'

그런 건 게랄드도 못했다. 아니, 누구도 못했다. 게랄드가 이 무거운 무기를 들고 던멜처럼 빠른 녀석과 싸울 수 있는 건 누구보다 압도적인 힘과 저돌성 때문이었다. 그런데 제이는 그 정도 힘을 가지고 있지 않았음에도 정확성은 게랄드 이상이었다.

"세 번…… 안 하냐?"

제이가 물었다.

"이번 건 아니야. 방금은 전력으로 친 건데 안 죽었잖아."

"그럼 여전히 한 번 더 남은 거 맞지?"

"맞아."

아즈윈은 짧게 숨을 내쉬며 경직된 근육을 풀었다. 제이도 그사이 뒤로 물러나 도끼를 한 손으로 휘둘러 보고 있었다. 아즈윈은 잠시 허리에 손을 얹고 녀석의 동작을 지켜보았다. 로일이 했던 말이 떠올랐다.

'루티아에서 제이메르라는 녀석이 아란티아 원군이랍시고 왔다. 나보다 말 못하는 녀석은 처음 봤지만……, 검술 하나는 끝내주더라. 누구에게 배웠는지 몰라도 체계가 완전히 달라. 잘만 가르치면 여섯 번째 하얀 늑대를 만들 수도 있겠어.'

'그럼 프란츠가 억울해할걸.'

아즈윈은 그 말을 농담으로 받았다.

갑자기 로핀의 말이 떠올랐다.

'빅터가 얼마나 거대한 존재인지 아느냐, 아즈윈? 그런 자의 오른팔을 죽였다, 게랄드는. 절대 헛된 죽음이 아니야.'

'그런 것도 위로입니까, 로핀?'

진짜로 살기를 담아 말하는 아즈윈을 보고 로핀은 오히려 버럭 화를 냈다.

'그래서 언제까지 게랄드의 죽음을 슬퍼하며 혼자 앓고 있을 거냐? 그 녀석은 너에게 복수할 상대조차 남겨 놓지 않고 죽었다. 그런데 대체 너는 누구에게 화풀이하고 싶어서 혼자 분노를 키우는 거냐?'

로핀의 말이 옳았다. 아즈윈은 쏟아 낼 곳이 없는 분노를 제이메르에게 발산하고 있는 것인지도 몰랐다.

"야, 아지원."

제이가 도끼질을 멈추고 불렀다.

"아즈윈!"

"뭐든……. 그보다 이 도끼를 쓰기만 하면 되는 거지?"

"그러면 뭘 어쩌게?"

제이는 허리에 차고 있던 칼을 빼 들었다.

"전에 시험했는데 난 두 자루를 쓰는 게 더 유리한 것 같더라고."

칼은 왼손에, 도끼는 그대로 오른손에.

"두 자루 쓴다고 두 배 더 세지지 않는다는 거 알고 하는 짓이지?"

"그냥 받아 봐. 그리고 이번에는 방패 써라. 아군 죽이고 싶지 않아. 한 걸음 안으로 들어가면 나도 조절 못해."

"한 걸음?"

제이는 달려가 칼을 휘둘렀다. 도끼질과는 달리 칼 놀림은 제법이었다.

"응?"

제이가 뭔가를 재고 있는 것을 눈치채고, 아즈윈은 방패를 앞으로 내세웠다. 거의 보이지 않는 어깨 뒤쪽에서 도끼가 휘어져 들어왔다. 방패로 막는 순간, 그녀의 팔뚝이 짜릿하게 울렸다. 칼은 칼끼리 부딪치고 도끼는 방패와 맞물려 삐걱거렸다. 아즈윈은 순간 몸을 뒤로 빼며 제이의 균형을 무너트리고 칼을 올려쳤다. 예상대로 제이는 그것을 막음과 동시에 도끼를 휘둘렀다. 도끼날은 그녀의 뺨만 살짝 스쳤다.

제이는 더 공격하려다 무릎이 풀썩 꺾여 균형을 잃었다. 그는 당황하며 자기 무릎을 움켜쥐었다.

"어……?"

제이는 움직이지도 일어나지도 못했다. 아즈윈은 그사이 숨을 골랐다.

"왜, 왜 안 움직여?"

"네 움직임을 이용해서 균형을 무너트렸다. 순간적으로 다리 근육이 굳어서 움직이지 않게 되지. 이런 싸움은 해 본 적 없지?"

"뭔 소리인지도 모르겠다!"

"됐어. 머리로 아는 이론 따위를 가르치려는 게 아니니까. 다리 내놔봐."

아즈원은 칼을 집어넣더니 다가와 제이의 가슴을 뒤로 밀었다. 그는 그대로 엉덩방아를 찧었다. 아즈원은 그의 다리를 끌어당겨 무릎과 종아리를 주물러 주었다.

"서너 개의 포메이션만 가르쳐 주겠다. 하지만 별로 소용없을 거야."

아즈원이 말했다.

"내 실력이 부족해서?"

제이가 물었다.

"아니, 너는 게리가 아니야. 네가 굳이 게리의 무모한 돌격을 흉내낼 필요는 없어."

아즈원은 쭈그리고 앉아 제이의 불만 가득한 눈동자를 자세히 들여다보았다.

"너, 상대의 공격 타이밍을 잴 줄 아는 거지?"

"대충 그렇다."

"그럼 넌 돌격할 필요 없어. 적을 사방에 두고 싸워라. 그 방법을 가르쳐 주겠다."

아즈원은 시큰둥하게 말하며 속으로는 다른 생각을 했다.

'이 녀석이 내가 생각하는 대로 움직일 수 있다면, 로일과 맞먹는 천재임에 분명해.'

로일은 일대일에 있어서는 누구도 당할 수 없었다. 하지만 제이는 일 대 다수에 있어서 게랄드 이상일지도 몰랐다. 아즈윈은 제이의 다리에서 손을 떼고 자리에서 일어났다.

"일어설 수 있어?"

"당연하지."

제이는 끙끙대면서도 악착같이 일어났다.

"양손잡이지? 그래도 도끼는 왼손에 들어라. 힘을 실으려고 오른손에 들 필요 없어. 오히려 도끼를 네 무게 중심을 잡는 견제용으로 써라."

아즈윈은 명령조로 말했다. 제이는 불만 가득한 얼굴이었지만 착실하게 따랐다.

"음, 그럼 이 도끼 나 주는 거냐?"

"게리를 대신하라는 뜻은 아니다. 넌 너야. 너에게 하얀 늑대들을 위한 포메이션을 가르쳐 줄 생각은 없어. 너를 위한 포메이션은 따로 만들겠다."

"알았다."

알고 대답하는 것 같지는 않았지만, 상관없었다.

"그럼 도끼 쓰는 연습이나 더 해 둬. 르고가 널 위해 만든 게 아니라, 길들이려면 시간 좀 걸릴 거야."

"난 아무거나 잘 써."

"내가 지금 아무거나 잘 쓰는 수준을 원하는 것 같아?"

"……알았어."

제이는 툴툴거리며 말했다. 아즈윈은 긴 한숨을 내쉬며 옆을 돌아보았다. 멀리 로핀이 누운 건지 앉은 건지 모를 느긋한 자세로 앉아 있었다. 아즈윈이 다가가 물었다.

"여기저기 돌아다니는 건 벌써 다 끝냈어요?"

"잘 훈련된 병사들이라 오래 걸리지도 않았다. 그나저나 저 녀석 쓸 만하냐?"

아즈윈은 신경질적으로 로핀의 배 위에 털썩 앉았다. 로핀은 비명을 지르며 물 밖으로 나온 물고기처럼 크게 한 번 튀어 올랐다. 하지만 아즈윈은 허벅지 사이로 로핀의 배를 감싸고 두 손으로 그의 가슴을 짓눌러 움직이지 못하게 했다.

"이, 이 녀석이, 이제 스승에 대한 예절은 완전히 시궁창에 처박았냐?"

"닥쳐요. 선생님이 가르쳐 준 건 검이었지, 예절이 아니었어. 그보다 저 녀석, 여기로 보낸 거 누구예요? 이 배치, 의도한 거죠?"

"의도? 배치?"

"이곳이 가장 격전지가 될 거라는 건 알아요. 그리고 그건 내가 원한 거였고 로핀 역시 이런 자리를 피할 사람은 아니죠. 로일을 분노의 탑으로 보내 버린 건 카셀이었을 거고 부상이 회복되지 않은 던멜이 빠진 건 당연했죠. 하지만 저 녀석은 왜 나랑 묶은 거죠? 가르치라고? 로핀이죠?"

"내가 아니야."

"그럼 누구예요?"

로핀은 옆구리를 감싸고 있는 아즈윈의 다리를 찰싹찰싹 때리며 말했다.

"아이린."

"마스터 아이린이?"

"그렇다고 특별한 의도가 있는 건 아닐걸? 넌 아이린을 좋아하고 아이린은 제이메르를 아끼지. 나라도 둘이 묶어 놓고 싶겠다."

"고작 그런 이유?"

"그럼 뭐, 대단한 이유라도 있는 줄 알았어? 흐음, 가르쳐 보고 싶어졌나, 저 녀석? 넌 아직 제자를 두기에는 어려."

"꼭 가르치고 싶은 건 아니에요. 오히려 그 반대였달까? 잠깐 칼을 대는 순간 내 기술을 다 빼앗아 가는 것 같아서 기분 나빴어."

"걱정 마라, 아즈윈."

로핀은 아즈윈의 다리에 올려놓은 손을 뻗어 그녀의 뺨에 손을 댔다.

"넌 내가 키운 최고의 제자다. 아무리 저 녀석이 네 기술 다 빼앗아 가도 너의 진짜는 빼앗기지 않아. 아이린이 내기를 위해 제법 괜찮은 녀석을 데려온 모양인데, 어림없지."

"그거 무슨 내기인데요?"

갑자기 병사들이 웅성거리는 소리가 들렸다. 아즈윈과 로핀은 얼른 일어나 남쪽 로크의 상공을 바라보았다. 푸른빛을 내는 로크의 방벽 주위로 검은 박쥐 같은 것이 날개를 퍼덕이며 날고 있었다.

"저게 뭐죠?"

"믿을 수 없지만 생긴 모양으로 추측해 보자면, 모즈다."

스토크 워그

81

"모즈가 날개가 있었어요?"

"없지. 하지만 모즈를 만들었던 '녀석'이 거기에 날개 하나 못 달까?"

그 박쥐 같은 괴물은 반구 형태의 방벽 위를 맴돌더니 푸른빛 안쪽으로 쑤욱 들어갔다. 아즈윈이 깜짝 놀라 소리쳤다.

"어떻게 된 거예요? 저 로크 존인지 뭔지 하는 영역 안으로는 들어갈 수 없는 거 아니었어요?"

"그러게…….."

로핀은 턱을 쓰다듬으며 고민하다가 한 명의 이름을 입에 올렸다.

"러스킨."

"그 사람이 왜요?"

"익셀런 제1기사단 녀석들이 하늘 산맥에서 타고 다녔던 검은 털의 베논은 마법이 통하지 않는 물질로 몸을 보호했다고 했다. 녀석들이 입고 있는 망토도 같은 거고."

"맙소사, 그럼 로크 존이 소용없다는 뜻인가요?"

"아니지. 러스킨이 무슨 연금술사도 아니고 그런 물질을, 실험실도 없이 대량으로 만들 수는 없을 거야. 고작 베논 서너 마리, 모즈 네댓 마리 염색하는 정도겠지. 크기를 보니 날개를 비정상적으로 키우느라 몸통은 오히려 더 작아진 것 같군. 저런 녀석 한 마리 로크 존으로 들어간다고 크게 위험하지는 않을 거다."

"위험하지 않다면 저런 걸 왜 굳이 로크 안으로 들여보낸 거죠? 드래곤의 출현으로 사기 충전된 로크 사람들을 겁이라도 주려고?"

"글쎄, 하늘을 나는 모즈라면 크기야 어찌 되었건, 한 명 정도는 죽일 수 있으려나? 병사들 몇백 명을 죽이는 것만큼이나 중요한 인물이라면 루에머스 집정관이라든가…….”

“카셀 옆에는 누가 남아 있죠?”

아즈윈이 급히 물었다. 몸은 벌써 로크 쪽으로 향해 있었다.

“경거망동하지 마라. 네가 옆에 있는 것만큼 믿을 만한 녀석이 남아 있다. 저런 거 하나하나에 신경 쓰다가 앞으로의 전투는 어떻게 하려고 그러느냐?”

아즈윈은 인상을 찌푸렸다.

“답지 않게 진지해지지 말아요.”

“그래야 할 때는 해야지.”

로핀은 손가락으로 아즈윈의 이마를 쿡 찔렀다.

“이번 전투가 끝날 때까지 항상 머릿속에 담아둬라. 적은 죽지 않는 자들의 군주다. 어떤 이상한 일이 벌어져도 마음 흔들리지 말 것. 어떤 무서운 일이 일어나도 달아나지 말 것. 어떤 슬픈 일이 일어나도 눈물을 보이지 말 것.”

아즈윈은 로핀의 손을 탁 쳐냈다.

“적어도 마지막 말은 지키겠군요. 제가 흘릴 눈물은 하늘 산맥에서 벌써 다 흘려 버렸으니까요.”

자정이 훨씬 넘어 새벽이 지나도 적은 공격해 올 기미를 보이지 않았다. 오자마자 당연스럽게 총지휘관을 넘겨받은 로핀은 의회에 ‘내일까지는 적의 공격이 없을 것이다. 있더라도 지금은 잊어버리고 푹 자라.'라고 느긋한 지시를 내렸다.

쉴 수 있을 때는 쉬는 것도 전투의 일환이다……. 카셀은 알면서도 그렇게 되지 않았다. 오히려 푹신한 침대에 누워 있다는 것만으로도 죄책감에 시달려 방 안을 서성이기만 했다. 친구들은 딱딱하고 차가운 돌바닥에서 쉬거나 아예 비상 경계 태세로 쉬지도 못할 텐데, 자기는 졸음을 못 이겨 잘 준비를 하고 있다니.

'캡틴이니까?'

그런 생각을 하다가 카셀은 고개를 저었다.

'변명이야. 캡틴이라면 최전방에서 싸워야지. 최전방에서 물러나 구경하고 있는 캡틴 따위, 어떤 소설에서도 나오지 않아. 악당으로나 나오려나?'

그렇다고 갑옷 입고 말에 올라 군대의 선두에 서 봤자 거치적거릴 따름이었다. 노르만트의 왕성에서 그랬던 것처럼 검은 기사들 앞에 나설 필요는 없었다. 카셀은 유리 창문에 이마를 기대고 주먹을 꽉 쥐었다.

"정말 그렇게 생각해? 응?"

창문 너머에 희뿌옇게 보이는 얼굴을 보고 카셀은 환상을 보았다고 생각했다. 그래서 지금 자신의 약한 마음이 그런 추악한 형상을 비추고 있는 거라고 믿었다.

"어?"

그러나 창문을 깨트리며 카셀을 덮친 검은 형상은 모즈였다. 깃털이 아닌 막으로 이루어진 날개는 창문 전체를 덮을 정도로 컸으나 얼굴은 손바닥보다 작았고, 몸 전체의 크기도 조금 큰 개 정도에 불과했다. 그러나 기습적으로 달려드는 바람에 카셀은 작은 무게를 못 이겨 뒤로 넘어졌다.

'어떻게 여길?'

구아닐도 들어오지 못하는 로크 존 안으로 어떻게 이런 괴물들이 들어올 수 있을까 하는 의문을 갖기도 전에 카셀은 뒤통수를 바닥에 부딪쳤다. 카셀은 필사적으로 모즈의 작은 두 팔을 제압했다. 덩치가 워낙 작아서 혼자 힘으로도 이길 수 있겠다고 생각하는 순간, 모즈 입에서 터무니없이 긴 혀가 나와 그의 목을 감쌌다.

숨을 쉴 수가 없었다. 그리고 그 순간 뭔가가 보였다. 너무 빠르게 지나가 버려 카셀은 뭘 봤는지 인식을 하지 못했다.

라이의 목소리가 들렸다. 모즈의 혀가 잘려나가며 뜨거운 피가 얼굴을 덮었고 모즈의 몸이 뒤로 빠져나갔다.

카셀은 황급히 목에 감긴 축축한 혓바닥을 떼어 냈다. 고개를 들어 보니 날개 달린 모즈는 저주받은 성당의 석상처럼 벽에 걸려 있었다. 라이가 던진 칼날이 놈의 가슴에 박혀 있었다. 괴물은 그 상태로 한동안 몸부림쳤으나 벗어나지 못했다.

라이는 다가가 모즈의 목을 움켜잡았다. 모즈는 라이의 팔목을 잡고 저항했으나 그는 그대로 모즈의 얼굴을 주먹으로 내리쳤다. 그 한 방에 모즈의 목이 기형적으로 꺾여 밑으로 축 늘어졌다. 그걸로 이미 숨이 끊어졌으나 라이는 한 번 더 쳐서 확실하게 죽였다.

"괜찮나?"

라이가 부축하며 물었다. 카셀은 대답하지 못했다. 모즈가 혀를 감는 순간 보였던 것이 뒤늦게 머릿속에 떠오르기 시작했다. 그리고 그걸 모두 인지한 순간 카셀은 기절했다. 자신을 부르는 라이의 목소리도 희미해졌다.

"카셀? 괜찮나? 카셀?"

그곳은 눈에 익은 장소였다. 어렴풋이 보이는 울퉁불퉁한 굴곡들 위로 하얀 수증기가 피어오르고 있었다. 수증기 뒤로 무너진 축복의 탑이 보였다. 탑 위로 검은 드래곤이 포효하고 있었다.

카-구아닐이었다.

놈의 옆에는 황금빛 드래곤이 쓰러져 움직이지 못하고 있었다.

레-가넬이었다.

사방에 깔린 울퉁불퉁한 바위 같은 것들은 모두 사람의 시체였다.

"보아라."

무너진 축복의 탑 옆에는 얼굴이 보이지 않는 회색 로브의 마법사가 있었다. 그 마법사가 손가락으로 분노의 탑을 가리키며 한 번 더 말했다.

"보아라."

그곳 역시 무너져 있었다. 무너진 잔해 옆에 붉은빛의 드래곤 크나딜이 쓰러져 있었다. 드래곤의 입에서 흘러내리는 붉은 피가 개울을 이루며 흐르고 있었다.

쓰러진 크나딜의 머리 위에 붉은 드레스를 입고, 붉은 머리카락을 치렁치렁 흘러내린 여자가 서 있었다. 라틸다였다. 그녀는 생기 하나 없는 눈빛으로 카셀을 노려보며, 피가 흥건히 묻은 손을 앞으로 내밀었다. 그녀의 손에는 크나딜의 얼굴에서 파낸 드래곤의 눈동자가 들려 있었다.

회색 로브의 마법사는 검은 장갑을 낀 손으로 라틸다의 어깨에 손을 올렸다. 그녀의 눈이 모즈처럼 붉게 물들었다. 회색 로브의 마법사는 다음으로 아로크의 탑을 가리켰다.

"보아라."

아로크의 탑 꼭대기에는 타냐가 쓰러져 있었다. 그녀의 몸은 허리를 기준으로 두 동강이 나 있었다. 회색의 마법사가 그녀의 머리를 움켜잡아 들어 올렸다. 두 동강 난 상반신이 딸려 올라왔다. 잘려나간 타냐의 몸 아래로 절대 보고 싶지 않은 뭔가가 바닥으로 철퍽 소리를 내며 떨어졌다.

카셀은 비명을 질렀다.

고개를 돌리니 이번에는 로크가 보였다. 로크의 성문은 장작개비처럼 박살이 나 있었다. 그 안으로 모즈들이 밀고 들어왔다. 로크의 시민들은 변변한 저항도 못하고 모두 죽어 가고 있었다.

"아니야!"

카셀은 소리를 질렀다.

다시 축복의 탑이 보였다. 아즈원과 로핀이 보였다. 둘은 뭔가 이야기하고 있었고 그 옆으로 도끼를 들고 있는 제이메르가 다가갔다. 목소리는 들리지 않았으나 탑 옆에 우뚝 서 있는 황금빛 드래곤은 분명 살아 있는 가넬이었다. 시체가 아니었다. 탑도 무너지지 않았다.

분노의 탑 옆에도 멀쩡히 살아 있는 크나딜이 우뚝 서 있었다. 탑 꼭

대기의 방에서 라틸다와 로일이 크나딜에게 뭔가 말을 건네고 있었다.

아로크의 탑에는 타냐가 앉아 있었다. 아무 일 없이 고요하고 차분한 모습이었다.

메이루밀과 던멜이 성문 근처에 보였다. 간간히 알아볼 수 있는 던멜의 수화가 잠시 이어졌다. 그의 옆에 있는 메이루밀은 그 수화를 알아듣지 못해 쩔쩔매고 있었다.

푸른 방벽으로 보호되고 있는 로크에는 단 한 마리의 모즈도 없이 평화로웠다.

지금 보이는 것은 현재의 모습.

아까 보인 것은 미래의 모습.

하지만 보이는 모든 곳에 회색 로브의 마법사가 서 있었다. 그는 또 한 번 손가락을 들어 밤하늘의 어딘가를 가리켰다. 카셀은 무의식중에 그 방향이 서쪽이라고 생각했다.

그곳은 하늘 산맥이었다.

검은 얼굴의 레미프 여인이 있었다. 세르메이, 프보에 레미프 나라인 라루튼의 공주였다. 그녀는 레미프의 언어로 말했다. 그러나 카셀은 알아들었다.

"피하지 말아요!"

뒤이어 검은 드래곤의 얼굴이 보였다. 그것은 구아닐을 닮은 괴물, 카구아였다. 네 마리 카구아가 카셀을 향해 불을 뿜었다. 단지 환상일 뿐이지만 카셀은 진짜로 불이 자신을 덮치는 것 같아 얼굴을 가렸다.

눈 덮인 산에 하얀 얼음 조각이 서 있었다. 갑자기 조각이 살아 움직이더니 카셀에게 머리를 들이밀었다. 카셀은 실제로 그것이 얼굴에 닿는 것 같은 착각이 들어 뒤로 물러났다. 하지만 아무 일도 벌어지지 않았다.

그 하얀 얼음 조각은 유령처럼 모습을 감추고, 하얀 눈 위에 발자국을 만들며 이동할 따름이었다. 그것은 레미프의 언어가 아닌 다른 언어로 카셀에게 말했다. 놀랍게도 그는 그 말마저 알아들을 수 있었다.

"내게 와라. 너와의 싸움은 아직 끝나지 않았다."

그 이상한 유령 같은 괴물을 뒤로 한 채 카셀의 시선은 어느새 눈을 감고 앉아 있는 시나비아의 앞에 도달했다. 레미프의 도시 라든이었다.

카셀은 시나비아의 말 역시 알아들을 수 있었다.

"눈을 돌리면 안 됩니다."

그녀가 눈을 떴다. 흰자위만 보이는 눈동자에 투명한 눈물이 가득 차 있었다.

"보세요."

하늘 산맥의 숲을 지나 언젠가 본 적이 있는 익숙한 성곽에 이르렀다. 그것은 아란티아의 블루 게이트였다. 그곳에 익숙한 얼굴들이 있었다. 한 명 한 명 그 이름과 얼굴을 모두 외워 둔, 아무리 급하게 외웠어도 절대 잊어버리지 않을 아란티아의 기사들이 모두 그 자리에 있었다.

울프 중 한 명의 목소리가 들렸다.

"늦지 않을까?"

아직은 어린 목소리, 그러나 어른들 틈에 끼어서도 자신의 모습을 잃지 않는 당찬 소녀, 실디레였다. 못 보던 한 달 사이에 무슨 일이 있었는지 그녀의 얼굴 한쪽에 흉터가 있었다. 그리고 그 옆에서 밤하늘을 올려다보고 있는 남자는 쉐이든이었다.

"늦는 건 늦는 거고 우리가 가는 건 가는 거다. 걱정되어도 자 둬라. 아직 갈 길이 멀다."

쉐이든의 목소리는 바로 옆에서 들리는 듯 또렷했다.

"로크까지 며칠이나 걸리지?"

실디레가 물었다.

"닷새."

"너무 길어!"

"마지막 순간 말이 지치면 안 되니까 휴식을 취하며 가야지."

"그렇지만, 쉐이든……."

놀랍게도 울프 기사들 사이에는 빌리와 슈벨도 있었다.

"꼬마 기사께서 너무 흥분하셨군."

슈벨의 농담에 실디레가 으르렁거렸다.

"시끄러! 끼워 줬으면 닥치고 있는 게 예의야."

"아이고, 무서워라!"

슈벨은 발톱 세운 고양이를 대하듯 얼른 손을 뒤로 숨기고 물러났다. 빌리가 둘의 모습에 웃으며 말했다.

"서두르면 안 된다. 네 얼굴의 상처도 그 결과이지 않나?"

"그것과 이건 다르다! 당신도 마찬가……."

실디레의 뒷말은 들리지 않았다. 그 순간 카셀의 시야는 뒤로 물러나 다시 하늘 산맥을 향했다. 그 숲 너머로 모즈들이 내려오고 있었다. 평원을 덮은 그 숫자를 보고 카셀은 또 한 번 비명을 지르고 싶었다.

어둠 속에서 걸어오는 모즈들이 도달한 곳은 며칠 전 함락된 레오피오였다. 평원 반대편 지평선까지 메워 걸어오는 모즈들은 적어도 십만 마리 이상이었다.

"안 돼!"

카셀은 비명을 질렀다. 그것은 또 하나의 십만 병력이었다. 로크 앞을 점령한 모즈도 충분히 로크를 뒤덮어 버릴 숫자인데, 지금 그만큼의 숫자가 더 몰려오고 있었다.

그런 광경의 한쪽에도 회색 로브의 마법사는 있었다. 그는 어디에나 존재했고, 모든 것을 카셀과 함께 보고 있었다. 그는 손가락으로 모즈들을 가리켰다.

"보아라."

고대어인지, 인간의 언어인지 분간할 수 없는 목소리로 그가 말했다.

"내가 이겼다. 천 년이나 준비한 마지막 전투다. 새나디엘의 대처는 이미 늦었다. 너 따위가 뭘 할 수 있느냐, 새나디엘의 후계자?"

카셀은 귀를 틀어막았다. 그래도 그의 목소리는 계속 들렸다.

"내가 준비한 이 힘을 네가 막을 수 있겠느냐? 로크가 무너지는 순간 내 위대한 계획이 시작되노라. 넌 막을 수 없다. 넌 막을 수……."

카셀은 비명을 지르며 일어났다. 침대 옆에는 라이가 앉아 있었고, 벽에는 여전히 칼에 박힌 모즈가 걸려 있었다. 깨진 창문으로 찬 바람이 불어왔고 밖은 여명이 깃들기 시작했다. 카셀이 놀라 물었다.

"벌써 아침이야?"

라이가 대답했다.

"새벽, 이다. 아침 해, 안 떴다. 나, 걱정했다. 너, 오래, 의식, 없었다. 지금, 의사, 불렀다."

카셀은 침대에서 거의 굴러떨어지듯 내려와 탁자에 놓인 지도를 꺼냈다. 라이가 호기심에 다가왔다. 카셀은 너무 급히 깃털 펜에 잉크를 찍다가 그만 잉크병을 바닥에 떨어트렸다. 잉크가 바닥에 깔린 러그를 적셨지만 카셀은 병을 다시 주울 생각도 않고 지도 위에 선을 길게 그렸다.

"레오피오에서 모즈들이 오는 데 약 사흘, 블루 게이트에서 말을 타고 달려오는 게 닷새……."

카셀은 혼잣말로 중얼거렸다.

"누가, 오는가?"

라이가 물었다.

"울프 기사단!"

"여기로?"

"그래. 하지만 폐하께서 너무 늦게 보내셨어. 이틀이나 늦어."

카셀은 머리를 감싸 쥐었다가 손을 늘어트렸다.

"아니, 아니야. 가넬로크는 사실 사흘도 버티지 못해. 알 것 같아. 오늘 가넬로크의 병사들은 한잠도 자지 못했어. 로핀이 아무리 자라고 다독였어도 소용없었을 거야. 봐. 괴물들이 저렇게 몰려와 있는데 누가 잘 수 있겠어? 내일이야. 아니, 하루 더 우리가 지치길 기다려 모레 공격할 수도 있어. 그때 그걸 막는 건 불가능해."

카셀은 어금니를 악물었다.

"뒤따라오는 또 다른 십만 마리의 모즈들은 로크를 무너트린 후 다른 나라를 공격하기 위해 오는 것들이야."

손에 쥔 깃털 펜이 부러졌다.

"울프 기사단이 와도 그때는 이미 늦어. 제일 무서운 건 뭔지 알아? 그걸 알고도 내가 할 수 있는 게 아무것도 없다는 거야."

"있다."

라이가 말했다.

"뭔데?"

"나는 모른다. 하지만 있다. 있을, 것이다."

"너에게 위로 부탁한 적 없어!"

카셀은 끓어오르는 분노를 라이에게 퍼부으려다가 멈췄다.

"미안해, 라이. 화내려던 게 아니었어."

라이는 화가 난 것처럼 아무 말 하지 않다가 입을 열었다.

"넌 계속……, 네 친구, 게랄드, 죽음, 네 탓, 으로, 돌렸다. 하지만 나, 다르게 생각한다."

라이의 길지 않은 잿빛 머리카락이 새벽바람에 흔들렸고, 옅은 햇빛을 등지고 말하는 그의 하얀 날개는 천사처럼 빛을 내고 있었다. 레미프들에게 인간이 어떻게 보이는지 모르나, 적어도 인간에게 있어 레미프는 신비로움 그 자체였다. 특히 다른 레미프들에 비해 몇 배나 더 큰 날개를 가진 라이는 더욱 아름다웠다.

"넌, 아즈원, 살렸다. 늦은 게, 아니라……, 빨랐다."

"아즈원을 구한 건 내가 아니라, 로핀이야. 라이, 너야. 타치셀을 구한 건 크나딜이야."

카셀은 고집스럽게 말했다.

"싸운 건, 나다. 로핀, 이었다. 크나딜, 이었다. 하지만, 시간, 앞당긴 건, 너다. 카셀이다."

라이 역시 고집스럽게 말했다.

"시간을 앞당겨?"

"너 자신…… 낮추지, 마라. 라든, 타치셀…… 네가 한 일, 생각해 보라……. 너를, 진짜 너를, 봐라."

카셀은 몇 번이나 중간에 라이의 말을 끊으려고 했으나 라이는 손을 내밀고 말을 이어 갔다. 꿋꿋하게, 천천히.

"생각해 보라. 넌, 아무것도, 하지 않았다. 그러나, 네가 없으면, 그일, 일어나지 않았다. 네가 한 일은, 그거다."

카셀은 한참이나 라이의 얼굴을 올려다보았다.

"내가 한 일?"

많은 일들이 있었다. 그러나 카셀은 결국 한 가지만 떠올렸다. 크나딜의 동굴에서, 라든에서, 아란티아에서 언제나 머릿속에 담고 있었던 한 가지, 그것은 시간이었다.

카셀은 침대 옆에 풀어 놓은 아란티아의 보검을 들고 라이에게 말했다.

"제이메르 들고 난 적 있지? 나를 들면 어디까지 날 수 있어?"

라이는 생각할 것도 없이 말했다.

"어디든."

"아로크의 탑으로 가자."

카셀은 옷 하나 걸치고 어제 먹다 남은 빵을 입에 물었다.

로크의 상공을 날아가는 건 아찔했지만 푸른빛에 감싸여 있는 모습
이 아름다웠다. 라이가 왜 할 일이 없으면 시도 때도 없이 하늘을 나는
걸 즐기는지 알 것 같았다. 하지만 카셀은 머릿속에 그려 놓은 지도와
앞으로의 시간을 계산하느라 눈앞의 광경이 잘 보이지도 않았다.

이틀이라는 숫자가 머릿속에 맴돌았다. 하지만 죽지 않는 자들의 군
주가 보여 준 끔찍한 광경이 정확히 언제 벌어질 미래의 모습인지 카셀
은 알지 못했다.

'그 모즈가 날 중독 시킨 걸까? 아니면 라틸다가 꿨다는 꿈에 전염된
걸까? 어쩌면 그것은 단지 불타는 리마 성처럼 내 공포가 만들어 낸 가
짜일지도 몰라.'

카셀은 그 모든 게 가짜이길 간절히 빌었다.

'그게 다 가짜라면 난 적의 작전에 속는 거야.'

카셀은 날아가는 순간에도 계속 망설였다. 마지막까지 라이에게 방
향을 돌려 다시 드래곤 기사단의 자기 침실로 데려다 달라고 말하고 싶
었다.

'잠이나 자자. 잠이 모자라니까 멍청한 생각이나 하는 거지. 잠옷으
로 갈아입고 뜨거운 물에 얼굴을 씻고 그냥 침대에 누워. 그리고 자.
자고 일어나서 침실에 더럽게 걸려 있는 모즈의 시체를 치우자. 그놈이
내게 독을 안겨 준 거야. 놈을 매개체로 써서 내게 공포심을 준 다음

이렇게 허둥대게 만들 속셈인 거지! 속으면 안 돼. 난 쉬었다가 당당한 모습으로 일어나서 각 군대를 돌아다니며 캡틴 올프의 권위를 보여 주는 일만 하면 돼. 모두를 격려해 주는 게 바로 내가 할 일이야!'

카셀은 정말로 눈앞에 그들이 있는 것처럼 주먹을 꽉 주었다.

'나는 그들에게 인간들의 마지막 전투를 위해 목숨을 바치라고 소리 지르는 거야. 자, 싸우세요. 나는 혼자 후방에서 당신들 죽는 거 구경하고 있을 테니 목숨 바쳐 싸우세요. 나와 로크의 의원들만 살아남아 있고 탑만 건재하면 인간들은 살아남는 겁니다. 그러니 사망자 명단에도 올리기 힘든 당신들은 다 죽어도 괜찮아요. 얼마나 좋습니까? 당신들의 위대한 희생 앞에 당신들의 후손들은 잘 먹고 잘 살 겁니다!'

푸른 방벽 너머로 모즈들의 군대가 보였다. 그쪽도 횃불을 사용하여 희미하게 자기들의 위치를 보이고 있었다. 모즈들에게 필요한 불이 아니라 모즈들을 지휘하는 인간에게 필요한 불이리라.

"라이, 구아닐이 어디 있는지 보여?"

카셀이 말했다.

"보이지 않는다."

"익셀런의 기사들이나 카구아는?"

"해가 뜨기 전이라, 보기 힘들다."

카셀은 희미하게 스치는 찬 새벽 공기를 맡으며 머리를 비웠다. 몇 번이나 같은 생각을 하고도 쉽게 결론을 내지 못했다.

"라이, 내가 잘못 생각하고 있는 걸까?"

"모른다. 나……, 너 무엇 하든, 따른다."

"고마워."

카셀은 라이에게 그 말밖에 못한다는 게 아쉬웠다.

탑의 창문을 통해 들어온 카셀을 보고 타냐는 동그란 눈을 깜박거리며 인사도 못했다.

"타냐, 나 갈 곳이 있어요."

카셀은 겨우 창턱에 매달려 안으로 들어왔다. 밖에서 날개를 펄럭이던 라이가 한 발만 창턱에 걸치고 기다렸다. 타냐는 그 둘을 번갈아 보다가 말했다.

"라이와 함께요? 어딜?"

"데려올 친구들이 있어요. 지금 아란티아에서…….."

방 안에는 타냐만 있는 건 아니었다. 아이린이 작은 탁자에 앉아 카셀을 보고 말했다.

"울프 기사단이 오고 있지. 어떻게 알았어, 캡틴?"

"그냥…… 알게 되었어요."

"그런 큰일을 '그냥'이라고 말할 수는 없지."

"마스터 아이린께서는 어떻게 아셨나요?"

"내가 하늘 산맥으로 출발할 때 이미 울프 기사단도 출정 준비를 갖추고 있었다. 대충 시간을 거슬러 생각해 보면 지금쯤……, 그레이 게이트에 있지 않을까?"

"블루 게이트에 있습니다."

"빠르네. 그런데 그걸 네가 어떻게 알지?"

아이린은 재미있어하며 말을 이었다.

"적이 너에게 그걸 보여 주었구나?"

"……예."

카셀은 사실대로 대답할 수밖에 없었다.

"적이 보인 환각 때문에 캡틴이 자리를 비우려고?"

아이린은 질책하는 목소리로 말했다.

"제가 자리를 지킨다고 뭐가 달라집니까?"

"본인에게는 잘 보이지 않을 수도 있겠구나. 로크의 시민들은 이미 캡틴 울프라는 존재를 따르고 있다. 네가 지킨다고 달라지냐고? 전쟁에서 사기라는 게 얼마나 중요한지 알고 하는 소리야? 아란티아가 그 엄청난 론타몬의 군대를 맞아 싸울 수 있었던 가장 큰 무기는 절대 지지 않는다는 믿음이었다. 그게 새나디엘 폐하께서 울프들에게 주신 마법이었어."

"마법이요? 그래요. 사람들은 제가 바로 그런 마법을 발휘해 주길 바라는 겁니다. 하지만 저에게 그런 힘은 없어요."

"네가 아무 힘도 없다면 대체 하얀 늑대들이 왜 너를 따르겠어? 흐음, 우습군. 퀘이언과 나를 앞에 두고 큰소리칠 때 이미 그런 고민은 해결한 줄 알았는데 아직도 하고 있었어? 생각 이상으로 소심한 녀석이네."

아이린은 차분한 말로 화를 내고 있었다. 타냐는 손을 내밀어 아이린을 말리고 대신 말했다.

"카셀, 어딜 간다는 건지는 묻지 않도록 하죠. 하지만 당신이 생각하는 것보다 더 많은 이들이 당신에게 의지하고 있습니다. 누구보다……."

타냐는 자신의 가슴에 한 손을 얹고 말을 이었다.

"제가 카셀에게 의지하고 있어요. 그것만으로 충분하지 않나요? 조만간 아이린은 과거의 연인과, 저는 과거의 스승과 싸워야 합니다. 그런데 자리를 비우겠다니요?"

"타냐…… 그리고 아이린. 저는 미래를 보았습니다. 그래요. 적이 저의 자신감을 무너트리기 위해 보여 준 미래였습니다. 저를 로크에서 벗어나게 하려고 만든 가짜일지도 모르죠. 하지만 솔직히 말씀해 보세요, 아이린. 로크의 군대로 저 엄청난 군대를 맞아 싸울 수 있습니까? 기적을 일으켜 사흘을 지킨다고 해도, 그 뒤에 몰려올 더 많은 병력은 또 무슨 수로 상대합니까? 저는 적이 지금까지 보여 준 것 이상의 모즈를 가지고 있는 걸 봤어요."

"지금 군대 이상?"

아이린도 동요했다. 타냐도 놀랐다. 성 밖에 버티고 있는 괴물들의 숫자는 이미 기적을 필요로 할 정도로 많았다. 카셀은 아란티아의 보검을 칼집째로 들었다.

"아무리 계산해 보아도 제 결론은 마찬가지입니다. 이틀이 늦습니다. 저는 시간을 앞당길 수는 없습니다. 하지만 거리를 단축시킬 수는 있습니다."

아이린은 이미 그가 뭘 하려는 건지 알았다. 하지만 동의하지는 않았다.

"멍청한 녀석! 마법사조차 하늘 산맥에서 한 번에 열 명 이상을 이끌고 다니다가는 길을 잃기 십상이다. 나는 베나 에사르크의 힘을 빌려도 절대 다른 사람을 하늘 산맥으로 끌어들이지 않아."

"하지만 땅으로 이동하는 것보다 하늘 산맥을 경유하는 게 더 빠르잖습니까? 즈토크 워그는 하늘 산맥에서 가장 강력한 인도자가 될 수 있습니다. 나딜께서 즈토크 워그의 기적에 대해 말씀하신 적이 있습니다. 지금 그 기적이 필요할 때예요."

"네가 아무리 서두른다 해도 울프 기사단이 여기에 당도하는 시간을 극적으로 단축시킬 수는 없어!"

아이린이 답답해하며 말했다. 카셀은 힘없이 들고 있던 보검을 늘어트렸다.

"그럼 폐하께서는 왜 이렇게 늦게 움직이셨습니까?"

아이린도 흥분을 가라앉히고 말했다.

"그렇게 할 수밖에 없었다. 적이 가넬로크를 치려고 군대를 준비한 건 아셨지만, 미리 아란티아를 비울 수는 없는 노릇이었어. 네가 말했지? 지금 엄청난 군대가 레오피오로 내려왔다고. 계산해 봐라. 만약 울프 기사단이 미리 로크에 와 있다면 그 군대는 지금쯤 레오피오가 아니라 블루 게이트로 내려가고 있을 거야. 나도 이제 와서야 상황이 이해가 되는구나. 적과 새나디엘 폐하는 서로 시간 싸움을 하고 있었어."

아이린은 신경질적으로 머리를 헝클며 말을 이었다.

"원래부터 울프 기사단은 아란티아를 빠져나가서는 안 되는 병력이다. 알잖아? 울프들은 새나디엘 폐하의 축복 안에서 완전한 존재야. 블루 게이트를 벗어나는 순간 울프들은 더 이상 울프가 아니야. 쉐이든이 화이트 게이트 앞이 아니라 이곳에서 캡틴 웰치와 싸웠다면 이길 수 있었을까?"

"있습니다!"

카셀은 지체 없이 말을 이었다.

"전 카모르트에서도 원군을 데려가지 못했습니다. 그리고 돌아오는 것 역시 하루가 늦었지요. 타치셀에서도 하루가 늦어 게랄드가 죽었습니다."

타냐는 강하게 부정했다.

"누구도 그걸 카셀의 탓이라고 말하지 않아요!"

"제가 그걸 제 잘못이라고 말하고 있습니다. 그러니 이번에는……."

카셀은 천천히 뒤로 물러나며 말을 이었다.

"……그때 늦은 이틀의 시간을 끌어오겠습니다."

"카셀!"

타냐는 손을 내밀었다.

카셀은 고개를 저으며 창턱에서 기다리는 라이에게 다가갔다.

"기다려요, 타냐. 반드시 돌아올게요."

라이는 카셀을 뒤에서 끌어안고 탑 아래로 떨어졌다.

타냐가 창가로 달려가 보니 카셀은 이미 남쪽으로 날아가고 있었다.

"카셀, 어째서 아직도 그런 말을 하고 있는 겁니까? 왜 항상 자기가 필요 없다고 말하는 겁니까? 내가 이렇게 필요로 하고 있는데 왜 스스로를 필요 없다고 하는 거죠? 왜 자신을 하찮게 여기는 거예요?"

타냐는 카셀을 향해 작은 목소리로 원망했다. 아이린은 타냐의 등을 쓸어주며 말했다.

"녀석은 지금까지 있어 본 적이 없는 마법을 시도해 볼 생각인 것 같구나. 그리고 시간 내에 도착할 수 없는 원군을 데려온다는 소리겠지."

"그런다고 달라지지 않습니다. 지금 이곳에는 많은 원군보다 카셀한 명이 더 필요합니다. 이기적이라고 생각해도 좋아요. 원군 따위 아무래도 좋아요. 전 카셀이 제 옆에 있어 줬으면 좋겠어요."

"나도 알아. 그래서 말린 거야."

아이린은 방금 창문을 벗어나던 카셀의 모습에서, 자신에게 마지막 인사를 하고 사라지는 테일드를 보았다.

"카셀이 없어졌다는 걸 어떻게 다른 친구들에게 설명해야 할지 난감하군. 겁먹어서 혼자 안전한 곳에 숨어 버렸다고 거짓말하는 게 차라리 나을지도……."

아이린은 눈물 맺힌 타냐의 눈을 보며 들리지 않게 중얼거렸다.

'만약 타냐가 마음의 의지를 잃어 마법의 싸움에서 패한다면, 그것이야말로 카셀 네 잘못이다!'

"역시 가넬로크야. 유리잔 하나는 기가 막히게 만든다니까!"

빅터는 뜨거운 물이 든 잔을 들었다. 투명한 유리잔 너머로 파란빛에 희미하게 싸여 있는 로크가 넘어다 보였다. 그는 갑옷도 입지 않고 칼도 차고 있지 않았다.

한 팔이 다시 생겼지만 아직 익숙하지 않았다. 너무 오래 한 팔로 지낸 바람에 전투가 벌어지면 한 팔이 더 있다는 사실은 잊고 있는 게 나을 것 같았다.

쉬게 둔다는 작전대로 모즈들은 흥분을 죽이고 몸을 낮추고 있었다. 빅터는 뜨거운 물을 후루룩 마시다가 로크의 방벽 너머로 날아가는 레미프의 하얀 날개를 발견했다. 그는 시큰둥하니 그 모습을 바라보다가 픽 웃었다.

"저런 멍청한 놈. 정말로 나오고 있네? 그런 단순한 작전이 먹힐 것 같냐고 한 날 바보로 만드는군."

너무 얇게 입고 나와서 그런지 조금 쌀쌀했다. 빅터는 몸을 한번 부르르 떨고 다시 막사로 이동했다. 특별한 일이 없는 한 전투는 내일 저녁에 시작된다. 아마 저쪽에 있는 지휘관도 그렇게 생각할 것이고 빅터는 그들이 생각한 대로 해 줄 생각이었다. 이런 광활한 전장에서 허를 찌르는 작전 같은 것은 필요 없었다.

'어쩔 거냐, 로핀? 이대로 가면 내가 너무 쉽게 이길 텐데? 기가 막힌 작전을 준비해 둬야지 않을까?'

✦Chapter 14✦

로크 존

아이린은 카셀이 새벽에 떠났다는 소식을 루에머스 집정관에게 조용히 전달했다. 루에머스는 소식을 듣고 한참이나 신음하더니 일반 병사들에게는 비밀로 하자고 말했다. 심지어 다른 의원들에게도 알릴 필요 없다며 이 일은 가급적 적은 사람만 알자고 신신당부했다. 그는 아란티아의 캡틴이 자기들 군의 사기에 많은 영향을 미치고 있다는 걸 마음에 들어 하지 않았다. 하지만 인정은 하고 있었던 모양이었다.

로핀은 의외로 덤덤하게 그 사실을 받아들였다.

"울프 기사단 오면 꽤 도움 될걸?"

아즈원은 콧살을 찌푸리며 아이린과 똑같은 생각으로 말했다.

"괜찮은 남자란 것들은 항상 자기가 괜찮다는 걸 몰라서 그걸 증명한답시고 여자 곁을 떠나 버리죠."

"맞아, 맞아. 그래서 괜찮은 여자 옆에는 시원찮은 남자만 남게 되지."

아이린의 말에 로핀의 한쪽 눈썹이 꺾여 올라갔다.

"이것들이, 나 같은 멋진 남자 앞에서 그게 할 소리냐?"

"그걸 자기 입으로 말하는 순간 멋진 건 다 날아간다고요."

어쨌든 아즈원과 로핀은 그다지 큰일로 받아들이지 않았다. 오히려 제이메르가 크게 당황했다.

"어제까지만 해도 그런 얘기 전혀 없었는데……. 말도 안 하고 가버리다니!"

하지만 곧 그는 수긍하며 말했다.

"뭐, 그 녀석이 그리하겠다니 어쩔 수 없지."

"꽤나 믿는 말투구나?"

"믿으니까."

"좋은 말이다. 좋아 보이기도 하고."

"하지만 작별 인사도 없이 간 건 진짜 너무하네."

"갑작스러운 선택이었겠지. 타냐는 거의 날벼락을 맞은 기분인 것 같더구나."

제이는 남쪽을 돌아보며 물었다.

"마스터 생각엔 지금쯤 얼마나 갔을 것 같아?"

"라이가 나는 속도를 모르니 나도 모르지. 하지만 이미 하늘 산맥을 넘지 않았을까?"

"중간에 구아닐을 마주칠 일은 없을까?"

"그것도 모르지. 라이의 날개가 눈에 띄는 건 사실이니까."

제이는 걱정스러운 눈으로 계속 남쪽만 바라보았다.

"제이메르, 난 마스터 크나딜께도 이 사실을 알리러 가야겠다. 아,

그리고……, 세 번째 테스트 잊지 마라."

기억력 좋지 않은 제이도 그것만큼은 잊지 않았다.

"물론! 하지만……."

제이는 머리를 긁적이며 말을 이었다.

"그거 합격해도 내가 하얀 늑대의 이빨을 얻는 건 아닌 거지?"

아이린은 미안한 표정으로 말했다.

"실망했니?"

"아니, 처음부터 그랬지만 난 그냥 마스터 밑에 있는 게……, 뭐라고 하더라, 목표야. 그러니까……."

제이메르는 이것저것 떠올려 보다가 포기했다.

"에이, 몰라! 테스트 합격하겠습니다, 마스터!"

"좋아."

아이린은 손을 흔들고 말에 올랐다. 그리고 분노의 탑을 지키는 크나딜에게 갔다. 크나딜은 이미 그 사실을 알고 있었다. 아니, 이미 알고 있는데 막지 않은 것이었다.

"난 카셀의 선택에 개입할 수 없었다. 적의 힘은 너무 커졌고, 그의 기더는 이미 내 통제를 벗어났으니까. 그러니 카셀이 뭘 하든, 그건 그의 선택에 맡기노라."

"왠지 여기 오기 전부터 그런 얘기를 들을 것 같았어요. 그보다……."

아이린은 최대한 작은 목소리로 이어 물었다.

"라틸다라는 여자는 어떤가요? 타냐가 걱정하더군요. 그녀는 언제라도 저쪽의 힘으로 물들어 버릴 수 있다고."

크나딜의 머리는 까마득히 높은 위치에 있었으나 그녀의 작은 목소리를 모두 들었다.

"내가 '살아 있는 순간까지'는 괜찮다."

이중적인 의미였다. 틀린 말은 아니었으나, 불안한 전조인 것도 사실이었다.

"뭐, 애초에 크나딜께서 안 계시면 이런 방식의 전투 자체가 불가능했으니까요. 부디 살아 계십시오. 마지막까지."

크나딜은 인간의 농담에 익숙해져 있었다.

"내가 살아 있는 모습은 네가 살아서 확인하여라."

아이린은 웃으며 말에 올랐다. 그리고 마지막으로 남쪽 성문으로 갔다. 메이루밀과 던멜은 마침 간단한 시합을 하고 있었다. 보통 사람이 보기에도 가볍게 몸 푸는 수준에 불과한 소극적인 몸놀림이었다.

"전투 전이라 몸 사리나, 루밀?"

아이린이 안부 인사 대신 물었다.

"던멜이 좀 봐 달라고 해서."

그 정도 움직임만으로도 던멜은 지쳐서 땀을 흘리고 있었다. 아이린은 그의 몸 상태가 걱정되었지만, 자존심을 고려해 걱정하는 티를 내지 않았다.

"한 바퀴 돌고 오는 모양인데, 어떤가? 다들 괜찮아?"

"적군과 아군의 병력 차를 모르는 병사들의 한가로운 하루였지."

루밀은 웃으면서도 유쾌하지 못한 농담이라고 핀잔했다. 아이린은 마찬가지로 카셀의 문제를 말했고 루밀은 의외라는 듯 고개를 저었다.

"자신의 위치를 아는 녀석이 그럴 리가?"

"위치 같은 거 몰라, 그 녀석. 자기가 한 게 아무것도 없다고 생각하지. 그보다 카모르트의 일 좀 자세히 얘기해 줘 봐. 후배들에게 몇 번 얘기를 들었지만 녀석이 '늦었다.'라고 한 게 무슨 뜻인지 모르겠어."

루밀은 암브루의 에노아 후작 저택에서 카셀을 만난 얘기와 노르만트에서 본 것을 상세히 일러 주었다. 검은 사자 백작 앞에서 소리치던 카셀의 모습으로 얘기를 끝내고 루밀은 입맛을 다시며 말했다.

"아무것도 하지 않았다라…… 그 말이 틀린 건 아니야. 카셀이 검은 기사들의 군주 앞에서 한 건, 로일에게 '저 녀석을 베라.' 하고 검을 던져 준 것밖에 없어."

"그런 식으로 치면 타치셀에서도 카셀이 한 일은 아즈윈과 라이에게 검을 들라고 명령을 내린 거 하나밖에 없는 게 돼. 레미프들이 루티아를 도운 것도 레미프들 스스로의 판단이지, 카셀이 한 일은 없는 거야……. 화이트 게이트 앞에서 해낸 일은 어떻고? 그 녀석 설마 그런 걸 다 '아무것도 안 했다'라고 생각하는 건가? 답답한 녀석이네. 아니면 일부러 자기를 몰아세운 건가? 새벽에 떠날 때 한 대 쳐서라도 말릴 걸 잘못했어."

"칼을 휘두르는 낭만적인 기사들의 서사시를 즐기던 어린아이인 게지. 머릿속에 그리는 이상적인 모습과 현재 자기 모습에 대한 괴리감이라고 해도 좋고."

"흥, 세상 어느 누가 이상을 모두 실현시키고 살까!"

"크나딜조차 이미 이 상황이 통제를 벗어나 있다고 말씀하셨다며? 카셀을 도로 데려올 수 없다면 이제 믿고 기다려야지. 울프 기사단이 여기 오면 확실히 도움은 될 거야. 어떤가? 퀘이언은 늑대들을 잘 키워

났나?"

"한 명씩 일일이 살펴볼 시간적 여유는 없었지만, 적어도 울프 기사단이 여기 오면 우리 두 사람이 50명으로 늘어난 것 이상이라고 생각해도 괜찮을 거다."

"그거 멋진 말이군."

"우리가 늙은 걸지도. 그보다…… 네가 키운 제자는 로일인가?"

아이린은 루밀을 만나자마자 물어보고 싶었던 것을 이제야 물었다.

"특별히 키운 건 아니다. 우리 네 사람의 내기에 그 녀석을 내세우긴 껄끄럽군. 퀘이언에게 소개만 시킨 정도지. 너는?"

"나도 시간이 조금만 더 있었으면 좋을 텐데 하고 아쉬워하고 있어."

쿵!

그때 지진이 일어난 것처럼 바닥이 크게 울렸다. 성벽도 약간 흔들리며 먼지와 돌가루가 뿌옇게 일어났다. 해가 지는 시각이기도 하거니와 막 저녁 식사를 하려고 병사들끼리 교대하던 순간이라 병사들의 동요가 더욱 컸다.

"당황하지 마라. 예정대로다. 전원 전투태세!"

메이루밀은 침착하게 명령을 내렸다. 아이린이 그의 어깨를 툭툭 쳤다.

"던멜이 우리를 부르는 것 같은데."

성문 바로 위쪽 망루에 서 있는 던멜이 두 사람에게 올라오라고 손짓을 하고 있었다. 루밀과 아이린은 급히 사다리를 올라가 던멜 옆에 섰다.

성문에서 오십여 미터쯤 떨어진 자리에 회색 로브의 마법사가 있었다. 정확히 로크 존이 시작되는 위치, 로크 존 안쪽과 바깥쪽의 경계였다.

'저자가 경계에 서 있는 것만으로 로크의 지각 전체가 흔들린 모양이군.'

그자의 힘이 이 정도라는 건 예상했기에 아이린은 오히려 그걸 버텨낸 로크 존의 견고함에 더 감탄했다. 그리고 누가 말릴 겨를도 없이 그녀는 성벽 아래로 뛰어내려 마법사의 앞으로 다가갔다.

"왔나? 이 테일드 몸 빌려 장난치는 녀석아."

아이린은 베나 에사르크를 뽑았다.

회색 로브의 마법사는 다가오는 아이린을 향해 손을 휘휘 저었다.

"관두어라, 아이린. 새나디엘의 힘도 없는 곳에서 나와 일대일로 싸우자는 건가?"

그 사악한 목소리 어디에도 테일드의 느낌은 없었다.

아이린은 열 걸음 정도의 거리를 두고 걸음을 멈췄다.

녀석은 분명 로크 존 안으로 공격해 들어올 수 없다. 모즈 같은 사소한 생명체가 아니기에 마법을 무효화시키는 러스킨의 마법 염료도 사용하지 못할 것이다. 하지만 또한 일반적인 상식이 통하는 존재가 아니기에 함부로 그런 예측을 할 수도 없었다.

아이린은 로브의 후드로 가려진 녀석의 얼굴을 주시하며 말했다.

"폐하의 힘이 없어도 베나의 힘은 살아 있다."

"그대는 나를 벨 수 없다."

사악한 목소리에 또 다른 목소리가 중첩되기 시작했다.

"누가 그래?"

아이린은 자기도 모르게 떨리는 목소리로 말해버리고 말았다.

"아니야, 아니야. 넌 날 벨 수 없어. 설마하니 과거에 사랑하던 사람을 죽이려고?"

마법사는 천천히 로브를 뒤로 젖혀 얼굴을 드러냈다.

'제기랄.'

아이린은 피가 배어나도록 입술을 깨물었다.

이미 알고 있던 사실이 눈앞에 펼쳐졌다. 아니라고 몇 번이나 부정하려고 노력했지만 모든 증거가 하나로 모였고 드래곤 크나딜조차 이 일을 예지했다. 그러니 괜찮을 거라고, 견뎌낼 수 있을 거라고 생각했다. 하지만 막상 얼굴을 보자 아이린의 마음은 무너지고 말았다.

그는 진짜 테일드였다. 처음 사랑에 빠졌던 그 얼굴 그대로 그는 아이린에게 미소 짓고 있었다.

"그래! 죽일 거다. 사악한 일에 이용당할 바에야 죽어도 좋다고 테일드는 생각할 것이다."

"단단히 오해하고 있군, 아이린. 나는 단순히 테일드의 몸을 빌리고 있는 게 아니야. 나는 죽지 않는 자들의 군주이면서 동시에 테일드다."

중첩되는 목소리마저 사라지고 이제 순수하게 테일드의 목소리만 들렸다. 아이린은 온전한 정신을 유지하기 위해 무진 애를 썼다.

'말려들면 안 돼. 그러려고 앞에 선 게 아니야. 이대로 달려들면 죽을 거야.'

아이린은 속으로 비명을 지르며 인내했다.

"테일드가 어떤 마법사인지 알지 않아, 아이린? 이런 강력한 마법의 힘으로 보호된 몸에 죽지 않는 자들의 군주라 할지언정 강제로 들어갈 수는 없지. 테일드는 스스로 나를 받아들였다. 나와 함께 세상을 지배해 양분하자는 약속을 따르고 있는 중이다. 그래서 나는 테일드고, 테일드는 나다. 아이린, 내 사랑. 지금이라도 내 쪽으로 돌아서라. 같이 세상을 지배하도록 하자."

카셀의 나약함을 비웃었던 자신이 한없이 비참해졌다. 그녀 역시 이 작은 도발에 흔들렸고 분노에 몸을 맡겼다.

"입 좀 닥치시지!"

아이린이 한 걸음 다가가자 테일드의 얼굴을 한 죽지 않는 자들의 군주는 검지를 세워 흔들었다.

"조심해, 아이린. 거기서 한 걸음만 더 나오면 난 널 두 동강 내 버릴 수도 있어."

"어디 할 테면……."

그녀가 걸어가려는 순간 뒤에서 루밀이 소리쳤다.

"아이린, 돌아와라."

그녀는 퍼뜩 정신을 차리고 멈췄다. 테일드는 거봐라는 듯 해맑은 미소를 지어 보였다.

"전투는 이제 시작인데 주인공이 벌써 죽으면 쓰나?"

테일드는 이내 아이린을 잊어버린 듯 팔짱을 끼고 주변을 살폈다. 처음에는 성벽을 구경하는 거라고 생각했지만 자세히 보니 로크의 방벽을 살피고 있는 것이었다. 그는 푸른빛을 거의 구별할 수 없을 정도로 투명한 막을 손가락으로 톡 건드렸다. 물결 같은 파문이 손가락 주위로 퍼져 나갔다.

"야아, 이 정도면 화이트 게이트나 하늘 산맥의 방벽에 비할 수도 있겠군."

테일드는 만족스러운 얼굴로 고개를 끄덕거렸다.

"역시 내 제자야. 신이 만든 방벽을 이 정도까지 흉내 낼 수 있는 건 이 세상을 다 뒤져봐도 타냐뿐일 거야."

테일드는 허리에 손을 올렸다. 마치 영광스러운 순례를 떠나는 성직자처럼 표정은 온화했다.

"그럼 얼마나 버티나 볼까?"

테일드는 반걸음 앞으로 내디뎠다. 아까보다 더 심한 진동이 로크 전체를 때렸다. 성벽의 높은 쪽에 서 있던 병사들이 휘청하며 주저앉았다. 보이지 않는 막이 흔들리면서 무거운 진동이 로크의 공기를 울렸다. 몸으로만 느낄 수 있는 저음은 로크 사람들 전체를 공포에 빠트렸다.

드래곤이 오고, 각지의 군대가 몰려오고, 카모르트에서 원군이 오며 충천했던 사기가 고작 그의 반걸음에 흔들렸다.

"저런, 타냐. 그렇게 전력을 다해 막지 않아도 된다. 그런 식으로 힘을 낭비하면 네가 하루라도 버틸 수 있겠니? 이틀까지는 무리겠구나."

테일드는 타냐가 앞에 있기라도 한 듯 계속 말을 이었다.

"막고 있어도 소용없으니 얌전히 마법을 거두어라. 원래 네 스승이 었던 나니 지금도 군말 없이 나를 따르면 그만이야. 러스킨처럼."

듣다 못한 아이린이 버럭 소리쳤다.

"타냐가 너의 마법 앞에 무릎 꿇을 리 없으니 헛된 설득은 접어라. 타냐가 마법으로 막고 내가 검으로 막겠다. 어느 쪽이 먼저 지칠지는 해 보면 아는 일이야."

"내가 그 강인함에 반했었지."

"테일드인 척 말하지 마!"

"그럼 어쩌라고? 내가 테일드인걸."

테일드는 또 웃었다. 아이린은 이글거리는 눈빛으로 그를 노려보았다. 울고 싶었다. 주저앉아 다 포기하고 싶었다. 모두의 앞에서 강한 척했지만 다 거짓말이었다.

'다시 한번 기회가 온다면 망설이지 마십시오.'

타냐는 아이린에게 미움받을 걸 알면서도 그렇게 말했다.

'부디 저의 스승님을 다른 사람이 아닌, 당신의 손으로 죽여주십시오.'

현실을 직시하고 있었던 것은 타냐였다.

'강하구나, 타냐. 그에 반해 나는 마음 한구석에서 말도 안 되는 기적을 바란 나머지, 죽지 않는 자들의 군주가 테일드가 아니라고 믿어버렸던 거야. 그래서 타냐가 테일드를 죽이라는 말을 할 때 그렇게 반발했던 거고.'

여기서 물러서는 모습을 보일 수도 없고 그렇다고 다가가지도 못하면서 아이린은 꾹 참고 테일드를 노려보기만 했다.

"지금 좀 망설이는 것 같으니, 우리 시간을 절약해 볼까? 이 사실을 알려 주면 어떨까?"

테일드는 마치 어린애에게 동화를 읽어주듯 손뼉을 짝 쳤다. 그리고 조금씩 몸을 앞으로 기울여 또 한 걸음을 내디뎠다. 아까부터 울리는 저음의 진동이 계속 이어졌다. 웅 웅 웅. 귀를 울리는 진동은 더더욱 싸울 의지를 깎아먹고 있었다.

"너희들이 그토록 의지하고 있던 캡틴 울프가 죽었다. 카셀, 맞지? 화이트 게이트 앞에서 아무것도 못하고 어물어물 말만 늘어놓던 녀석."

"기어이 되지도 않는 거짓말까지 늘어놓는 걸 보니 너도 궁지에 몰렸나 보지?"

아이린이 지지 않고 받아쳤다. 테일드는 연기를 배운 지 얼마 안 되는 희극 배우가 과장된 연기라도 하듯 손을 내저었다.

"아니야. 정말이라고. 어떻게 증명하면 될까? 맞다. 아주 강한 레미프가 지키고 있더군. 뭐, 내가 데리고 있는 늙은이 한 명 정도는 아니었지만…… 어떤가? 증명되지?"

아이린은 저도 모르게 아로크의 탑 쪽을 바라보았다.

'듣지 마라, 타냐. 다 거짓말이다. 들어선 안 돼.'

방벽은 잠깐 자리를 비우거나 잠을 잔다고 해서 약해지지는 않는다고 했다. 하지만 심적으로 흔들리면 위험해진다. 로크 존의 중심에 선 타냐의 마음이 흔들리면 방벽 전체가 날아가 버릴 수도 있었다.

"증거가 필요하다면, 이건 어떤가?"

테일드는 어설픈 마술사가 커다란 모자 안을 휘적거리다가 크기에 맞지 않는 커다란 토끼를 끄집어내는 것처럼 소매에서 하얗고 커다란 것을 끄집어냈다.

'보지 마라, 타냐. 너의 시선을 다른 곳으로 돌려. 여기는 보지 마.'

아이린은 타냐가 자기의 속마음을 읽어 주길 바라며 외쳤다. 테일드가 소매에서 꺼낸 건 하얀 날개였다. 날개의 아랫부분에는 아직도 살점이 붙어 끈적끈적한 피가 뚝뚝 떨어지고 있었다.

테일드는 그 날개 한쪽을 로크 존 안쪽, 아이린의 발아래로 던졌다. 아이린은 발 앞에 떨어진 날개를 보고 어깨를 움츠리며 뒤로 물러났다.

"아무 레미프나 죽여서 날개 한쪽 뜯어 오면 내가 겁이라도 먹을 줄 아는가?"

아이린의 말에, 테일드는 허탈하게 웃었다.

"예전이나 지금이나 당당한 건 매한가지지만 역시나 세월이 흐르니 감이 둔해지나 보지? 내가 그깟 거짓말 몇 마디 하려고 이 정도로 큰 날개를 가진 즈비 레미프를 찾아다녔다고 생각해? 차라리 환각으로 보여 주는 게 낫지. 만들 수도 있고! 아차차, 그러고 보니 나는 하늘 산맥에 들어가지도 못하지? 그럼 아크랜드 어딘가에 떠돌아다니는 길 잃은 레미프를 한 마리 찾아왔어야 했나?"

"그럼 어째서 날개야? 어디 라이의 머리와 카셀의 머리를 가져와 봐."

"모르는군, 아이린. 이런 게 더 무서워. 더 혼란스럽고. 어때? 내가 카셀을 죽였을까, 안 죽였을까?"

그는 장난처럼 웃었다.

"모르겠지? 내가 노리는 건 그거야. 아니, 좀 유치한가? 역시 머리를 들고 오는 편이 나았을까?"

테일드는 허리에 손을 올렸다. 그의 손동작 한 번에 로크 존이 파문을 일으켰고 소음의 강도가 세졌다 약해지길 반복했다.

"그럼 장난은 이 정도로 하고."

테일드는 펄럭이는 소매를 몇 번 세게 흔들었다. 소매 뒤로 하얗게 빛을 내는 사람의 형상이 나타났다.

"마법의 힘은 타냐에게 맡긴 거지? 자, 그럼 아이린, 내 사랑. 검의 힘은 어찌할 텐가? 여기 절대 이기지 못한다고 너희들 스스로 떠벌리고 다녔던 그분을 한번 데려와 봤는데."

아이린은 뒤로 물러났다. 공포와 슬픔과 분노가 뒤섞여 도저히 맨정신으로 서 있을 수가 없었다. 성벽 위에 있던 메이루밀도, 이미 들었으면서도 막상 그 모습을 보자 놀라 입을 다물지 못했다.

테일드의 뒤에 마스터 그란돌이 서 있었다. 전 여왕 수호기사이자, 루밀, 아이린, 로핀, 퀘이언의 스승이 루티아의 전 그랜드 마스터의 뒤에 서 있었다. 인간 세상의 가장 큰 두 가지 힘이 로크 존의 바깥에서 로크 존이 무너지길 기다리고 있었다. 테일드는 가늘게 뜬 눈으로 말했다.

"서쪽을 보라. 이제 너희들이 몇 번 보지 못할 태양이 지고 있구나."

서쪽에 반쯤 잠긴 태양이 조금씩 지평선 아래로 사라져 갔다. 그리고 해가 떨어지자 어둠은 천둥이 내려쳐 하늘을 울리는 것만큼이나 빨리 찾아들었다. 어디에서 날아왔는지 모르는 검은 드래곤이 날개를 퍼덕이며 아이린이 있는 성문 위를 빠르게 스쳐 갔다. 검은 그림자가 순식간에 사람들의 머리 위를 덮었다.

검은 드래곤이 포효했다. 아름다운 음악처럼, 힘찬 행진곡처럼 들리던 가넬의 목소리와는 달리 검은 드래곤의 목소리는 귀청을 찢을 듯 날카로웠다.

"들어라, 로크의 인간들아. 내 이름은 카―구아닐이다. 이깟 얇디얇은 마법 껍데기가 너희를 얼마나 오래 지킬 수 있는지 두고 보겠다."

구아닐은 방벽의 주변을 맴돌며 계속 소리쳤다.

"하루를 지키면 칭찬하겠다. 이틀을 지키면 기적이라 말하겠다. 그 이상은 기대치 마라."

구아닐은 뒷발로 방벽을 세차게 한 번 걷어찼다. 천둥처럼 커다란 소리가 쩌엉 하니 울렸다.

"가넬, 아침의 드래곤이여! 그대가 다시 볼 아침의 태양은 결코 세 번을 넘지 못하리라. 크나딜. 어디 내게 와 봐라. 여신 옆을 떠난 네가 감히 날 상대할 수 있는지 보겠다."

구아닐은 그대로 두 번 정도 더 방벽을 두들기며 상공을 배회하다가 북서쪽으로 날아갔다. 동시에 남쪽에 주둔하고 있던 모즈들의 군대가 이동했다. 군대가 이동하며 일으키는 먼지 역시 북서쪽으로 이동했다.

축복의 탑 쪽이었다.

"예정에 없던 일이 추가되었군."

빅터는 말 위에 올라 희미한 빛에 휘감겨 있는 로크를 바라보았다. 푸른 막 아래 있으니 10년 전에 봤던 풍경보다 훨씬 더 아름다워 보였다. 그 아름다움을 또 한 번 자기 손으로 무너트린다고 생각하니 기분 이 묘했다.

'이건 혐오감일까, 우월감일까? 아니야. 어느 쪽이든 지금 느끼기엔 너무 일러. 아직은 흥분할 때가 아니지.'

딱히 정찰 정보는 없었지만, 빅터는 로핀이 축복의 탑에 있을 거라고 확신했다. 녀석이 자기와의 정면 대결을 할 위치를 놓고 다른 곳에 있을 리가 없다. 로크의 군대 측에서 반대해도 기어이 그 자리에 서고야 말 녀석이었다. 항상 그가 나갈 자리에 놈은 미리 자리 잡고 있었다. 그러니 지금도 녀석은 미리 자리 잡고 있을 것이다.

반드시 그래야 했다.

"버크만."

빅터는 부하들을 차례로 불렀다.

"네, 캡틴."

"모즈들을 데리고 정해진 자리로 가라. 포웰, 스탠리."

"네, 캡틴."

두 명이 동시에 대답했다.

"너희들은 전군을 이끌고 먼저 축복의 탑으로 가라. 뒤따라가겠다."

"예, 캡틴."

세 기사가 떠난 자리에는 러스킨만 남아 있었다. 바람에 펄럭이는 로브에 가려 발이 보이지 않으니 허공에 떠 있는 것처럼 보였다. 그는 자기에게도 뭔가 지시가 있을 거라고 생각했는지 기다리고 있었다.

"미안하지만 당신에게는 지시를 내릴 게 없소."

빅터의 말에, 러스킨이 올려다보며 물었다.

"내려야 하지 않소?"

"이를테면?"

"저 요란하게 떠드는 구아닐을 조용히 시킨다거나."

"그게 가능하오?"

"케인스윅에는 구아닐보다 말을 안 듣는 학생들 투성이었소. 하지만 다 조용히 시키는 법은 있지."

빅터는 큰 소리로 웃음을 터트리며 말했다.

"내버려 두시오. 저렇게 해서 적의 사기를 떨어트린다면 나쁠 것도 없지."

포웰과 스탠리를 중심으로 모즈들의 이동이 시작됐다. 구아닐도 축복의 탑 쪽으로 미리 이동하고 있었다.

"구아닐이 내 지시 없이 전투를 시작하지만 못하게 해주시오. 아예 위에 타고 계시는 건 어떻소?"

"전투를 못 하게 억누르는 건 하겠지만, 계속 타고 있는 건 좀……, 뭐랄까, 안장도 없이 타고 있는 게 보기보다 힘들어서……."

러스킨은 괜히 혼자 머쓱해서 말을 멈췄다.

"그럼 우리도 이동하는 게 좋겠소. 구아닐이 혼자 축복의 탑에 있는 가넬에게 시비라도 걸면 큰일이니."

빅터는 말을 몰며 말했다. 말이야 그리했지만 걷는 속도 이상은 내지 않았다. 말을 타지 않은 러스킨은 그냥 옆을 따라 느긋하게 걸었다.

"우리의 군주께서 말씀하신 대로 이루어진 건 결국 하나도 없군. 함성 한 번에 로크를 뺏을 수 있도록 준비될 거라고 하시더니, 이거야 우리가 다 하는 거잖소?"

러스킨은 로크를 감싼 마법 방벽을 보며 말했다.

"나르베니의 실패에 대해서라면 난 예상했던 바요. 애초에 탐욕으로 가득 찬 집정관이 배신한다고 무너질 도시가 아니었던 게지. 그리고 난 사실 그렇게 진행되기를 원치 않았소. 이 정도가 딱 좋은 거요."

"작전은? 구아닐이 저렇게 큰소리칠 정도는 되오?"

"구아닐께서 말씀해 버리셨으니 그렇게 해야지 어쩌겠소? 첫날은 버크만이, 둘째 날은 포웰과 스탠리가 맡을 거요. 운 좋으면 둘째 날 끝날 테지만 악마의 편에 행운이 따라 줄 리가 없을 테니, 셋째 날 끝낼 거요."

"계산대로 될 거라고 확신하시오?"

"내가 염두에 둔 변수는 딱 둘이오. 로핀과 드래곤 가넬. 로핀이 어떤 기적을 부려 군을 이끄는지와 가넬이 구아닐을 상대로 얼마나 버틸지가 관건이오."

"그럼 아예 나흘이나 닷새 후에 도착할 십만의 모즈를 기다리는 건 어떻소? 변수를 염려할 필요도 없을 터인데."

"크나딜만 개입하지 않았다면 후방 군대를 기다렸겠지."

어둠이 짙어질수록 분노의 탑 쪽에서 드래곤들의 마스터가 내는 붉은빛은 강해졌다. 레미프나 인간의 눈에는 성스러운 신의 광채로 보이겠지만 빅터의 눈에는 현재 가장 강력한 병력으로 보였다.

"구아닐의 힘은 아직 크나딜에 미치지 못하오. 지금도 군주께서는 계속 크나딜의 움직임에 집중하고 계시오. 아무리 그분이라도 정면으로 맞닥뜨리면 결과를 예측할 수 없는 싸움이 벌어질 테니."

"그게 뒤에 오는 모즈들의 군대와 무슨 관계요?"

"그 정도 군대는 크나딜 혼자서 쓸어버릴 수 있소. 마찬가지로 구아닐도 혼자서 로크의 군대를 박살 낼 수 있소. 하지만 크나딜은 나서지 않을 것이오. 당신에게는 크나딜을 죽일 마법이 있고 내게는 크나딜을 죽일 칼이 있기 때문이오. 구아닐이 함부로 나서지 않는 이유도 마찬가지고."

러스킨도 이미 아는 얘기지만, 빅터는 확인 차 얘기를 이어 나갔다.

"결국 최종적인 싸움은 구아닐과 크나딜이 벌이게 될 것이오. 그때 구아닐의 힘이 크나딜에 비해 뒤떨어지면 다 이긴 싸움을 놓칠 수 있소. 그전에 구아닐이 '죽음'을 먹고 힘을 키워야 하오."

"성장시키겠다?"

"맞소. 하지만……."

일부러 짜 맞춘 듯 드래곤끼리의 힘은 철저하게 서로를 견제만 하고 있었다. 여기에 드래곤이 몇 마리가 추가되든 똑같은 양상이었을 것이다. 죽지 않는 자들의 군주도 그것을 알기에 인간의 싸움으로 전개시키고 있었다.

"……거기까지 계산하는 건 신들의 영역이고 인간들의 영역에서 내 관심사는 오직 로핀 하나뿐이오. 로핀이 어떻게 반응하는지, 어떤 작전으로 나오는지."

러스킨은 동의했다.

"적어도 제일 먼저 죽였어야 하는 자라는 건 알겠더군. 소문으로 들었을 당시에는 과대평가라 여겼는데, 타치셀에서 직접 보니 과소평가 됐더군."

빅터는 친한 친구의 칭찬을 들은 것처럼 기뻤다.

"우스운 얘기지만 로핀이 내 팔을 빼앗지 않았다면 론타몬 대륙 전쟁은 완전히 다르게 진행되었을 거요. 제1기사단의 캡틴은 웰치나 네이슨이 되었을 것이고 나는 후방에서 가장 강력한 론타몬의 실권을 쥐고 있었겠지. 그럼 난 아란티아 진군을 명령하지 않았을 것이오."

"웰치 역시 아란티아 진군은 찬성하지 않았소."

"하지만 따랐지. 그게 나와 그의 차이요."

"나도 잘 모르지만 캡틴 웰치는 왕실에서 내려온 '어떤 다른 이유' 때문에 따를 수밖에 없었다 하오."

"그래 봤자 죄인들을 죽음으로 몰아세우려는 왕실의 치사한 협박이었겠지. 내가 있었다면 웰치는 전쟁 영웅으로 남을 수 있었소. 하지만 내가 하늘 산맥에 오르고 없자, 왕실의 귀족들이 제 욕심을 챙기려고 웰치를 제거한 거요. 안 봐도 뻔하지."

가넬로크의 전쟁을 구상한 처음부터 빅터는 항상 로핀을 염두에 뒀다. 결정적인 순간에 녀석이 반드시 자신의 앞에 나타날 것임을 알고 있었다. 그래서 필요한 게 네이슨이었다. 네이슨에게 모든 걸 맡기고 빅터는 로핀과의 대결에만 집중하고 싶었다. 하지만 이렇게 되어버렸고, 이런 것도 좋았다. 로핀도 지금쯤 혼자 너무 많은 것을 짊어지고 있을 테니 조건은 동등했다.

"미안하지만 나 먼저 가 보겠소. 몇 가지 점검할 게 떠올랐소."

빅터는 대충 둘러대고 말을 빨리 몰아 러스킨을 두고 가 버렸다.

러스킨은 허허 웃었다.

"마치 놀러 가는 소년 같군. 차라리 부러워. 나 같은 늙은이는 어째 세상을 멸망시킬 전투라는데 흥분되지도 않으니……."

러스킨은 로크의 방벽 안에 있는 아로크의 탑을 바라보았다. 어두운 데다 너무 멀어 타냐가 창밖으로 머리를 내밀고 있어도 알아볼 수는 없었다. 그런데도 그는 계속 탑을 바라보았다.

"잘하고 있느냐, 타냐? 나는 잘하고 있는지 모르겠구나."

러스킨은 긴 한숨을 내쉬었다.

"나의 죽음이 드래곤에게 달려 있고 드래곤들의 죽음이 나에게 달려 있다……. 내가 지금 제대로 하고 있는 거냐, 테일드?"

던멜은 모즈들의 느린 이동을 관찰했다. 저 속도로 로크의 성을 우회하여 축복의 탑으로 향한다면 내일 새벽이 되어서야 도착할 것 같았다. 앤발디에서 여기까지의 가공할 이동 속도를 생각하면 저건 의도된 움직임이었다.

'뭔가를 기다리는 건가?'

던멜이 서 있는 망루 아래쪽으로 회색 로브의 마법사가 있었다. 저녁에 섰던 자리에서 예닐곱 걸음 정도 다가선 위치였다. 성문까지는 아직도 한참 멀었고 속도도 느렸지만, 아예 멈추는 일은 없었다. 그가 한 걸음 내디딜 때마다 투명한 방벽을 따라 귀를 울리는 소음은 사기에도 심각한 영향을 미쳤다. 던멜은 방벽 바깥쪽에는 이런 현상이 없기를 바랐다.

그를 보고 있자니, 덴모주에서 라틸다를 동굴에서 구해 낼 때 봤던 이상한 검은 기운이 떠올랐다. 분명 저자의 힘이었을 것이다. 그땐 형체 없는 목소리에 불과했는데도 동굴을 무너트릴 정도로 강했다. 그러니 아예 본체가 드러나 있는 지금은 어느 정도일지 상상이 가지 않았다.

거꾸로 로크 존이란 것이 얼마나 강한 마법의 방패인지 알 수 있었다. 그리고 동시에 타냐가 얼마나 엄청난 마법사인지도.

'언제 전쟁이 끝날 거라는 예고로 선전포고를 했어. 사람들이 공포에 물들기를 바라고 있는 거야.'

죽지 않는 자들의 군주는 이미 로크 이후를 내다보고 있었다. 여기가 무너지면 다음은 카모르트, 그다음은 이로피스. 그리고 아란티아. 이런 식으로 전투가 끝나면 사람들은 두고두고 공포를 얘기할 것이고 실제보다 더 크게 얘기를 부풀릴 것이다. 공포보다 더 효과적인 지배력은 없다.

죽지 않는 자들의 군주는 가끔 고개를 들어 망루에 있는 병사들을 쳐다보기도 하고 던멜과 루밀을 쳐다보기도 했다. 한 걸음 다가올 때마다 로크 존은 먼 하늘에서 천둥이 친 것처럼 묵직하게 진동했다. 그 정도 흔들림으로는 성벽은 물론이고 작은 집도 무너트릴 수 없지만, 사람들의 용기는 착실하게 무너트리고 있었다. 사람들은 공포에 질려 잠을 이루지 못하고 성문 쪽으로 나와 있었다.

병사들은 그들에게 집으로 돌아가 있으라고 어르기도 하고 위험 지역이니 다가오지 말라고 경고하기도 했다. 다들 무슨 일이 일어나고 있느냐, 저녁에 하늘을 날아간 그 검은 드래곤은 뭐냐, 적은 언제 공격해 오느냐 묻기 바빴다.

그런 면에서 보자면 로크 군대의 군기는 단단했다. 이렇게 겁을 먹었는데도 자리를 이탈하는 병사도 없고 경비 체계가 흔들리지도 않았다.

루밀이 던멜의 어깨에 손을 얹고 말했다.

"좀 쉬지 그러나? 아직 부상도 회복 안 되었고……."

로크 존

125

던멜은 난간에 글씨를 써서 말했다.

- 괜찮습니다. 루밀이 먼저 쉬십시오.

- 내일 아침에 제가 쉬겠습니다.

"효율성을 생각하면, 그러는 게 낫겠군."

루밀은 순순히 던멜의 의견을 받아들였다.

"그럼 내일 교대하기로 하고 난 한숨 자러 가지."

카모르트에서도 그랬지만 루밀은 의지가 되는 남자였다. 로일이 달리 그를 스승으로 여기는 게 아니었다.

아까도 테일드가 모습을 드러내고 그란돌이 나타났을 때, 만난 적이 없는 던멜조차 놀랐다. 당연히 아이린이나 루밀은 그 충격이 컸을 것이다. 실제로 아이린은 성문 안으로 돌아오자마자, 다리에 힘을 잃고 풀썩 쓰러졌다. 그런 아이린을 돌보고 성문 병사들에게 침착하게 지시를 내린 사람이 루밀이었다.

'마지막 순간에 결정적인 역할을 할 사람은 아마 루밀일 것이다. 그러니 여기서 내가 할 일은 그를 지키는 것.'

몸만 성했다면 역할이 반대가 될 수도 있었지만 지금은 한 걸음 물러났다. 루티아 마법사들의 치료는 효과적이었으나 여전히 몸을 크게 움직이면 상처가 아팠다.

남쪽에서 바람이 불어왔다. 모즈들이 일으키는 먼지 냄새가 났다. 뒤에서 작은 인기척이 나자 병사들이 경계 태세를 취했다. 던멜이 돌아보니 헤더와 발락이 망루에 와 있었다. 던멜은 경계하는 병사들에게 괜찮다고 사인을 보냈다. 병사들은 창을 접긴 했으나 의심쩍어 자리를 뜨진 않았다.

던멜이 먼저 수화로 말을 걸었다.

'길드원 모두가 로크에 갇혀 버린 꼴이 되었구나.'

'딱히 가두지 않았어도 남아 있었을 겁니다.'

헤더가 수화로 계속 말했다.

'밤새 혼자 계실 거라고 들어서 왔습니다. 돌발 상황이 벌어질 때를 대비해서요.'

'작전은 알고 있나?'

'아예 로핀이란 분께 묻고 왔습니다.'

던멜은 웃었다.

'과감하구나.'

'서로 아군인 걸 아는데 시간을 절약해야지요. 그리고 숨길 것도 없는 작전 아닙니까?'

밤중에 적 주력 부대의 공격은 없을 것. 그러나 산발적인 기습으로 흔들어 올지도 모름. 무슨 일이 벌어져도 자리를 이탈하지 말 것.

로핀의 작전 지시는 알아듣기 쉬우면서도 핵심을 짚었다. 어차피 병사들은 내버려 둬도 긴장을 할 게 뻔하니 그는 어제부터 계속 긴장을 푸는 얘기만 하고 그런 작전만 지시했다.

'크나딜이라는 드래곤이 그렇게 대단합니까? 적의 엄청난 부대가 드래곤 한 마리 있는 분노의 탑이 아니라 전 군대가 집중된 축복의 탑으로 몰려가다니.'

'대단하다기보다 효율성 문제겠지. 둘 중 하나의 탑만 무너트리면 그만인 전투에서 굳이 여신의 수호자를 상대할 필요는 없다. 루밀이 그러더군. 만약 크나딜이 축복의 탑을 돕기 위해 분노의 탑에서 몸을 빼

면……'

던멜은 수화 도중에 죽지 않는 자들의 군주를 가리켰다.

'……저자는 즉시 분노의 탑으로 날아가 라틸다를 죽일 것이다.'

던멜은 뒤이어 아로크의 탑을 가리켰다.

'동시에 크나딜이 계속 분노의 탑만 지키면 이런 식으로 천천히 다가와 아로크의 탑에 있는 타냐를 죽이겠지.'

'지금 암습으로 죽일 수는 없겠습니까?'

발락이 물었다. 허약하고 순진한 얼굴을 한 테일드를 상대로 암살자라면 누구나 할 수 있는 생각이었다.

'그렇게 죽일 수 있는 상대였다면 칼스텐께서 진작 죽였을 거다.'

던멜은 짧은 한숨과 함께 물었다.

'그보다 제라르께서는 어떻게 돌아가셨느냐?'

'한 달 전에 낮잠을 주무시는 것처럼 숨을 거두셨습니다.'

'길드 마스터 자리는?'

'임시로 제가 맡고 있습니다.'

헤더는 수화를 느릿느릿 이어 갔다.

'많은 요원들이 길드를 빠져나갔지만 상당수는 절 따라 주었습니다.'

'다행이구나.'

많은 얘기를 하고 싶었지만 상념에 젖는 것은 전투에 방해만 될 뿐이었다. 던멜은 명령했다.

'둘 중 한 명만 남고 다른 한 명은 쉬어라. 로핀의 말대로 격전은 내일부터니 우리도 쉴 수 있을 때 쉬는 게 좋겠다.'

'그럼 제가 먼저……'

헤더가 제안하려는 순간 던멜은 비틀거리며 옆으로 쓰러져 손을 짚었다. 헤더가 뭐라 소리 지르며 부축해주었지만, 던멜은 고개를 숙이고 일어서지 못했다. 죽지 않는 자들의 목소리가 던멜의 귀에 흘러들어 왔다. 또 그의 '목소리'가 들리는 것이었다.

"너는 처음부터 내게 속했던 자다."

던멜은 듣지 않으려고 애썼지만 소용없었다. 귀를 통하지 않고 직접 머리로 파고드는 목소리였으니까.

"네가 어째서 귀로 듣지 못하는지 아는가? 네 어미는 널 낳기를 원치 않았다. 네 태생의 비밀을 안다면 넌 그 자리에 서 있지도 못할 것이다. 듣고 싶은가?"

테일드의 목소리는 던멜이 아무리 귀를 막고 몸부림을 쳐도 계속 파고들어 왔다.

"네가 태어나는 순간 어떤 일이 있었는지 들려주겠다. 네 아비는 너와 네 어미의 생명을 맞바꾸었지. 그때 너는 이미 나의 편에 들어와야 했을 존재였다. 블랙풋에서 처음 널 봤을 때 알았어야 했지만 나도 이제야 깨달았다. 하지만 아직 늦지 않았다. 내게 와라. 네가 있을 곳은 내 옆이다, 테마르."

던멜은 본능적으로 그의 얘기를 모두 들으면 미쳐 버리거나 진짜로 적의 편으로 넘어갈 거라는 무서운 생각이 들었다. 하지만 목소리를 막을 방도가 없었다.

'날 찔러라.'

던멜은 떨리는 손으로 수화를 했다.

"테마르, 그게 무슨……?"

헤더는 당황해 어찌할 바를 몰랐다.

'지금 내 손으로 날 찌르면 제어하지 못하고 날 죽일 것이다. 그러니 네가…….'

그 이상은 수화도 할 수가 없었다.

"네 아버지가 어느 나라 출신인지 잊지는 않았겠지? 론타몬이다. 론타몬 북부 지방을 모두 관할하는 영주의 사위였고 네 어머니는 그 영주의 딸이었다. 네 어머니가 입신한 몸으로 만난 것이 바로 나였고 내가 몸을 빼앗은 첫 번째 상대가 그녀의 아버지 슈라이튼 백작이다. 넌 내 딸이 낳은 자식이다. 무슨 소리인지 알겠느냐! 너는 내 손자인 동시에……."

던멜은 옆구리를 파고드는 고통에 소리 없는 비명을 질렀다. 헤더의 단검이 박혀 있었다. 그녀는 공포에 젖은 눈으로 던멜을 올려다보고 있었다.

"테, 테마르……, 괜찮으십니까?"

더 이상 아무 소리도 들리지 않았다. 만약 계속 들린다면 헤더가 박은 칼을 옆으로 그어 내장을 밖으로 쏟아 내서라도 듣지 않을 각오였다. 하지만 그걸로 끝이었다.

'칼을 찌른 자리를 가려라. 병사들이 보면 괜한 오해를 할 것이다.'

던멜은 힘들게 한 손으로 수화를 했다. 발락은 천으로 칼을 찌른 자리를 감싸고 어깨를 부축하는 척하며 상처를 가렸다. 병사들이 무슨 일이냐고 물어왔다. 헤더는 전에 다친 부상이 갑자기 악화되었다고 넘기고 그 자리를 빠져나왔다.

'이런 짓을 시켜서 미안하다. 내가 직접 찌르면 급소를 피해 찌를 수 없다고 생각해 부탁했다. 잘해 주었다.'

걸어가며 던멜은 수화로 말했다. 헤더는 눈물이 글썽이는 눈으로 고개를 끄덕거렸다.

"무슨 일인지 얘기해 주시지 않겠지요?"

'미안하다.'

가능하다면 방금 들은 얘기를 모두 잊어버리고 싶었다. 전투를 앞두고 알 필요 없는 정보였다. 살아남더라도 알고 싶지 않은 이야기였다.

잊는다.

칼스텐은 던멜에게 암살 기술뿐 아니라 또 하나의 좋은 기술을 가르쳤다. 평생 사람을 죽이며 사는 사람에게 가장 필요한 기술 중 하나라며.

잊는다.

출혈이 점점 심해졌다. 아무리 급소를 피해 찔렀어도 고통까지 줄지는 않았다.

잊는다…….

잊어야 한다!

Chapter 15

라이의 날개

카셀은 라이의 등에 업혀 있었다. 라이의 큰 날개가 펄럭일 때마다 몸이 출렁거렸고 높은 곳에서 부는 바람은 여름인데도 차가웠다. 드래곤을 타 본 적도 있고 아로크의 탑에 올라가 본 적도 있지만, 여전히 높은 곳은 무서웠다.

타냐와 헤어진 후 얼마 되지 않아 앤발디를 지나쳐 간 둘은, 저녁 무렵 벌써 레오피오를 가까이 두고 있었다. 카셀은 날아간다는 게 얼마나 빠른 건지 새삼 놀라고 있었다. 문제는 라이가 자꾸 다른 방향으로 샌다는 것이었다.

"왜 자꾸 동쪽으로 가려고 하는 거야? 남쪽은 이쪽이야."

카셀은 라이의 어깨를 탁탁 쳤다. 라이는 과격하게 방향을 고쳤고 카셀은 얼른 목에 팔을 걸치고 떨어지지 않으려고 버텼다.

"카셀, 겁 많다. 다른 우그, 즐거워했다."

라이의 말에 카셀은 웃음을 터트렸다.

"이 높이를 즐길 수 있는 사람은 던멜밖에 없을 거야. 그 우그는 아마……."

카셀은 말을 멈췄다.

"말하라."

"뭘?"

"방금, 하려던 말."

"아무것도 아니야. 그보다 라이, 네가 하늘 산맥을 관통해 날아가는 데 어느 정도나 걸릴 것 같아? 그러니까 대략 레오피오 남쪽 산에서 하푸까지."

"하루."

"중간에 쉬는 시간 포함해서?"

"쉬지 않아도 된다."

"밤새워 날 거야?"

"난다."

"대단하다, 너. 왜 업혀 있는 내가 더 지치는 거지?"

레오피오를 끼고 남쪽으로 향하는 중에 뒤에서 펄럭이는 소리가 났다. 카셀은 무의식적으로 뒤를 돌아보았다.

가끔 라이가 지나가는 새를 따라잡는 일은 있었다. 떼 지어 이동하는 기러기 무리를 흩트려 놓기도 하고, 호기심 많은 독수리가 따라붙었다가 덩치에 놀라 달아나기도 했다. 그러니 뒤에서 커다란 새 한 마리가 라이를 추월해 가는 일도 있을 법했다.

그러나 이번 날갯짓은 새의 날갯짓과 달랐다. 소리도 아주 컸고 크기도 컸다. 무엇보다 날개 모양이 새가 아니었다.

카셀이 놀라 경고하려 할 때 라이는 벌써 알아채고 속도를 높이고 있었다. 카셀은 정확히 뭐가 쫓아오는지 미처 확인하지 못하고 라이의 등에 바짝 엎드렸다.

"세게, 잡아라."

카셀은 라이의 말대로 그의 목을 감고 있는 자신의 왼팔을 오른손으로 꽉 쥐었다. 라이는 카셀의 손길을 확인하더니 날개를 접고 밑으로 뚝 떨어졌다. 카셀은 눈을 꽉 감았다. 앞 머리카락이 이마를 세게 쳤고 내장이 한꺼번에 밑으로 사라지는 허전한 기분이 들었다.

라이는 지금까지 카셀이 경험하지 못한 엄청난 속력으로 활강했으나 퍼덕이는 묵직한 소리는 더 가까워졌다. 라이는 뒤를 돌아보며 쫓아오는 적과의 거리를 쟀다. 카셀도 뒤를 보고 싶었으나 너무 속도가 빨라 뒤를 보기는커녕 눈도 뜨기 어려웠다.

'라이, 뭐야? 뭐가 쫓아오는 거야?'

카셀은 그렇게 묻고 싶었으나 얼굴 근육이 뒤로 당겨져 입도 열 수 없었다. 라이는 바닥에 닿을 정도로 낮게 날았다. 나무와 풀이 빠르게 옆을 스쳐 갔고 약간 길게 자란 풀잎이 라이의 날갯짓에 찢어져 바람에 날려갔다. 뒤에서 쫓아오는 것도 똑같이 저공으로 날면서 따라오는지 나무가 부러지거나 땅이 파이는 요란한 소리가 들렸다.

라이의 몸이 크게 요동치며 다시 위로 올라갔다. 공기의 진동이 뒤를 쫓아왔다. 카셀은 밑으로 쓸려 내려가는 몸을 유지하려고 더욱 세게 팔을 쥐었다. 점점 손에서 힘이 빠졌다. 카셀은 턱이 부서지도록 입을 꽉 다물었다. 그저 놓지 말아야 한다는 생각 하나만으로 버텼다.

그 위험한 순간이 되어서야 카셀은 눈을 뜨고 바로 밑에서 쫓아오는 거대한 동물을 발견했다. 집채만 한 몸통에, 좌우로 펼친 날개가 수십 미터는 되는 검은 드래곤, 카-구아닐이었다.

라이는 계속 날개를 퍼덕여 위로 위로 올라갔고 구아닐도 계속 그 뒤를 따라왔다. 구아닐의 입이 활짝 열렸다. 카셀이 소리쳤다.

"라이, 피해!"

카셀의 목소리에 반응해 라이는 갑작스럽게 몸을 틀었다. 방향 전환이 너무 빨라 카셀은 그만 팔을 놓치고 말았다. 구아닐의 입에서 터져 나온 검은 불길이 하늘로 수직으로 뻗어 올라갔다. 라이는 다른 방향으로 날아가 피할 수 있었고, 카셀은 본의 아니게 공중으로 튕겨 나가는 바람에 피하게 되었다.

잡고 매달릴 것 하나 없는 하늘에서 떨어지는 것에는 단순한 추락의 공포만 따라오는 건 아니었다. 바람에 스쳐 피부가 찢겨 나가는 고통과 벌어진 입안으로 들어오는 송곳 같은 공기가 숨을 못 쉬게 만들었다. 수백 마리 벌들이 웅웅대는 것 같은 무시무시한 바람 소리 외에는 아무 소리도 들리지 않았다. 펄럭이는 옷자락이 살갗을 사정없이 때렸다. 바닥에 닿기 전에 바람에 찢겨서 죽을 판이었다.

그때 라이가 날아와 카셀의 등 뒤를 잡았다. 라이는 추락 속도를 늦추지 않고 그 떨어지는 속도를 살려 더 빠르게 떨어졌다. 두 사람이 있던 자리로 입을 활짝 벌린 드래곤이 지나갔다. 약간만 늦었으면 둘은 구아닐의 입안으로 빨려 들어갈 뻔했다.

거대한 검은 날개가 일으킨 바람에 라이가 잠깐 휘청거렸다. 그러나 금방 균형을 잡고 아까보다 더 높은 곳으로 올라갔다. 올라가는 속도는 떨어지는 속도에 비하면 빠르다고 할 수 없었으나 현기증이 일어 카셀은 눈을 뜰 수가 없었다. 뒤에서 잡아 주고 있는 것에 의존하니 잡을 것 없기는 떨어지는 것과 매한가지였다.

높이를 잴 수 없는 상공에 던져진 공포…….

카셀은 숨을 쉬기가 더욱 괴로워졌다. 한여름인데 하늘 위는 얼어붙을 것처럼 추웠다.

"천천히…… 숨을 내쉬어라. 천천히 들이마시고, 천천히 내쉬어라."

라이가 부들부들 떠는 카셀을 진정시켜 주며 귓가에 대고 조용히 말했다. 이제 바람 소리는 들리지 않았다. 가끔 펄럭이는 라이의 날개 소리만 들렸다.

"눈, 떠도, 된다."

카셀은 라이의 말대로 눈을 떴다. 그 순간 눈 앞에 펼쳐진 광경에 카셀은 저도 모르게 외마디를 질렀다.

"아아!"

푸른 초원이 펼쳐진 자리에 하늘 산맥의 웅장한 꼭대기가 보였다. 카셀의 시선과 동일한 선상에 눈 덮인 산 정상이 있었다. 바닥이 편평하고 윗부분이 뭉게뭉게 피어오른 구름이 카셀과 같은 높이에 존재했다.

레오피오는 장난감 마을처럼 작게 보였고 걸어서 두 시간을 걸어가야 할 옆 마을이 한눈에 다 보였다. 초원의 지평선과 산맥의 지평선이 서로 겹쳐 있었다. 밑에서 볼 때 알 수 없었던 하늘 산맥과 아크랜드의 경계선이 뚜렷하게 나뉘어 동쪽에서 서쪽으로 끝없이 이어져 있었다. 그것은 대륙의 경계를 짓는 성곽과도 같았다.

"어, 얼마나 위로 올라온 거야?"

카셀이 물었다.

"재 본 적, 없다. 하지만 우리 위, 아직, 구름 있고, 우리 아래, 또, 구름 있다."

카셀은 천천히 찬 공기를 들이마시며 말했다.

"지평선이…… 약간 굽어 있는 것처럼 보여."

"우그도, 레미프도, 보지 못한 광경, 이다. 새들, 이 높이, 못 온다. 그래서 나, 밖에 못 봤다. 딱 한 우그만 빼고."

"네가 말한 '그 사람'도, 이걸 봤어?"

라이는 무표정하게 고개를 끄덕였다. 그 사람이 라이에게 얼마나 소중한 존재였는지, 그렇기에 얼마나 그 배신감이 컸는지…….

칼 앞에서 약속을 다짐한 자신과 그 약속을 믿은 라이 중 어느 쪽이 더 용기를 냈을까?

카셀은 아버지의 얘기를 떠올렸다.

'아들아, 앉아라. 오늘은 네 할아버지가 겪은 신기한 이야기를 해 주겠다.'

지금까지 카셀은 라이가 충격을 받을까 봐 얘기하지 못했다. 하지만 그가 정말 그 사람을 소중히 생각했다면 오히려 '이 얘기'를 숨겨서는 안 될 것이다. 구아닐이 어디로 날아가서 어디로 다시 날아올지 모르는 급박한 상황이었지만 이런 순간이기에 카셀은 더욱 말해야 했다.

"라이. 이건 내 할아버지께서 겪은 일을 아버지께서 해 주신 이야기야. 난 항상 이 얘기를 듣고 자랐어……."

카셀은 마른 입술을 적셨다. 말을 하면서도 그는 계속 구아닐의 위치를 찾아 두리번거렸다. 라이도 같이 주변을 살피고 있었다. 그렇게 높이 올라왔건만 이 넓은 시야 안 어디에도 드래곤은 보이지 않았다.

"젊은 시절의 할아버지께서 밀을 팔러 큰 도시에 갔는데 할아버지는 그 술집에서 하늘 산맥의 요정을 봤대. 서커스 단장이 그 요정을 잡아가려고 했는데 서커스 단장은 '너의 주인이 너를 팔았다, 그러니 이제 내 밑에서 일하라.'고 말했어. 그 요정은 서커스 단장과 그 부하들을 그 자리에서 모두 죽였지. 할아버지는 너무 무서워서 꼼짝 못하고 있던 바람에 오히려 그 광경을 모두 볼 수 있었대."

카셀은 더 이상 높이 떠 있는 것이 무섭지 않았다. 언제까지고 이곳에서 먼 지평선을 바라보고 싶었고, 오히려 구름보다 더 높은 곳까지 올라가 보고도 싶었다.

"그 요정은 슬픈 얼굴을 하고서 다음 날까지 누군가를 기다렸대. 할아버지도 같이 앉아서 요정을 지켜보았대. 하지만 기다리던 사람은 돌아오지 않았고 요정은 결국 하늘로 날아갔다고 했지. 할아버지는 그저 지켜보기만 했대."

라이는 말없이 듣기만 했다. 카셀은 얘기를 계속했다.

"라이. 거기에는 뒷얘기가 있어. 그 요정이 다음 날까지 돌아오길 기다렸던 그 사람…… 사실은 그 술집 바로 뒤 하수도에 버려져 있었어. 배에는 칼이 꽂혀 있었대. 진작 죽었어야 할 몸으로 가까스로 버티고 있었던 거지. 할아버지가 그를 발견해 의사를 불렀지만 이미 너무 피를 흘려 손댈 수 없었어. 그 남자는 죽기 직전에야 겨우 의식을 차렸고 눈을 뜨자마자 할아버지에게 하늘 산맥의 요정이 어디 갔냐고 물었대. 할아버지는 사실대로 얘기해 줬어."

카셀은 라이가 숨도 안 쉬고 듣고 있음을 알지 못했다. 그동안 몇 번이고 그 동화 같은 이야기를 들으며 먼 대륙에 대한 환상을 키워 왔던 카셀이었다. 아버지도 그의 아버지에게 그 이야기를 들으며 그랬었고, 카셀도 그랬다.

"그 남자는 울면서 그간의 이야기를 할아버지에게 해 줬어. 그 서커스 단장……, '할아버지가 봤던 그 요정'이 죽인 서커스 단장은 거짓말을 한 거야. 그 단장은 요정을 팔라고, 한평생 살 수 있을 돈을 내주겠으니 팔라고 그 남자에게 제안했어. 라이, 넌 이제 인간의 돈에 대한 개념을 이해하지? 그건 정말 커다란 유혹이었을 거야. 그래도 그는 거절했어. 하지만 그 서커스 단장은 쉽게 그런 일을 포기할 만한 사람이 아니었겠지. 팔지 않으면 죽이겠다고 협박했고 그는 끝까지 거절했다가 그만 칼에 맞았어. 남자는 칼에 찔린 채로 술집으로 기어가며 요정에게 달아나라고 소리 질렀어. 하지만 그들은 그마저도 못하게 그를 하수도에 처박았지."

카셀은 이미 추운 걸 넘어 몸이 얼어붙었으나, 계속 말했다.

"라이, 넌 그 여행자의 이름을 기억 못하겠니? '그 우그'는 마지막까지 술집에 놔두고 온 요정에게 기회가 되면 꼭 미안하다는 말을 전해 달라고 할아버지에게 부탁하고 죽었대. 할아버지는 밀을 판 돈으로 그 사람의 장례를 치러 주고 바로 여행을 떠났어. 혹시라도 요정을 다시 만날 걸 기대하면서."

카셀은 자기도 모르게 눈물을 흘렸다. 구아닐이 어디 있는지 살펴야 할 시야가 흐려졌다.

"그리고 수많은 모험을 하고 돌아와, 결혼해 자식을 낳았지. 그 자식의 이름이 에밀이고 에밀이란 남자는 자신의 아버지와 같은 모험을 하고 싶어 또 여행을 떠났어. 그 여행에서 에밀, 나의 아버지는 달리아라는 여자를 만나 결혼했고 둘 사이에 낳은 자식이 나야. 아버지는 내 이름을 가장 좋아하는 모험가의 이름을 따라 지었다고 했어."

카셀도 말을 쉽게 잇지 못했다.

"라이……, 할아버지가 만난 그 사람의 이름이 '카셀'이야."

라이는 아무 말도 하지 않았다. 카셀은 지금 라이의 얼굴을 돌아볼 자신이 없었다.

"모든 것의 처음에 네가 있었어. 할아버지가 모험을 떠나게 하고 아버지도 모험을 떠나게 했어. 그리고 나도! 알겠니, 라이? 네가 나를 여기 있게 한 거야."

카셀은 겨우 뒤를 돌아보았다. 라이는 웃고 있었다. 단 한 번도 감정을 보인 적 없는 라이가 지금까지 본 적 없는 아름다운 미소를 보이고 있었다.

"고맙다, 카셀."

카셀은 라이가 지금 그 말을 어느 쪽 카셀에게 한 건지 알 수 없었다. 그 순간 라이의 등 뒤, 그러니까 더 높은 하늘 쪽에서 거대한 검은 그림자가 나타났다. 구아닐은 라이의 아래에 있는 게 아니라 위에 있었다.

"위!"

카셀이 놀라 외쳤다.

라이는 즉시 날개를 접고 머리를 앞으로 떨어트리며 빠르게 활강했다. 구아닐의 앞발이 아슬아슬하게 라이의 날개를 스치고 지나갔다.

라이는 카셀을 껴안은 채로 공중에서 방향을 바꾸어 하늘 산맥 쪽으로 날아갔다.

"카셀, 방향 감각, 믿지 말고, 네 감각, 믿어라. 숲은 가지 말고, 바위산, 찾아라. 눈길 걸어, 산 세 개 건너면, 하푸다. 눈 산의 느-라이프 뎀, 하늘 산맥의 유령, 이다. 논틸의 동굴, 에서, 봤던, 누라이, 를 기억하라. 그리고, 조심하라."

라이가 말했다.

"그게 다 무슨 소리야?"

카셀은 놀라 눈을 크게 떴다. 라이는 하늘 산맥의 경계를 지나쳐 뾰족하게 튀어 오른 바위 둔덕에 카셀을 내려주었다.

"가라."

라이는 다시 날개를 펴 날아오르려 했다.

"아니야. 같이 가야 해. 뭘 하려는 거야?"

카셀은 라이의 날개를 움켜잡았다. 그러나 그는 카셀의 손길을 부드럽게 뿌리쳤다.

"내 기더, 여기까지다. 카셀, 넌, 네 기더, 따라라."

"안 돼, 가지 마! 내 옆에 있어! 약속했잖아."

카셀이 소리쳤다. 라이는 하얀 날개를 펼치고 한 걸음 뒤로 물러섰다. 그 단호한 행동에 카셀은 뿌리쳐진 손 그대로 굳어서 쫓아가지도 못했다. 대신 지금까지 라이에게 했던 말 중 가장 강한 어조로 소리쳤다.

"명령이다, 라이. 돌아와!"

그러자 라이는, 저런 표정을 지을 줄 알았나 싶을 정도로 어린아이처럼 맑은 미소를 지어 보였다.

라이는 어색하게 인간의 예를 흉내 내는 동작으로 가슴에 손을 얹었다.

"불복하겠다, 카셀."

그리고 천천히 고개를 숙여 작별 인사를 했다.

"나의 캡틴이시여."

라이는 카셀이 다른 말을 할 기회도 주지 않고, 몸을 돌려 이쪽으로 날아오는 구아닐에게 돌진했다. 카셀은 구아닐에게 자신의 모습을 보이지 않기 위해 바위산 뒤로 달아날 수밖에 없었다.

"죽지 마, 라이. 죽지 마!"

마지막으로 돌아본 라이는 구아닐과 정면으로 부딪치고, 바닥으로 떨어지고 있었다.

라이는 바닥에 추락하기 직전 날개를 펼쳐 가까스로 두 발로 착지했다. 찢어진 어깨에서 흐르는 검붉은 피가 옆구리까지 적셨다. 숨을 가쁘게 몰아 내쉬면서도 들어 올리는 칼은 흔들림이 없었다. 칼날에는 구아닐의 피가 살짝 묻어 있었다.

카—구아닐은 허공에서 날개를 퍼덕이며 레미프의 언어로 말했다.

"너 혼자서 날 막을 수 있을 거라 생각하고 떨어져 나왔느냐? 건방진 레미프 녀석."

비늘이 몇 개 뜯어진 구아닐의 뺨에서 피가 번져 나오고 있었다. 방금 라이가 내리친 자리였다.

"나의 기더는 싸움에 있다."

'너의 기더는 싸움에 있다.'

그것은 크나딜이 말해 준 예언이었다. 그 말을 할 때 크나딜은 조금 슬픈 얼굴이었다. 라이는 기뻤지만 크나딜의 그 표정만큼은 오랫동안 마음에 걸렸다.

그 후 라이는 아크랜드를 여행했다. 우그라고 이름을 붙인 여행자를 만났고 그에게 배신당한 뒤 다시 하늘 산맥에 돌아왔다. 라든에 돌아온 라이는 처음으로 자신의 기더에 의심을 품었다.

'결국 무엇을 위한 모험이었는가?'

라이는 자신의 기더를 따르기 위해 결투라는 이름의 살인을 저질렀다. 그리고 감옥에 갇혔다.

'무엇을 위한 싸움이었는가?'

오랫동안 라이는 의문을 풀지 못했으나, 이제야 알 수 있었다. 크나딜의 슬픈 눈동자가 무슨 의미였는지도…….

"평생 이 기더를 기다려왔다. 그 마지막 상대가 드래곤이라면, 나쁘지 않지."

구아닐은 으르렁거리는 목소리로 말했다.

"날개 좀 퍼덕일 줄 안다고 하늘의 지배자인 나와 싸울 수 있다고 생각했느냐? 나는 드래곤 중에서도 최강이며, 너희 레미프 종족 모두의 신이 될 존재다."

"통하는 무기만 있다면 신이라고 못 죽일 것도 없지."

구아닐은 덩치에 걸맞지 않는 경박스러운 웃음소리를 냈다.

"그래서 그런 무기가 있느냐? 그 작은 칼로 날 죽이려면 일백 번은 베어야 할 것이다."

"백 번만 베면 되는가? 그럼 해보이지."

라이는 날개를 펼치고 날아올랐다.

구아닐은 눈을 부릅뜨고 숨을 들이마셨다. 그가 뿜어낸 검은 불길은 눈에 들어오는 평지를 모조리 불태웠다. 불길은 라이가 피해 날아가는 방향을 계속해서 쫓아가며 푸른 하늘을 잠깐 동안이나마 검게 물들였다.

라이는 높이 올라간 다음 구아닐을 향해 활공했다. 그의 칼이 구아닐의 목을 치고 지나갔다. 다시 방향을 돌린 라이는 구아닐의 날개를 내리쳤다. 날개의 막이 찢어졌다.

구아닐의 날개가 일으킨 바람에 라이는 잠깐 뒤로 밀려났다가 곧 눈위의 썰매를 타듯 미끄러져 그 바람을 탔다. 좌우로 넓게 펼친 라이의 날개는 구아닐이 일으킨 뜨거운 공기 안으로 파고들어 갔고 라이는 구아닐의 다른 쪽 뺨까지 베었다.

라이는 하늘로 높이 올라가 칼을 고쳐 쥐고 아래쪽에 있는 구아닐을 내려다보았다. 구아닐은 자기가 밑에 있다는 사실 하나만으로도 치욕스러워했다. 칼이 베고 지나간 자리에서 흐르는 피가 비늘을 타고 땅으로 떨어졌다.

"오냐, 내 진짜 힘을 이 자리에서 보여 주겠다."

구아닐의 몸 전체에서 보이지 않는 힘이 피어오르기 시작했다. 그때 허공 어딘가에서 거친 음성이 터져 나왔다.

"멈춰라, 구아닐. 내가 내린 그 힘은 오직 드래곤을 죽일 때에만 허락한다 하지 않았느냐?"

구아닐은 그 소리를 듣고 목을 움츠렸다. 구아닐은 천천히 날개를 접어 바닥에 착지했고, 방금 보이려 했던 힘은 감춰 버렸다. 라이의 오른쪽 하늘에서 유령처럼 회색 로브를 펄럭이며 한 남자가 모습을 드러냈다.

"레미프, 너의 힘은 잘 알았다. 너의 기더가 싸움에 있다? 그럼 그 기더에 충실히 응해 주지."

회색 로브의 마법사는 장갑을 낀 손을 내밀었다. 그 순간 라이는 칼을 집어 던졌다. 몸의 반동도, 예비 동작도 없이 던진 칼은 그자의 로브에 박혔다. 그의 몸이 뒤로 약간 밀려났으나 그 외의 반응은 없었다. 오히려 감탄했다.

"훌륭해. 싸움이란 건 상대적인 거지. 재미 삼아 지켜봤다면, 정말 구아닐을 죽였을지도 모르겠어."

그는 배에 박힌 칼을 뽑아 바닥으로 던졌다.

"꽤 좋은 칼이군. 내 몸에 박히고도 멀쩡하다니."

구아닐 옆으로 떨어진 칼을 가리키며 그는 라이에게 말했다.

"줍지 않을 텐가?"

라이는 무표정하게 마법사를 바라보다가 천천히 착지해서 칼을 집었다. 그사이 구아닐은 증오의 눈길로 계속 노려보았으나, 공격하지는 않았다. 회색 로브의 마법사도 그 옆에 소리 없이 착지했다.

"캡틴 울프가 뭣 하러 하늘 산맥으로 간 거지? 내가 보여 준 미래에 대처하는 거라면 동쪽으로 갔어야지."

라이는 레미프어로 대꾸했다.

라이의 날개

"카셀은 하늘 산맥에서 온 마법사다. 하늘 산맥으로 가는 게 당연해서 간 거다. 그리고 그곳은 너 같은 사악한 존재는 가지 못하는 곳이지."

마법사도 레미프어로 말을 받았다.

"나디우렌이 정한 선악의 기준에 맞춰, 악을 피하겠다? 그 기준에서 벗어난 존재가 하늘 산맥에 없을 거라고 생각하나? 나만큼이나 오래되었으며 나만큼이나 '워그를 증오하는 존재'가 있지 않나? 아, 레미프들에겐 그저 신화 속 존재였지 아마?"

마법사는 한쪽 팔을 펼쳤다. 헐렁한 로브의 소매 뒤로 그 자리에 없었던 인간이 나타났다.

라이는 눈을 몇 번 깜빡였다. 착각이나 환각이 아니었다. 마법사의 옆에는 칼을 든 남자가 서 있었다.

"내가 보기에 저 녀석이 레미프들 중 가장 강한 녀석 같다. 싸움을 싫어하는 종족이 스스로 자기의 기더를 싸움이라고 떠벌릴 정도라니! 그란돌, 인간 중 가장 강한 네가 레미프 중 가장 강한 저 녀석을 죽여라. 꽤 상징적인 의미가 되어 줄 것이다."

구아닐은 숨죽여 웃었고 회색 로브의 마법사도 어깨만 들썩이며 웃었다. 그란돌은 라이의 앞으로 뚜벅뚜벅 걸어왔다.

라이는 그 초점 없는 눈을 가진 검사를 가만히 응시하다가 갑자기 목을 치고 들어오는 공격을 막았다. 그러나 라이는 그 공격을 바깥으로 밀어내지 못했다.

구아닐을 벨 때도 한 손으로 싸웠던 라이였으나, 그 공격을 쳐내기 위해서는 두 손을 모두 써야 했다. 그란돌은 튕겨 나온 칼을 라이의 옆

구리로 돌렸다. 가까스로 그걸 막고 물러났더니 바로 다음 공격이 이어
졌다.

라이의 눈에는 그란돌의 손이 여덟 개쯤 되어 보였다. 그는 치명적
인 공격 사이사이에 보일 듯 말 듯한 속임수를 무수히 섞고 있었다. 계
속 그런 것에 신경 쓰며 막으니 금방 집중력을 잃어 갔고, 그란돌은 그
틈을 노려 속임수처럼 보인 몇 개의 공격을 진짜로 찔러 넣었다.

'이게 진짜 우그의 검사…….'

라이는 기분이 좋았다. 라든에서 카셀을 처음 만난 순간과 '그 이전
의 카셀'을 만난 순간이 겹쳐 보였다. 두 사람 모두 라이를 보고 놀랐
다. 그러나 두려워하지 않았다. 아니, 두려워했으나 가까이하려고 했
다.

"넌 하늘 산맥에서 온 요정이냐?"

라이는 고개를 들어 그 괴상한 생명체를 주시했다.

"내 이름은 카셀이다. 네 이름은 뭐지?"

그가 물었다. 라이는 그 언어를 알아듣지 못했다. 그저 레미프의 언
어로 대꾸할 수밖에 없었다.

"레미프."

"뭐, 레미프? 네 이름이 레미프야?"

라이는 손가락을 들어 그를 가리키며 계속 레미프의 언어로 말했다.

"우그."

"뭐, 우그? 내 이름은 카셀이야."

"우그."

"카셀이라니까!"

"우그."

"그래, 젠장. 우그라고 불러라. 나도 네 이름, 맘대로 불러 버리겠다. 레미……. 좋아. 지금부터 널 레미라고 부르도록 하지. 근데 그 날개 진짜냐? 날 수 있어?"

그는 신기한 듯 라이의 날개를 붙잡으며 말했다.

"태워 줄래? 그럼 내가 아크랜드를 여행시켜 주지. 어이, 그런 이상한 눈으로 보지 마. 인간의 언어를 못 알아듣나?"

카셀은 팔짱을 끼고 빙그레 웃었다.

"좋아, 이제부터 가르쳐주면 되지! 이거 하나만 기억해! 네가 날 버리지 않으면 나도 널 절대 버리지 않아. 알았지, 레미? 따라와. 아크랜드를 여행시켜 주지."

그란돌의 검과 라이의 검이 교차했다. 그리고 동시에 서로의 배에 칼을 찔러 넣었다. 똑같은 힘과 똑같은 속도를 가진 둘의 마지막 공격은 그렇게 끝이 났다. 그러나 라이는 상대의 검이 자신의 배를 뚫는 순간 힘을 잃었으나 그란돌은 그렇지 않았다. 그는 라이의 칼에 배를 뚫린 상태에서 라이를 찌른 칼을 옆으로 그어 버렸다.

라이는 무릎을 꿇었다. 배 아래로 검붉은 피가 쏟아졌다.

라이의 뒤로 회색 로브의 마법사가 다가왔다. 그는 라이의 뒷덜미를 잡아, 들어 올렸다.

"카셀이 하늘 산맥으로 간 진짜 이유가 뭐냐? 왜 가까운 길을 버리고 먼 길로 돌아갔나?"

라이는 대답하지 않았다. 그러자 그는 라이의 한쪽 날개를 잡아당겼다.

"대답해라."

라이는 침묵했다. 그러자 마법사는 날개를 잡은 손에 힘을 주었다. 마치 폭발이라도 일어나듯 깃털이 터지며 라이의 날개가 뽑혀져 나왔다.

"대답하지 않아도 좋다. 나한테 필요한 건 이 날개니까. 네 친구들 겁주기 딱 좋아 보이는군."

"나의 날개에……."

라이는 고통에 몸을 떨었으나 결코 괴로운 표정을 보이지 않았다. 자신의 칼이 꽂힌 그란돌의 배를 바라보며 그저 만족스러워할 따름이었다.

'멋진 싸움이었어. 후회하지 않아.'

라이는 레미프어로 말을 이었다.

"나의 날개에, 겁을 먹을 정도로 인간은 약하지 않다."

"그럼 죽어라. 네 싸움뿐인 기더에 평안을 주겠노라."

마법사는 다른 한쪽 날개도 뽑아냈다. 날개 끄트머리에 살점까지 뜯어져 나왔다. 라이는 비명 한마디 지르지 않고 반사적으로 고개만 뒤로 젖혔다. 검붉은 피가 마법사의 회색 로브를 적셨으나 로브는 그 피를 말끔하게 흡수했다.

"나의 죽음은…… 내, 내가 결정한……, 일이다."

라이는 힘겹게 말을 이었다. 싸움뿐인 인생에 우정을 수놓아 준 것은 첫 번째 카셀이고, 싸움뿐인 기더를 그 자체로 받아들여 준 것은 두 번째 카셀이었다. 다른 우그지만, 라이에겐 같은 존재였다.

"나의 기더는……."

라이는 천천히 머리를 숙였다.

"그, 그들을 위해……, 싸, 싸우는 것이었으니……."

그리고 다시는 고개를 들지 못했다.

마법사는 날개 잃은 레미프를 바닥에 떨어트렸다. 붉은 피를 머금은 하얀 깃털들이 메마른 바닥을 굴러갔다.

구아닐이 바닥을 쿵쿵 울리며 다가와 말했다.

"하늘 산맥으로 도망친 녀석은 제가 금방 따라잡을 수 있습니다."

마법사는 하늘 산맥 쪽을 바라보며 대꾸했다.

"바로 잡을 수 있으면 모르지만, 이미 어디 숨어버렸다면 오래 걸릴 수 있다. 자칫 방벽에 막혀 내려오기 귀찮아질 수 있지. 이놈이 저 혼자 널 막아선 건 그런 이유 때문일 것이다."

"그럼 내버려 둡니까?"

"저런 하찮은 녀석쯤, 누라이가 처리해 줄 것이다. 놈이 지금 얼마나 쓸데없는 짓을 하고 있는지 깨닫는 순간 그 비참함은 그 어떤 고통보다 크겠지. 저딴 놈을 후계자로 지목하다니, 새나디엘의 안목도 끝났군."

마법사는 몸을 돌려 북쪽으로 걸어갔다. 그의 모습은 한 걸음 내디딜 때마다 희뿌옇게 사라졌다가 한참 떨어진 곳에서 나타났고 또 한 걸음 내디디면 더 먼 곳에서 나타났다. 구아닐은 날개를 펼쳐 하늘을 날아올랐다.

그 자리에는 라이의 시체만 남았다. 그의 피 묻은 날개 역시 한쪽만 남아 있었다.

홀로 떠돌아다니던 아크랜드에서도, 다시 돌아온 하늘 산맥에서도 라이는 '그 우그'를 기다렸다.

계속 강한 레미프를 찾아다니다 라든의 감옥에 갇혔을 때도 라이는 기다렸다.

어둠 속에서 그 옛날의 외로움을 곱씹으며 철창에 갇혀 있을 때 마침내 아크랜드 이후 첫 번째 우그가 그의 앞에 나타났다. 금발의 키 작은 청년이었다.

"이 칼과 함께하면 피하고 싶어도 싸워야 할 적이 끌려온다. 내겐 그 싸움을 대신할 전사가 필요하다. 네가 내 옆에 서라."

그는 자신의 이름을 카셀이라고 밝혔고 울프의 캡틴이라 말했다. 그러나 라이는 그 이름도 직위도 개의치 않았다. 그 역시 처음 만난 우그처럼 같이 가자는 말을 하고 있었다.

"네가 약속을 지키면 나도 약속을 지킨다."

그리고 우그와 같은 약속을 했다.

라이는 알 수 없는 고독에 가슴이 찌릿했다.

카셀은 라이의 쇠사슬을 풀어 주며 말했다.

"내게 와 줘서 고맙다, 라이."

그리고 그는 약속을 지켰다.

라든의 감옥에 있던 그때로 다시 되돌아간다면 라이는 50년 동안이나 준비해 두었던 말을 해 주고 싶었다.

"돌아와 주었구나, 카셀."

◆Chapter 16◆
하얀 늑대 대 하얀 늑대

전날 저녁부터 이동한 모즈들이 집결한 장소는 축복의 탑 북쪽이었다. 어제 새벽에 라이와 함께 떠난 카셀이 죽었다는 소식이 알려졌을 때를 기준으로, 거의 열두 시간에 가까운 느린 이동이었다.

로핀은 죽지 않는 자들의 군주가 라이의 것으로 보이는 찢어진 날개를 던져 주며 한 애기는 모두 거짓말이라고 단언했다. 하지만 소문은 급격히 퍼졌다. 로핀은 직접 뛰어다니며 일일이 동요하지 말라고 다그쳤다.

'불안감과 공포가 극에 치닫는 시간을 기다리는 거군.'

로핀은 동쪽 하늘을 돌아보았다. 아침 해가 뜨고 있었다.

'그럼 공격은 오늘 해가 지는 저녁이 되겠지. 그전에 소문을 잠재워야 할 텐데.'

탑의 꼭대기에 있는 마법사가 알려온 바에 따르면 이만 마리 정도의 모즈들이 탑을 부채꼴 모양으로 포위하고 있었고, 또 다른 이만 마리 정도의 모즈는 그보다 더 북쪽에 대기하고 있다고 했다. 그리고 그 뒤쪽 만 마리 모즈들 군대 중앙에 검은 드래곤이 있었다.

"한 마리? 확실해? 더 없어?"

소식을 전해온 어린 마법사는 로핀의 질문에 어깨를 으쓱했다.

"멀긴 하지만, 큰 게 더 있다면 눈에 안 들어올 리가 없죠."

"알겠네. 가보게."

로핀은 의아해했다.

'정말로 카구아를 안 데려왔어?'

로핀은 점으로밖에 보이지 않는 모즈들을 노려보며 생각했다.

'빅터 이 자식, 무슨 생각하는 거냐? 군대 한가운데에 카구아 두어 마리만 던져 놔도 엄청난 피해를 줄 수 있을 텐데……. 레미프들이 자기들 마을을 비우길 노리려고? 아니면 다른 더 좋은 작전이라도 있다는 건가?'

아즈윈이 로핀의 어깨를 두들겼다.

"안 나가 볼 거예요?"

"응? 뭐? 어딜?"

"저거요."

적진에서 검은 로브를 뒤집어쓴 기사 세 명이 말을 타고 이쪽으로 오고 있었다. 그들은 모즈 군대와 로크 군대의 중간쯤에 멈춰 서서 기다렸다. 로핀은 말에 오르며 말했다.

"아즈윈, 가자. 캡틴 하로우. 따라오시오."

로크의 경비대장으로 여러 가지 궂은일을 마다하지 않는 하로우였다. 하지만 같이 가자는 말에는 사색이 되었다.

'어이쿠, 이 사람 데려가면 큰일 나겠군.'

로핀은 고쳐 말했다.

"아아, 캡틴은 여기에서 군대를 지휘하고 있는 게 좋겠소. 아무래도 우린 위험한 곳으로 가는 것 같으니."

"그, 그러시다면⋯⋯."

하로우가 안도하며 말했다.

로핀은 옆에 있는 제이메르에게 손짓했다.

"네가 같이 가자."

"나? 도움이 안 될 텐데?"

제이가 퉁명스럽게 대꾸했다. 그는 어제부터 새벽까지 밤새 도끼질을 하느라 피곤한 얼굴이었다. 그래도 졸린 눈이나마 치켜뜨니, 사냥꾼의 진한 살기를 느낄 수 있었다. 지금은 그런 게 필요했다.

"숫자나 맞춰 달라는 거다. 아무것도 안 해도 돼."

로핀의 말에, 제이는 콧김을 푹 내쉬고 말에 올랐다.

"뭘 저지를 것 같으니까 하는 말이야."

로핀, 아즈윈, 제이는 말을 타고 달려가 적에게서 열 걸음 정도 떨어진 곳에 세웠다. 검은 로브를 쓴 기사들 중 하나가 후드를 뒤로 넘겨 얼굴을 보였다. 빅터였다.

"그쪽 군대는 쓸 만한가, 로핀?"

"말 드럽게 안 듣는 모즈들보다 몇백 배는 낫지. 그런데 아직 안 죽었네?"

로핀이 놀라 물었다.

빅터는 고개를 갸웃했다.

"으음? 언제 날 죽이려고 암살자라도 보냈나?"

"아니, 꼭 그런 건 아니고 여기 오다가 말에서 떨어져 뒤통수 깨져 뒈졌을 수도 있잖아. 숲에서 오줌 싸다가 독사한테 거시기 물려서 죽을 수도 있는 거고."

로핀은 꽤나 진지하게 말했고 빅터는 큰 소리로 웃었다.

"그런 걸로 죽기에는 준비된 무대가 너무 거창해서 말이지."

"고작 모즈들 몇 마리 데려다 놓고 거창하다는 말 쓰기도 민망하지 않나?"

"어중이떠중이 다 긁어모은 그쪽보다는 낫지. 그보다 로핀, 내 군주님의 전언이다. 어차피 거절할 테지만 그래도 들어 볼 텐가?"

빅터는 웃는 얼굴로 물었다.

"거절한다."

"흐음, 역시 그렇군. 그럼 내 전언이다. 이건 들어볼 텐가?"

"자기 말을 전언이라고 하냐? 근데 그건 듣고 싶긴 하다."

"어차피 인간은 멸망한다. 그 순간까지 충분히 즐겨라. 크게 보면 인류의 멸망을 놓고 싸우는 거겠지만 작게 보면……."

빅터는 검지와 엄지로 벌레를 집는 것 같은 제스처를 취하며 말을 이었다.

"너와 나를 위한 게임에 불과하니까."

로핀은 코웃음 쳤다.

"에이, 진짜 내 순진한 제자만 옆에 없었으면 뭐나 처먹으라고 욕을 퍼부어 줬을 텐데, 참는다."

아즈윈이 힐끗 쳐다보았다. 로핀은 상관하지 않고 말을 이었다.

"그 둘은 뭣 하러 데려왔냐, 빅터? 혼자 나오면 무서워서?"

"소개시켜 주려고. 내 제자들이자 부하들이다. 이쪽이 포웰, 그리고 이쪽은 스탠리."

포웰과 스탠리는 아무 말 없이 노려보기만 했다. 검은 로브 속의 시선은 기분 나쁠 정도로 살벌했다. 그 시선은 모조리 아즈윈을 향하고 있었다. 아즈윈은 하늘 산맥에서 싸운 홀튼과 레드워드, 네이슨을 기억하며, 똑같이 피하지 않고 노려보았다.

"이런 중요한 자리에 데리고 나와 경험하는 것도 나쁘지 않지. 앞으로도 우리는 싸울 일이 많아. 이로피스도 가야 하고, 카모르트도 깨야 하고……. 물론 그다음은 아란티아지. 듣자니 여왕이 그렇게 예쁘다며?"

빅터의 물음에, 로핀은 억지로 웃었다.

"푸하, 너도 드디어 나한테 물들었구나. 유치한 싸움 해 보자 이거냐? 엄마 욕부터 시작할까?"

로핀은 한참 뒤에 몰려 있는 모즈들을 길게 목을 빼어 보았다.

"근데 구아닐은 왜 뒤에 숨어 계시나? 응? 지금 나왔으면 우리도 가넬 모시고 나왔을 텐데."

빅터는 다시 로브의 후드를 머리에 썼다.

"굳이 그럴 필요가 있나? 구아닐이 직접 나서서 가넬과 싸울 기회나 있을지 모르겠군. 로핀, 버틸 때까지 버텨 봐라. 이 싸움의 결과가 네 눈에도 보이겠지?"

"겨우 그 말 하려고 여기까지 왔나?"

"아, 참. 깜빡했군. 싸움이 싱거워질까 봐 미리 말해 두는데 굳이 탑 두 개 안 부수고도 로크 안으로 들어갈지도 모른다. 여기에만 병력 집중시킨 걸 후회할 거다. 조심해."

빅터는 말 머리를 돌려 본진으로 되돌아갔다.

"상관 마, 자식아."

로핀은 그의 뒤통수에 대고 내뱉었다. 로핀과 아즈윈도 말 머리를 돌리려 했으나 제이는 가만히 말을 세워 두고 말했다.

"로핀. 당신, 저 빅터란 작자랑 싸워 봤어?"

"뭐가 궁금해서 그런 걸 묻나?"

제이는 빅터의 뒷모습에 계속 시선을 박은 채 말 머리를 돌렸다.

"싸우기도 전에 이런 말 하는 거 우습지만, 저자는 우리 중 누구도 이길 수 없었을 거야. 당신도, 퀘이언도……."

"넌 그런 것도 보여?"

로핀은 여유 있는 미소를 보이며 물었다.

"보인다. 전혀 다른 차원의 간격이! 뭔가……."

"아즈윈, 너는 어때? 너도 빅터의 힘이 보여?"

로핀은 제이의 말을 중간에 끊고 물었다.

아즈윈은 천천히 말을 몰며 답했다.

"방금 저 셋과 우리 셋이 싸웠다면 우리가 이긴다고 말하지 못하겠네요. 타치셀에서는 복수심 때문에 잘 못 봤지만 지금은 솔직히 말해……."

"그렇군. 우리 셋 다 그렇게 느꼈다면 저 녀석들도 알았을 테지. 하지만 빅터 역시 내가 데리고 온 너희 둘의 힘에 놀랐을 거다. 그래서 싸움을 안 건 걸지도 모르겠어. 서로 명예와 기사도를 지켜 가며 싸우는 국가 간 전쟁도 아닌데, 안일하게 하로우를 데려왔으면 큰일 날 뻔했네."

로핀은 주머니에서 꺼낸 육포를 씹으며 말을 이었다.

"어쨌든 내가 할 일은 빅터를 검으로 꺾는 일이 아니다. 저 녀석이 머릿속에 짜고 있는 건방진 시나리오를 무너트리는 거지. 그 어긋난 시나리오가 승리를 가져올지, 더 큰 패배를 가져올지 그건 모르지만. 그러니까 방금 일은 신경 쓰지 마. 죽여야만 싸움에서 승리하는 건 아니야."

"캡틴. 방금 왜 칼을 뽑지 않으셨습니까?"

포웰은 뒤를 돌아보며, 빅터에게 물었다. 멀리 로핀, 제이메르, 아즈윈이 말을 타고 돌아가는 게 보였다. 스탠리도 불만스레 말했다.

"캡틴께서는 가넬로크 측에 크나딜이 있는 것보다 로핀이 있는 게 더 위험하다고 하셨습니다. 그럼 지금보다 더 좋은 기회는 없었습니다."

명령만 떨어지면 지금이라도 쫓아가서 벨 기세였다.

"로핀은 항상 그렇게 보인다. 항상 약해 보이고 항상 가벼워 보이지. 그래서 항상 모르겠어. 내가 무서운 게 뭔지 아나?"

빅터가 물었다. 부하 둘은 거의 동시에 대꾸했다.

"모르겠습니다."

"녀석이 전혀 변하지 않았다는 거다. 10년 전이나, 지금이나…….".

"그게 뭐가 무섭다는 겁니까?"

"더 배워라. 검의 실력으로는 이미 너희 두 사람 다 나와 비슷하다. 하지만 그 정도로는 날 만족시킬 수 없지."

머뭇거리는 스탠리 대신 포웰이 솔직하게 말했다.

"알아들을 수 있게 가르쳐 주십시오."

"좋아, 포웰. 지금 우리에게 있는 병력이 저들에게 주고 있을 공포의 크기를 생각해 봐라. 아무리 간이 커도, 그런 걸 맨 정신으로 감당할 수는 없다. 심지어 드래곤들의 마스터인 크나딜도 이 상황을 두려워하고 있다. 그런데 로핀 저 녀석은 나랑 똑같이 즐거워하고 있어. 그게 무섭다는 거다. 그래서 방금 공격하지 못했다. 솔직하게 말하는 거니까 그런 눈으로 보지 마라."

빅터는 뒤를 힐끗 쳐다보며 나직이 웃었다.

"나더러 말에서 떨어지라고? 너나 떨어져 버려라, 로핀. 공짜로 이기게."

빅터는 다시 앞을 보며 명령인지도 모르게 명령을 내렸다.

"버크만에게 신호를 보내라. 성문부터 시작한다."

모즈들의 대규모 군대가 밤사이 북쪽으로 이동하자 남쪽 성문의 병사들은 조금 걱정을 덜었다. 그들은 회색 로브의 마법사가 한 걸음 다가올 때마다 울리는 그 진동만으로도 견디기 힘든 공포를 맛보고 있었다. 거기다 시야를 가득 채운 괴물들까지 바라봐야 하는 건 고문이었다. 다행히 둘 중 하나는 사라진 셈이었다.

'해가 있는 동안이라도 놈들이 가만히 있어 주면 좋겠는데.'

루밀은 피곤한 눈으로 길게 하품을 하며 생각했다. 그러나 적들은 루밀을 비롯한 남쪽의 병사들을 쉽게 놔두지 않았다. 루밀은 평원 끝에서 다가오는 커다란 기구를 발견했다.

"저건 뭐야?"

망루의 병사들도 그것을 발견하고 다른 병사들에게 신호를 보냈다.

"투석기다!"

루밀이 명령을 내릴 필요도 없이 병사들은 바쁘게 움직였다. 밤새 긴장하고 있던 병사들은 차라리 올 일이 왔다는 듯 일사불란하게 움직였다. 루밀은 일단 사태를 관망했다.

남쪽 성문에 쓰일 투석기는 축복의 탑으로 옮겨 놨다. 궁수를 비롯한 많은 병사들을 그쪽에 집중시켜 여기 남아있는 병력은 몇 명 되지 않았다. 반면 모즈들은 수백 마리나 되었고 집채만 한 투석기가 열 대 이상이나 되었다.

뭘 노리는지는 명백했지만 딱히 방법이 없었다. 투석기가 로크 존 바로 앞에서 멈추는 모습을 보며 그는 쓴 물이 넘어와 침을 삼켰다.

'첫 번째 전략 싸움은 빅터의 승리라고 봐야 하나? 아니지. 저런 걸 예상하고 투석기를 이쪽에 배치하는 것이야말로 저쪽이 바라는 거겠지.'

그때 루밀은 병사들의 배치를 살피다가 멀리서 던멜이 뛰어오는 모습을 발견했다.

'퀘이언이 제자들에게 자제력을 키워 주진 못했나 보군.'

던멜은 전날 갑자기 옆구리에 부상당해 돌아왔다. 그 바람에 서로 번갈아 쉬기로 했던 루밀이 쉬지 않고 지금까지 경계를 서고 있는 것이었다. 안 그래도 후유증에 시달렸던 친구라, 이번 상처는 아무리 본인의 의지가 강해도 오늘내일 중으로 치료하고 돌아오길 기대할 수는 없었다. 그런데 지금 그는 이쪽으로 뛰어오고 있었다.

루밀은 성벽 아래 지휘관에게 소리쳤다.

"지휘관. 병사들을 성벽 멀리 배치시키시오."

남문 지휘관이 소리쳤다.

"알았소. 하지만 여길 대체 왜 공격하는 거요? 탑 두 개를 먼저 부숴야 여길 공격해 올 거라 하지 않았소?"

"적은 그리 생각하지 않나 보오."

모즈들이 투석기를 준비하는 시간이 병사들이 피하는 시간보다 더 빨랐다. 열 개의 투석기가 약간의 시간차를 두고 차례대로 작동되었다. 큼직한 돌덩어리가 푸른 하늘을 가로질렀다. 망루의 병사들이 일제히 성벽 뒤에 대고 외쳤다.

"피해라."

사람만 한 크기의 바위 덩어리들이 성벽 위를 지나쳐 병사들을 덮쳤다. 한꺼번에 십수 명의 병사들이 거기에 깔려 죽었고, 성벽 가까이에 위치한 집은 지붕이 박살 났다. 기둥이 부실한 집은 아예 무너져 버리기도 했다. 단 한 차례 공격이었으나 피해는 막심했다. 하지만 대처할 수가 없었다.

거의 모든 병력이 북쪽으로 가 있는 상태에서, 비록 모즈들이 천 마리도 안 된다고는 해도 성문을 열고 나가 싸울 수는 없었다. 무엇보다 성문 앞에는 회색 로브의 마법사가 버티고 서 있었다.

루밀은 여전히 모즈들의 투석기보다 테일드가 성문 앞에 서서 매 시간마다 한두 걸음씩 다가오는 게 더 부담스러웠다.

"제기랄."

루밀이 기어이 욕을 내뱉으며 다시 명령을 내렸다.

"지휘관, 병사들을 수습해 물러나시오. 적은 투석기 외에는 공격하지 못하오."

"마법의 장벽이 있다면서 어떻게 돌이 공격해 올 수 있는 거요?"

병사들이 돌에 깔려 으깨진 모습을 보고 극도의 혼란에 빠진 지휘관이 엉뚱한 소리를 했다. 오직 죽지 않는 자들의 군주에게 영향을 받은 사악한 존재만이 여길 통과하지 못한다고 미리 설명을 해 놨지만, 그걸 정확히 이해하지 못했거나 충격으로 잊어버린 모양이었다. 설명할 시간은 없었다.

"지금은 그냥 물러나시오. 가급적 멀리. 적은 돌만 날릴 뿐 성문으로 직접 돌격해 오지는 못하니까."

루밀은 다시 성벽 바깥쪽으로 몸을 돌렸다. 투석기의 방향을 보던 루밀 옆으로 던멜이 획 뛰어 올라왔다. 어제 칼에 찔린 사람이라고는 믿을 수 없는 몸놀림이었다. 루밀은 몸이 괜찮은가, 무리하지 말고 들어가라, 같은 말로 시간 낭비 하지 않고 물었다.

"투석기 방향을 조절하고 있군. 어느 쪽 같은가?"

던멜은 첫 번째 공격으로 돌이 날아간 위치를 확인하고 다시 투석기의 머리 부분이 돌아가는 각도를 확인했다. 그리고 손가락으로 두 사람이 서 있는 바닥을 가리켰다. 루밀은 망루의 병사들에게 즉시 소리쳤다.

"밑으로 내려가라! 다음 공격은 성벽이다."

지휘관보다는 이해가 빠른 병사들이 급히 망루를 내려갔다. 두 사람도 밑으로 내려갔다.

두 번째 공격은 던멜의 예측대로 성벽을 두들겼다. 성벽의 일부가 무너지고 망루가 부서졌다. 약간 날아오는 거리가 모자란 바위가 성문 앞에 흉물스런 조각상처럼 처박혔고, 성벽 너머까지 날아간 바위는 먼저 와서 박혀 있는 돌과 부딪쳐 깨지기도 했다. 루밀과 던멜은 성벽 아래로 내려가 벽에 등을 기대고 공격이 멈추길 기다렸다.

세 번째 공격은 성벽 너머 가장 먼 거리를 겨냥했다. 날아간 바위들이 대여섯 채의 집을 깨부수면서 공격이 그쳤다.

루밀은 부서진 망루에 올랐다. 망루는 고속으로 날아오는 바위에 긁혀 나가 위태롭게 반만 남아 있었다.

투석기 옆의 모즈들 중 일부가 어딘가로 분주히 이동했다. 나머지는 그대로 투석기 옆에 남았다. 그 남은 병력 중에 검은 갑옷을 입은 기사도 한 명 있었다.

"저 녀석이 하늘 산맥에서 그 난리를 친 익셀런 제1기사단인가 보군. 역시나 모즈들을 지휘하는 거겠지?"

루밀이 말했다. 던멜은 모즈들의 움직임을 가리킨 후 손가락으로 글씨를 썼다.

- 제2차 투석 준비 중.

"멀쩡히 눈 뜨고 남쪽 성벽 다 박살 나는 꼴을 봐야겠군."

- 가야 합니다.

루밀이 어딜 가느냐고 눈으로 묻자 던멜은 손을 들어 투석기 쪽을 가리켰다. 그의 눈은 이미 '지금 부상 중이니 넌 빠져라.'는 말을 거부하고 있었다. 루밀은 던멜에게 고개를 끄덕였다.

"가자. 하지만 우리 둘만으로는 무리다."

루밀은 피해 있던 병사들을 향해 소리쳤다.

"지금부터 저 투석기를 부수러 간다. 지원자는 나서고 나머지는 아예 더 멀리 피하라. 다음 목표는 이 성벽이 될 것이다."

병사들은 웅성거리며 일부는 나서고 일부는 눈치만 봤다. 지휘관도 루밀의 갑작스러운 제안에 동의하지도 이의를 제기하지도 않았다. 어디에선가 검은 옷을 입은 남자 하나가 루밀의 앞에 나타났다.

"뭐냐, 넌?"

루밀이 놀라 물었다. 그가 고개를 숙인 후 말했다.

"이런 일에는 반드시 나서라는 길드 마스터의 명이 있었습니다."

루밀은 무슨 소리인가 싶어 던멜을 돌아보았다. 던멜은 그 남자를 향해 고개를 끄덕여 주었다. 그 검은 옷을 입은 남자가 짧게 휘파람을 부르자 어느새 비슷한 복장을 한 녀석들이 여기저기에서 몰려왔다.

던멜의 과거가 궁금해지는 순간이었지만, 루밀은 묻지 않았다. 적어도 우물쭈물하는 병사들보다는 훨씬 믿음직했다.

"불안…… 해요?"

라틸다가 조심스레 로일에게 물었다. 그녀는 떨리는 손으로 연초 파이프를 쥐고 있었다. 파이프에서 피어오르는 푸른 연기가 창문에서 불어오는 바람에 실려 없어졌다.

로일은 창가에 손을 짚고 탑 아래쪽에 시선을 두고 있었다. 검은 물결처럼 보이는 모즈들의 무리는 분노의 탑 근처에도 오지 않았다.

"여기로는 어떤 적도 오지 않는군요. 예상했던 바지만."

로일이 말했다. 라틸다도 옆으로 가서 그가 보는 곳을 보았다. 하지만 눈이 좋지 않아 그런 먼 곳까지는 잘 보이지 않았다.

"우리 쪽의 가장 큰 전력 하나를 제가 여기 묶어 둔 꼴이 되었군요."

"카셀이 라틸다를 지키라고 보낸 것에 기뻤고 지금도 여기 있고 싶습니다. 그러나 싸움터에서 벗어나는 늑대는 있을 수 없어요."

그때 탑 밖에서 묵직하게 크나딜의 목소리가 울렸다.

"너는 이곳에 있어야 한다, 로일 울프."

사—크나딜은 분노의 탑 아래 엎드려 있었다. 그는 가끔씩 필요할 때만 말했는데, 거기에 굳이 귀 기울이거나 그의 목소리를 듣기 위해 긴 계단을 내려갈 필요는 없었다. 그의 목소리는 언제나 바로 옆에서 말하는 것처럼 들려왔다.

"적은 너의 존재를 분명히 인식하고 있다. 나와 네가 있으므로 여기에 아무도 오지 않는 것이지, 싸움터에 벗어나 있는 것이 아니다."

"하지만 여긴 크나딜이 계신데 저처럼 하찮은 존재가……."

"나는 수백 마리의 모즈들이 한꺼번에 몰려와도 막을 수 있다. 하지만 단 한 마리라도 탑 안으로 들어오면 라틸다의 목숨이 위험하다. 원래 그 자리에는 퀘이언이 있어야 한다. 새나디엘은 다음 여왕 수호기사를 누구로 정했느냐? 나라면 널 지목하겠구나."

"크나딜께서는 저의 검술조차 보신 적이 없습니다. 어찌 아십니까?"

"그걸 내가 설명해야 하느냐? 듣기만 하여라. 또 하나, 로일 네 역할이 있다. 이것은 너희 두 사람 모두에게 잔인한 이야기가 될 것이다."

라틸다는 그가 무슨 얘기를 할 줄 이미 알고 눈을 감았다.

"라틸다 쟌스테인, 너도 알겠지만 너의 몸 안에는 네 아비의 힘이 흐르고 있다. 그 힘이 적에게 노출되는 순간 너는 우리의 또 다른 큰 적이 될 수 있다. 그때 로일, 너는 라틸다를 죽여야 한다."

로일이 버럭 소리 질렀다.

"저는 라틸다를 지킬 목적으로 여기 왔습니다."

크나딜은 로일의 분노에 일일이 대꾸해 주지 않았다. 대신 겁에 질린 라틸다가 물었다.

"실감이 나지 않아요, 마스터 크나딜. 제가 어떻게 적이 되는 건가요? 꿈에서도 봤고 타냐도 그런 말을 했지만, 전 여전히 잘 모르겠어요."

"로크의 모든 것이 이미 그의 힘에 묶이기 시작했다. 지금 모든 병사들이 괴이한 환상과 공포를 보고 있을 것이다. 특히 그의 힘이 직접 닿아 있는 자리에 있는 병사는 가혹한 진실 또는 거짓된 상황에 정신이 나가 있을 것이다. 내 보호가 사라지는 순간 너 역시 그 힘에 노출될 것이고, 너는 버티지 못한다. 그때 넌 자아를 잃을 것이다, 라틸다."

"그건 크나딜께서 살아계시는 한 일어나지 않는 일이라 하지 않으셨습니까?"

로일이 강한 어조로 물었다.

"내가 그 자리에 원래 현재 여왕 수호기사인 퀘이언이 있어야 한다고 말한 이유는 간단하다. 내가 죽은 후에도 그 탑을 지킬 사람이 필요하다. 그리고 그 정도가 되려면 현재로서는 너밖에 없지 않겠느냐?"

"제가 여기 있는 목적이 라틸다를 지키는 것보다 탑 자체를 지키는 것에 있는 겁니까?"

"그렇다."

"만약 드래곤께서 죽고 만약 라틸다마저 죽는다면, 대체 저 혼자 이 탑을 지켜야 하는 이유가 무엇입니까?"

"말해도 너는 이해하지 못할 것이다. 그러나 한 가지, 이 세 개의 탑을 움직이는 마법사는 너희가 생각하는 것보다 훨씬 더 강한 자라는 것만은 알고 있어라. 모든 이가 죽어도 탑이 무너지는 일은 없어야 한다."

크나딜은 몸을 일으키며 물었다.

"그럼 로일 울프, 왜 너는 여기서 라틸다를 지켜야 한다고 말하면서도 그렇게 뭔가를 초조하게 기다리느냐?"

로일은 숨기지 않고 말했다.

"피가 끓어올라 주체할 수가 없습니다. 그 대상이 누구인지, 제가 왜 이러는지 모르겠습니다. 크나딜이시여, 알고 계시지 않습니까? 그래서 저를 억누르려고 그런 말씀을 하시는 게 아닙니까?"

크나딜은 손을 높이 내밀었다.

"나는 명령으로 너를 여기에 묶어 둘 수 있다. 그러나 너의 자유를 뺏는 것이 너의 힘을 뺏는 것보다 더 위험하다는 생각이 드는구나."

크나딜은 허락한다는 의미로 고개를 끄덕였다.

"가도 좋다."

로일은 몸을 돌려 라틸다를 한번 끌어안았다.

"잠깐 다녀올게요."

"로일, 어딜 가신다는 거예요?"

둘의 대화를 이해하지 못한 라틸다가 당황해하며 물었다.

"제가 해야 할 일을 하러 갑니다. 전투가 시작되기 전에는 돌아올게요."

로일은 밖으로 뛰어내렸다. 라틸다는 비명을 지르며 창밖으로 몸을 내밀었다. 로일이 뛰어내린 자리는 크나딜이 내민 손바닥 위였다. 딱히 크나딜이 그를 잡아 준 것은 아니었다. 그냥 로일 혼자서 드래곤이 내민 손에 착지한 다음 그대로 팔목을 거쳐 붉은 비늘 위를 미끄러져 내려갔다. 그는 드래곤의 어깻죽지에서 척추 방향으로 몸을 돌린 후 꼬리 끝까지 한 번에 미끄러져 바닥에 다다랐다.

바닥에 안착한 후 로일은 뒤를 돌아 크나딜을 올려다보았다.

"이미 나는 구아닐의 힘 때문에 앞으로의 기더에 개입할 수 없다. 모든 것은 네가 선택하고, 네가 책임져야 한다."

로일은 크나딜의 말에 짧게 고개를 숙이는 것으로 대답했다. 그리고 탑 꼭대기에서 머리를 내밀고 있는 라틸다를 향해서 손을 흔들었다. 전장으로 가는 게 아니라 잠깐 놀러 나가는 것처럼 밝은 미소를 보이더니 그는 말에 올라타 남쪽 성문을 향해 달렸다.

라틸다는 창가에 손을 기대고 말이 일으키는 먼지바람을 바라보았다.

"결국 저는 기다리는 것 외에는 아무것도 못하고 있군요. 이 탑에 있는 것만으로 로크 존을 유지시킨다고는 하지만 저는 그런 걸 못 느끼겠고…… 마스터 크나딜, 제가 무얼 하면 좋을까요?"

"이런 큰 전투에서는, 큰 존재든 작은 존재든 가장 중요한 순간에 가장 중요한 선택을 하게 되지. 너도 나도 그 순간을 위해 이런 곳에서 기다리는 것이다."

크나딜은 힘없이 말을 이었다.

"내가 저 아이를 막았어야 했을까? 모르겠구나. 하늘 산맥에서 벗어났다고 나의 마음이 이토록 약해진 것은 결국 나 역시 여신의 보호 아래 안주한 탓이겠지."

로일은 로크의 시내를 가로지르는 길이 아닌, 성곽을 돌아가는 길을 택했다. 모즈들은 남쪽에만 있지 않았다. 녀석들은 백여 마리씩 무리 지어 성에서 떨어진 자리에서 기다리고 있었다. 함락되기 전의 루티아를 보는 것 같았다. 녀석들은 로크의 방벽이 잠깐이라도 사라지는 순간을 기다리고 있었다.

'크나딜께서 말씀하신 건 우리 모두의 운명이 마스터 타냐 한 명에게 달려 있다는 뜻이구나.'

성안에 우뚝 솟은 아로크의 탑이 가까워지자 로일은 말을 더욱 재촉했다. 성문에서 얼마 떨어지지 않은 자리에, 다른 곳보다 훨씬 많은 모즈들이 있었다. 열 대 가량의 투석기가 준비되어 있었고 몇 개는 로일이 도달할 무렵 작동되었다. 거대한 바위가 돌로 만든 로크의 성벽을 직접 강타했다. 그가 오기 전부터 공격을 당했는지 성벽의 손상 정도가 심각했다.

'로크 존 밖에서 하는 공격이니 내버려 두는 걸까? 아니야. 던멜과 루밀이라면 밖으로 나와서 투석기를 부술 거야.'

로일이 막 도착해 그런 생각을 할 즈음에 검은 옷을 입은 사람들이 성벽을 타고 밖으로 나오고 있었다. 블랙풋의 요원들이었다. 투석기 근처에 몰려 있던 모즈들은 기다렸다는 듯 그들을 향해 몰려갔다. 그 와중에 투석기 하나가 갑자기 불에 타올랐다. 뒤이어 또 다른 투석기가 불에 타오르자 모즈들은 당황해서 불을 끄려 했다. 하지만 가까운 곳에 물도 없고, 있다 해도 기름에 타는 불을 쉽게 끌 수도 없었다.

인간 흉내를 내느라 누더기를 옷처럼 걸친 모즈가 옷을 벗어 우스꽝스러운 모양새로 불을 끄려 했다. 하지만 그 모즈는 날아온 화살에 맞아 뒤로 쓰러졌다. 뒤이어 수십 개의 화살들이 돌을 나르던 모즈들에게, 또 투석기 옆을 지키고 있던 모즈들에게 떨어졌다.

블랙풋의 요원들이 공격하는 반대편에서도 로크의 병사들이 함성을 지르며 공격해 왔다. 그것은 로크의 병사들과 모즈의 군대가 맞붙는 첫 번째 전투가 되었다. 블랙풋의 전투력이나 움직임은 기대 이상이었으니, 로일이 걱정되는 건 일반 병사들이었다.

'블랙풋이 시선을 끌고 그사이 누군가 뒤로 돌아 들어가 투석기에 불을 붙였군. 그리고 다시 모즈들이 거기에 당황할 때 병사들이 뛰어나온 거고. 딱 맞는 작전이야. 메이루밀이 지휘하고 있는 건가?'

로일은 전투가 벌어지는 쪽으로 말 머리를 돌렸다.

모즈들은 갑자기 뒤쪽에서 말을 타고 들이닥치는 로일에게 제때 반응할 수 없었다. 뒤늦게 모즈들이 날이 나간 도끼와 녹슨 칼을 들고 저항했지만, 로일이 말로 깔아뭉개며 칼을 휘두르는 것을 막을 수는 없었다. 단숨에 몇 마리 모즈의 머리가 떨어져 나갔다.

로일이 모즈들의 무리를 뚫고 가려던 순간 검은 로브를 뒤집어쓴 기사가 정면에서 말을 타고 달려들어 칼을 휘둘렀다. 계속 어설프게 휘두르는 모즈들의 공격을 막다가 갑자기 그런 강한 공격을 막으니 로일은 말에서 떨어질 정도로 휘청하고 밀려났다.

로일은 겨우 균형을 잡고 말을 돌려세웠다.

"네가 불을 질렀나?"

그 기사도 말을 돌려세우며 물었다.

"나는 아니지만 내가 한 거나 다름없다. 너는 막지 못할 것이다."

로일이 대답했다.

"캡틴께서는 로크에도 괜찮은 실력자들이 있다고 조심하라 하셨지. 이름을 말하라. 나는 익셀런 제1기사단의 버크만이다."

"나는 울프 기사단의 로일이다."

둘은 지체 없이 서로를 향해 달려갔다. 버크만은 두 손 모두 고삐에서 놓고 칼을 휘둘렀다. 로일도 그 힘에 밀리지 않으려고 두 손으로 칼을 쥐고 휘둘렀다. 두 자루 칼과 두 마리 말이 한바탕 부딪치고 지나갔으나 어느 쪽도 상대를 상처 입히지 못했다.

버크만은 능숙하게 말을 이동시켜 로일의 옆을 치고 들어왔다. 로일은 칼을 막는 데에만 급급해 말을 제대로 몰지도 못했다. 반면 버크만은 말 위에서도 자유자재로 움직여 농락하다시피 로일을 공격했다.

팔 근육에 경련이 올 정도로 강한 충격이 전해졌다. 게다가 던멜만큼은 아니지만 로일 역시 루티아에서 당한 부상이 가볍지 않았다. 마법사들이 치료해 주었지만 완치되려면 서너 달은 족히 더 걸릴 부상이었다.

'말 위에서는 안 되겠다.'

로일은 과격하게 밀어붙이는 척하면서 말을 몰아 달아났다. 버크만은 고함을 지르며 따라왔다.

"어딜 도망가느냐?"

말 위에서의 전투라면 로일은 항상 졌다. 쉐이든에게 열 번 싸우면 열 번 지는 것은 물론이고, 다른 울프의 기사들에게도 번번이 패배했다. 그래서 로일은 말 위에서의 싸움에 익숙해지려고 노력하기보다 차라리 말에 타지 않고 말 위에 있는 상대와 싸우는 법을 연마했었다.

로일은 고삐를 놓고 뒤로 점프했다. 말은 계속 앞으로 달려갔고 로일은 바닥에 착지했다. 버크만은 그 모습을 보고 재빨리 칼에서 창으로 무기를 바꾸었다. 칼을 집어넣고 등에 매고 있는 창으로 무기를 바꾸는 속도가 마술처럼 빨랐다. 로일은 그가 다가오길 기다려 칼을 앞으로 내밀었다.

버크만은 달려오는 속도를 늦추어 창을 내려쳤다. 로일은 막는 척하면서 옆으로 몸을 틀어 피했다. 창날이 로일의 가슴을 스치며 바닥에 꽂혔다. 로일은 그 창을 움켜잡았다. 버크만은 힘 있게 창을 되돌렸고 로일은 그 힘을 이용해 같은 타이밍으로 뛰어올랐다. 길게 뻗은 칼은 곧장 버크만의 투구를 내려쳤다.

바닥에 발을 대지도 않은 자세에서 내리친 칼로 투구를 부술 수는 없었다. 그러나 투구 안으로 전달하는 충격은 충분했다. 버크만은 균형을 잃고 뒤로 넘어가 말에서 떨어졌다.

갑옷을 입은 채 떨어진 충격이 보통이 아닐 텐데도 버크만은 금방 일어났다. 그러나 온전히 정신을 차리지는 못했다. 그는 필사적으로 고개를 휘저으며 균형을 잡으려고 애썼다. 겨우 방향 감각을 잡았을 때 이미 로일의 검이 그의 목을 치고 지나간 후였다. 목에서 역류하는 피가 버크만의 투구 안에서 터졌다. 검은 갑옷에 흐르는 피는 물이 흐르는 것처럼 색깔을 구별할 수 없었다.

버크만은 뒤로 비틀거리며 목을 짚었다. 투구 안에서 피가 벌컥벌컥 새어 나왔다. 쓰러진 그의 몸 주위로 넘치는 피가 메마른 땅을 적셨다.

로일은 좀 전에 피하면서 창날에 찢긴 옷을 내려다보았다. 상처는 없었다. 이제 불타지 않은 투석기는 하나밖에 남지 않았다. 모즈들의 공격은 더욱 거세졌으나 흥분한 녀석들은 적이 뭘 노리고 공격해 왔는지도 잊어버린 모양이었다.

"후퇴하라."

누군가 소리쳤다. 로크의 병사들은 지체 없이 후퇴하기 시작했다. 모즈들은 병사들을 뒤쫓다가 보이지 않는 마법 방벽에 부딪쳐 튕겨 나왔다.

후퇴를 명령한 사람은 마지막 불타지 않은 투석기 쪽에 있었다. 메이루밀이었다.

"여기 있으면 안 되지 않나, 로일?"

"그거만 부수고 바로 돌아갈 겁니다."

"이 녀석들을 지휘하는 익셀런의 기사가 왜 나타나지 않는지는 네가 알겠구나."

루밀이 웃으며 말했다.

로일은 고개만 끄덕였다.

"이 투석기, 다른 가넬로크의 도시에서 훔쳐 온 걸 거다. 구조는 내가 잘 알지."

루밀은 투석기의 레버를 세게 당겼다. 그러자 장착되어 있는 돌이 튕겨 올라가는 게 아니라, 그걸 고정하고 있는 쇠사슬이 끊어졌다. 투석기 내부에 있는 부품이 묵직하게 부러지는 소리를 내며 기구 전체가 요란하게 울렸다. 불태울 필요도 없이 투석기는 쓸모가 없어졌다.

"이제 우리도 후퇴한다. 굳이 계속 싸울 필요는 없어!"

루밀은 옆에 내려놓았던 창을 어깨에 걸치며 몸을 돌렸다. 로일도 그를 따라 성으로 돌아가려다 걸음을 멈췄다.

루밀의 발치에서 검은 연기가 피어올라 사람 크기만큼 커지더니 그 안에서 회색 로브의 마법사가 걸어 나왔다.

로일은 놀라며 남쪽 성문 쪽으로 시선을 돌렸다. 회색 로브의 마법사는 원래 있던 그 자리에 아직도 있었다. 같은 형체가 다른 장소에 둘이나 생긴 것이었다!

루밀은 망설임 없이 창을 휘둘렀다. 그러나 창은 끝에 걸리는 것 없이 지나쳐 나왔다.

'허상?'

회색 로브의 마법사는 말없이 양팔을 펼쳤다. 로브 안에서 뿜어져 나온 연기가 마법사를 삼키고 연기 안에서 다른 사람이 걸어 나왔다. 그 남자는 걸어 나오자마자 무서운 속도로 루밀을 향해 칼을 올려쳤다. 루밀은 창으로 막았으나 창이 두 동강 났다. 로일이 끼어들 틈도 없는 짧은 순간에 벌어진 일이었다.

"마스터 그란돌……."

루밀이 소리치며 뒤로 물러났다.

그란돌은 다시 한번 검을 사선으로 내리그었다. 루밀은 급히 물러나면서도 부러진 창을 휘둘러 칼날의 방향을 바꿨다. 그러나 급소를 맞지 않게 비켜내는 게 고작이었다. 칼날이 가슴을 스치는 것까지는 막지 못했다.

루밀은 균형을 잃고 주저앉았다. 그란돌은 쓰러진 루밀의 머리를 향해 칼을 내리쳤다. 귀를 찢는 금속성이 울렸다. 로일과 그란돌의 검이 루밀 앞에서 맞물려 있었다. 로일은 눈앞의 건장한 남자를 보고 루밀에게 물었다.

"방금 이자를 누구라고 부르신 겁니까?"

결과적으로 로일은 루밀을 내리치는 그란돌의 공격을 막는 모습이 되었으나, 사실은 그게 아니었다. 로일은 막기 위해 뛰어든 게 아니라 공격하기 위해 뛰어들었었다.

보통 눈앞에 무방비로 쓰러진 상대를 노리는 마지막 순간에는 방심하기 마련이었다. 로일은 애매하게 막기보다는 아예 그런 부분을 노려 더 빠르게 상대의 목을 노렸다. 하지만 그란돌은 루밀을 내리치려던 공격 방향을 일순간 돌려 로일의 검을 막아 낸 것이다.

루밀은 뒤늦게 피가 솟구치는 가슴을 움켜잡고 엉덩이를 뒤로 끌었다. 그리고 고통을 참는 목소리로 말했다.

"마스터 그란돌이다. 적의 부하가 되어 버린, 나의 스승이고 너의 선배다."

그가 나타나는 순간, 로일의 심장은 걷잡을 수 없이 뛰기 시작했다. 로일은 두려움과 동시에 희열로 가슴이 벅차올랐다.

"그랬군."

로일은 중얼거리며 상대의 공격을 힘으로 밀어냈다. 그란돌은 그리 세게 저항하지도 않고 쉽게 물러나 주었다. 그리고 자세를 다시 잡았다.

"로일……."

루밀이 말했다.

"예, 루밀."

"퀘이언을…… 기억하라. 그의 모든 기술은…… 그란돌을 보고 연습했다."

로일은 한 손에 쥔 칼을 뒤로 **빼고** 자세를 낮추었다.

"바라던 바입니다."

마스터 퀘이언. 과거 하얀 늑대들이자 울프 기사단의 캡틴. 그리고 현재 여왕 수호기사. 그는 하얀 늑대 다섯 명을 모두 불러놓고 모두의 앞에서 목검을 들어 보였다. 그리고 딱 한 번 공격할 테니 막으라 말했다.

그 단 한 번의 공격은 믿을 수 없을 정도로 막강했다. 아즈윈은 방패째로 나가떨어졌고 그 무지막지한 게랄드도 가슴에 목검을 맞고 기절했다. 쉐이든은 가까스로 창으로 막았으나 그 창은 주우러 가기 귀찮을 만큼 멀리 날아갔다. 던멜은 아예 포기했다.

로일은 방어를 포기하고, 그 검을 향해 달려드는 걸 택했다. 부드럽게 휘어지는 검의 곡선이 그 정도로 멋질 수 있다는 것에 로일은 가슴 짜릿한 감동을 느꼈다.

오랫동안 찾아다닌 해답이었다. 평생 배우고 싶었던 단 한 편의 명화를 찾아낸 화가처럼, 자신이 꼭 연주하고 싶은 악보를 본 연주자처럼, 자기가 쓰고 싶었던 글을 읽은 작가처럼 로일은 깊이 감동했다.

로일은 퀘이언의 공격을 받아 내고 손목을 다쳤다. 하지만 그걸 패배라고 여기지 않았다. 대신 부상이 나을 동안 수십, 수백 번 머릿속에 그 일격을 그렸다. 손목이 나아 다시 칼을 들자마자 몇 번 만에 그걸 흉내 낼 수 있을 정도로!

그것은 알아도 막지 못하는 공격이었다. 로일은 생각했다. 그 기술이야말로 자기가 얻을 하얀 늑대의 이빨이라고.

"하얀 늑대의 이빨을 보고도 살아남을 수 있는 사람은 하얀 늑대뿐이다."

로일은 그 말을 중얼거리며 칼을 두 손에 쥐었다. 그리고 몸을 약간 앞으로 숙이고 뛰어드는 자세를 취한 채 상대의 움직임을 주시했다.

그란돌은 움직이지 않았다. 미묘하게 로일이 생각하는 공격 범위 밖으로 벗어나 있었다. 하지만 도망친 건 아니었다. 그는 언제든 범위 안으로 들어와 로일을 공격할 자신이 있는 것 같았다.

'어째서 대대로 하얀 늑대라는 존재가 한두 명밖에 없었는지 아느냐?'

로일이 정확히 퀘이언의 기술을 복사해 낸 뒤, 퀘이언은 로일을 따로 불러 그 질문을 던졌다. 로일은 솔직하게 대답했다.

'모릅니다.'

'그 시대에 가장 뛰어난 검사가 둘 이상 있는 건 사실상 불가능하니까 그런 거다. 그리고 아란티아의 축복은 언제나 그런 사람을 나디움으로 끌어들여 왔다. 너는 메이루밀이 보내왔지. 루밀은 의식하지 못했을 테지만 그 역시 축복의 한 종류다.'

'왜 갑자기 그런 얘기를 하십니까?'

'이번에는 하얀 늑대들이 다섯 명이다.'

퀘이언은 손가락을 모두 펴 보이더니 말했다.

'그건 앞으로 큰 위험이 닥칠지도 모른다는 거지. 나는 처음부터 네 명을 하얀 늑대들로 뽑길 주저하지 않았다. 우리 때도 넷이었으니까. 너희 넷이 다시 던멜을 추가한 것도 반대하지 않았다. 내가 숫자를 늘리지 않으려 해도 결국 너희들이 그렇게 할 것이기 때문이지. 하지만 너희 중에도 결국 '한 명'이 나올 것이다.'

'여왕 수호기사가 될 한 명이란 거겠죠?'

'폐하께서 내주신 숙제를 풀었느냐?'

'아직 모르겠습니다.'

'그걸 해결할 때 너는 그 한 명에 가장 가까이 가게 될 것이다.'

'친구들을 제친다는 생각이 들어 그러고 싶지 않습니다.'

퀘이언은 그 말을 듣고 빙그레 웃었다.

'너다운 대답이다. 하지만 로일 한 가지만 가르쳐 주겠다. 원래 그 말이 아니었단다.'

'뭐가 원래라는 건지 잘……?'

'하얀 늑대의 이빨을 보고도 살아남을 수 있는 것은 하얀 늑대뿐이

다……. 그 말은 우리 때 우리가 수정한 말이었어. 나의 마스터께서 우리에게 전한 말은 다른 것이었어.'

다섯 중 아무에게도 하지 않은 말을 왜 자기에게만 하는 건지 로일은 알지 못했다.

'하얀 늑대의 이빨을 보고 살아남을 수 있는 건 아무도 없다.'

퀘이언은 그 말에 이어 덧붙였다.

'나의 스승께서 홀로 하얀 늑대의 자리에 있었을 때 그분은 그런 말을 할 수 있었다. 나는 여왕 수호기사가 된 후에야 그 말을 할 수 있게 되었다. 너는 그럴 수 있겠느냐?'

로일은 그때 모른다고 말했다. 지금도 모른다고 말하고 싶었다. 혼자 앞서 나가고 싶지 않았으니까. 다시는 연못을 떠난 메마른 개구리가 되고 싶지 않았으니까. 그러나 카모르트에서 아란티아의 보검을 휘두른 후 로일은 자신을 묶고 있던 사슬이 끊어졌다는 걸 알았다. 자기라는 무기를 휘둘러 줄 캡틴을 만난 후 처음으로 로일은 전력을 다할 수 있게 되었다.

"마스터 그란돌. 당신이 과거에 누구였든, 지금 누구에게 힘을 빌려 줬든……, 지금의 '하얀 늑대'는 접니다."

로일이 말했다.

그란돌은 멍한 눈동자로 허공만 응시하고 있었다. 마치 죽은 사람처럼. 하지만 방금 로일의 말은 알아들은 것처럼 시선을 맞췄다. 그리고 로일의 간격 안으로 들어왔다.

로일은 퀘이언에게 배우고 홀로 꾸준히 익혀 왔던 단 한 번의 검을 내질렀다. 아직 미숙할 때는 친구들에게도 몇 번 막힌 적이 있었다. 그러나 익숙해진 후에 누구도 그걸 막지 못했다. 퀘이언도 그 검은 막지 못할 것 같았다. 그러자 로일은 거꾸로 무서워졌다.

'울프 기사단에도 내가 있을 자리가 없어지면 나는 어디로 가야 하지?'

로일의 검은 불어오는 바람에 일어난 먼지를 가르고, 공기를 가르고, 두 사람 사이에 흐르던 정적을 갈랐다. 직선으로 뻗어 나간 로일의 검은 그란돌의 검을 스치고 갔다. 서로가 서로의 공격을 무시하고 자신이 원하는 방향으로 뻗어 갔다. 둘이 칼을 휘두르는 속도도, 힘도 거의 같았다.

퀘이언은 그 공격을 그란돌을 보고 배웠고 로일은 또한 퀘이언을 그대로 흉내 냈다. 거울에 거꾸로 반사된 이미지가 자신을 향해 달려오는 것 같은 착각이 들 정도로 같았다.

그러나 그란돌은 마지막 순간에 그 칼을 휘두르지 않고 그대로 로일을 지나쳐 갔다. 사람들이 신의 한 수라고 극찬한 퀘이언의 그 기술을 단순히 로일의 검을 피하는 데에 써 버린 것이었다. 로일은 그의 피하는 속도를 따라가지 못했다.

그란돌은 로일이 자세를 잡는 그 순간부터 이걸 생각하고 있었던 게 틀림없었다. 그렇지 않고서야 이렇게 깨끗하게 피해 버릴 수는 없었다.

로일의 검이 그란돌의 어깨 바로 옆을 스치며 올라갔다. 로일은 허무하게 올라간 자신의 검 끝을 바라보며 아무것도 할 수 없었다. 그란돌은 무방비로 드러난 로일의 옆구리에 칼을 찔러 넣었다.

화살 하나가 날아와 그란돌의 얼굴을 스치고 지나갔다. 그란돌은 로일을 찌른 칼을 놓고 뒤로 물러났다. 뒤이어 또 다른 화살이 그란돌의 얼굴로 날아들었고, 시간차 없이 또 한 자루의 화살이 그의 가슴을 노렸다. 그란돌은 얼굴을 젖혀 피하고 뒤로 한 걸음 물러나며 가슴으로 날아오는 화살을 맨손으로 잡았다.

그란돌은 부러진 화살을 옆으로 던졌다. 그의 스무 걸음 앞에, 던멜이 활시위에 화살을 얹어 놓고 있었다. 그란돌과 던멜 사이에 무거운 공기만 맴돌았다.

발락이 쓰러진 로일 옆으로 달려가 그를 들쳐 메고 즉시 후퇴했다. 루밀은 다른 블랙풋 요원들의 부축을 받아 물러났다. 그란돌은 오직 던멜의 활만 응시했다.

'테마르, 피하세요. 모즈들이 되돌아오고 있습니다.'

멀리서 헤더가 수신호를 보냈다. 던멜은 겨냥한 활을 물리지 않은 자세로 뒤로 물러났다.

그란돌은 쫓아오지 않았다. 메마른 시선으로 로일을 뒤쫓을 따름이었다.

✦Chapter 17✦

느-라이프덤

　라이를 떠나보내고 카셀은 숲속을 달렸다. 더 이상 드래곤의 포효는 들리지 않았다.

　라이는 싸우고 있었다. 마법사가 아니고서는 어떤 인간도 건드리지 못하는 드래곤을 상대로, 모든 레미프들이 신으로 여기는 드래곤에 맞서 고작 칼 한 자루 들고 싸우고 있었다. 그것이 지는 싸움이란 걸 알면서도 라이는 싸우고 있었다.

　"싸워라, 라이. 나 역시 싸우겠다. 살아남아야 해, 라이. 나도 살아남을게."

　카셀은 달렸다. 입술은 굳게 다물고 눈물은 꾹 참았다.

　'너무 많이 울었어. 난 괴로워하는 모습만 주위에 보였어. 그러니 더 이상은 안 돼.'

　"코무······."

카셀은 걸음을 멈췄다. 누군가 레미프의 언어로 부르고 있었다. 그는 거의 무의식중에 목소리를 따라갔다.

부르는 소리는 꽤 긴 시간 동안 천천히, 그리고 꾸준히, 규칙적으로 반복되고 있었다.

"코무 두 무······."

구체적인 장소는 모르고, 방향만 알 수 있었다. 그나마 아란티아의 보검 덕분에 방향이라도 잡히니 다행이었다.

즈토크 워그, 루티아의 현자가 가져온 금속과 가넬로크에서 선물한 드래곤의 보석을 합하여 대장장이 르고가 만든 칼. 그 이름을 그대로 인간의 언어로 바꾸면 늑대의 검이었고, 오직 위대한 영웅이 쥐었을 때만 빛을 내는 검이자, 모든 죽어 있는 자를 벨 수 있는 검이었다. 그러나 지금 카셀에게는 오직 나디우렌의 증표로 길을 잃지 않게 해주는 역할만 필요했다. 그 이상의 기적은 필요치 않았다.

'기적은 아란티아의 원군이 일으켜 줄 거야. 내가 할 일은 그들을 가넬로크로 데려가는 것이다.'

카셀은 잠시 걸음을 멈추고 하늘을 올려다보았다. 역시 처음 태양을 기준으로 달렸던 방향은 달라지지 않았다. 라이가 빤히 보이는 아로크의 탑으로 똑바로 날지 못했던 걸 생각하면, 인간이 하늘 산맥의 숲에서 헤매는 건 당연했다. 칼을 들고 있는 것만으로 그걸 막을 수 있다면 카셀에게는 충분히 위대한 마법이었다.

또 하나. 하늘 산맥은 거리를 단축시킨다. 거리상으로 대륙에서 사나흘씩 가야 하는 거리를 하루 만에 이동할 수도 있다.

카셀은 라든에서 하푸까지의 거리가 아크랜드 기준으로는 거의 열

흘 거리였다는 사실을 나중에 알았다. 대륙에서의 공간과 시간 개념은 하늘 산맥에서 완전히 다르게 적용되는 것 같았다. 아이린이 루티아에 있는 던멜과 로일을 그렇게 빨리 로크에 데려올 수 있었던 것도 그런 원리였다. 그것을 이용할 수만 있다면 이틀의 시간을 단축시킬 수 있을지도 몰랐다.

'위험한 도박일까?'

카셀은 불쑥 떠오른 걱정을 접었다.

'이제 되돌릴 수 없어. 해낼 때까지 해내는 것만 생각하는 거야.'

나무는 점점 밀집되어 전진하기가 쉽지 않았다. 카셀은 계속 자기를 부르는 소리를 향해 가다가 멈췄다.

'혹시 함정은 아닐까?'

죽지 않는 자들의 군주는 분명 하늘 산맥의 벽을 넘지 못한다. 그러나 그의 부하들은 자유롭게 넘나들고 있었다. 수많은 모즈들이 아크랜드로 내려왔으나 모두 하늘 산맥을 비운 건 아닐 것이다. 로핀은 프보에 레미프들끼리의 전투가 완전히 끝나지 않았다는 말을 했다. 카구아가 남아 있다는 말도 들은 기억이 났다.

'라이가 있었더라면……'

라이가 계속 카셀을 안고 날고 있다면 하늘 산맥을 더 빨리 가로지를 수 있었을 것이다. 적도 그걸 알고 있을 테니, 어쩌면 적은 카셀을 죽이러 온 게 아니라 라이를 막으러 온 것일지도 모른다.

'그럼 라이는 나를 위해 희생한 게 아니라 적의 의도대로……'

잠깐이라도 걸음을 늦추면 딴생각이 났다. 폐가 찢어지도록 달려야 비로소 비관적인 생각을 버릴 수 있었다. 그래서 카셀은 달렸다.

가지 많이 자란 나무가 어깨에 무수히 부딪혔다. 카셀은 경사에서 미끄러져 바닥을 뒹굴거나, 두껍게 쌓인 낙엽에 파묻히기도 했다. 죽을힘을 다해 달렸지만 제자리에서 얼마 벗어나지 못하는 기분이었다.

험한 지형이라면 말을 타고 달리는 것보다 더 빠른 제이메르의 다리를 바란 건 아니었다. 쫓아가는 게 숨이 막힐 정도로 쭉쭉 앞서 나가는 로핀의 다리를 바라는 것도 아니었다. 늑대로 변할 수 있는 타냐의 마법을 바라는 건 더더욱 아니었다.

그저 지금보다는 더 빠르게, 지금보다는 더 지치지 않고 달릴 수 있었으면 좋겠다는 바람만 있었다.

'매년 죽을 고생을 해 봤자 폭풍 한 방이면 한 해 농사 망치는 거야. 아무리 정성을 다해도 하늘이 비를 안 뿌려 주면 인간의 힘으로 뭘 더 할 수 있을까? 그렇다고 농사를 관둬야 하나? 아니지. 그럴 때면 그냥 하늘에 대고 이렇게 말해 주면 돼.'

카셀은 지금 이 순간 아버지가 가르쳐 준 마법의 주문을 하늘에 대고 외쳤다.

"그런다고 질 줄 알아!"

스토크 워그는 방향 감각을 잃어버리지 않게 막지만, 거리감을 잃는 것까지 막아 주지는 않았다. 그건 하늘 산맥의 영향 때문이 아니었다. 애초에 카셀은 숲에서 달리는 것에 익숙지 않았다. 또 지금까지 얼마나 달려왔는지, 앞으로 얼마나 달리며 어떻게 쉬면서 달려야 하는지 요령도 없었다.

얼마나 달렸는지 모르겠지만 벌써 다리가 말을 듣지 않았다. 마음은 전력 질주하고 있지만, 이제 걷는 것 이상으로 달리기는 힘들었다. 카셀은 잠시 나무에 기대어 서서 호흡을 정리했다.

'뛰지 못하면 우선 걷자. 멈추는 것만은 안 돼.'

멈추면 나쁜 생각이 먼저 들었다. 로크에서 벌어질 전쟁, 적의 압도적인 규모, 라이, 타냐, 제이메르, 로일, 아즈윈, 던멜, 아이린, 메이루밀, 로핀……, 그리고 게랄드.

일부러 카셀의 길목을 막으려고 의도한 게 아니고서야, 이렇게까지 빽빽할 수는 없겠다 싶을 정도로 나무가 많이 자라 있었다. 라이는 산길을 따라 달리라고 했으나, 애초에 산으로 가는 길을 찾을 수가 없었다. 주위도 많이 어두워졌다.

'배고파. 목말라.'

뭔가 먹을 걸 찾을 수 있을까 하고 주위를 둘러봤다가 카셀은 횃불 몇 개가 근처에 있는 걸 발견했다. 꽤 많은 숫자였다.

'프보에 레미프!'

카셀은 뒷걸음질 치다가 달렸다. 횃불이 카셀을 쫓아왔다. 마지막 남은 힘을 짜내어 달렸으나, 숲속에서 레미프들의 걸음을 따돌릴 수는 없었다. 그들은 순식간에 카셀 주위로 좁혀 와 모습을 드러냈다. 카셀은 칼을 찬 허리에 손을 가져갔다.

'물러서라는 레미프어가 뭐였지?'

기억나지 않았다. 하지만 적대적인 레미프들에게 그런 말을 한다고 해서 물러나 줄 리는 없었다. 칼로 위협할 수도 없었다. 그러니 카셀은 아무것도 하지 않고 그냥 멈춰 섰다. 적이 아니길 빌 수밖에 없었다.

얼굴 검은 레미프들은 창과 활로 무장하고 있었다. 하지만 카셀에게 무기를 들이대지는 않았다. 그저 카셀과 대여섯 걸음 떨어진 자리에서 멈춰 서더니 대뜸 고개를 숙여 인사했다. 한 명이 그렇게 인사하자 다른 레미프 병사들도 일제히 인사를 했다.

제일 먼저 인사한 레미프가 손짓으로 따라오라고 신호했다. 특별히 아는 얼굴은 아니었으나, 적어도 적대 관계에 있는 푸트나이의 레미프들이라면 이런 행동을 할 리 없었다.

그들이 안내하는 곳으로 따라가 보니 마침내 아는 얼굴이 나타났다. 건장한 장정들 옆에 다소곳이 서 있는 그 레미프 여인은 카셀을 보고 살짝 눈웃음 지었다. 라루튼의 공주 세르메이였다.

그녀는 크나딜의 동굴에 카셀보다 하루 일찍 도착한 바 있었다. 그녀를 보자 반가움에 앞서 타치셀에서의 악몽이 떠올랐다.

"피트 두 머드 두 요에 아이피아프."

세르메이는 고개 숙여 레미프어로 인사했고 카셀도 똑같이 흉내 내어 고개를 숙여 보였다. 그녀의 옆에 있는 프보에 레미프 장수가 어색한 인간의 언어로 말했다.

"우리 바푸쿠즈 세르메이께서 다시 만나 반갑다고 인사합니다. 하십니다. 저의 이름은 론틀로스입니다. 이고, 우리는 어제 당신이 이곳을 지날 거라는 계시를 받습니다. 받았고 길목을 기다립니다. 기다리고 있었습니다."

"계시?"

"계시라는 단어, 틀립니다. 계시 아니고 느낌이라는 게 낫습니다. 낫겠군요. 우리는 아침 일찍 푸트나이를 떠나 이곳에 자리 잡습니다. 잡고 있었습니다. 아직 근처에 푸트나이 레미프들의 잔당이 지키고 있습니다. 있어서 위험합니다. 우리가 아니라 그들을 만났다 해도 전혀 이상합니다. 아니, 전혀 이상할 게 없었습니다. 매우 위험합니다. 거기다 근처에 카구아들이 돌아다닙니다. 다니고 있습니다."

카셀은 나직이 신음했다.

"카구아가 아직 여기 있을 거라는 게 사실이었군요……?"

계속 의문으로 남았던 부분이었다. 왜 적 지휘관은 로크에 카구아를 데리고 오지 않은 걸까? 분명 카셀은 모즈들로 구성된 군대 틈에서 카구아를 보지 못했다. 처음에는 결정적인 순간에 써먹기 위해 숨겼다고 생각했다.

"얼마 전 우리는 푸트나이의 저항 세력을 찾아 근처를 수색했습니다. 하다가 세 마리, 어쩌면 네 마리 카구아의 흔적이 나 있는 걸 발견했습니다. 그것들, 서쪽으로 가고 있었습니다."

카셀은 마른침을 삼켰다.

'서쪽?'

뒤늦게 로크에 합류시키기 위해서라면 지금이라도 동쪽이나 북쪽을 향했어야 맞다. 카구아는 한 마리 한 마리가 가넬로크의 수호 드래곤을 능가하는 괴물들이고 그게 로크에 큰 위협이 되리라는 건 자명했다. 그런데 아직까지 하늘 산맥에 남아있다면, 적은 그 괴물을 로크의 전쟁에 내세울 계획이 없다는 뜻이었다.

'하지만 왜 서쪽이지?'

이제는 그것들이 어디로 가고 있든, 그 움직임 자체가 속임수일 것만 같았다.

"어쨌든 알려 주셔서 감사합니다. 저도 지금 서쪽으로 가고 있습니다."

"원군을 데리러?"

론틀로스가 이미 알고 있다는 듯 물었다.

"그렇습니다."

"역시 그렇군요. 사실 우리도 당신들을 도우러 인간들의 나라로 가고 싶었으나……."

"압니다. 당신들은 숲이 아닌 평지에서 힘을 쓸 수 없지요."

"우그들은 우리를 도왔는데 우리는 우그를 도울 수 없다니! 안타까워하던 차에 도울 수 있는 길이 생겼습니다. 생겨서 다행입니다."

그는 뒤에 대기하고 있던 하얀 털의 동물을 끌고 왔다. 색은 달랐지만 그건 익셀런의 기사들이 털을 검게 물들여 타고 다니던 짐승이었다.

"이 아이는 아무나 자기 등에 태웁니다. 태우는 걸 좋아하는 베논입니다. 또 '높은 산' 출신이라 추위에도 아주 강합니다."

론틀로스는 재갈을 물린 베논을 카셀 앞에 내주었다. 말보다는 늑대에 가깝게 생긴 베논은 카셀을 보자마자 혀로 얼굴을 마구 핥았다. 카셀은 고삐를 잡아 겨우 베논을 진정시키며 물었다.

"이 동물은 인간, 아니 우그를 싫어한다고 들었는데요?"

"보통은 싫어합니다. 즈비 레미프들과 달리 우리는 베논을 길들이지 않습니다. 않습니다만 이 아이는 특별합니다. 당신을 위해 안장도 달아 봤더니, 처음에는 싫어하다가 금방 익숙해졌습니다."

론틀로스는 손짓하며 말했다.

"타 보십시오."

그다지 정감 가는 생김새는 아니었다. 상황이 이렇지만 않다면 거절하고 싶었다.

카셀은 조심스럽게 위에 올라탔다. 놀랍게도 그 베논은 카셀이 타기 쉽게 약간 자세를 낮춰 주었다. 그리고 헐떡이기 바빴던 입을 꽉 다물고 달릴 준비를 했다.

"너무 의외라 뭐라 말해야 할지……. 감사합니다."

카셀이 말했다. 론틀로스는 씁쓸히 웃었다.

"이 정도밖에 돕지 못하는 게 아쉽습니다. 우리 중에도 베논을 탈 줄 아는 기수가 몇 명 있어, 그중 두 명이 당신을 서쪽으로 가는 가장 빠른 길까지 안내합니다. 할 겁니다. 처음에는 그들을 따라가십시오. 그 후에는 혼자 갈 수 있을 겁니다. 혼자 가셔야 합니다. 나머지는 그 베논에게 맡기십시오. 길을 아는 아이입니다."

세르메이가 베논의 옆으로 다가와 카셀에게 나뭇잎으로 싼 꾸러미를 내주었다. 안에 하얀 떡 비슷하게 생긴 음식이 들어있었다. 그리고 그녀는 론틀로스에게 넘겨받은 가죽 재질의 물주머니와 두툼한 옷을 한 벌 내주었다.

"추워질 겁니다."

레미프의 언어로 말했는데, 순간 카셀은 세르메이의 말을 알아들을 수 있었다.

"이것은 당신을 위한 선물이 아닙니다. 아즈윈과 게랄드에 대한 제 사과이자 감사의 표시입니다. 아즈윈을 만나면 반드시 건강한 모습으로 라루튼을 찾아 달라고 일러 주십시오."

카셀은 론틀로스가 그 말을 통역해 주기 전에 대답했다.

"예."

론틀로스는 놀랐으나 세르메이는 웃어 보이기만 했다. 이런 많은 선물들보다 그녀의 미소가 지금 이 순간 더 힘이 되는 카셀이었다.

베논은 헐떡대며 어서 달리자고 재촉했다. 카셀은 이 성급한 짐승의 고삐를 늦추어 주었다. 베논은 마치 '진짜 달려도 돼?'라는 듯 시험 삼아 몇 걸음 걸었다. 론틀로스의 뒤에서 베논을 타고 대기하고 있던 두 레미프들도 카셀의 뒤를 따랐다. 카셀은 세르메이와 론틀로스에게 손을 흔들었다.

카셀이 떠나고 세르메이는 작은 목소리로 말했다.

"잘 가요, 하늘 산맥에서 온 마법사……."

론틀로스가 내준 베논은 정말 빨랐다. 안장에 앉아 허리를 세우고서는 도저히 질주하는 속도를 감당하기 힘들어, 카셀은 납작 엎드려야 했다. 단순히 속도를 비교하자면 늑대로 변한 타냐가 더 빨랐을지 모르나 좁은 나무 틈을 역동적으로 흐르는 베논의 위가 체감 속도는 훨씬 빨랐다. 게다가 밤의 숲을 달리니 눈이 핑핑 도는 것 같았다.

카셀은 오히려 고삐를 잡아당겨 속도를 늦추어야 했다. 베논은 불만스러운 듯 코를 킁킁거리며 속도를 줄였다가 약간이라도 고삐를 늦추면 다시 속도를 높였다. 뒤를 돌아보니 쫓아오는 다른 레미프들도 어지간히 지친 것처럼 보였다.

'이 속도라면 충분해.'

베논 위에 올라가 있는 게 익숙해졌을 무렵, 마침내 숲을 빠져나왔다. 밖은 아침이 되어 있었다. 그리고 라이가 말했던 바위산이 나왔다.

'방향 감각, 믿지 말고, 네 감각, 믿어라. 숲은 가지 말고, 바위산, 찾
아라. 눈길 걸어, 산 세 개 건너면, 하루다.'

카셀은 헤어지기 직전에 들었던 라이의 말을 떠올렸다. 항상 이곳을
날아다녀 봤던 라이는 누구보다 근처 지리를 잘 알고 있을 것이다.

'눈 산의 느-라이프덤, 하늘 산맥의 유령, 이다. 논틸의 동굴, 에서,
봤던, 누라이, 를 기억하라. 그리고, 조심하라.'

느-라이프덤.

카셀은 아직도 두려움에 젖은 시나비아의 설명을 기억하고 있었다.

'레미프들을 학살하고 살아 있는 거라면 드래곤까지 닥치는 대로 잡
아먹었던 괴물. 사-크나딜조차 손대지 못했던 악마……. 어느 순간 어
떻게 사라졌는지 모르지만 만약 계속 살아 있었다면 하늘 산맥을 지옥
의 한 귀퉁이로 만들어 버렸을 존재.'

그것이 즈비 레미프들에게 알려진 전설이라면 프보에 레미프인 세
르메이에게는 어떤 식으로 알려져 있었을까? 묻고 싶었지만 돌아가서
묻기에는 너무 늦었다. 바로 뒤에서 따라오는 레미프 병사들이 안다 해
도 의사소통이 되지 않으니 소용없었다.

라이가 괜히 전설 속에 있는 괴물을 들먹이지는 않았을 것이다. 그
는 누라이를 일컬어 '유령'이라고 칭했다.

'유령을 상대로 뭘 어떻게 조심하라는 거야, 라이?'

공포가 몸을 얼어붙게 하자, 카셀은 용기를 내고 희망만 생각하기로
했다.

'있지도 않은 유령 같은 걸 무서워할 때가 아니야. 로크에는 진짜 악
마가 있고 모두들 그것과 싸우고 있어! 나도 싸워야 해. 일단 이 속도

면 라이가 말한 세 개의 산을 타 넘는 것은 그리 오래 걸리지 않을 거야. 하푸만 지나면 울프 기사단이 주둔하는 곳까지 도달하는 건 늦지 않을지도.'

하지만 기사단을 데리고 다시 하늘 산맥을 통과하는 건 별개의 문제였다. 보통의 말이 베논처럼 달릴 수도 없고, 아이린의 말대로 오십 명에 가까운 인원을 하늘 산맥에서 안내하는 것도 큰 문제였다.

"응?"

카셀은 급히 고삐를 당겨 베논을 멈춰 세웠다. 베논의 뭉툭한 발톱이 바위 바닥 위로 미끄러지다가 고정되었다. 그 순간 바로 앞에 있던 수풀 속에서 거대한 괴물의 입이 불쑥 튀어나왔다. 멈추지 않고 계속 달렸다면 틀림없이 그 입 속으로 빨려 들어갔을 순간이었다.

날개 없는 검은 드래곤, 카구아였다. 뒤를 돌아보니 이미 두 마리 카구아가 각각 한 명의 레미프와 베논을 입에 집어넣고 있었다. 레미프와 베논의 비명이 그치고, 그저 뼈가 부서지는 소리만 카구아의 입에서 새어 나왔다.

또 다른 카구아가 한참 앞쪽 길목에서 튀어나와 섰다. 뒤에서 두 마리, 앞에서 두 마리. 그야말로 무리 지어 사냥하는 육식 동물 같은 함정이었다.

흥분한 베논이 몸을 들썩이며 뒷걸음질 쳤다. 크나딜이라 한들 네 마리 카구아를 한꺼번에 물리칠 수 있을까? 카셀은 어떻게 해야 할지 몰라 초조하게 고삐를 당겼다가 곧 힘을 뺐다.

'나보다 네가 더 무섭겠구나.'

카셀은 천천히 베논의 머리를 쓰다듬었다. 그리고 고삐가 아니라 녀석의 목덜미를 끌어안았다. 그리고 움직임에 방해가 되지 않도록 최대한 가슴을 베논의 등에 밀착시켰다.

'어차피 내 목숨은 너한테 달렸다. 네 마음껏 달려라.'

이 성급한 베논은 벌써 카구아를 두려워하는 것에 질려 버린 나머지 화를 내기로 작정한 모양이었다. 베논은 으르렁거리다가 앞의 두 마리에게 공격적으로 달려들었다. 베논은 점점 보폭을 넓게 뛰더니 마지막 순간 높이 뛰어올랐다.

카구아들은 입을 바닥에 닿을 듯 낮추고 다가오다가 베논이 뛰어오르자 얼굴을 치켜들었다. 하지만 베논의 날렵한 움직임을 따라잡지 못했다. 베논은 카구아의 머리를 밟고 이어 등을 밟더니 두 번째 카구아에게 달려들었다. 그리고 뒷다리로만 선 카구아의 다리 사이로 빠져나갔다. 카셀의 머리 위로 카구아의 꼬리가 살짝 스치고 지나갔다. 바닥을 치고 지나갈 때 순간적으로 목을 끌어안은 손을 놓칠 뻔했지만 가까스로 버텼다.

네 마리 카구아가 베논을 쫓아왔으나, 하늘 산맥에서 가장 빠른 이 동물을 따라올 수는 없었다. 겨우 몸을 세우고 돌아보니 이미 카구아들은 한참 뒤쳐져 잘 보이지도 않았다. 그제야 베논은 약간 속도를 늦췄다.

카셀은 겨우 목숨을 부지해 다행이라 생각하면서도 한편으로는 걱정이었다.

'저 네 마리 카구아를 하늘 산맥에 남겨 둠으로써 적이 노리는 바가 대체 뭐지? 로핀은 알까?'

카셀은 뒤를 향해 고개를 숙였다.

"미안해요."

카셀은 자신을 안내하려다 카구아에게 죽은 레미프 둘에게 사과하고 다시 달렸다. 지금은 계속 나아갈 수밖에 없었다.

추워졌다. 하늘도 점점 어둑어둑해지더니 이제 태양도 구름에 가려 잘 보이지 않았다. 세르메이가 마련해 준 옷을 입었어도 추위가 쉽게 가시지 않았다. 나중에는 입김이 하얗게 보일 정도로 기온이 떨어졌다.

'얼마만큼 온 거지?'

라이가 말한 세 개의 산을 지난 건지 이번이 두 번째 산인지 인지할 수도 없었다. 돌아봐도 안개가 시야를 가려 보이지 않았다. 안개가 아니라, 구름 속으로 들어온 것 같기도 했다.

베논이 잘 달려주긴 했지만 바위산의 오르막을 오르면서 속도가 많이 줄었다. 굉장히 많이 달려온 것도 같지만 하늘 산맥의 넓이를 생각하면 그다지 많이 온 게 아닌 것도 같았다.

로핀은 시간에 쫓겨 급하게 움직였어도 언제나 이동한 거리를 확실히 알았다. 타냐도 자신의 위치가 어디쯤에 있는지 정도는 별 고민 없이 알았다. 제이메르는 처음 와 봤다는 아란티아를, 마치 자기 고향 마을처럼 헤집고 다녔다. 카셀은 그들 없이는 아무것도 할 수가 없었다.

'대체 난 뭘 믿고 혼자 하늘 산맥에 오른 걸까? 그냥 로크에 머물러 있었어야 했어.'

뒤늦은 후회가 밀려왔다.

'처음부터 적의 작전이었을까? 내가 로크에서 할 중요한 일을 내다보고 나를 이런 곳으로 몰아내려고 왜곡된 미래를 보여 준 걸지도 몰라. 그럼 난 완전히 적의 함정에 빠진 거야.'

카셀은 베논이 걸어 올라가는 척박한 바위산을 내다보았다. 어디선가 바람에 실려 굵은 먼지 같은 것이 눈앞으로 날아왔다. 하늘을 올려다보니 눈이 오고 있었다.

"여긴 계절이 통하지 않는 곳이구나."

멀리서 보기에 눈 덮인 높은 산은 아름다운 정경이었다. 그러나 막상 그 위에 올라오니 이런 작은 눈송이만 봐도 걱정이 앞섰다. 아마 더 높이 올라가면 눈이 많이 쌓여 있을 것이고 바람은 더욱 세질 것이다.

"지금 라이가 말한 대로 가는 걸까? 넌 알고 가는 거니? 이게 가장 짧은 경로야?"

베논은 네 다리만 재게 놀렸다. 가끔 내리막을 걷는가 싶다가도 금방 올라가는 방향을 향했다. 여전히 발놀림은 가벼웠으나, 처음처럼 빠르지는 않았다.

"힘든 건 알지만 조금 더 힘을 내다오. 지금 너의 발에 수만 명의 운명이 달려 있어."

'어쩌면 인간이라는 종족 전체일지도 모르지.'

그건 카셀이 자기 자신에게 하는 격려이기도 하고, 위로이기도 하고, 또한 의문이기도 했다.

'정말 이게 로크의 전쟁에 도움이 되는 길일까?'

어둠이 희망을 갉아먹었고 추위가 자신감을 위축시켰다. 이제 눈발

느—라이프덤

197

이 제법 거칠었고, 베논은 눈 쌓인 바닥을 걷고 있었다.

아마 적은 오늘 밤쯤 로크의 탑을 공격할 것이다. 적도 아군도 그걸 알고 있었다. 카셀이 알고 있는 건 모두들 알고 있었다. 그래서 무서웠다. 전투에 유능한 적장은 분명 그 이상을 노릴 것이다. 카셀은 부디 로핀이 적장 빅터보다 더 앞을 내다보고 있길 바랄 따름이었다.

'아니, 미래를 내다본들 전력 차가 그렇게 심한데 뭘 할 수 있지?'

카셀은 또 거기까지 생각하다가 황급히 고개를 저었다.

'아무 생각도 하지 말자. 그리고 더 추워지기 전에 음식을 먹어 두는 게 좋겠어. 허기지면 더 비관적인 생각만 할 거야.'

카셀은 잠시 베논에서 내려 세르메이가 준 음식과 물을 먹었다. 레미프들의 음식이라 그런지 베논에게도 먹여 봤더니 잘 먹었다. 몸은 부들부들 떨리고 입안이 까칠한데도 맛은 좋았다. 좋은 술과 함께 벽난로 앞에서 먹었다면 더 맛있었을 거라는 배부른 생각도 잠깐 해 봤다.

베논과 떨어져 있으니 더 추워졌다. 카셀은 추위 때문에라도 다시 베논의 등 위로 올라탔고 베논은 시키지 않았는데도 혼자 잘 걸어갔다. 여전히 오르막이었고 올라갈수록 눈발은 더 거세졌다.

'대체 이 산은 얼마나 높은 걸까? 그리고 눈보라는 얼마나 더 심해지는 걸까?'

어째 올라갈수록 어둠이 더 짙어지는 기분이었다. 이제 빛이 완전히 사라져 카셀은 아무것도 보지 못했다. 흔들리는 베논의 등도 손으로 더듬거려서 어디 있는지 아는 거지, 눈으로는 확인이 되지 않았다. 어디가 베논의 등이고 어디에 자기 손이 있는지도 보이지 않았다. 바람에 밀리거나 균형을 잃어 한번 떨어지면 베논의 등에 다시 오르지 못할 지경이었다. 밤에도 빛을 내는 보검 손잡이에 달린 보석도 이런 눈보라 속에서는 아무런 도움이 되지 못했다. 카셀은 불안감에 고삐를 꽉 붙잡았다.

마치 누군가 밀기라도 하듯 정면에서 부는 눈발이 세졌다. 베논은 앞으로 전진을 못하고 뒷걸음질 쳤다. 한참 기다려도 베논은 그 자리에만 있었다.

카셀은 힘겹게 베논의 등에서 내렸다. 혹시라도 고삐를 놓치거나 베논의 위치를 잃을까 무서워 장님처럼 일일이 손으로 더듬거리며 베논의 앞으로 나섰다.

그는 베논의 고삐를 꽉 잡고 힘겹게 앞으로 나아갔다. 베논은 그제야 몇 걸음 따라오는가 싶더니, 이내 앞으로 가길 거부했다. 바람이 심하긴 해도 고개를 숙이고 걸으면 못 걸을 정도는 아니라, 카셀은 강제로 고삐를 당겼다.

"가야 해. 이런 곳에서 멈추면 더 위험해."

카셀은 목청을 더 높였다. 그러나 베논은 움직이지 않고 긴 호흡만 이어갔다.

"왜 그러니?"

카셀은 희미한 빛을 내는 보검을 베논의 얼굴 옆으로 가져갔다. 녀석은 보검이나 카셀을 보는 게 아니라 그의 등 뒤를 노려보고 있었다.

카셀은 눈을 가늘게 뜨고 눈발이 얼굴을 덮는 어둠을 주시했다. 하지만 바로 옆에 있는 베논의 얼굴도 잘 보이지 않는데, 뭔가가 보일 리가 없었다.

"거기 누구 있어요?"

카셀의 목소리는 웅웅대는 바람에 씻겨 사라졌다. 그는 베논의 고삐를 생명줄처럼 잡고 몇 걸음 앞으로 나갔다. 그래도 보이는 건 없었다.

"누구 있어요?"

한참 대답을 기다리다가 다시 베논을 끌어당겼다.

"여긴 아무것도 없어! 괜찮아."

그러나 베논은 움직이지 않았다. 녀석이 옳았다. 뭔가 있었다.

"드루 리아이…… 아즈 즈레드."

바닥을 울리는 굵은 목소리가 구름보다 높은 산의 바람을 뚫고 카셀에게 도달했다. 레미프의 언어와는 달랐지만, 카셀은 그게 어떤 의미의 말인지 대충 짐작할 수 있었다.

'이대로 있으면 안 돼. 하지만 정체도 알 수 없는 존재에게 대체 무슨 말을 어떻게 해야 할까? 아니, 말이 통하기나 하는 걸까?'

카셀은 기다렸다. 베논은 물러나지도 전진하지도 않았다. 이 근처만 눈보라가 더 세지는 기분이었다. 옷 틈으로 파고드는 바람이 지독히 찼다. 어둠의 존재는 다시 한번 카셀에게 말했다.

"드루 라아이 아즈 즈레드."

카셀의 얼굴에 붙은 눈이 얼기 시작했고, 머리와 어깨에 쌓인 눈은 몸을 움직여도 떨어지지 않았다.

베논이 몸을 한번 부르르 떨었다. 고삐를 쥐고 있는 손은 장갑을 꼈음에도 딱딱하게 얼어붙어 감각이 느껴지지 않았다. 처음에는 얼굴을 때리는 눈송이가 아팠으나 이제 그것마저 느껴지지 않았다. 엉뚱하게도 졸렸다.

"느-라이프덤……."

그것은 죽지 않는 자들의 군주가 보여 준 환각 안에 있던 존재였다. 라이가 경고하던 유령이었다. 카셀은 잘 열리지도 않는 입으로 말했다.

"물러나라."

카셀은 보검을 앞으로 내밀었다. 손에 쥐고 있을 힘도 없었지만 다행히 손잡이가 손바닥에 달라붙어 버린 듯 떨어지지 않았다.

"나는 이 산을 지나갈 권리가 있다. 나는 하이로드 사—나디엘의 후계자며, 스토크 워그의 계승자다."

카셀의 팔은 검의 무게를 감당하지 못해 부르르 떨렸다. 칼끝은 잉크에 닿은 깃털이 검은 잉크를 흡수하듯 어둠에 먹혔다.

카셀은 반쯤 감은 눈으로 말을 이었다. 무섭지는 않았다. 하지만 말이 잘 나오지 않아 더듬거렸다.

"기, 길을 열어라. 네가……, 누구든 상관 않겠다. 이 산의 주인이라 해도 나디우렌의 이름 아래 있다면 너는 내 말을 따를 의무가 있다. 이 산을 더럽힐 생각은 없다. 그, 그저 길을…… 여, 열기만 하라."

아무 생각도 나지 않았다.

'저놈이 누라이라면, 나디우렌에 복종하는 존재일 리가 없어. 그러니 그 이름을 댄다고 비켜줄 리도 없겠지.'

한참 기다렸지만 대꾸는 돌아오지 않았다. 눈발이 조금씩 가늘어졌다.

'갔나?'

카셀은 천천히 칼을 칼집으로 돌려 넣었다. 하지만 얼어붙은 손의 감각이 느껴지지 않아 몇 번이나 실패한 후에야 겨우 넣을 수 있었다.

기적처럼 눈보라는 거의 멈췄고, 하늘의 구름도 걷혀 갔다. 겨우 흐릿해진 구름 너머로 별과 달이 보였다. 희미한 달빛에 주위가 약간 밝혀졌다. 앞에는 아무도 없었다. 누군가 눈을 밟은 흔적도 없었다.

'내가 헛것을 봤나? 아니면 유령이었나? 어느 쪽이든 상관없어. 그게 뭐든 날 해칠 수는 없어. 내가 겁만 안 먹으면 돼.'

카셀은 겹겹이 쌓이는 의문을 저만치 미뤄 두었다. 그는 수고했다는 뜻으로 베논의 머리를 쓰다듬었다.

"계속 가다오. 달을 보니 밤은 이제 시작된 것 같구나. 재촉하지는 않을게. 네가 갈 수 있는 만큼 갔음에도 우리가 늦는 거라면 그건 너와 나의 기더가 그러한 것이겠지. 하지만 다음 산을 갔을 때도 비슷한 존재가 가로막으면 나는 그때 또 방금 말한 것처럼 말할 수 있을까?"

카셀은 무릎까지 빠지는 눈을 헤치고 걸었다. 이런 눈 속에서는 베논을 타고 갈 수도 없어 고삐만 잡고 나아갔다.

"어?"

발밑이 허전해졌다. 동시에 바닥의 눈이 푸욱 가라앉으며 베논과 카셀은 동시에 밑으로 떨어졌다. 베논은 필사적으로 밑으로 가라앉는 눈 위를 밟고 올라가려고 발악했다.

카셀도 깜짝 놀라 고삐를 놓고 두 손으로 아무거나 붙잡았다. 그러나 주위에 가득하던 눈밭이 동시에 무너져 내리는 거라 잡을 것도, 버틸 것도 없었다. 눈 더미가 카셀의 몸 위로 덮쳐 오는 와중에 뭔가 손에 잡혔다. 쏟아지는 눈과 함께 베논이 밑으로 미끄러지기 시작했다.

카셀은 튀어나온 절벽을 움켜쥐고 있었다. 내려다보니 절벽이나 다름없는 가파른 경사가 한없이 밑으로 이어져 있었다. 그 틈으로 발버둥

치는 베논이 눈 더미와 함께 카셀의 시야에서 사라졌다.

　카셀은 세 걸음 정도 너비로 벌어진 얼음의 틈새 끝에 매달려 있었다. 쌓인 눈에 가려 보이지 않았던 자연적인 함정이었다.

　카셀은 필사적으로 위로 올라가려고 했으나 얼어붙은 손이 말을 듣지 않았다. 하루 종일 격렬하게 움직이는 베논의 등에 타고 있느라 다리에도 힘이 들어가지 않았다.

　다시 한번 절벽 아래를 내려다보았다. 수직으로 깎인 낭떠러지는 아니었으나 바닥까지 빛이 닿지 않아 얼마나 밑으로 미끄러져야 바닥에 닿을지 가늠하기조차 힘들었다. 설사 바닥이 가까워 다치지 않고 떨어진다 해도……, 그래서 살아남는다 해도 카셀에게는 의미가 없었다.

　'이런 곳에서 시간을 지체하면 안 돼.'

　카셀은 죽을힘을 다해 벽을 밟고 손을 위로 뻗었다. 하지만 몸을 잡고 고정시킬 만한 부분이 없어 계속 미끄러졌다. 잡히는 건 가루처럼 자잘하게 부서지는 눈밖에 없었다. 카셀은 허리의 보검을 뽑아 거꾸로 쥐고 벽에 내리쳤다. 보검이 운 좋게 얼음 틈새에 박혀 고정되었다. 하지만 오래 버틸 힘이 없었다.

　카셀은 마지막 힘이라고 생각하고 칼을 쥔 손에 힘을 주고 기어오르려 했다. 그때 뭔가가 얼음에 박힌 칼날 쪽으로 다가왔다.

　"?"

　카셀은 눈을 크게 떴다. 착각이 아니었다. 언뜻 보기에 반투명한 나뭇가지 같았는데, 다시 보니 어떤 짐승의 발이었다. 손일 수도 있었다. 너무 길고 가늘어서 나뭇가지로 보인 것뿐이었다.

　"뭐가……?"

카셀이 외마디처럼 외쳤으나 끝까지 말하지 못했다. 그 짐승의 발이 얼음에 박힌 칼을 쥐고 뽑아버렸다.

보검이 손에서 벗어남과 동시에 카셀은 밑으로 미끄러져 얼음벽을 타고 굴러떨어졌다. 절벽은 생각보다 깊지 않았다. 대신 눈보라 칠 때보다 더한 어둠이 있었다.

카셀은 기울어진 벽을 미끄러지다가 바닥에 쌓인 눈에 푹 박혔다. 방금 위에서 쏟아진 눈이었다. 카셀의 몸은 얼굴까지 파묻혔다. 죽도록 차가워야 하는데 어째 따뜻한 방으로 들어가 얼굴을 이불에 파묻은 느낌이 들었다. 졸음이 쏟아졌다.

'잠깐만 쉬자. 딱 10초만 쉬면 몸을 회복할 수 있을 거야. 무리해서 일어나면 안 돼. 저렇게 높은 곳에서 떨어졌으니, 자칫 위험할 수도 있어. 10초면 돼. 그런 다음에 일어나는 거야.'

카셀은 눈을 감았다. 그리고 그대로 잠들었다.

Chapter 18

제이메르의 이름으로

타냐는 눈을 감은 채 문밖에 선 사람에게 말했다.

"들어오십시오."

감각이 예민해질 대로 예민해진 타냐는 문이 아직 닫혀 있는데도 밖에 누가 있는지 보였다. 그랜드 로크의 의장 리펜다스였다. 그는 문만 살짝 열고 밖에서 말했다.

"마스터 타냐, 어제부터 식사를 못하셨는데 괜찮으십니까?"

그랜드 로크의 마법사들은 혹시라도 타냐의 집중력에 방해될까 봐 조심했다. 하지만 사실 그녀는 어린애 한 다스쯤 옆에서 북 치고 놀아도 별 문제 없었다.

"그렇게 시간이 지났나요? 그럼 간단히 먹을 수 있는 걸로……. 아, 그리고 물이나 차게 식힌 차도 같이 있었으면 좋겠군요."

배는 고프지 않고 갈증만 심했다. 한순간 지독히 잠이 쏟아지기도 했으나 지금은 괜찮았다. 그래도 역시 뭔가 먹어야 했다.

"바로 준비해 드리죠."

리펜다스는 도울 일이 생긴 것에 기뻐하며 얼른 계단 아래에 대고 식사를 올리라고 외쳤다. 타냐는 비틀거리며 일어나 팔과 다리를 풀었다.

"천천히 하세요. 전 좀 걸어야겠어요. 얼굴도 좀 씻고 싶고요."

타냐가 휘청휘청 걸어가자, 리펜다스는 깜짝 놀랐다.

"그 방에서 벗어나도 괜찮은지요?"

"아, 그럼 의장께서 대신 서 계시겠어요?"

리펜다스는 한 번 더 놀랐다. 타냐는 힘없이 웃었다.

"농담이에요. 제 힘이 잠깐 끊긴다고 방벽이 사라지는 건 아니니 염려 놓으세요. 이거 전에 몇 번이나 설명하지 않았나요?"

"알고는 있지만 아무래도……."

리펜다스는 불안한 기색이었지만, 막진 못했다.

타냐는 계단을 따라 몇 층 내려가다가 그대로 계단참에 주저앉았다.

'힘들어.'

밑에서 음식을 담은 쟁반을 들고 온 시녀가 올라오다가 타냐를 보고 말을 걸었다.

"괘, 괜찮으세요?"

"괜찮아요. 갑자기 걸었더니 현기증이 나서……. 음식은 그냥 방에 놔두세요. 나중에 먹겠습니다."

타냐는 벽에 손을 대고 일어나 계단에 난 창밖을 내다보았다. 석양이 보였다. 죽지 않는 자들의 군주가 방벽을 공격하기 시작한 지 하루가 지났고, 카셀이 떠난 지 이틀이 지났다.

오전에는 모즈들의 투석기가 성벽을 공격했다. 로크 병사들은 메이루밀의 지휘 아래 투석기를 부쉈다. 그런데 이 과정에서 로일과 메이루밀이 심각한 부상을 입었다. 그녀는 아로크의 탑에 앉아 그 과정을 모두 지켜보았다. 죽지 않는 자들의 군주가 로브 안에서 얼굴을 드러낼 때도 주시하고 있었다. 테일드의 얼굴은 헤어질 때보다 더 젊어져 있었다. 그녀가 어린 시절, 절벽에서 처음 만났을 때의 모습에 더 가까웠다. 아이린은 냉정을 잃었다. 그란돌이 모습을 드러낼 때는 메이루밀도 당황했다.

그자가 피 묻은 날개를 로크 존 안으로 던져 넣는 과정도 보고 있었다. 아이린은 거짓말이라고 했지만 타냐는 진짜라는 것을 알았다.

라이는 죽었다.

'카셀, 당신을 지키기 위해 라이가 희생한 겁니까? 아니면 당신도 라이와 함께 죽은 건가요? 지금 어디 있나요?'

로크 존으로 들어온 직후부터 테일드의 모습은 타냐의 머릿속에 들어앉아 빠져나가지 않았다. 딱히 마법을 방해하거나 공격을 가해 오지는 않았다. 그냥 목구멍에 뭐가 걸린 것처럼 답답하고 힘들었다.

타냐 역시 상대의 머리에 들어가 있었다. 하지만 상대의 생각을 읽어 낼 수는 없었다. 반면에 그는 그녀의 감정을 읽어 내고 있었다.

'카셀을 걱정하면 안 돼. 걱정하는 마음을 들키면 그 빈틈을 노리고 들어올 테니까.'

그는 모두의 약한 마음을 건드렸다. 어떤 정신적인 공격에도 무너지지 않을 것 같던 아이린은 테일드의 모습을 본 뒤 남쪽 성문으로 돌아가지 못하고 있었다. 그녀는 아직도 아로크의 탑 근처만 맴돌았다. 던멜은 생각지도 못한 출생의 비밀이라는 무기에 흔들렸다. 그다음은 로일을 끌어당겨 그란돌과 싸우게 만들었다.

다음 목표가 자신이라는 걸 알기에 타냐는 약점을 드러낼 수 없었다. 지금은 그냥 믿을 수밖에 없었다. 카셀은 죽지 않았다고, 꿋꿋하게 자신의 길을 가고 있을 거라고.

그 순간 북쪽 축복의 탑에서 벌어지는 광경이 머릿속에 펼쳐졌다. 타냐는 흠칫 놀라며 머리를 들었다. 모즈들이 술렁이고 있었다. 해가 지고, 어둠이 힘을 펼치기 시작했다.

타냐는 세수도 못하고 도로 계단을 올라가야 했다.

전투가 시작되려 하고 있었다.

"해가 지고 있군."

로핀은 중얼거리며 뒤를 돌아보았다. 하로우가 바쁘게 움직이며 군대를 정비하고 있었다. 아즈윈은 몸을 풀고 있었다.

"벌써 준비할 필요 없어."

로핀이 말했다.

"왜요? 곧 시작되는 거 아니에요?"

아즈윈이 하던 동작을 멈추고 물었다.

"내가 신호하면 너는 드래곤 기사단 쪽으로 가거라."

"드래곤 기사단은…… 움직이지 않는 병력으로 아껴 둔 거잖아요?"

적은 모즈들을 3중으로 배치했다. 삼만이 조금 넘는 병력은 앞에 진을 치고 있고 그 뒤에 또 비슷한 병력이 있었다. 세 번째 병력은 가장 뒤에 있었고 빅터와 구아닐은 거기에 있었다. 아직 확인할 수는 없으나 러스킨도 아마 거기에 있을 것이다.

로핀은 적의 세 번째 병력이 축복의 탑을 무너트릴 정예 부대라는 걸 알았다. 그래서 그도 마찬가지로 기병대 백과 드래곤 기사단 백오십, 중무장한 창병들 삼백을 가장 후방에 배치했다. 적의 정예 부대와 싸우기 위한 이쪽의 정예 부대였고, 로핀은 그 중심에 드래곤 기사단을 뒀다.

캡틴을 잃긴 했으나, 드래곤 기사단은 분명 울프 기사단에 맞먹는 강력한 병력이었다. 로핀은 그런 정예 부대를 지휘할 사람은 당연히 아즈윈이라고 정해 두었다.

"그래. 바로 그 병력을 지휘할 사람이 너다."

"저한테 그럴 권한이 있어요?"

"브란데라는 기사가 권한을 넘겼다. 드래곤 기사단은 훈련이 잘 되어 있으니 캡틴 없이도 잘 움직이겠지만, 다른 기병들은 아니야. 네가 그들을 잘 이끌어야 해. 거기다 가넬과 셀바이크도 네 지시에 따르기로 했으니, 가서 지휘를 맡아라."

"싫어요."

"벌써 결정됐어."

로핀은 논쟁을 허락하지 않겠다는 듯 전방만을 바라보았다. 적 진영이 움직였다.

"날 믿고 따라라, 아즈윈. 그리고 우선은……."

로핀은 허리에 찬 검을 내려다보았다. 가넬이 카—구아닐을 해치울 수 있기를 기대하며 만들어 준 검이, 가넬의 숨소리와 같은 규칙으로 반짝이고 있었다.

"……오늘 밤을 넘기는 것만 생각하자."

솔직히 로핀은 넘길 자신이 없었다.

'이로피스 왕실 기사단이 원군으로 온다더니, 아직인가? 지금 딱 맞춰 와 준다면 조금은 도움이 될 텐데.'

로핀은 속으로 온갖 걱정을 다 했지만 겉으로는 언제나 그랬듯 여유 있게 웃어 보이고 있었다. 부디 제자가 자신의 마음을 읽지 못하길 바라며…….

"몸은 괜찮나?"

제이는 모닥불을 피워 놓고 다른 드래곤 기사들과 같이 앉아있는 브란더에게 다가가 물었다. 몇 명은 제이를 보고 아는 척이나마 했으나 대부분의 기사들은 무관심했다. 전쟁을 앞두고 여유를 보이지 못하는 것이었다.

"어서 와라, 제이메르. 여기 앉아. 그런데 우리를 구해 주신 아이린 이라는 분이 네 스승이라며? 죄송하다고 전해다오. 그 이후로 감사하다는 말을 전하지 못했다."

브란더는 일부러 소란을 떨며 말했다.

"바쁜 건 나도, 그분도 알아. 신경 쓰지 마라. 나도 그냥……, 인사라도 해두려고. 전투가 시작되기 전에. 그러니까 너한테 말이야."

"작별 인사 같다, 꼭?"

"저 녀석들 보면 그런 생각이 들 만도 하지."

제이는 모즈들의 진영에 듬성듬성 켜 놓은 횃불 쪽을 고갯짓으로 가리켰다. 아군 진영에서도 횃불을 하나둘씩 밝히고 있었다. 로크의 방벽이 희미한 빛을 내고, 달도 밝았으나 역시 횃불은 필요했다.

"저것들과 싸워 본 적 있나?"

"있다. 루티아에서."

"루티아? 그런 신비의 도시에도 가 봤나?"

"얼마 전까지는 나한테도 신비의 도시였지. 거기에 저놈들이 몰려왔었어. 이천 마리 정도. 마법사들은 아무것도 못했지. 그런데 이번엔……, 몇만 마리잖아."

"그래서 작별 인사 해둘 상황이라는 거냐?"

"그렇다."

"싸워보기 전까지는 모르는 거다."

"식상한 말이군."

"전투가 벌어지면 그런 단순한 말이 모두를 이끈다. 너도 병사들한테 그런 말 하고 다녀라. 희망을 주라고."

브란더는 기세 좋게 웃다가 물었다.

"어때? 생각은 정리되었나?"

"생각? 무슨 생각? 또 내가 기억 못하는 뭔 일, 있냐?"

"드래곤 기사단이 되라는 말. 지금 네 배치가 어디냐? 아니, 대답할 것 없다. 어디든 상관없으니까. 여기 남아라. 작별 인사 할 것도 없어."

"너 질기구나?"

"끈기와 인내하면 드래곤 기사단을 따라갈 곳이 없지."

두 사람이 주고받는 말을 듣고 있던 기사 하나가 조금 큰 소리로 말했다.

"브란더, 네가 벌써 캡틴이 된 것처럼 말하지 마라. 우리들의 캡틴은 오직 드래곤만이 결정해 주신다."

"그럼 저기 가넬이 계시는군. 어때, 루시우스? 여쭤볼까?"

루시우스는 양 눈썹을 잔뜩 찡그리고 말했다.

"네가 하도 설쳐 대서 나도 네가 조사한 자료를 봤다. 제이메르, 이 녀석의 아버지는…….'"

"닥쳐라!"

브란더는 루시우스의 말을 막으며 소리쳤다.

"그건 제이메르의 과거가 아니라 그 사람 개인의 과거다. 제이메르는 아나샤의 아들이며, 우페르 의원의 외손자다."

"그래서 더 큰 문제라는 거다. 우페르 의원의 외동딸을 더럽힌 남자의 아들을 우리가 받아들일 수는 없다."

"받아들일 수 없다는 네 말 역시 의미 없다. 티온의 죄를 벌하고 평가할 수 있는 사람은 레이디 아나샤뿐이야! 네가 왈가왈부 나설 문제가 아니다."

제이가 나직이 으르렁거렸다.

"둘 다 입 닥쳐!"

제이는 두 사람을 비롯해 다른 드래곤 기사들을 모두 돌아보았다. 몇 명은 브란더에게 동조하고 있었고 몇 명은 루시우스에게 동조하고 있었고 일부는 무슨 얘기를 하는 건지 몰랐으며, 일부는 아예 관심을 두지 않았다.

'역시 여기도 내가 있을 곳이 아니야.'

며칠 동안 수없이 고민하고 괴로워했던 문제가 아직도 제이를 괴롭혔다.

"브란더, 나를 높이 평가해 준 건 고맙다. 그리고……."

제이는 긴 얘기를 하고 싶었다. 하지만 정리하지도 못한 말을 이런 많은 사람들 앞에서 하는 건 자신 없었다. 경험상 그런 말은 안 하느니만 못했다.

"아니, 관두자."

제이는 입맛을 다시며 말을 이었다.

"브란더, 그리고 너! 둘 모두에게 더 좋은 이야기를 해 주지. 티온은, 그래. 너희가 자료상으로 본 나의 아버지, 그 남자는 내가 죽였다. 내 손으로! 너희들 지금 내 과거를 가지고 얘기하고 있었냐? 응?"

그냥 웃어 버리고 돌아서서 잊고 싶었다. 그러나 그럴 수 없었다. 평생 따라다닐 문제일 것이고 여기에서 하는 어떤 말도 그런 미래를 바꿀 수 없다는 걸 제이는 알았다.

한동안 카셀을 만나 즐거웠다. 울프 기사단도 즐거웠다. 그러나 역시 제이는 혼자 싸우는 사냥꾼이었다. 다른 사람과 어울릴 수 있는 사람이 될 수는 없었다.

"브란더, 나는 기사가 아니야. 그냥 살인자다. 이전에도, 지금도, 앞으로도."

제이는 주위에 몰려 있는 드래곤의 기사들을 밀치며 그곳을 빠져나갔다. 누구도 그를 붙들지 않았다. 브란더도 탑 옆에 서 있는 거대한 황금빛 드래곤을 바라보며 중얼거릴 따름이었다.

"우리의 주인께서 돌아오셨음에도 우리는 아직 아무 말씀도 듣지 못했군. 이제 드래곤 기사단은 대체 무얼 해야 하는가?"

카모르트에서 온 붉은 장미의 군대가 술렁거리기 시작했다. 이틀째 쉬지 못한 병사들의 얼굴에 긴장감이 돌았고 느슨하게 쥐고 있던 창에 힘이 잔뜩 들어갔다. 제이는 그런 병사들 옆을 지나가고 있었다. 말을 타고 병사들을 독려하던 지휘관이 제이를 발견했다.

지휘관은 제이의 길을 막고 대열을 벗어난 병사가 누군지 확인했다.

"소속이 어딘가?"

제이는 헛웃음이 나왔다. 그는 소속이 없었다. 직책도 없었고, 호칭도 없었다. 카셀처럼 캡틴도 아니었고 타냐처럼 마스터로 불리지도 않았으며 하얀 늑대들처럼 울프라는 성도 없었다. 내세울 수 있는 건 이름뿐이었다.

"나는 제이메르다."

"제이메르? 아아!"

지휘관은 말투를 고쳤다.

"길을 막아 죄송합니다."

제이는 의아해하며 물었다.

"음? 나에 대한 지시라도 있었어?"

"마스터 로핀께서 제이메르 기사님께 지시를 내리셨습니다."

"내 이름으로?"

"예. 제이메르의 이름으로."

"나 뭐 하래?"

아까 브란더가 어디에 배치되었냐고 물었을 때 제이는 대답할 수가 없었다. 배치가 없었던 것이다.

"혹시 나 있을 자리를 정해 줬나? 로핀이?"

제이는 괜히 긴장하며 물었다.

지휘관은 자기가 말하기도 이상했는지, 약간 얼버무리듯 대답했다.

"자율 배치라고 하셨습니다."

"뭐? 그게 뭔데? 그런 자리가 있어?"

"어, 정확히 그분의 말을 옮기자면, '갠 아무거나 하고 아무 곳에나 가게 내버려 둬!'라고 하셨습니다. 굳이 시간 내서 일러 줄 필요도 없다고 해서 지금까지 알려 드리지 못했습니다."

"참내, 뭐 그딴 걸 전달하고 말고 해? 내가 굳이 물어봤을 때는 건성으로 가르쳐주더니……."

"네?"

"아니야, 아무것도. 알았어."

로크의 수비대가 앞으로 이동하자 바닥의 마른 먼지가 일어났다. 사방에서 고함치는 지휘관들의 목소리가 울렸다. 한 곳에서 명령이 떨어지면 다른 곳에서 잇따라 복창했다.

제이는 그들의 이동에 방해가 되지 않는 곳으로 계속 걸어갔다. 아군 진영의 제일 앞은 로크 수비대가 맡고 있었다. 제이는 작전 내용을 들었으나 잊어버렸다. 그래서 앞으로 어떤 방식으로 전투가 벌어지는

지 알지 못했다. 그런데도 그는 개의치 않고 앞으로 갔다.

딱 한 번 로핀에게 자신의 배치를 물은 적이 있었다. 그때도 로핀은 가고 싶은 곳으로 가라는 성의 없는 대답을 해 주었다.

'알려 줘! 난 이런 거 모른단 말이야. 그러니까 내 말은, 던멜은 남쪽에, 로일은 분노의 탑에……, 그럼 나는?'

로핀은 빵을 우물거리며 여전히 성의 없는 태도로 되물었다.

'어디 있을지 모르겠나?'

성의는 없지만 날카로웠다. 있을 곳을 모른다……. 그 표현이 딱 맞았다. 사실 제이는 아이린의 옆이 좋았다. 굳이 비교하자면 카셀의 옆이 제일 편했다. 그 둘 중 하나가 아닌 곳에서 제이는 항상 불편했다. 울프 기사단에서도, 루티아에서도, 로크에서도!

지금도 마찬가지였다.

'좋다, 제이메르. 선택지를 주겠다.'

로핀은 마침내 먹던 빵을 내려놓았다.

'제일 앞에서 제일 위험한 자리에서 싸워라. 격전지에서 아군이 위험한 곳을 발견하면 거기에 뛰어들어라.'

옆에서 듣던 아즈윈이 따졌다.

'뭔 그런 말도 안 되는 배치가 다 있어요?'

'그래, 아즈윈. 나도 알아. 그 자리에 선 이상 반드시 죽을 거다. 솔직히 너 정도 되는 녀석을 그런 곳에 던져 놓고 싶지 않아. 그럼 두 번째 선택지로 할까? 전투에서 빠져라. 너도 남쪽 성문으로 가. 로일과 던멜이 부러우면 그렇게 해! 하지만 그건 또 싫지?'

그는 제이의 대답도 기다리지 않고 말을 이었다.

'그럼 어쩔래? 드래곤 기사단에 들어가고 싶나? 브란더라는 친구가 날 일부러 찾아와서까지 너를 드래곤 기사단과 함께 움직이게 해 달라고 부탁하더군. 자, 어쩔 테냐?'

제이는 대답하지 못했고 로핀은 책임을 떠넘기듯 끝내 배치를 정해 주지 않았다. 그리고 굳이 이제 와서 지휘관에게 남긴 전언은 '아무 곳으로나 가라.'인 것이다.

브란더는 어째서 그렇게 자신을 높이 평가해 주는 걸까? 제이는 알지 못했다. 로핀도 그런 질문을 했더니 브란더는, 조만간 자신에게 돌아올지 모를 캡틴 자리가 부담스러워 다른 쓸 만한 인재를 찾다 보니 자꾸 제이메르라는 인물이 눈에 밟힌다…… 그런 답변만 했다고 했다. 그 얘기를 더 하고 싶어서 방금 브란더를 찾은 것이지만, 제이는 유치하게도 자신의 과거를 스스로 폭로하고 도망쳐 나왔다.

'내 과거를 알고도 나를 드래곤 기사단에 넣어 줄 텐가, 브란더? 나는 사냥꾼이다. 난 비위에 거슬리면 아군의 등도 찌를 수 있는 그런 비열한 놈이야. 내가 결혼하면 나도 술 취해 내 자식이랑 아내를 두들겨 패겠지. 난 그런 놈이 되고 말 거야. 그런 놈을 동료로 두고 싶어?'

드래곤 기사단을 중심으로 구성한 정예 부대는 드래곤 가넬, 드래곤 셀바이크와 함께 축복의 탑 가장 가까운 곳에 배치되어 있었다. 그 앞에는 대략 삼천으로 구성된 후방 전투 부대가 있었고, 그 앞은 또 이천 명의 로크 수비대가 맡고 있었다. 모즈들과 가장 심한 격전을 벌이게 될 천명의 중무장 보병은, 제일 선두에서 적의 돌격을 막을 방패병들 바로 뒤에 있었다.

제이가 혼자 고민 끝에 스스로 선택한 곳은 바로 이 중무장 보병 부대였다. 그 자리에 서자, 주변에서 수군대는 소리가 들렸다. 자기에 대해 하는 말 같았는데, 좋은 말이든 나쁜 말이든 듣고 싶지 않았다.

모즈의 군대는 해가 진 직후부터 움직이고 있었다. 삼만 마리가 동시에 일으키는 불규칙적인 발소리가 울렸다. 멀리서 기병대의 말 울음소리가 희미하게 들려왔다. 병사들의 거친 숨소리도 거기에 섞였다.

누군지 모르는 병사가 길게 소리 내어 노래했다.

가넬로크의 세 개 탑을 흔들며
하늘 산맥에서 불어오는 남풍이여
천 년 동안 기다려 한 번 노래하는 로크의 새
천 년 동안 기다릴 드래곤의 소식을 전해다오
붉은 피는 우리의 의지
푸른 하늘은 우리의 마음
하늘 산맥에서 불어오는 남풍이여
대륙에서 불어오는 북풍이여

궁수 부대의 후방에 있던 캡틴 하로우는, 누군가 부르는 그 노래가 끝나자마자 소리쳤다.

"아로크의 전사들이여!"

주위에 있던 병사들의 함성이 터졌다. 보병 부대의 북쪽에 위치한 카모르트의 지휘관도, 여기까지 들릴 정도로 목청 좋게 외쳤다.

"카모르트의 전사들이여."

파도를 타고 이동하듯 병사들이 일제히 함성을 질러 댔다. 몇천 명이 동시에 터트리는 소리는 어디에도 소속되어 있지 않은 제이마저 흥분시켰다.

제이는 등에 맨 도끼를 들었다. 희미하게 반사되는 도끼날은, 바라보는 것만으로도 얼굴을 벨 듯 예리했다. 제이는 손등으로 도끼날을 쓰다듬었다.

'게랄드······. 내가 널 대신해야 하는가?'

이번에는 전방에서 모즈들의 함성이 터졌다. 모즈들의 걸음이 점점 빨라지더니 전방 부대와의 거리가 얼마 남지 않은 순간부터 뛰어오기 시작했다.

함성과 발소리가 어우러져 한순간 주위의 모든 소리가 차단되었다. 허공을 울리는 진동에 귀청이 멍멍해졌다. 바닥의 돌이 튀어 올랐다. 모즈의 군대와 인간의 군대 사이에서 흐르던 공기의 움직임이 일시적으로 멈췄다.

제이는 상체를 약간 뒤로 젖혔다. 아즈원의 충고대로 왼손에는 도끼를, 그리고 오른손에는 르고의 칼을 들었다.

"아이린, 세 번째 테스트. 갑니다!"

별 밝은 하늘로 요란한 소리를 내며 올라간 효시 한 발을 기점으로, 로크의 궁수들이 일제히 화살을 쏘아 올렸다. 밤공기를 가르며 수백 개의 화살이 날아올라가 모즈들에게 떨어졌다. 선두를 약간 벗어난 지점에서 뛰어오던 모즈들의 돌격 라인이 무너졌고 뒤따르던 모즈들이 거기에 걸려 넘어지며 대혼란이 빚어졌다. 그렇다고 달려오는 속도가 늦춰지는 건 아니었다.

'여긴 내가 있을 곳이 아니다.'

제이는 발걸음을 뗐다. 병사들을 제치고, 다음 활 공격을 바쁘게 준비하는 궁수들 몇 명을 제치며 제이는 계속 앞으로 걸어갔다.

마침 옆을 지나가는 제이를 발견한 하로우가 놀라 말했다.

"당신의 대열로 돌아가시오, 제이메르. 이제 곧……."

"난 내 대열 없어."

제이는 지나쳐 가며 말했다.

"그러니까 내 맘이야."

하로우는 그를 막지 못했다.

오늘 아침 남쪽 성에서 큰 싸움이 일어났다는 소식을 들은 후 제이는 아이린이 걱정되어 아로크의 탑을 찾아갔었다. 다행히 그녀는 탑으로 올라가는 1층 계단 앞에 쭈그리고 앉아 과일을 깎아 먹고 있었다.

'무사했군, 마스터.'

'어, 나는 괜찮아. 싸우지도 않았으니까. 하지만 로일이 다쳤더군. 꽤 심각하게.'

'로일이? 무슨 일을 당했는데……?'

로일은 감히 제이가 어찌해 볼 수 없을 정도로 강한 기사였다. 그가 다쳤다면 어떤 사고가 났다고밖에 생각할 수 없었다. 그래서 제이는 누가 그랬냐고 물은 게 아니라, 무슨 일을 당한 거냐고 물은 것이었다. 그러나 아이린은 예상 밖의 대답을 해 주었다.

'일대일 싸움에서 당했다. 죽지는 않았지만 좀 심각해. 아마 이번 전투에서는 더 이상 싸우지 못할 거야.'

그 말을 듣자 하고 싶었던 질문을 꺼내기 싫어졌다. 하지만 입이 말을 듣지 않아 묻고 말았다.

'내가 왜 마스터의 제자야?'

'그런 질문 끝난 거 아니었어? 왜 갑자기?'

'어, 그러니까, 내 말은…….'

끝난 질문이었다. 알고 있었다. 그래도 한번 터지기 시작한 말은 멈춰지지가 않았다.

'하얀 늑대들은 모두 엄청나. 다들 퀘이언의 제자지? 아즈윈은 로핀도 선생님이라고 부르기는 하던데……. 로일도 엄청나고 쉐이든은 말할 것도 없고……. 난 너무 모자라. 그러니까 그 녀석들에 비하면 그래. 하얀 늑대의 이빨도 가질 수 없어. 그런 내가 마스터의 제자가 될 자격이 있어?'

아이린은 크게 웃었고 제이는 불만스럽게 말했다.

'난 진지한데.'

'미안해. 나도 계속 안 좋은 생각을 하고 있던 터라 갑자기 긴장이 풀렸나 봐.'

'난 마스터가 기대했던 것만큼 강한 건 아닌가 봐. 어제 아즈윈이랑 같이 연습했는데 몇 번이나 얻어맞았는지 모르겠어.'

'확실히 아즈윈은 굉장한 아이야. 로핀이 자신 있게 내기에서 이긴다고 말할 만도 해.'

'내기라니?'

'그냥 우리끼리 얘기야. 어쨌든 나는 네가 하얀 늑대들에게 뒤진다고 생각하지 않아.'

제이는 얼마 전 라이에게 검을 준 얘기도 했다.

'라이는 로일만큼 강한 레미프였어. 그 친구는 내가 아주 강하다고

말해 줬지. 어떤 방식으로 걔한테 인정받은 건지 모르겠어. 내 실력으로는 못 이기는데 말이야.'

'카셀과 함께 간 그 레미프……, 죽었다.'

아이린의 말에 제이는 깜짝 놀랐다.

'라, 라이가 주, 죽었다고? 라이가……? 카, 카셀은?'

'카셀은 확실하지 않지만 그 레미프가 죽은 건 거의 확실한 것 같다. 그리고 내 생각에는…… 로일과 라이 둘 다 동일한 사람에게 당한 것 같아.'

아이린은 긴 얘기를 해 주지 않았고 제이도 깊이 알고 싶지 않았다.

'그래, 그래. 네 고민이 어떤 건지 이제야 감이 잡히는구나. 나도, 퀘이언도, 예전에 그런 고민 많이 했어. 여전히 해답을 내지 못한 고민이기도 하고. 하지만 나는 라이가 네게 한 말을 어느 정도 이해할 수 있을 것 같다. 뭐라고 말해야 좋을까? 너, 울프 기사단 애들과의 대결에서 어느 정도지?'

'한 번 이기고 한 번 지는 정도?'

'그런 대답을 하는 시점에서 너는 라이의 말에 대한 해답을 얻을 기본이 안 되어 있는 거야.'

아이린은 수수께끼 같은 말을 하며 고개를 가로저었다.

'제이메르, 네가 내 제자냐고? 물론이야. 너는 내 제자다. 왜 그걸 물었을까? 그건 아마 내가 널 가르친 바가 적기 때문이겠지. 하지만 난 여전히 너에게 아무것도 가르쳐 줄 생각이 없다. 전에도 말했는지 모르지만, 너는 이미 완성되어 있거든.'

'다시 말해 이게 한계라는 뜻이야?'

'다시 말해 너는 벌써 나를 죽일 수 있을 정도로 강하다는 거야. 라이라는 녀석이 어느 정도 실력자든 너는 그 레미프를 죽일 수 있었을 거다. 그래서 라이가 너보고 강하다고 말한 거겠지.'

라이와 아이린이 번갈아 가며 수수께끼를 낸 게 아니었다. 둘은 같은 말을 하고 있었다. 아이린은 '이긴다.'고 말하지 않았다. '죽인다.'고 말했다. 제이는 라이를 이길 수 없었다. 그러나 죽일 수는 있었다…….

그런 생각을 하며 제이의 걸음은 점점 빨라졌다. 마침내 화살의 공격을 뚫고 도달한 모즈들이 방패를 세우고 있는 로크의 수비대를 향해 몸으로 부딪쳤다. 방패 뒤에 세우고 있는 창에 꿰인 모즈들도 수두룩했다. 그러나 녀석들은 자기 동료들이 창에 찔리든 말든 뒤에서 밀어붙였다.

그 밀려오는 무게를 감당하지 못하고 방패병들은 뒤로 물러났다. 몇몇 모즈들이 동료들의 시체를 밟고 뛰어올라 방패병들을 덮쳤다.

화살이 또 한 차례 쏟아져 뒤따라오는 모즈들을 무너트렸다. 그러나 몰려오는 기세는 조금도 늦춰지지 않았다.

제이는 그 난장판 속을 달려가며 오른손에 든 칼을 치켜세웠다. 머릿속으로 엄청난 간격들이 쏟아져 들어왔다. 모즈들이 보여주는 그 간격들을 모두 계산하며 싸우는 건 불가능했다. 제이는 이런 종류의 싸움을 루티아에서 한번 해 봤지만 여전히 익숙하지 않았다. 어떻게 싸워야 할지 막막했다. 그리고 두려웠다.

살아남지 못할 싸움에 달려드는 것 같았다. 자기 역시 이 전투에서 싸우다 죽어 갈 한 명의 병사에 불과하다는 것이 괴로웠다.

'죽은 녀석은 필요 없어!'

헤어질 때 했던 에위니의 목소리가 들리는 듯했다.

'나도 죽은 다음에는 너 필요 없어.'

제이는 말했다.

'살아남아라, 제이메르.'

아이린이 말했다.

'혼자, 답 찾아라. 그러면, 넌…… 나, 도, 이길 수 있다.'

라이가 말했다.

마침내 제이는 앞을 가로막는 방패병들까지 지나 벽을 이루고 돌격해 오는 모즈들을 향해 왼손에 들고 있는 도끼를 휘둘렀다. 한꺼번에 대여섯 마리의 모즈들이 도끼에 나가떨어졌다. 살짝 공간이 나는 순간을 놓치지 않고 제이는 오른손의 칼을 들어 사방에서 날아오는 창과 도끼를 막았다. 그리고 몸을 몇 바퀴 회전하며 칼과 도끼를 번갈아 가며 휘두르고 막았다.

칼을 휘두르며 한 걸음 나가고 도끼를 한번 휘두르며 한 걸음 나갔다. 그가 전진하는 방향으로 뜨거운 공기가 피를 머금고 주위로 터져 나갔다.

거센 회오리가 몰아치고 지나간 것처럼 모즈들의 동강 난 시체가 바닥에 줄을 지었고, 그 옆으로 팔을 잃거나 상처 입은 녀석들이 넘어지며 한 차례 긴 길을 만들어 냈다.

주위를 에워싼 수십 마리 모즈들의 간격이 머릿속으로 쏟아져 들어왔다. 그 간격 하나하나에 반응하며 가장 가까운 녀석부터 베어 버리고, 그다음 가까운 간격을 가진 녀석이 한 걸음 안으로 들어오기 전에 베었다. 그뿐이었다.

이건 전투가 아니었다. 이건 일대일 싸움도 아니었다.

'나는 사냥꾼이다. 그리고 모즈들은 내 사냥감이야.'

제이는 도끼를 크게 휘둘러 근처에 있던 모즈들의 머리를 한꺼번에 베었다. 키가 작아 목이 아닌 머리를 얻어맞은 녀석은 두개골이 깨져 날아가기도 하고 어떤 녀석은 어깨가 잘려나가기도 했다.

그는 사방으로 퍼지는 피를 피해 몸을 낮췄다. 초반에 피가 묻으면 나중에 옷이 굳는다. 움직이기가 힘들어지고 체력이 금방 고갈된다. 싸움은 이제 시작이다.

제이는 몸을 숙일 때 한 마리의 다리를 베고 일어나면서 다른 녀석의 턱을 올려쳤다. 모즈들에게 모습이 드러나는 순간은 극히 짧았다. 모즈들은 대부분 그가 거기 있었는지도 알아채지 못했다. 녀석들은 어디에서 칼이 날아오는지도 모르고 죽어 넘어갔다.

제이는 한 마리씩 죽여 나갔다. 제이의 간격 안에서 녀석들은 모두 한참이나 떨어져 있었다. 단지 숫자가 많을 뿐 예전에 하던 짓이나 다름없었다. 일순간이나마 제이의 주변에는, 서 있는 모즈가 남아 있지 않았다.

머리 위로 로크의 수비대 측에서 투석기로 발사한 불덩어리가 모즈들의 진영으로 떨어졌다. 북쪽에서 대기하고 있던 카모르트의 군대가 붉은 장미 깃발을 앞세우고 돌격해 왔다. 하지만 제이는 상관하지 않았다. 아군의 전략도, 적군의 전략도 의미가 없었다. 지금 제이의 머릿속에는 사냥감이 아닌 것과 사냥감의 구분 외에는 아무것도 없었다.

그러자 제이는 오히려 마음이 편해졌다. 계속 있을 곳이 어딘지 찾아 헤맸지만 못 찾는 게 당연했다. 어느 누구도 그가 싸우는 방식을 이해하지 못하니, 그가 있을 곳을 일러 주지 못한 게 당연했다.

'내가 있는 곳이 내가 있을 곳이었어.'

제이는 모즈의 피로 얼룩이 져 있는 도끼 안에, 본 적도 없는 게랄드가 있기라도 한 듯 말했다.

"어이, 게랄드. 네 실력이 어느 정도인지는 모르겠지만……."

다시 모즈들이 제이를 포위 공격해 왔다.

"네가 몇 마리를 죽일 수 있든, 내가 더 많이 죽여주지."

"지금 제이메르가 싸우고 있군요."

타냐가 말했다.

아이린은 한쪽 다리만 구부려 가슴으로 끌어안고 구부린 무릎에 얼굴을 대고 있었다.

"그런 게 보여?"

"또렷하게."

"죽지 않는 자들의 군주는?"

아이린은 절대 테일드라는 이름을 말하지 않았다.

"보입니다. 그자 역시 저를 보고 있습니다."

타냐는 거기까지 말하고 눈을 떴다.

"로크 존 안으로 상당히 접근했습니다. 이렇게 천천히 파고드니 밀어낼 수도, 막을 수도 없군요."

"완전히 들어오면 어떻게 되는 거지?"

"지금 로핀이 이끄는 저 전투에 상관없이 이 전쟁은 끝입니다."

두 개의 탑을 지키는 건 로크 존을 유지하기 위해서고, 로크 존은 결국 그자를 막기 위해 쳐 놓은 방벽이었다. 타냐는 그런 작은 것들은 설명하지 않았다. 아이린은 이미 잘 알고 있었다.

"결국 네가 막아 줄 수밖에 없다는 거구나."

"최선을 다하겠습니다만…… 우린 막는 것 외에는 아무것도 할 수 없는 건가요? 아이린은 한번 죽지 않는 자들의 군주와 싸워 본 적이 있다고 했죠? 론타몬에서."

"있지."

"그때도 이런 암울한 전투였습니까?"

"이런 규모의 전투는 아니었지만 비슷했어. 테일드, 메이루밀, 로핀, 그리고 나. 모두 그자를 죽일 수 없다는 건 잘 알고 있었어. 어떤 살아 있는 존재도 그를 죽일 수 없고, 모든 죽어 있는 존재는 그의 명령을 듣지. 녀석이 스스로에게 축복처럼 걸고 있는 저주야."

"베나 에사르크의 힘으로도 그 저주를 소멸시킬 수 없습니까?"

"녀석의 힘을 한순간 없애버릴 수는 있을 거야. 그럼 우리 늙어 죽을 때까지는 다시 녀석을 안 봐도 된달까?"

"우리는 그자를 잠시 멈추게 할 수밖에 없는 거군요."

"그래. 그자는 나중에 다시 큰 힘을 얻어 나타나겠지. 따지고 보면 우리는 책임을 후세로 떠넘기려고 이 짓을 하는 거야. 10년 전의 테일드도 그를 죽일 수 있는 방법은 없다고 단언했어. 새나디엘 폐하도 그 방법을 알고 계신다면 진작 너나 내게 말씀해 주셨겠지. 여신을 만나 뵈었다며? 그분은 알고 계시든?"

타냐는 고개를 저었다.

"우리에게는 선택권이 없어."

아이린은 힘없이 미소 지으며 말을 이었다.

"제이메르는 잘 싸우고 있니?"

"그렇게까지 자세히는 보이지 않습니다. 살아 있다는 것만 알 수 있어요."

"그 정도면 충분해."

타냐는 아이린의 눈을 바라보다가 말했다.

"당신의 제자에 대해 제가 왈가왈부하는 건 옳지 않으나……."

"말해. 듣고 싶어."

"제이메르는 우리보다 적의 편에 섰을 인물이었습니다. 이건 운이나 아란티아의 축복, 그런 걸로는 설명할 수 없습니다. 그는 누구의 운명에도 걸려 있지 않은 존재였어요. 라이가 말했습니다. 그는 자기 기더에 존재할 수 없다고. 저 역시 그를 대하며 묘한 이질감을 느꼈습니다. 그는 여기에 있을 사람이 아니었습니다."

"그럼?"

"다른 곳에 속해 있어야 할 존재가 강제로 끌려온 거죠. 적에게 가 있었거나, 아니면 다른 곳의 중요한 인물이 되었거나."

"뭘…… 말하는지 알겠구나. 그래."

아이린은 제자를 빼앗긴 기분이 들어 씁쓸히 말했다.

"이 전투가 승리로 끝난다 해도 제이메르는 아이린을 떠날 거예요."

"나도 그렇게 생각해."

타냐는 아이린의 얼굴에 다시 미소가 돌아온 것을 보고 기뻤다.

"그런 일이 벌어져도 제이메르는 내 제자야. 그리고 지금은 그 아이의 현재 모습을 지켜봐 주는 것에 충실해야지."

"두렵습니까? 제자가 너무 중요한 위치에 서게 될 것이?"

"서게 될 게 아니라, 이미 선 거야. 로핀도 제이메르를 보자마자 왜
이 녀석이 아군이 된 거냐는 생각이 들었대. 어쩌면 우리의 목숨은 제
이메르가 쥐고 있을지도 모른다면서……, 그래서 무섭다는 말까지 하
더라. 맞아, 나도 무서워. 제이메르까지 우리 편에 떨어졌는데도 우리
가 이 전투에 패배한다면 인간은 살아남을 기회조차 잃는 거야."

정신없이 칼을 휘두르다 보니 어느 순간 주위에서 검의 간격이 멀어
졌다. 옅게 느껴지는 검의 간격은 자신을 향하고 있는 게 아니었다. 어
느 순간부터 꽤 많은 병사들이 자신의 주위에서 싸우고 있었다.

'어쩐지 싸우기가 편하더라니.'

모즈들은 여전히 격렬하게 인간의 군대를 몰아치고 있었다. 북쪽 지
역에서는 카모르트의 군대가 모즈들과 전투를 벌이고 있었다. 수십 개
의 횃불이 어지럽게 앞과 뒤로 이동하길 반복했다. 남쪽에서는 로크의
군대가 싸우고 있었고 오히려 모즈들을 압도했다. 정체 모를 괴물들을
맞아 처음 싸우는 것치고는 대단한 선전이 아닐 수 없었다.

그런 혼잡한 전투 중에 제이의 근처에는 잠시 공백이 생겼다. 제이
는 짧은 휴식을 취하며 하늘을 올려다보았다. 맑은 하늘에 물이 흐르듯
별들이 수놓아져 있었다. 차가운 공기가 머리 위로 스쳐 갔다.

"이봐, 이름이 뭔가?"

수염이 뺨과 귀밑을 덮고 있는 남자가 숨을 가쁘게 몰아쉬며 물었다.

"제이메르."

"난 바르탄 지방에서 온 하날로스다. 나도 그곳에서는 꽤 하는 편인데 자네는 못 당하겠군."

옆에서 다른 기사가 투구를 벗으며 그 말을 받았다. 긴 곱슬머리가 땀 때문에 뺨에 달라붙어 있는 남자였다.

"뒷모습이 의지가 되더군. 앞에서 싸워 주니 편하기도 했고……. 내 이름은 욤이다. 카모르트 군대 소속인데 정신없이 싸우다 보니 이쪽에 합류하게 되었군."

꽤 직책이 높은 모양인지 그를 따라온 부하들도 여럿 되었다.

"난 코펜. 용병이지만 얼마 전에 로크 기병대에 정식으로 들어갔지. 말이 죽어 버리는 바람에 바닥에서 싸우다가 여기에 끼게 되었군."

"갤린노르. 남쪽에서 왔다. 드래곤 기사단에 들고 싶어서 노력했지만, 아버지가 귀족이 아닌 약초꾼이라 직책은 없다."

"전 코넬리우스라고 합니다. 실전 검술에 대해서는 자부하고 있었는데 여러분들 앞에서는 그런 걸 논할 처지가 못 되는군요."

나이 어린 남자가 멋쩍은 미소를 지으며 말했다. 그러나 쥐고 있는 칼에 묻은 피나 얼굴에 입은 상처를 보니 적지 않은 모즈들을 해치운 것임에 분명했다. 모즈 한 마리가 병사 대여섯 명을 저승길로 동행할 만큼 무지막지한 놈들이라는 점을 감안하면 제이 옆에 살아남아 있는 병사들은 모두 상당한 실력자들인 셈이었다.

그들 중 한 명은 여자였다. 투구를 쓰고 있었으나 제이는 알았다. 그녀는 머뭇거리다가 제이의 시선을 보고 투구를 벗었다. 짧다 못해 거의 대머리에 가까운 머리였다.

"나, 난…… 지방 용병대에서 정규군으로 편입된 메이트니다."

그걸로 끝날 줄 알았던 그녀가 대뜸 뒷말을 이었다.

"하, 함께 싸우게 되어 영광이다, 제이메르."

하날로스가 물었다.

"제이메르, 자네는 어디에서 왔나? 이름을 보니 가넬로크 출신 같은데……."

"사냥꾼이다. 고향 같은 건 없다. 상관있나?"

제이는 차가운 눈동자로 되물었다.

"물론 없지. 애초에 이런 자리에서 이름인들 필요한가?"

그들은 허허 웃으며 동의했다. 메이트니라는 여자가 자기소개할 때 모두가 보인 눈빛만 봐도 알 수 있었다. 그들은 나이도, 지역도, 성별도 뛰어넘어 오직 검술 하나만 믿고 지금까지 살아왔으며, 이 전투에서도 서로의 실력에 이끌려 모인 사람들이었다.

"그저 누군가는 여기서 싸운 우리를 기억해 주길 바라는 거지."

하날로스의 말에 다들 쓸쓸한 미소로 고개를 끄덕였다. 그러나 제이는 비웃었다.

"누가 이런 곳에서 들은 이름을 기억하냐?"

제이는 다시 하늘을 보았고, 다음에는 조금도 숫자가 줄지 않은 모즈들을 보았고, 그 너머에서 겨우 윤곽만 보이는 검은 드래곤을 보았다. 지쳤으나 머릿속은 밤하늘처럼 맑았다.

"너희들끼리나 옆 사람 이름 외워라. 난 벌써 잊어버렸으니까."

흩어진 모즈들의 군대가 다시 전열을 가다듬었다. 효율적이지 못한 돌진으로 인해 많은 모즈들이 별 이득 없이 죽었다. 심지어 피를 보고 자제력을 잃은 나머지 자기들끼리 물어뜯기도 했다. 하지만 이제 누군가 그들을 다시 지휘해 격전지로 내보내고 있었다.

당연히 전열을 갖춘 모즈들의 군대가 첫 번째로 노리는 곳은 전장의 빈자리였고 그곳은 제이가 있는 곳이었다. 제이는 다가오는 모즈들의 무리를 바라보며 자기 뒤에서 이름을 밝힌 녀석들이 다 물러섰을 거라고 생각했다.

'이런 정떨어지는 말을 하는 놈 옆에서 싸우고 싶은 마음 안 들겠지.'

속으로만 하고 있던 생각이 작은 목소리로 튀어나왔다.

"이름이 필요한 건 살아남았을 경우다. 죽은 놈 이름 따위는 필요 없어."

몰려오는 모즈들의 간격이 다시 열 걸음 안으로 좁혀져 왔다. 또 혼자 싸워야 할 순간이었다. 그때 물러나 버린 줄 알았던 하날로스가 제이의 뒤에 서서 말했다.

"앞장서라, 대장. 뒤를 따르겠다."

"대장?"

제이는 어색한 호칭에 돌아보았다.

"내 쪽 지휘관은 벌써 죽어 버렸거든."

하날로스는 허허 웃었다.

"뒤를 따르겠다."

다른 병사도 말했다.

"나도 뒤를 따르겠다, 제이메르."

같은 말이 여러 차례 반복되어 나왔다. 제이메르는 거기에 아무 반응도 보이지 않았다. 근사하게 말할 자신도 없었고 뒤에서 그들이 따라오길 바라는 것도 아니었다. 그러니 침묵했다.

제이와 그의 뒤에 있는 병사들은 몰려오는 모즈들의 군대를 보고 물러나지 않았다.

"가넬이시여."

브란더는 드래곤 앞에 무릎 꿇고 말했다.

가넬은 천천히 고개를 숙여 브란더의 얼굴 바로 앞으로 머리를 가져갔다.

"듣고 있다, 아이야."

"우리는 수백 년 동안 오직 당신이 내린 규칙으로 살아왔으며, 드래곤의 이름으로 모든 일을 행하며 지켰습니다. 그러나 저는 그 방식에 의문이 있습니다."

브란더의 목소리에 다른 기사들이 놀라 다가왔다. 드래곤 기사단에는 불문율이 하나 있었다. 드래곤에게는 사적으로 말을 걸지 말 것. 오직 공적인 업무와 공익에 관련된 얘기만 할 것. 십 년 전 네 마리 드래곤들을 상대로도 그랬다. 그러니 네 마리 드래곤보다 더 큰 존재인 가넬에게 말을 거는 건 큰 죄악처럼 비춰졌다.

"어째서 우리 기사단은 능력보다 핏줄을 우선하여 기사들을 뽑아야 하는 것이며, 사람 그 자체보다 그의 과거를 보아야 하는 것입니까? 이것이 진정 가넬께서 바라신 당신 자식들의 모습입니까?"

"무례하다, 브란더! 지금 누구 앞에서 그런 망발이냐?"

루시우스가 달려와 가넬 앞에서 무릎 꿇어 인사한 후 브란더를 잡아 끌었다.

"놓아라. 나는 아직 대답을 듣지 못했다."

브란더는 저항했고 루시우스는 힘으로 그를 끌어당겼다.

"네가 지금 누굴 염두에 두고 그런 말을 하는지 안다. 그러나 시기가 그렇지 못하며 절차 역시 이러해선 안 된다."

"나는 지금 의회에 청원하는 것이 아니며 공식적인 기사단의 의견을 여쭙는 것도 아니다. 내 사적인 의문이다. 그러니 형식에 따르지 않겠다."

브란더는 갑옷의 가슴 부위에 그려진 드래곤의 문장을 주먹으로 치며 말을 이었다.

"이 문장을 따내기 위해 우리가 얼마나 많은 땀과 눈물을 흘렸는지 기억해 봐라. 그것이 무엇을 위해서였나? 로크를 지키기 위해서다. 우리가 입에 발린 소리로 떠들었던 드래곤의 명예 때문이 아니다. 나의 가족, 나의 사랑, 나의 친구들을 위해서다."

브란더는 눈물을 글썽이며, 다시 가넬을 향해 소리쳤다.

"저기 우리 기사단의 규칙으로 쫓아낸 한 남자가 싸우고 있습니다. 로크에 아무것도 지킬 게 없는 그가 피 흘리며 싸우고 있는데, 어째서 그가 당신과 함께 싸울 자격이 없단 말입니까?"

가넬은 지그시 뜬 눈을 몇 번 깜빡이며 브란더와 시선을 맞추었다. 브란더는 다시 한번 소리쳤다.

"대답해 주십시오, 가넬!"

"재미있는 질문을 하는구나, 기사 브란더."

가넬은 수수께끼 같은 말을 했다가 도리어 브란더에 대해 물었다.

"내가 먼저 묻겠다. 너는 어떻게 드래곤의 기사가 되었느냐?"

"아버지 쪽은 집안 대대로 행정관을 지내셨고 어머니 역시 귀족이셨습니다."

"네 아버지의 아버지 역시 귀족이었느냐?"

"그렇습니다."

"그럼 그 위는 어떠했느냐? 아버지의 아버지, 그 아버지의 할아버지도 귀족이었느냐?"

"그건……."

"어떤 가문도 최초로 돌아가면 귀족이 아니다. 아직 귀족이 아니었던 네 핏줄의 누군가가 귀족이 되면서 너도 귀족이 되었을 것이다. 그럼 그때 그 사람이 귀족이 되지 않았다면 너는 어찌 되었을까? 아니, 그전에 네 어머니와 네 아버지가 만나지 않았다면 네가 태어날 수 있었겠느냐? 네가 여기 있는 건 누구의 의지냐? 네 아버지냐, 네 아버지의 아버지냐, 아니면 처음 귀족이 된 네 선조냐?"

브란더는 가넬이 뭘 의도하고 이런 질문을 하는 건지 파악하지 못해 대답을 못했다.

"저기 싸우는 저 아이는 어째서 저기 있느냐? 어째서…… 너의 옆에 있지 못하고 저기에 있느냐? 레미프들은 이런 걸 기더라 부르지. 처음, 아주 작은 것이 바뀌었다면 저 아이는 저기에 있지 않았을 터! 어쩌면 모즈들을 이끄는 지휘관으로 너와 싸웠을지도 모르는 그런 아이다! 그런데 왜 인간의 편에서 싸우는 것이냐?"

가넬은 머리를 원래의 높은 위치로 되돌리며 말했다.

"우선 저 아이의 이름을 알고 싶구나, 브란더."

브란더는 떨리는 목소리로 대답했다.

"제이메르. 아나샤와 티온의 아들, 제이메르입니다."

"여보, 제이메르 결혼식에 초대할 마을 사람 명단이 이게 뭐예요?"

아나샤는 설거지 하고 물이 뚝뚝 떨어지는 손을 앞치마에 닦으며 물었다. 제이는 칼을 손질하며 어머니의 눈치를 보다가 파이프 담배를 물고 있는 티온에게 시선을 돌렸다. 티온은 이해를 못 하는 척하며 물었다.

"응? 뭐가?"

"마을 사람들 전부 다잖아요! 우리 형편에 그게 가능할 것 같아요?"

티온은 입맛을 다시며 대꾸했다.

"제이메르가 번 돈도 있고……."

"어이쿠, 자랑스러우셔라. 그래서 아들의 신혼살림 차릴 집 장만 비용을 털어 결혼식 치르고? 그 다음엔? 며느리랑 같이 아들 옆에 끼고 사시게? 대단한 부정이시구랴."

"그렇게 말할 것까지는 없잖아."

티온은 눈살을 찌푸리다가 헛기침을 하며 제이에게 말했다.

"아들아, 혹시 방금 뜬금없이 급한 볼일이 생기지 않았느냐?"

"급한 일 없는데요."

제이가 대답했다.

"그럼 에위니나 보러 갔다 오려무나."

"한 시간 전에 집까지 데려다주고 왔는데 또 무슨……."

"그냥 가!"

제이는 하는 수 없이 손질한 칼을 내려놓고 방을 나서야 했다. 문을 닫자마자 전투에 가까운 부부싸움이 시작되었다. 어차피 또 어머니가 이기겠지만.

제이는 터덜터덜 또 에위니의 집으로 갔다. 하지만 그는 에위니를, 그녀의 집으로 가는 길목에서 만났다.

"어디 가냐?"

"제이메르 네 집."

"왜?"

"집에서 고기 좀 갖다 드리라기에…… 너는?"

"아버지 명령으로 너 보러 간다."

"명령?"

둘은 나란히 다리 난간에 기대고 서서 흐르는 개울을 내려다보았다.

"너랑 결혼이라니 진짜 실감 안 난다. 이제 너랑 같이 자고 같이 먹고 아기도 낳고 그러는 거야?"

"싫음 마라."

"……분위기라고는 없는 자식."

물소리는 맑았고 어디선가 식사를 준비하는 맛있는 냄새가 났다.

에위니는 눈을 깜빡이며 먼 곳에 시선을 두는 제이에게 물었다.

"제이, 너 정말 이 생활 만족해?"

"왜 갑자기 물어?"

"드래곤 기사단에 들어갈 수 있었다며? 거기에 들어가면…… 편할 거 아니야?"

"어머니께서 아버지더러 도로 거기 들어가라고 성화이긴 하지. 기사단을 그만둬 버리는 바람에 살림이 빠듯해졌으니까."

"어머니 집 부자 아니야?"

"자존심만 살아서 외할아버지 신세는 절대 안 지시겠대."

"그러니까 너라도 벌어야지."

"너 지금 기사 남편 얻으려는 거냐?"

"나쁘지 않지만, 후후후, 네가 드래곤의 기사가 되면 나 같은 촌년이 눈에 들어오기나 할까나?"

제이는 개울물에 침을 탁 뱉었다.

"같아."

"뭐가?"

"난 항상 같은 걸 택했을 거다. 너를 택했을 것이고, 같은 생활을 택했을 거야……."

에위니는 웃으며 제이의 팔을 붙들었다.

"제이가 그런 말을 하다니 놀랍네. 그럼 내가 혼자 되게 두지 마."

"그래."

"절대로."

"알았어."

"그리고 죽지도 마."

"갑자기 그게 무슨 소리야?"

"죽지 마, 제이메르."

에위니는 울고 있었다.

"죽으면 안 돼. 내가 마지막으로 했던 말 잊으면 안 돼. 죽지 마, 제이메르. 꼭 살아서 돌아와."

또 한 번 전투에 공백이 생겼다. 제이는 다시 얼굴을 들어 멀리 시선을 두었다. 밤하늘의 별이 눈이 부실 정도로 밝게 느껴졌다. 제이는 언제부터인지 모르게 눈물을 흘리고 있었다.

그런 삶을 원했다. 미치도록 외로운 사냥꾼 생활을 하던 어느 날, 멍청하게도 자신의 과거를 수정해서 만들어 본 삶은 매번 그런 식이었다.

평범하고……

바보 같고……

지루한 생활의 반복.

제이는 비틀거리며 자리에서 일어났다. 마지막으로 해치운 모즈가 바닥에서 꿈틀댔다. 제이는 도끼로 놈의 척추를 내리찍었다. 놈은 물밖에 나온 물고기처럼 퍼덕거리다가 죽었다.

제이는 배를 한번 손으로 짚었다가 허벅지 쪽으로 손을 가져갔다. 양쪽 다 손으로 틀어막아 출혈을 멈출 상처가 아니었다.

'모즈 독이 퍼지려면 어느 정도 시간이 걸리는 거더라? 오늘 밤 안에 당장 영향을 주는 건 아니겠지?'

아까 같이 싸우던 녀석들은 거의 보이지 않았다. 다른 병사들 몇 명이 제이의 옆에 남아 있긴 했지만 모두 모르는 얼굴이었다. 제이는 모즈들의 시체 옆에 파묻힌 낯익은 얼굴을 발견했다.

하날로스였다.

머리카락 없는 여검사 메이트니는 제이의 허벅지를 물어뜯는 모즈를 죽이고 자신은 창에 찔려 죽었다.

욤은 제이의 바로 옆에서 모즈의 철퇴에 맞아 머리가 깨져 죽었다. 제이의 어깨를 적신 피는 모즈의 피가 아니라 그의 피였다.

'이름이 다 기억나네? 내가 이렇게 기억력이 좋았나?'

제이는 힘없이 웃었다.

"수고했다, 하날로스."

제이는 죽은 하날로스의 어깨를 두들기고 다시 일어났다.

"고맙다, 메이트니. 잘 싸웠어, 욤. 내가 봤다."

제이는 주변을 두리번거렸다.

"갤린노르, 코펜, 코넬리우스. 너희들은 어디 있는지 모르겠다. 하지만 잘 싸웠을 거라 믿는다."

모즈들의 첫 번째 대군의 힘은 거의 대부분 꺾였다. 기적이었다. 모두들 그렇게 생각하고 있었다.

절대 해치울 수 없을 거라 믿었던 그 군대가 물러났다. 제이의 근처에 와 있던 캡틴 하로우가 뒤늦게 승리의 함성을 유도하려 했다. 그러나 그는 반쯤 올린 팔을 내렸다.

모즈들의 두 번째 대군이 다가오기 시작했다. 첫 번째와 똑같은 규모였다.

"참아라, 아즈원."

아즈원은 아무 질문도 하지 않았지만 로핀은 대꾸하는 것처럼 말했다. 뒤에 있는 기병대의 리더도 초조한 얼굴로 로핀의 명령을 기다리고 있었다.

인간의 군대와 모즈의 군대는 아직도 뒤엉켜 기나긴 전투를 벌이고 있었다. 자정을 넘어 새벽을 향해 가는 어둠 속에서, 불붙은 돌무더기가 밤하늘을 가로지르고 불화살이 인간의 진영에서 모즈의 진영으로 날아갔다. 모즈들은 활을 쓰지 못했으나 워낙 숫자가 많아 그런 원거리 공격이 별 타격을 주지 못하고 있었다.

밤을 버티는 전투는 절망적으로 진행되었다. 그러나 로크의 군대는 버텨 냈다. 그들은 작은 환호를 지르기까지 했다. 그러나 병사들은 그 자잘한 기쁨마저 못다 지르고 입을 다물어야 했다. 첫 번째 군대와 비슷한 규모의 군대가 또 진군해 오고 있었다.

그제야 병사들은 자기들이 상대하는 적군의 규모를 실감했다. 저 또 다른 군대를 끝내면 그 다음에는 또 무엇이 있는가? 싸울 의욕이 꺾이고 병사들의 사기는 급격히 떨어졌다.

'사기 하나 떨어트리려고 삼만의 대군을 버릴 정도로 너희들의 군대가 많은 거냐? 처음부터 육만 마리로 몰아쳐 왔으면, 그래도 해가 뜰 때까지 버티는 싸움을 이어 갈 수 있었는데……'

로핀은 알면서도 거기에 대처할 수가 없었다. 그런 망설임은 아즈원을 동요시켰다.

"왜요? 왜 참아야 해요?"

"아직 우리가 움직일 수는 없다. 지금 드래곤 기사단을 움직여선 안 돼."

"저 군대가 몰려오면 끝나는 건 우리예요."

"아즈윈, 아직 모르겠니? 왜 저 엄청난 대군이 단지 크나딜 하나가 지키고 있는 분노의 탑으로 가지 않고, 일만 넘는 군대가 버티고 있는 축복의 탑으로 왔겠니? 저들이……, 아니 빅터가 염두에 두는 건 인간의 군대가 아니라 가넬과 셀바이크, 이 두 마리 드래곤이다."

로핀은 먼 곳에 시선을 두었다. 아즈윈도 그 시선을 좇았다.

"빅터의 목소리가 들리지 않느냐? 모즈 삼만 마리를 던져 줄 테니 드래곤 둘을 다오……. 그게 녀석의 시나리오다. 내가 거기에 응할 수는 없지."

"참을성의 싸움이라는 건가요? 하지만, 로핀. 제이메르를 봐요. 내가 한 수 가르치겠답시고 도끼 하나 던져 준 저 녀석이 대열의 제일 앞에서 혼자 싸우고 있어요. 저 녀석이 선 자리에 모즈들의 시체가 가장 많고, 저 녀석이 지키는 후방의 군대가 제일 많이 살아남았어요."

"알아. 나도 아까부터 거기만 보고 있다."

르고가 만든 무기는 어둠 속에서 특이한 빛을 냈다. 그래서 로핀과 아즈윈은 엉망으로 뒤엉킨 전쟁터의 한가운데에서도 그 빛을 찾아낼 수 있었다.

"저 녀석, 지금 팔도 안 올라갈 거예요. 게리의 도끼는 그렇게 가벼운 게 아니니까."

"그건 저 녀석이 더 잘 알 거다. 잘 제어하겠지."

"제가 저 녀석 자리로 가겠어요!"

"아즈윈, 몇 번 말해야 듣겠니? 네 자리는 여기다. 움직이지 마라."

"어떻게 저걸 보고 참을 수가 있어요? 로핀, 이제 늙어 버린 거예

242

요? 제가 느끼는 이 감정을 못 느끼고 있어요?"

아즈윈은 주위 시선은 아랑곳 않고 목소리를 높였다. 로핀은 그런 아즈윈의 멱살을 잡아 거칠게 당겼다.

"내가 왜 퀘이언에게 캡틴 자리를 양보한 줄 아나? 난 냉정을 유지하고 있는 것 따위는 질색이거든. 만약……, 만약 캡틴 데라둘만 살아 있다면 냉정을 유지해야 하는 이따위 지휘관 자리는 그 늙은이에게 던져 주고, 지금 제이메르가 서 있는 저 자리에는 내가 있었을 것이다."

로핀은 아즈윈의 멱살을 놔주었다. 그녀는 목을 쓰다듬으며 약간 기죽은 목소리로 말했다.

"하지만, 이대로 가면 저 녀석……."

"말하지 마라. 아무것도! 그냥 버텨라. 이건 참을성의 싸움이다."

캡틴 하로우는 후퇴 명령을 내렸다. 그나마 버릇처럼 몸에 밴 군기가 아니었다면 등을 보이고 달아났을 정도로 병사들의 사기는 바닥까지 떨어져 있었다. 하로우도 마침내 말 머리를 돌렸으나, 한 명이 그의 명령을 따르지 않고 그 자리에 남아있었다.

제이메르였다.

"후퇴하시오."

하로우가 부탁 비슷하게 명령했다.

"난 됐어."

"됐다…… 니?"

"여기가 경계야."

고개 숙인 제이는 자기에게만 보이는 선을 칼로 그리며 말을 이었다.

"여길 빼앗기면…… 다시는 회복하지 못할 거다."

"뭘 회복하지 못한다는 거요?"

"한번 여길 내주면 다시는 여길 밟지 못해. 하지만 나 혼자라도 여기서 있으면……, 너희들이 나중에 다시 밟을 수 있어. 그러니까, 뭐라고 설명해야 할지 잘 모르겠지만, 이 선은…… 군대의 간격이다."

하로우는 제이의 말을 잘 알아들을 수 없었다. 하지만 요점은 이해했다.

"당신 혼자 거길 지키겠다는 거요?"

"이제 말 시키지 마. 집중력 떨어진다."

하로우는 할 말이 없어 그대로 말고삐를 잡은 채 멈췄다. 적의 군대가 개미 떼처럼 몰려오는데도 꼼짝 않고 있는 그의 모습은 미쳤다고밖에 보이지 않았다. 하지만 하로우는 도저히 그를 버려두고 말 머리를 돌릴 수 없었다.

"제기랄, 내가 대체 왜……?"

하로우는 거의 우는 소리를 내며 칼을 뽑더니 제이의 옆에 섰다. 제이는 그를 힐끗 돌아보았다가 말했다.

"같이 싸울 거면 말에서 내려라. 모즈들에게는 오히려 좋은 표적이 된다."

하로우는 시키는 대로 말에서 내리고 말은 아군 쪽으로 보냈다. 모즈 군대의 선두는 이제 오십 걸음도 남지 않았다. 하로우는 마른침을 삼키며 떨리는 목소리로 말했다.

"맙소사, 내가 미쳤지. 이제야 높은 자리 얻어서 살림 좀 펴나 싶었는데 이런 곳에서 당신 같은 사람한테 이끌려 미친 짓을 하게 되다니……. 당신 옆에 선다고 사는 것도 아닌데!"

"싫으면 가."

"아니, 나는 겁쟁이긴 해도 바보는 아니오. 당신이 그은 선, 거길 모즈들이 넘어오면 우린 지는 거요. 맞소. 나도 여기서 등을 돌리면 우리가 패한다는 걸 알면서도 그런 명령을 내렸소. 그러니 책임을 져야지. 우리 두 사람이 그런 걸 할 수 있을 리는 없……, 어?"

하로우 옆에는 다른 병사들도 몇 명 서 있었다. 그의 뒤로 다른 병사들도 있었다. 모두 온 건 아니었으나, 꽤 많은 병사들이 목숨 내놓겠다고 제이 옆에 있는 걸 택했다.

"어이, 다들 들어라. 너희들은 너희들의 무덤을 스스로 찾아왔다. 하지만 난 그런 거 책임질 줄 몰라."

모즈의 군대는 이제 스무 걸음 앞까지 와 있었다. 그들의 호흡까지 느껴지는 듯했다. 제이는 크지 않은 목소리로 주위의 병사들에게 말했다.

"대신 난 그 무덤 옆에서 절대 후퇴하지 않겠다. 반드시 살아남아 너희들과 같이 싸울 거다. 그리고 너희들 모두의 이름을 기억하겠다."

제이의 목소리가 점점 커졌다. 병사들은 몰려오는 괴물이 아닌 그를 바라보고 있었다.

"너희도 살아남아 내 이름을 기억해라. 난 제이메르다."

폭풍우 속의 성난 파도처럼 모즈들이 몰려왔다. 제이메르는 제일 먼저 그 모즈들의 중심으로 달려갔다. 그 뒤를 하로우와 병사들이 따랐다. 그리고 어느새 더 많은 병사들이 그 뒤를 따라 죽음을 향해 달려갔다.

제이메르의 이름으로

245

"제이메르!"

병사들은 제이의 명령을 듣지 않았다. 그들은 자신의 이름을 외치지 않았다. 그들은 이 전투가 시작되기 전에는 들어 본 적도 없는 사람의 이름을 가넬로크의 이름 대신 외치고 있었다.

"제이메르!"

"왜 뚫리지 않는가, 빅터?"

어둠을 응시하는 노란 눈동자에서 빛이 났다. 검은 드래곤의 비늘이 달빛에 반사되어 보석처럼 반짝였다. 빅터는 구아닐의 시선을 똑바로 바라보기가 힘들었다. 구아닐은 계속 성장하고 있었다. 단순히 덩치만 커진 게 아니었다.

이제 빅터는 슬슬 이 드래곤을 감당하기가 힘들었다. 옆에서 지팡이를 바닥에 짚은 러스킨도 구아닐의 분노에서 고개를 돌리고 있었다.

"참으시오, 구아닐. 우리가 나설 자리가 아니오."

빅터가 말했다.

"너의 지휘력에 실망했다, 빅터. 이 정도로 압도적인 군대를 가지고서 이렇게 쩔쩔매다니! 주인님도 실망하실 거다!"

"모즈들 따위 다 버려도 좋소. 이쪽에 당신이 살아남고 저 탑이 무너지면 우리가 이기는 거요."

"그걸로 이 밤을 모두 보내려고?"

"당신의 몸이 점점 무거워지는 건 그만큼 행동도 자제하라는 뜻으로 아셔야 할 거요. 가넬 하나라면 모르되, 둘이나 상대할 수 있다 생각하시오?"

"셀바이크를 말하나? 저 꼬마 드래곤 한 마리 추가되었다고 뭐가 달라지나? 나를 가장 앞에 내세워라. 지금이라도 내가 움직이면 이딴 싸움은 단번에 끝날 것이다."

"내가 말하는 둘이란 가넬과 셀바이크가 아니라, 가넬과 로핀이오! 로핀이 가지고 있는 검을 잊었소?"

"칼 따위 지금의 내 몸에는 통하지 않……."

구아닐은 말을 멈추고 뺨에 손을 댔다. 목덜미와 뺨에 난 비늘 벗겨진 상처는 시간이 지나도 회복이 되지 않았다. 러스킨도 마법 검에 당한 상처라 회복시키지 못했다. 구아닐은 자기를 공격했던 레미프에게 저주를 퍼부었다.

"가넬은 오직 당신 하나를 죽이기 위해 그 칼을 만들었고 칼의 주인으로 로핀을 택했소. 내 생각에 그 선택 하나만 봐도 가넬은 당신을 견제하는 드래곤으로 충분하오."

"그만하라, 빅터! 너의 오만이 이미 도를 넘었다."

"그렇게 내 명령에 따르기 싫다면 잠깐 로크 남쪽 성문에 다녀오시오. 그분이 허락하시면 그다음 돌아와서 나를 짓밟고 당신 맘대로 하시오."

구아닐은 으르렁거렸다. 그러나 빅터에게 분노를 터트리지는 않았다. 빅터는 그가 스스로 화를 가라앉히기를 기다려 말했다.

"가넬을 죽일 수 있는 건 당신뿐이오. 로핀도 그걸 알기 때문에 아군이 저렇게 불리한데도 나타나지 않는 거요. 시간은 우리 편이니, 기다리시오. 녀석이 먼저 움직일 때까지."

빅터도 의외가 아닐 수 없었다. 이쯤 되면 최소한 드래곤 기사단이 나와야 했다. 가넬까지는 아니더라도 셀바이크는 싸움판으로 나올 줄 알았다.

'뭔가 틀어졌어. 어디서부터 틀어진 걸까?'

거슬러 올라가면 완전히 무너져 회복하지 못할 타격을 입거나, 마법사들 전원이 전멸했어야 하는 루티아가 살아남은 것부터 시작이었다. 거기에 예상치 못한 힘이 하나 버티고 있었다.

네이슨은 원래 드래곤 사냥을 위해 키운 기사가 아니라 이 전투에서 써먹으려고 아껴 둔 보석이었다. 그 보석을 잃은 것에도 예상치 못한 존재가 있었다. 바로 하얀 늑대들이었다.

'내 팔을 벤 것도 하얀 늑대였지.'

빅터는 전장의 한 부분을 주시했다. 아까부터 미묘하게 전투의 균형을 맞추고 있는 장소였다.

'이번에도 하얀 늑대냐? 누가 저 경계를 지키고 있는 거냐?'

"대답하노라, 브란더."

가넬이 멀리 벌어지는 전투를 바라보며 말했다. 브란더나 다른 기사들도 또다시 시작된 인간과 모즈들의 전투를 안타깝게 지켜보던 차였다.

"핏줄과 가문, 실력과 인성, 순결과 정직. 이 모든 것은 너희들이 스스로 만든 규칙이다. 내가 만든 규칙이 아니다."

모즈의 피도, 인간의 피도 흑백으로 보이는 어둠 속에서 유달리 빛을 내는 금속 한 조각에 가넬의 눈동자가 흔들리고 있었다.

"천 년 전 옐로우 게이트 전투에서 쓰러진 나를 향해 달려드는 죽음에서 되살아난 군대가 있었다. 나디엘의 울프들도, 크나딜의 드래곤들도 두려워하는 카─구아닐의 수하들이었지. 그들을 향해 망설임 없이 진군했던 건 아로크의 기사들이었다. 그리고 그들에게 나의 이름을 허락하고 나의 기사단이 되는 단 하나의 조건을 내세웠다. 그것은 용기다."

가넬은 가늘게 뜬 눈으로 말했다.

"곧 동이 터 올 것이다. 나의 시간이 시작된다."

브란더는 굳게 다문 입술을 열어 동료들에게 외쳤다.

"로크의 기사들이 싸울 차례다, 형제들."

그 말은 루시우스가 받았다.

"전원 전투 준비."

모든 기사들이 같은 말을 외쳤다.

"전원 전투 준비!"

제이메르는 어느 순간 모든 것이 희미하게 보였다. 자신의 호흡과 모즈들의 호흡도 점차 희미하게 들리다가 마침내 아무것도 들리지 않았다. 그러나 검의 간격은 싸움이 진행될수록 또렷하게 보였다.

이제 한 걸음도 반걸음도 아닌, 반의반 걸음 이하까지 세밀하게 보였다. 놀랍게도 그 반의반 걸음의 간격을 가지고 사방에서 공격하는 모즈들의 공격에, 제이는 일일이 반응할 수가 있었다. 도끼는 동일한 간격으로 들어오는 모즈들을 한꺼번에 쳐 내는 데 쓰였다. 그 외에는 가급적 쓰지 않는 편이 좋았다. 이미 팔이 잘 안 움직였다. 모즈들의 피를 머금은 소매가 점점 무거워졌다. 중간에 찢어 냈지만 가벼워지지는 않았다.

오른쪽 다리가 무거웠다. 비 온 다음 날 진흙 묻은 장화를 신고 달리는 기분이었다. 내려다볼 시간이 없어 정신없이 싸우다 보니 다리가 마비되고 있다는 건 한참이나 지난 후에 깨달았다.

쉴 틈이 없었다. 불에 갖다 댄 것처럼 왼쪽 어깨가 화끈거렸다. 다가오는 검의 간격을 완전히 막지 못해 들어온 공격에 맞은 모양이었다. 살펴보니 살점이 깨끗하게 잘려나가 있었다. 어깨 전체가 잘리지 않은 게 다행이다 싶었다.

'괜찮아. 팔만 움직일 수 있으면 아픈 건 아무래도 좋아. 어차피 아까부터 별로 아프지도 않았으니까.'

처음 간격을 보았을 때의 놀라움. 그걸 적용시킬 때의 기쁨. 처음 죽인 사람. 어머니의 죽음. 아버지의 죽음. 사냥. 죽음. 사냥. 죽음. 사냥. 죽음……. 반복된 일상과 반복된 싸움.

'이렇게 살아도 되나?'

그런 질문을 하다 보면 우울해질 때도 있었지만, 다시 정신을 차리고 보면 제이는 어느새 누군가를 죽이고 피 묻은 칼을 닦고 있었다. 지금은 피 묻은 칼을 닦을 시간도 주지 않고 모즈들은 계속 몰려들었다.

제이는 아까보다 많이 밀려났다는 느낌이 들었다. 이 경계를 내주면 안 된다는 생각에 제이는 다시 모즈들을 밀어붙였다. 수많은 모즈들의 시체와 인간들의 시체가 발에 밟혔다. 으깨진 내장을 밟아 미끄러져 얼굴에 피 섞인 흙을 묻히고 일어나 보면 모즈들의 간격은 극도로 가까워져 있었다.

몇 번인가 그런 간격들을 놓치는 바람에 상처가 늘었다. 치명상을 당하지 않으려고 일부러 자잘한 공격을 허용하기도 했다. 상처에서 흐르는 피가, 칼날을 타고 흐르는 모즈의 피와 합쳐졌다. 하지만 제이는 언제 다쳤고 언제 적의 피를 뒤집어썼는지도 잘 기억할 수 없었다.

동료들의 숫자가 점점 줄어들었다. 하로우도 이제 어디로 갔는지 보이지 않았다. 싸우다 돌아보면 아까 싸우던 병사는 어디 가고, 다른 병사가 뒤에 서 있었다.

내내 화살을 쏘아 견제해 주던 후방의 지원도 끊겼다. 제이가 경계라고 생각해 둔 선을 넘어간 모즈들은, 후방 궁수 부대를 공격하고 있었다. 제이는 여전히 로크 측 군대의 가장 앞에 서 있었으나, 그렇다고 그게 모즈 군대의 가장 선두는 아니었다.

갑자기 모즈가 보여 주는 검의 간격이 빠르게 물러났다. 침침한 시선을 끌어올려 보니 검은 갑옷을 입은 기사가 서 있었다.

또 그 어둠의 기사인지 뭔지 하는 놈인가 싶었지만, 그자는 이상한 언어로 말하지도 않았고 몸에서 검은 기운을 뿌리지도 않았다. 그는 자기 칼에 죽은 로크의 병사 하나를 옆으로 밀어두고 제이의 앞으로 다가오며 인간의 언어로 말했다.

"너구나. 여길 막고 있는 놈이."

제이는 힘 다 빠진 목소리로 물었다.

"넌 누구냐?"

"난 스탠리다."

"익셀런 1기사단?"

"그렇다. 너는 하얀 늑대인가?"

"아니다."

"그럼 드래곤 기사단?"

"아니야."

"이름은?"

"제이메르."

"처음 듣는 이름인데?"

"그래서 어쩌라고?"

스탠리는 잠깐 고개를 까닥해 보이더니 터벅터벅 다가와 칼을 휘둘렀다. 순식간에 반걸음 안쪽으로 들어오는 공격이었다.

밤새 모즈를 베느라 지친 팔다리가 보이지 않는 쇠사슬에 묶인 듯 따라 주지 않았다. 스탠리는 그걸 눈치챘는지, 제이가 움직임을 크게 해서 막을 수밖에 없는 공격만 했다. 그리고 기어이 빈틈을 만들어 얼굴로 칼을 찔렀다.

제이는 가까스로 몸을 틀어 피했으나 귀를 베였다. 뺨을 타고 흐르는 피가 턱에서 방울 지어 떨어졌다. 제이는 어깨만 살짝 들어 올려 턱의 피를 문질러 닦았다.

'어?'

피를 닦고 나니 갑자기 앞이 전혀 보이지 않았다. 급히 물러나면서 눈을 비비며 여러 번 깜빡였다. 겨우 시력이 회복되었나 싶었는데 즉시 스탠리의 공격이 시작되었다. 막을 수 없을 것 같아 제이는 같이 공격으로 맞섰다. 그러나 스탠리는 그것까지 읽고서 그의 공격을 여유 있게 피하더니 발로 걷어찼다.

제이는 피 웅덩이를 이루고 있는 모즈들의 시체 더미 옆으로 넘어졌다. 스탠리는 제이의 가슴을 노리고 칼날을 내리찍었다. 제이는 도끼로 막고 옆으로 구르며 스탠리의 발목으로 칼을 휘둘렀다. 그러나 그것도 피했다.

"잽싼 녀석이군."

제이가 하고 싶은 말을 스탠리가 했다.

둘은 서로를 바라보며 잠깐 멈췄다. 견제나 간격을 재는 건 모두 건너뛰고 둘은 동시에 마지막 공격을 휘둘렀다. 스탠리의 칼은, 어둠 속에서 보이지 않을 정도로 빠르게 날아와 제이의 심장으로 날아들었다. 제이는 그 공격을 완전하게 막아내지 못하고 어깻죽지를 찔렸다. 어깨를 뚫고 나간 칼날이 제이의 등으로 빠져나왔다. 대신 제이가 휘두른 도끼는 스탠리의 머리를 내리찍었다.

겨우 도끼의 무게로만 내리친 공격이라 그리 큰 힘은 실리지 못했다. 분명 실패했을 거라고 생각했다. 하지만 도끼는 스탠리의 투구를 깨트리고 그 안에 박혀 있었다.

스탠리는 뒤로 비틀거리며 투구에 박힌 도끼를 빼내려다가 뒤로 넘어졌다. 몇 번 꿈틀대긴 했으나 그는 곧 죽었다. 제이는 그런 시체를 수없이 보아 왔다. 아마 몇 분 동안 계속 경련을 계속한 다음에야 그 움직임이 멈출 것이다. 그러나 제이는 확실하게 놈의 가슴에 칼을 찔러 넣었다.

우습게도 칼이 박힌 어깨보다 귀를 베인 자리에서 피가 더 많이 흐르고 있었다. 만져 보니 금방 떨어질 것처럼 너덜거리고 있었다. 이제 일어설 힘도 없었다.

'이제 모즈가 한 마리라도 오면 난 목을 내줘야 할 거야.'

신기하게도 제이는 아직 서 있을 수 있었다. 스탠리의 가슴을 찔렀던 칼도 언제 뽑았는지, 오른손에 들고 있었다. 투구에 박아 넣었던 도끼도 왼손에 들고 있었다.

'언제 빼낸 거야? 기억이 안 나네. 뭐, 아무렴 어때?'

모즈들은 아주 멀리 떨어져 있었다.

'힘을 회복한 척하고 있자. 그럼 무서워서 못 올지도 몰라.'

제이는 일어날 리 없는 바람을 떠올리고 허탈하게 허허 웃었다.

문득 떠올라 바닥을 내려다보았다. 전투를 시작할 때 하로우와 이야기하며 바닥에 그어 놓았던 선이 발아래에 있었다. 동쪽에서 여명이 밝아 왔다.

'겨우 버티긴 했군. 하지만 내 몸은 버티지 못했어…….'

끝내 팔이 올라가지도 않고 다리도 움직이지 않았다. 마치 넘어질 힘이 없어 서 있는 기분이었다.

"난 여기까지다. 지금 네가 어디에 있든…….."

제이메르는 동쪽을 바라보며 말했다.

"……무사히 돌아와라, 카셀."

멀리 떨어진 곳에 대기하고 있던 모즈들 틈에서 또 한 명의 익셀런 기사가 말을 타고 나왔다. 동료의 복수를 하러 오나 했지만, 그냥 그 자리에서 칼만 높이 치켜들었다. 그러자 그의 주위에 있는 모즈들이 일제히 활을 치켜들었다. 그리고 그가 칼을 내리자, 동시에 시위를 놓았다.

제이는 멍청히 모즈들이 쏘아 올린 화살을 쳐다보았다. 수백 개의 화살이 부드럽게 포물선을 그려 올라갔다가 그가 서 있는 자리로 쏟아졌다.

제이는 픽 웃었다.

'멍청한 놈들, 피하지도 못할 사람한테 뭘 저리 많이 쏘냐……?'

제이는 여름철 땀을 식힐 소나기라도 받아들이듯 눈을 감고 고개를 젖혔다.

'죄송합니다, 마스터. 저, 테스트에 통과할 수 없게 되었어요.'

아즈윈은 멍청히 그 광경을 바라보았다.

로크의 군대도 움직임을 멈추었다.

모즈의 군대도 움직임을 멈추었다.

로핀은 모즈들이 활을 다루고 있다는 사실에 경악했다. 빅터가 숨긴 정예 부대 중 하나는 바로 모즈의 궁수 부대였다. 이제 그들을 앞세워 똑같이 활을 날리며 전진해 올 모즈들의 군대는 상상하기도 싫었다. 그런 로핀도 놈들의 활 공격이 끝난 직후 아무 말도 하지 않았다.

로핀은 후방에 대기하고 있던 드래곤 기사단이 말을 몰고 달려나가는 것을 내버려 두었다. 아니, 그들이 움직이지 않았다면 자신이 직접 명령을 내리려 했다.

아침 해가 뜨고 있었다. 드래곤 기사단이 나설 시간이었다.

아즈원에게 참으라고 그토록 강조한 로핀이었으나, 이제 더 이상 참을 수가 없었다. 단 한 명이 모즈들의 군대를 흩트려 놓고 있었다. 그가 계속 일정한 자리에 버티고 있으니, 축복의 탑으로 접근하는 모즈들의 군대는 항상 진형이 무너질 수밖에 없었다.

로핀은 베나 에실크를 꽉 쥐었다.

'그래. 캡틴 데라둘만 살아 있었다면 지휘관 자리를 버리고 내가 저 자리에 있었겠지. 하지만 나는 저렇게까지 해내지 못했을 거다.'

제이는 눈을 떴다. 주위가 눈부시게 밝았다. 쏟아지는 화살에 얻어맞아 죽었어야 하니, 이것은 사후에 영혼이 보게 될 빛이라고 생각했다. 너무 고통스러워 헛것이 보이고 있는 걸지도 몰랐다.

'어? 잠깐, 나 살아 있나?'

아프지는 않았다. 그러나 여전히 귀가 베인 자리에서는 피가 쉬지 않고 흘렀고 어깨에서도 출혈이 멈추지 않았다.

제이는 이런 식으로 피를 흘리다 죽는 사냥감들을 수없이 보았다. 그러니 그 역시 그런 사냥감들처럼 죽을 거라는 걸 잘 알았다. 하지만 지금은 조금 이상했다. 너무 편안했다. 그리고 아침 해가 아직 뜨지 않았음에도 불구하고 너무 밝았다.

'동이 터 온다고 갑자기 이렇게 밝을 리는 없을 텐데?'

그렇게 생각하며 제이는 고개를 들었다. 그의 머리 위에 드래곤의 머리가 있었다. 화살이 날아오는 방향으로는 드래곤의 날개가 방패처

럼 펼쳐져 있었다. 모즈들이 쏘아 올린 수백 개의 화살이 드래곤의 날
개에 튕겨 나가 주위에 떨어져 있었다.

가넬이었다.

지평선에 떠오르는 태양빛을 머금은 비늘이 황금빛을 뿜었다. 가넬
의 앞에는 전장에 남은 수백 마리 모즈들을 휩쓸면서 달려온 드래곤 기
사단 이백여 기가 멈춰 서 있었다. 제이메르를 중심으로 모인 이 방어
선을 상대로 모즈들은 감히 접근하지 못했다.

"포웰을 불러들여라. 군대를 후퇴시킨다."

빅터는 가넬뿐 아니라 드래곤 기사단까지 움직인 것을 보고 레미프
어로 모즈 한 마리에게 명령했다.

러스킨이 짧게 말했다.

"이제 뜻대로 됐군. 그렇지 않소?"

"아침이 되어서야 이리된 건 예상 밖이었소. 하지만 이제 저들의 전
력은 모두 드러났소. 그걸로 됐소."

살기 가득한 시선으로 가넬을 노려보는 구아닐에게 빅터가 말했다.

"잘 참아 주셨소. 당신은 저들에게는 하루의 유예만 준 거요."

그때 모즈들의 본진 쪽에서 길게 나팔이 울렸다. 그러자 모즈들이

썰물처럼 빠져나가고 전장에는 가넬과 제이메르, 그리고 드래곤 기사단만 남았다. 제일 선두에서 달려온 브란더가 말에서 내려 가넬 앞에 섰다.

제이메르는 지친 얼굴로 브란더를 돌아보았다. 뭐라 말하고 싶었으나 제이는 입을 열지 못했다. 희미한 미소만 겨우 보여 줄 뿐이었다.

브란더는 제이를 부축해 주려고 다가가다가 그만 멈칫했다. 제이는 브란더를 기다리지 못하고 쓰러졌다. 지나친 출혈과 피로를 이기지 못하고 기절하는 제이의 몸을 가넬이 손으로 받았다.

가넬은 제이의 몸을 품고 치유의 빛으로 그를 감쌌다.

"제이메르, 아나샤의 아들이자 용맹한 아로크의 기사여."

가넬의 말에는 흐뭇한 설렘이 담겨 있었다. 브란더는 저도 모르게 신음에 가까운 숨을 내뱉으며 뒤로 한 걸음 물러났다. 그러다 그의 뒤에서 멍청히 서 있던 루시우스와 부딪쳤다.

루시우스는 눈을 동그랗게 뜨고 중얼거리듯 말했다.

"가넬로크의 주인께서 직접, 우리의 캡틴이 서야 할 자리를 대신한 기사를 보호하고 계신다. 데라둘께서 이 광경을 보셨어야 했는데……."

루시우스는 말을 끝맺지 못했다.

브란더 역시 슬픔과 환희가 뒤섞인 복잡한 감정으로 말했다.

"아니, 기뻐하실 것이다. 그분이 10년이나 기다린 기사가 마침내 나타난 거다. 제이메르, 드래곤께서 인정한 우리의 캡틴이여."

브란더는 한쪽 무릎을 꿇고 제이 앞에 고개를 숙였다. 루시우스도 똑같이 무릎을 꿇었다.

"캡틴 제이메르."

이백여 명의 기사들 모두 말에서 내려 무릎을 꿇고 외쳤다.

"캡틴 제이메르!"

"캡틴 제이메르!"

제이메르의 이름으로

✦ Chapter 19 ✦
타냐의 저항

그녀는 화이트 게이트의 중앙 망루에 서 있었다. 동쪽에서 불어오는
아침 바람에 그녀의 긴 갈색 머리가 흩날렸다. 각도에 따라 머리카락은
금빛이나 붉은빛으로 변하기도 했다. 그녀의 머리카락 색깔이 시시때
때로 바뀐다는 사실을 아는 사람은 몇 있었지만, 그것이 드래곤의 빛깔
임을 아는 사람은 거의 없었다.

그녀는 허리가 드러나는 짧은 셔츠와 허벅지 부분이 찢어져 있는 너
덜너덜한 바지를 입었지만, 남루해 보이지 않았다. 그런 옷차림으로
화이트 게이트를 처음 방문했던 당시에 경비병들은 그녀가 누구인지
알아보지 못했다. 그런데도 알 수 없는 위압감에 눌려 내쫓지 못했다.

이제 그녀가 그러고 있으면 어느 순간엔가 마스터 퀘이언이 옆에 서
니 경비병들도 이제 누군지 알았다. 하지만 아무도 발설하지 않았다.
그것은 화이트 게이트 경비병 열 명만 아는 즐거운 비밀이었다.

"아이린이 보면 또 기겁을 할 옷을 입고 계시는군요, 폐하."

퀘이언이 다가서며 말했다.

"숲과 나무가 나의 향수고 바람이 나의 옷이야. 옷 입는 즐거움은 젊은 애들이나 가지는 거지. 나한테 옷이란 건 다른 사람들이 민망해할까 봐 걸치는 거야. 물론 아이린은 바로 그 점을 괴로워하겠지만."

퀘이언은 새나디엘이 보는 풍경을 공유하며 물었다.

"동쪽에서 온 소식이 있습니까?"

"이제 너도 느낄 수 있지 않니, 퀘이언?"

"피 냄새가 납니다."

"너무 많은 생명이 희생되었구나. 하지만 저 희생을 딛고 일어서지 못하면 우리는 악몽과도 같은 무의미한 학살을 더 보게 되겠지. 그리고……, 어쩌면 나디움마저도 오늘을 넘기지 못할 거야. 나는 잘못된 선택을 한 건지도 몰라."

"누구나 잘못된 선택을 한다……. 폐하께서 하신 말씀입니다. 또한 누구든 잘못된 선택을 옳은 선택이 되도록 만들 수 있다고도 말씀하셨지요."

퀘이언은 아주 먼 곳에 있는 형제 검에 반응하는 베나 실크를 내려다보며 말을 이었다.

"저도 오늘 죽겠지요. 그러나 죽어서라도 절대 나디움이 무너지지 않도록 지키겠습니다."

새나디엘은 슬픈 눈으로 돌아보더니 그대로 퀘이언의 가슴에 등을 기대었다.

"고마워, 나의 수호기사."

새나디엘은 그에게 보이지 않는 눈물을 흘리고 있었다.

더 큰 죽음이 기다리고 있었다. 그녀는 그 슬픔을 모두 감당할 자신이 없었다.

아이린의 베나 에사르크가 희미하게 반짝거렸다. 말을 타고 쉬지 않고 보름을 넘게 달려야 하는 먼 곳에 있는 형제 겸 베나 실크에 반응하고 있는 것이었다. 아이린은 앉아 있는 메이루밀의 등을 뒤에서 내려다보고 있었다. 그리고 그 너머로 로일이 침대에 누워있었다.

로일은 죽어 가고 있었다. 여기는 마법사들이 있는 루티아도 아니었고 여왕의 수호가 있는 아란티아도 아니었다. 칼이 배를 뚫은 상처를 입고 살아남을 수 없는 평범한 곳이었다.

'여기 쓰러져 있어야 할 사람은 나야.'

웃옷을 벗은 루밀의 넓은 등에도 붕대가 사선으로 감싸고 있었다. 그러나 그는 자신이 입은 부상에 대해서는 일절 말하지 않고, 아이린에게 사건 경과만 일러 주었다. 투석기의 공격, 자칫 투석기로 아로크의 탑을 공격할지도 몰라 나가서 부순 작전, 로일의 개입, 그란돌의 출현…… 그 얘기 어디에도 루밀의 활약은 들어가 있지 않았다. 그렇게 그는 언제나 말없이 제일 앞에 서서 화살받이가 되어 주었다.

아이린은 루밀만 보면 미안함이 앞섰다. 로핀은 자기가 불러들인 화를 수습하느라 바빴지만, 루밀은 언제나 아이린이 부른 화를 대신 수습하곤 했다. 울프 기사단에 있을 때도, 지금도.

루밀의 등을 한참이나 내려다보고 있던 아이린은 품에 있던 가죽 주머니를 꺼냈다. 부스럭 하는 소리에 루밀이 졸린 눈으로 돌아보며 물었다.

"그래서? 축복의 탑은 무사한가?"

"소리를 들어 봐. 탑이 무너졌다면 지금쯤 모즈들이 쳐들어오는 소리로 시끄러워야지."

"기적이군."

"맞아. 모즈들이 먼저 후퇴했다더군."

아이린은 말하며 침대에 누운 로일의 상처 쪽으로 가죽 주머니를 댔다. 루밀이 그녀의 손목을 잡았다.

"뭐 하려고?"

그의 목소리에는 힘이 실려 있었다.

"뭐긴? 죽어 가는 하얀 늑대를 살려야지."

"그란돌이 와 계신다. '하얀 늑대'라는 호칭을 함부로 사용하지 마라."

"알고 한 소리다. 대대로 한 명뿐인 하얀 늑대. '지금의 하얀 늑대'도 마찬가지고."

"퀘이언한테 들은 말이야?"

"애매한 언질은 있었지. 하지만 하늘 산맥에서 내려오면서 세 녀석을 비교하고 내린 결론이야. 아즈원은 로핀이 자신 있게 자랑할 만한 애고, 던멜은 퀘이언이 여왕 폐하를 암살할 만한 실력이라고 무서워할 만했어. 하지만 로일은 그 이상이야. 이 정도로 강한 녀석은 처음 봤어. 내기에서 이기고 싶어? 그럼 내 손을 놔라. 이 녀석이 그 '한 명'이다."

"그렇지 않아."

루밀은 고집스럽게 아이린의 손을 놔주지 않았다. 그녀가 하는 수 없이 가죽 주머니를 되돌리자, 비로소 손을 놨다.

루밀은 가늘게 신음하는 로일의 식은땀을 닦아 주었다. 지혈되지 않은 상처에서는 피가 흘렀고, 배를 묶은 붕대는 피로 축축했다.

"이 아이는 네가 생각하는 하얀 늑대가 되지 못해."

루밀이 말했다.

"그러니까 다시 회복시켜서 싸우게 해야지. 지금 우리 중에 그란돌을 이길 사람은 없어! 우리 두 사람이 힘을 합친다 해도……."

아이린은 말을 하다가 입술을 지그시 깨물었다. 패배를 인정하는 말은 평생 해 본 적이 없었다. 하지만 무의식중에 진심이 실려 버렸다.

"맞다, 아이린. 죽지 않는 자들의 군주가 그의 육체를 빼앗은 영향인지 그분의 움직임은 전성기 때 그대로다. 나는 로일과 그란돌의 싸움을 지켜봐서 안다. 그 약으로 다시 회복시킨다 해도 실력 차를 극복할 수 없어. 그란돌과 로일의 재대결을 위해서? 그렇다면 분명코 그 약은 낭비가 될 거다."

루밀은 격하게 말을 하다가 가슴을 묶은 붕대에 손을 올렸다. 그는 한참이나 고통을 참느라 말하지 못했다. 루밀은 잠시 숨을 고루 내쉬다가 말을 이었다.

"하지만 우리가 반드시 그란돌을 꺾을 필요는 없다. 목표는 죽지 않는 자들의 군주다. 그리고 그자를 물리칠 수 있는 사람은 베나 에사르크를 가지고 있는 너다. 그러니 지금 가장 중요한 사람은 너야, 아이린. 네가 모든 걸 끝내야 한다. 8년 전과 같아. 그래서 퀘이언이 마지막 남은 회복의 가루를 너에게 준 거다."

아이린은 눈을 꽉 감았다. 한참이나 그대로 서 있다가 그녀는 결국 가죽 주머니를 품에 도로 넣었다.

"어째서 여왕 수호기사들이 그 일을 영광스러워하면서도 서둘러 후계자를 만들어 놓고 은퇴하고 싶어 하는지 알겠다. 커다란 운명을 짊어지는 부담감은 우리처럼 칼만 알고 살아온 사람들이 맡을 게 못 돼."

루밀은 힘없이 웃었다.

"마스터 타냐는 어떠신가?"

"아직 괜찮아. 하루는 충분히 버틸 수 있다고 말하더군."

"하루라……. 캡틴 울프가 돌아올 수 있는 시간은 되려나?"

"뭔가 엄청난 기적을 일으킨다면 내일 저녁이나 모레 아침에는 돌아올지도 모르지. 하지만 우리가 내일 아침까지라도 버틸 수 있을까? 오늘 밤만 버티면 된다고 다들 억지로나마 희망을 가지고 있어. 아침 해가 떠오르면 캡틴 울프가 엄청난 원군을 데리고 돌아올 거라고 말이야."

"캡틴이 떠난 것이 거꾸로 사기를 올리는 꼴이 됐군."

"사기를 아무리 끌어 올려도 전력 차이를 극복할 수는 없어. 모레는 너무 늦어. 내일 아침이라면 가능할까? 타냐도 그걸 안 거야. 적어도 자기의 힘이 부족해 로크가 무너지게 두진 않겠다는 뜻이고."

"캡틴이 살아 있을 것 같나?"

루밀도 레미프의 피 묻은 날개가 떨어지는 순간을 기억했다. 아이린도 기억했다. 그것은 라이의 날개가 아니라 절망의 조각이었다. 루밀은 침착하게 날개를 병영 깊숙이 숨겼지만 병사들은 이미 알고 있었다. 로크를 지켜주던 수호천사가 죽었다고.

"네 마음이 느끼는 바를 믿어라. 죽지 않는 자들의 군주가 정말 우리를 겁주고자 했다면 성문 앞에서 카셀의 잘린 머리를 들었을 거야. 라이의 날개가 아니라."

아이린은 힘을 주어 말했다.

"나도 그렇게 생각해."

말하기 힘들어하는 루밀을 더 괴롭히기도 미안해, 아이린은 자리에서 일어났다.

"가 볼게. 타냐가 지쳐 가고 있어. 죽지 않는 자들의 군주가 아로크의 탑으로 가까이 다가올수록 힘들어하는 기색이야. 나라도 옆에 있어 줘야지."

타냐가 방벽을 지키느냐, 못 지키느냐의 싸움에서 필요한 건 역시나 모레에나 도착할 울프 기사단 50명이 아니라 꾸준히 타냐의 옆에 있어 줄 카셀 한 명이었다.

'녀석의 선택이 잘못된 걸까?'

새나디엘은 누구나 잘못된 선택을 할 수 있지만, 다시 옳은 선택으로 바꿀 수 있다고 말했다. 하지만 아이린은 확신하지 못했다.

'그럼 8년 전 테일드는 어떤 선택을 한 걸까? 어째서 죽지 않는 자들의 군주에게 자기 몸을 내준 걸까?'

"타냐를 지켜라. 성문은 내게 맡기고."

루밀의 목소리는 평소와 달리 자신감이 많이 깎여 있었다. 아이린은 짧게 미소 지은 후 방을 나섰다.

"나중에 보자."

루밀은 아이린을 보내고 땀으로 젖은 로일의 머리를 쓰다듬었다.

"로일. 너도 살아남아야 한다."

루밀도 가슴의 상처에 손을 얹은 채 힘겹게 침실 문고리를 잡았다. 그리고 아직 의식을 차리지도 못한 로일에게 말했다.

"그리고 돌아와라."

루밀은 아이린에게조차 말하지 않은 본심을, 제자로 생각해 본 적 없는 제자에게 말했다.

"지금 이 순간 단 한 명의 하얀 늑대는 바로 너다."

로일 혼자 남은 방 안에는 다시 정적이 이어졌다. 그 후 그를 치료하는 의사와 간호사가 왔다 갔고, 던멜이 잠시 문병을 왔다 갔다.

로일은 저녁때가 되어서야 거친 호흡을 토하며 눈을 떴다. 눈썹에 맺힌 땀방울이 시야를 뿌옇게 흐리고 있었다. 로일은 마치 루밀이 방금 전에 말하고 나간 것처럼 대꾸했다.

"예, 마스터."

시간은 정오를 지났고 하늘엔 구름도 거의 없는데, 얇은 커튼을 친 것처럼 햇빛이 약했다. 태양을 똑바로 쳐다봐도 무리가 없었다. 그런 주제에 또 날씨는 덥고 습했다.

로핀은 병사들의 체력이 걱정되어 갑옷을 벗어 두라고 했다. 전투는 밤에나 시작될 것이다.

오늘 새벽 제이메르의 극적인 생존과 가넬의 등장으로 마치 싸움에서 승리한 것처럼 보였지만, 사실 결정의 순간을 하루 미룬 것뿐이었다. 로핀은 마지막까지 숨겼어야 할 전력을 다 드러낸 것 같아서 불안했다. 반면 구아닐은 아직도 전장에 모습을 드러내지 않았다.

"마스터 로핀!"

캡틴 하로우가 어색한 호칭으로 로핀을 부르며 달려왔다. 전날 제이메르의 옆에서 싸웠다는데 기적적으로 살아남은 몇 안 되는 지휘관이었다. 적의 두 번째 부대가 밀고 내려올 때 싸움이 시작되자마자 머리에 철퇴를 맞고 기절했고 급히 부상자로 끌려 나온 덕이었다. 그런데도 그는 영광스러운 싸움에 끼지 못했다고 억울해했고 일어나자마자 머리에 붕대만 감고 달려 나와 아침부터 분주하게 뛰어다니고 있었다.

지휘관이 부족해 힘든 마당에 저런 친구가 있다는 것이 참으로 다행스러웠다. 하지만 더운 날씨에 무리해서 뛰는 꼴이, 정작 전투가 시작될 저녁이 되면 탈수로 쓰러질 것 같아 걱정되었다.

"이로피스에서 원군이 왔습니다!"

"이로피스에서?"

라틸다가 한 달이나 전에 미리 청한 원군이었다. 시간과 거리를 생각하면 정말 빨리 온 것이었지만, 지금 로핀에겐 지각한 것으로만 느껴졌다.

엄청난 병력으로 로크를 둘러싼 모즈들의 군대였으나 서쪽은 상대적으로 숫자가 적었다. 이로피스의 원군이 오는 것은 다행히 그쪽이었지만, 전투를 피할 수는 없었다. 이로피스의 기사들은 축복의 탑 근처에 오자마자 소규모로 결집해 있는 모즈들과 격전을 벌였다.

"어어, 잠깐! 저건 왕실 기사단이 아닌가?"

로핀은 눈을 가늘게 뜨고 그들이 휘날리는 깃발을 확인했다. 분명 왕실 기사단이었고 그 뒤를 수많은 병사들이 뒤따르고 있었다. 이로피스에서 예의상 보내 온 원군이 아닌, 최정예 부대였다. 하로우가 흥분한 목소리로 말했다.

"도우러 가야 하지 않을까요?"

로핀도 막 그럴 참이라 말을 불러오고 있었지만 그럴 필요가 없어졌다. 드래곤 기사단이 벌써 그쪽으로 말을 몰아 달려가고 있었다. 선두에는 브란더가 있었다.

대륙에서 가장 강하다는 두 개의 기사단이 앞뒤로 들이닥치는데 고작 이삼백 마리밖에 되지 않는 모즈들이 오래 버틸 수는 없었다. 모즈들은 겨우 십수 마리만 살아남아 본대로 돌아갔고, 두 기사단은 이로피스의 병사들을 이끌고 축복의 탑으로 달려왔다.

로핀은 왕실 기사단의 선두에 선 기사를 확인하고 손을 흔들었다. 투구를 벗지 않아도 누구인지 알 수 있었다.

"캡틴 그린리히!"

그린리히는 말에서 내려 로핀에게 다가와 힘차게 포옹했다. 두 사람이 입은 갑옷끼리 부딪쳐 칼이라도 부딪친 듯 금속성이 울렸다.

"우리가 너무 늦어서 너희끼리만 재미를 다 본 건 아니겠지?"

그린리히가 투구를 벗으며 말했다. 머리를 뒤로 넘긴 금발에 두툼한 눈썹은 여전히 강렬한 인상이었다.

"걱정 마라. 메인 코스는 남겨 뒀으니까. 그런데 네가 아직도 캡틴을 맡고 있다니 놀랍군."

"캡틴감으로 가르친 녀석이 있긴 하지만 두고 왔다. 악착같이 오겠다는 걸 말리느라 고생했지. 여기 온 병사들과 기사들도 모두 자원해서 온 거다."

로핀은 그린리히의 뒤에 있는 기사단의 숫자를 헤아리고 말했다.

"자원이라니? 거의 다잖아."

"이백. 그나마 처자식 딸린 기사들은 못 오게 말리느라 고생했지. 병사들도 천 명 정도. 기사단만 왔으면 열흘은 더 빨리 왔을 텐데 보병 속도에 맞추느라 늦어버렸군."

"보병들까지 데리고 오는 거라면 정말 빨리 온 셈이군. 그럼 쟌스테인 여백작의 원군 요청을 수락한 즉시 출발했다는 뜻이 아닌가? 왕실이 그렇게 빨리 대응해 주던가?"

"거의 내 독단일세. 돌아가면 난 파면이야. 여기 병력도 사실 왕실에서 대준 게 아니라 기사단의 후원인 레이디 패트리샤께서 대준 거다. 책임도 다 지겠다 하시면서."

로핀은 잠시 할 말을 잃었다.

"놀라운 일이군. 가넬로크를 빼면 세 나라의 병력이 모두 여자의 힘으로 여기 모인 셈이야."

"루티아에서 온 타냐까지 합치면 네 나라죠."

아즈윈이 툭 내뱉으며 다가와 그린리히에게 손을 내밀었다.

"아즈윈 울프입니다. 피곤하실 테지만 바로 배치에 들어가셔야겠어요, 캡틴 그린리히."

그린리히는 놀라며 물었다.

"아니. 우릴 지휘할 사람도 여자인 건가?"

로핀은 큰 소리로 웃으며 말했다.

"원래 여자 말 듣는 게 제일 속 편한 법이야. 자네 결혼하지 않았나?"

"부정할 수가 없군."

"아즈원을 따라가게. 자네는 세 번째 부대에 배속하겠네. 그리고 이로피스의 증원군은 모두 두 번째 부대에 보내면 될 것 같군."

아즈원이 따라오라고 신호했다.

"서둘러요. 적들이 벌써 시작할 준비를 하고 있어요."

그린리히는 즉시 부하 기사들에게 손짓했고 기사단은 일제히 축복의 탑 쪽으로 향했다. 그들은 탑 옆에 서 있는 드래곤 가넬과 셸바이크를 보고 놀라느라 적들이 움직이고 있다는 사실도 보지 못하고 있었다.

로핀은 짧은 재회를 끝내고 이로피스 기사단을 아즈원에게 맡겼다. 캡틴 하로우를 비롯한 로크의 병사들은 이로피스 기사단의 출현으로 약간 흥분해 있었다. 밤사이 입은 큰 피해를 회복시킬 수준은 아니었지만 또 다른 국가의 힘이란 심적으로 크게 도움이 되었다.

하지만 그런 모습도 잠깐이었다. 끓어오른 사기는 얼마 안 가 사그라졌다. 전투가 시작되기도 전에 무너질 것 같았던 암울한 분위기는 없지만, 승리할 수 있다는 희망도 보이지 않았다.

'알고 있군.'

내일 저녁에 카셀이 기적적으로 울프 기사단을 데려오면 또 병력이 추가된다. 그렇게 하루하루를 조금씩 버티는 싸움이 이어진다. 그래봤자 기적은 벌어지지 않는다. 원군이 와도 버틸 수 있는 시간만 늘어날 뿐, 절망이 희망으로 바뀌지는 않는다.

병사들은 그런 사실들을 피부로 느끼고 있는 것이다. 그래서 이로피스의 원군을 보고도 기뻐하지 않는 것이고.

이틀 거리에 또 십만의 모즈 군대가 있다는 사실이 알려지지 않은 건 천만다행이었다. 로핀은 모즈들의 두 번째 군대가 얼마나 더 가까이 왔는지 알아보기 위한 정찰병도 보내지 않았다. 그와 관련된 어떤 정보도 병사들에게 주고 싶지 않았다.

로핀은 불안한 하늘의 징조를 바라보다가 말했다.

"아즈원 말대로군. 적들이 뭔가를 준비하고 있어."

로핀은 캡틴 하로우에게 이로피스의 병사 배치를 서두르라고 명령을 내리고 말에 올랐다. 이로피스 왕실 기사단과 드래곤 기사단은 아즈원을 중심으로 작전 회의를 갖고 있었다. 아무리 뛰어난 기사들의 집단이라 해도 훈련 한번 없이 호흡을 맞추기는 어려울 것이다. 아즈원 역시 60명도 안 되는 소규모 기사단만 지휘를 해봤으니, 합쳐서 사백 기가 넘는 기사단을 지휘하는 것은 쉬운 일이 아닐 것이다.

로핀은 군의 제일 앞으로 말을 몰아 달려갔다. 어제에 비하면 병력이 확연히 준 게 눈에 띄었다. 어제는 버틸 만한 수치였다면 오늘은 시작하기도 힘든 수치였다. 원군이 천 명 와 준 것은 사막에 물 한 컵 뿌린 정도였다. 아직 축복의 탑 옆에 드래곤 가넬과 셀바이크가 버티고 있다는 게 유일한 희망이었다.

로핀은 군 배치를 다른 지휘관들에게 맡기고 돌아온 하로우에게 말했다.

"오늘은 해가 지기 전에 공격해 올 것 같소."

"그렇게 빨리요?"

"해가 아직 남아 있는 시간에 공격을 시작해서 해가 떨어지는 절망을 무기 삼아 몰아칠 거요."

로핀은 빅터의 작전을 읽기 위해 고민할 필요가 없었다. 여전히 놈의 작전은 단순했다. 내 작전은 이러하다, 막을 수 있겠는가, 그렇게 말하는 것 같았다.

'밤이라는 힘을 얻지 못한 구아닐로 셀바이크와 가넬, 두 마리 드래곤을 상대한다? 드래곤을 죽일 수 있는 마법사 러스킨이 있으면 가능하지. 타치셀에서 카–탄톨을 죽인 것도 구아닐이 아니라 러스킨이었으니까.'

로핀은 하로우에게 물었다.

"아군 피해는 어느 정도요?"

"오천……, 조금 안 됩니다. 그중 카모르트의 군대는 거의 전멸하다시피 했습니다."

"적의 피해는?"

"이만 정도로 보입니다."

전날 전투만 평가하자면, 부족한 전력으로 네 배의 피해를 입힌 대승리였다. 그러나 상대적으로 보면 적은 2할의 전력만 줄었고 아군은 절반이 줄었다. 아군의 원군은 천 명이 왔지만 저쪽은 그 백배가 오고 있었다.

"전열을 가다듬어야겠소. 카모르트 지휘관들은?"

"거의 모두 전사했습니다."

"그럼 전방에 로크 군대와 남은 카모르트 군대를 합쳐 집결시키시오. 어제보다 더 긴 배열로, 무리해서라도 궁수 부대를 더 늘리시오. 활을 쏠 줄 안다면 창병이든 방패병이든 우선 활을 들려주시오. 도시에

서 여기로 화살을 보급해 줄 사람은 민간인이라도 나서라고 전해주시오. 기병대는 모두 후방으로. 가장 젊은 지휘관을 선두에 보내고 당신은 궁수 부대만 지휘하시오."

"후방 부대는……?"

"내가 직접 맡겠소."

"어떤 작전입니까?"

"적들도 궁수 부대가 있으니 우리 쪽에서 먼저 돌격할 생각은 말고, 천천히 후퇴하는 싸움을 하시오. 반 시간에 서른 걸음씩 물러난다고 생각하면 될 거요. 그다음은 내게 맡기시오."

두 사람이 작전에 대한 간략한 얘기를 주고받을 때 뒤에서 아즈윈이 말을 타고 달려왔다.

"두 기사단의 포메이션은 정했느냐?"

"무리해서 섞을 필요 없이, 제가 그린리히와 브란더에게 큰 틀만 지시하기로 했어요."

"두 기사단의 전법이 전혀 다를 텐데 가능하겠느냐?"

"방금 양측 기사단 전술 담당한테서 쓸 만한 포메이션을 몇 개 들어뒀어요."

"짧은 시간이라면 그 정도가 한계겠지. 알았다. 캡틴 하로우, 방금 지시한 걸 바로 실행하시오. 아즈윈은 날 따라와라."

로핀은 아즈윈을 데리고 각 부대 앞을 지나쳐 갔다. 그는 병사들이 들을 수 있도록 일부러 큰 소리로 현 진행 상황과 지형적인 문제에 대해 떠들었다. 아즈윈은 그때마다 알았다거나 문제없다는 식으로 대답했다. 아군에게 대처가 있다는 걸 병사들에게 보여주기 위해서였다.

절망이란 하기 힘든 일을 할 때가 아니라, 계획이 없을 때 찾아오는 법이었다.

둘은 부대를 지나 모즈들의 군대가 보이는 전장의 중심까지 달려갔다. 어제 전투의 흔적이 아직도 뚜렷하게 남아 있었다. 수많은 병사들의 시체가 그대로 널려 있었고 더 많은 모즈들의 시체가 섞여 있었다. 동료들의 시체를 그대로 둔 채로 그 위에서 또 싸워야 한다는 점은 인간에게만 불리한 요소였다.

"전투가 시작되면 드래곤 셋의 움직임을 잘 봐 둬라. 결정적인 순간 네가 판단할 일이 생길 거다."

로핀은 하늘을 가리키며 말했다.

"마법사는요? 러스킨의 마법은 현시점에서 가장 무서운 힘이에요. 크나딜이나 가넬이 막을 수는 없나요?"

아즈윈이 물었다.

"러스킨을 견제하다 보면 정작 구아닐을 막을 수 없게 돼. 그래서 러스킨도 의식적으로 마법을 보여 주지 않고 있는 게지. 카-탄톨이 죽는 순간을 생각해 봐. 아무리 러스킨이라도 두 번 연속으로 강한 마법을 쓰지는 못한다. 아마 결정적인 순간에만 나설 것이다. 그러니 너도 결정적인 순간을 위해 힘을 아껴 둬라. 최대한 부대 지휘에만 집중하고."

로핀은 순찰을 끝내고 축복의 탑으로 말을 몰았다. 드래곤 기사단과 이로피스 기사단이 서로 섞여 전술을 확인하고 있었다. 어제 새벽 짧은 진군만으로 적에게 피해를 준 것이라든가 아까 이로피스 기사단을 구하러 뛰어드는 모습만 봐도 확실히 드래곤 기사단의 기동력은 아군의 최대 전력이었다.

"브란더, 루시우스. 있는가?"

로핀이 불렀다. 다른 이로피스 기사들 사이에 섞여 있던 루시우스가 먼저 알아듣고 다가왔다. 로핀은 속삭이는 말투로 물었다.

"제이메르는?"

"아직 의식을 차리지 못하고 있습니다."

"그렇겠지."

제이는 이미 어제 해 줄 만큼 했다. 오늘 전투에서까지 그가 활약해 주길 바랄 수는 없었다.

"지금 어디에 있나?"

"막사 안에 있습니다."

"알겠네. 아, 그리고 루시우스 자네는 이로피스 기사단에 껴 주게. 동시에 이로피스 기사단에서도 적응력 좋은 친구 한 명을 드래곤 기사단에 껴 두고."

루시우스는 금방 의도를 파악했다.

"전략을 섞으려면 그게 좋겠군요. 그렇다면 양쪽에 두 명씩은 섞여야 하지 않을까요?"

"음, 그게 낫겠군. 그리 해주게. 오늘 해가 지기 전에 적이 밀려올 것이다. 아즈윈이 따로 지시할 테지만 드래곤 기사단은 오늘 제2진으로 대기한다."

"적의 정예가 움직일 때까지 참아야 하는 것 아니었습니까?"

"이번에는 적의 정예도 초반에 모습을 드러낼 것이다. 아마 목표는 아군 궁수 부대. 드래곤 기사단이 먼저 그들을 제압해야 한다. 이로피스 기사단이 어제 드래곤 기사단의 위치에 선다."

루시우스는 조금 당황했다.

"그렇게 양측 기사단이 갈라지면 아즈윈이 지휘하기 힘들어질 텐데요?"

"그 정도는 할 수 있어. 그렇지?"

옆에 같이 듣고 있던 아즈윈은 어깨를 으쓱하는 걸로 대꾸했다. 루시우스도 신뢰를 담은 눈빛으로 말했다.

"알겠습니다, 마스터 로핀. 브란더와 캡틴 그린리히에게 그렇게 전달하도록 하죠."

로핀은 또 축복의 탑 옆으로 말을 달렸다. 가넬과 셀바이크가 로핀과 아즈윈을 맞이했다.

"적이 예상보다 빨리 움직일 것 같은가?"

로핀이 말을 멈추기도 전에 가넬이 물었다.

로핀은 말에서 내리지 않고 대답했다.

"예, 레-가넬. 태양은 이제 우리를 지키는 방패가 되지 못하나 봅니다."

로핀은 어두컴컴한 하늘을 올려다보면서 계속 말했다.

"오늘은 구아닐도 초반부터 움직일 겁니다. 놈에 관한 건 모두 두 분께 맡기겠습니다. 단지 몇 번이나 경고 드리는 바이지만……, 마법사를 조심하십시오."

"탄톨이 준 교훈이라면 알고 있다. 주의하도록 하지."

가넬은 손가락으로 적 진영을 가리키며 말했다.

"그런데 궁금한 게 있군. 어째서 크나딜께서 말씀하신 카구아들은 보이지 않는가?"

"저도 그게 의문입니다. 이 전투에서 가장 큰 전력이 되어 줄 수 있는 카구아를 하늘 산맥에 버려두고 온 모양입니다. 어디에도 녀석들의 흔적이 보이지 않습니다."

가넬은 나직이 숨을 들이쉬다가 말했다.

"아마도 카구아들은 우리가 전혀 예상치 못한 어떤 순간에 가장 위험한 곳을 노려 공격해 올 것 같군. 그게 분노의 탑일 수도 있다. 셀바이크, 크나딜께 카구아에 대해서 말씀드리고 오너라."

셀바이크는 대답 없이 바로 날개를 펼쳐 분노의 탑 쪽으로 날아갔다. 뿌연 먼지가 가라앉기를 기다려 로핀이 말했다.

"가넬, 솔직히 저는 두렵습니다. 이제 에실크만으로는 죽일 수 없을 정도로 구아닐이 성장했습니다. 녀석을 죽이지 못하면 설사 이 전투에서 승리한다 하더라도 인간에게는 희망이 없습니다. 이미 녀석은 혼자 힘만으로 로크를 무너트릴 정도로 커졌습니다."

"나 역시 두렵다, 로핀. 녀석의 성장은 내가 예상했던 것 이상이야. 더구나 죽지 않는 자들의 군주와 루티아의 마법사를 등에 업고 싸우니 그 힘을 측정할 수조차 없구나."

"어찌해야 합니까?"

"정답이 따로 있겠느냐? 너는 인간들의 전투에 최선을 다하라. 나와 셀바이크는 드래곤의 전투에 최선을 다하겠다. 가급적 인간들의 전투에 영향을 미치지 않는 하늘에서 싸우겠다. 셀바이크는 네가 생각하는 것보다 강한 아이니 걱정 마라."

"알겠습니다, 가넬."

로핀은 말을 돌려 기병대 쪽으로 향했다. 뒤따르는 아즈원이 물었다.

"힘이 없어 보여요, 로핀."

"힘이 없으니까."

"질 것 같아요?"

"몰라."

"에이, 항상 저한테는 '늦었다고 생각할 때는 보통 진짜로 늦은 건 아니다.'라고 가르쳐 놓고선……."

"맞아. 그런데 난 지금 끝장이라는 생각이 드는구나."

하지만 로핀은 정작 다른 사람에게는 희망적인 메시지만 전달하고 격려하기 바빴다. 로핀은 일일이 기병대의 전략을 설명하고 각 부대의 이동 간격과 속도 차이를 아즈원에게 설명했다. 부대 설명이 거의 끝나 갈 무렵 아즈원은 퍼뜩 떠올라 물었다.

"이제 보니 저와 하로우, 루시우스에게 전략을 다 떠넘기고 계시네요? 왜죠?"

"내가 먼저 물으마. 기사단이 사방으로 흩어졌을 때 모두 지휘할 자신이 있느냐?"

"방금 기사단에 배치시켜 둔 지휘관들이 전투 중에 한 명도 죽지 않으면요. 이를테면 그린리하나 루시우스가 당하면 제 신호를 받아 줄 사람이 없어요. 지금 예비를 준비할 수도 없고요."

"아무도 죽지 않기를 빌어 보자."

"그 자리에 로핀이 있으면 되죠. 그런데 지금 이 말은 '빠지겠다'는 뜻이죠?"

"이번 전투에서 난 지휘관 자리에 있지 않을 거야."

"어디 계시게요?"

"기병대."

아즈원은 로핀의 비어 있는 한 팔을 보며 말했다.

"어제 제이메르가 했던 역할을 하시려고요?"

"설마! 어제 그 친구가 한 것만큼 대단한 일을 하기에는 체력이 달린다. 한 놈만 맡기에도 벅차."

"한 놈이라면, 빅터…… 말씀이시군요?"

"이길 길 없는 전투임에도 우리에게는 단 하나의 기회가 있다. 저 몇만이나 되는 모즈들과 구아닐을 한꺼번에 지휘하는 지휘관을 죽이는 거지. 난 거기에 걸어 볼 생각이다."

로핀은 양쪽 군대의 진영을 모두 살피며 말을 이었다.

"가넬이 구아닐을 막아 준다, 타냐가 죽지 않는 자들의 군주를 막아 준다, 그리고 내가 빅터를 막는다……. 그럼 뭔가 저들에게 균열이 생기고, 조금씩 흐름이 바뀌지 않을까? 그런 결론을 내려 봤다."

아즈원은 가만히 고개만 끄덕였다. 로핀은 제자가 눈으로만 묻고 있는 어떤 질문에 대답해 줄 수 없었다.

'그럼 내가 빅터에게 패하면 어찌 되는 건가?'

이제 이 전장에서 몸 성한 하얀 늑대는 아즈원뿐이었다. 하지만 그녀의 마음까지 성한지는 알 수 없었다. 여전히 그녀는 가끔 슬픈 눈으로 하늘을 올려다보며 눈물을 참는 모습을 보이고 있었다.

"아즈원."

로핀은 분노의 탑에 갔다가 돌아오는 셀바이크를 바라보며 말을 이었다.

"내가 죽거든 모든 일을 너에게 맡기마."

아즈윈은 아무 대꾸도 하지 않았고 로핀도 알아들었냐고 다그치지
않았다.

'손가락이 안 움직여.'

타냐는 속눈썹끼리 달라붙은 것 같은 끈적거리는 눈으로 천장을 올
려다보았다. 방금 물을 대여섯 컵이나 들이켰는데도 하루 종일 아무것
도 안 마시고 땡볕을 걸어 다닌 것처럼 갈증이 났다. 타냐는 무릎 꿇은
자세로 탁자 쪽으로 기어갔다. 물병도, 물잔도 모두 비어 있었다.

'목말라. 누가 물 좀 가져다줘.'

목이 아파 말이 안 나왔다. 타냐는 힘겹게 몸을 틀어 기어서 방문 쪽
으로 향했다. 바닥에 손바닥이 닿을 때마다 거꾸로 세워진 송곳 위를
짚는 느낌이었다. 타냐는 얼마 못 가고 엎어졌다.

'얼마나 시간이 흐른 거지? 하루? 이틀? 북쪽 전투는 어찌 되었지?
이제 보이지가 않아. 봤던 기억도 안 나…….'

타냐의 머릿속에는 여전히 죽지 않는 자들의 군주가 들어앉아 있었
다. 그는 때로 웃기도 하고, 가끔은 화를 내거나 소리를 지르기도 했다.
그 작은 공격이 처음에는 대수롭지 않았으나 지금은 신경을 긁었다.

그것은 처마에서 떨어지는 물방울이었다. 집요하게 한 자리로만 떨
어져 바닥에 구멍을 내는 빗물이었다.

처음에는 티 하나 나지 않게 두들겼지만 결국은 금이 갔고, 이제는
살짝 건드리는 것만으로 금 간 자리가 쩌억쩌억 벌어지는 기분이었다.

그때마다 타냐는 물을 한 컵씩 마셨으나 메마른 솜에 한 방울 떨어진 물처럼 흔적 없이 증발해 버리곤 했다.

'내가 물을 많이 달라고 했잖아! 내 옆에서 시중을 들어 준다던 그 시녀는 어디로 간 거야? 그랜드 로크 의장은 어디 있지? 도와준다고 말만 하지 말고 물이나 가져와.'

신경이 날카로워진 타냐는 한번 길게 심호흡을 한 후에야, 물을 날라준 시녀가 이미 반 시간 전에 다녀갔다는 걸 깨달았다.

한 시간에 한 번씩 하루 종일 마실 물을 갖다 나르는 시녀를 탓할 수는 없었다. 타냐는 다시 계단으로 향했다가, 방 안이 갑자기 어두워진 걸 발견했다.

'눈이 침침해졌나? 아니면 누가 창문을 닫았나?'

돌아보니 창틀에 이상하게 생긴 동물이 활짝 펼친 날개로 창문을 가리고 있었다. 모즈의 축소판 같은 외형에, 날개는 박쥐처럼 피막으로 덮여 있었다.

짧은 순간 타냐와 날개 달린 모즈는 서로를 멍한 눈으로 바라보았다. 모즈가 먼저 입을 벌리고 달려들었고 타냐는 한 손을 내밀었다.

여전히 꿈인지 환각인지 실제인지도 모르고 마법을 썼다. 모즈는 창틀에서 뛰어드는 자세 그대로 하얗게 얼어붙어 바닥에 떨어져 얼음처럼 산산조각 났다. 깨진 살 조각이 주저앉아있는 타냐의 몸으로 잔뜩 튀었다.

놈은 한 마리가 아니었다. 또 다른 모즈가 날개를 접고 타냐의 얼굴로 날아들었다. 하지만 시력이 안 좋아 한 마리가 이중으로 보인다고 착각한 탓에 마법을 쓸 기회를 잡지 못했다. 평소라면 날아오는 단검도 막았을 테지만 지금은 아니었다.

타냐는 겨우 한 팔로 얼굴을 막는 동작밖에 취하지 못했다. 모즈는 그녀의 팔뚝에 매달려 발톱으로 상처를 냈다. 그녀는 팔을 세게 휘둘렀다. 불꽃이 모즈의 몸뚱이를 태웠다. 놈은 고통스러운 비명을 지르며 방향을 잃은 나방처럼 벽과 천장에 마구 부딪쳤다.

창문으로 다른 모즈 두 마리가 또 날아들었다.

'모즈가 어떻게 로크의 방벽 안으로 들어온 거지?'

두 마리는 일제히 쓰러진 타냐의 위로 올라탔다.

"마스터 타냐, 물 가져왔……."

그때 방문이 열리며 물병을 든 시녀가 들어왔다.

"꺄아아아악!"

시녀는 놀라 뒤로 물러났다. 하지만 이내 두 마리 모즈가 타냐의 몸 위에 있는 걸 보고, 급한 김에 물병을 휘둘렀다. 사기로 만든 물병이 깨졌고 얻어맞은 모즈 한 마리가 내동댕이쳐졌다. 일반 모즈라면 꿈쩍도 하지 않았을 테지만 하도 가벼운 놈들이라 그 정도 공격도 어느 정도 통했다.

물병에 얻어맞은 모즈는 괴성을 지르며 곧바로 일어나 시녀에게 달려들었다.

기운을 잃은 타냐의 목덜미를 모즈의 혀가 감쌌다. 그녀는 순간 정신을 잃었다.

시녀의 비명을 듣고 계단에서 아이린이 뛰어 올라왔다. 그녀는 시녀에게 달려드는 모즈를 단칼에 베고, 타냐의 목을 혀로 감쌌던 모즈까지 목을 날려 버렸다.

탄 냄새가 진동했다. 바닥은 모즈의 피와 부서진 살덩이로 엉망이었
다. 아이린은 겁에 질려 주저앉은 시녀를 일으켜 세워 명령했다.

"가서 리펜다스 의장을, 아니 마법사 아무나 불러라."

아이린은 뒤늦게 상황을 파악할 수 있었다.

'카셀한테 쓴 그 날아다니는 모즈군. 하지만 방금 그게 다일 거야.
방벽 안으로 뚫고 들어올 수 있는 마법 염료를 그렇게 많이 가지고 있
을 리는 없어. 방금 총동원해 한 번에 들이닥친 게지.'

아이린이 쓰러진 타냐의 머리를 손으로 받쳤다.

"타냐, 괜찮니? 타냐!"

상처 하나 없는데도 타냐는 큰 부상이라도 입은 것처럼 정신을 차리
지 못했다.

아즈윈은 장갑을 끼고 칼날을 점검하고 방패를 털고 투구를 썼다.
머리에 꼭 맞는 투구가 없었다. 겨우 찾으면 디자인이 맘에 안 들었다.
그녀는 투구를 몇 번이나 썼다 벗었다를 반복했다.

"뭘 써도 안 어울리니 대충 해 둬라."

감히 하얀 늑대를 상대로 그런 말을 할 수 있는 사람은 로크의 군대
전체를 뒤져도 몇 명 없었다. 아즈윈은 돌아보면서 픽 웃었다.

"하긴 내 외모를 돋보이게 해 줄 투구가 이런 전장에 있을 리가 없
지. 어제는 수고 많았다."

"다들 날 보면 그 말 하네? 정작 난 어제 무슨 일 있었는지 기억도

안 나."

제이메르는 벌써 전투를 준비한 복장을 하고 있었다. 전날 엉망으로 찢어진 옷 대신 입은 드래곤 기사단의 복장으로. 안 어울렸지만, 몸 상태가 엉망이라는 걸 감출 정도로 깔끔하긴 했다.

"그 복장은 이제 드래곤 기사단으로 움직일 거라는 뜻이냐?"

"몰라. 옷 달랬더니 이거 주더라."

제이는 시큰둥하니 말했다.

"안 입었어도 됐어. 네 역할은 끝났다."

"다들 그러는군."

제이는 순순히 받아들이는 것 같다가 덧붙였다.

"하지만 어제도 내 맘대로 했으니 오늘도 내 맘대로 한다."

아즈윈은 슬쩍 손가락을 내밀어 그의 옆구리를 쿡 찔렀다. 제이는 황급히 옆구리를 가리며 비켜섰다. 아즈윈은 찌른 손가락을 까닥거리며 말했다.

"이번에는 어깨를 한번 찔러 줄까? 좋게 말할 때 물러나."

제이는 허리에 찬 도끼를 성한 쪽 팔로 들어 내밀었다.

"알고 있다. 사냥꾼으로서의 내 생명은 끝났다. 이 팔로 예전 같은 실력을 낼 수는 없을 거다. 그러니 우선 이 도끼는 돌려주지. 잘 썼다."

아즈윈은 도끼를 받아 등 뒤에 매달았다.

"그럼 어깨뼈가 부서지고도 성하길 바랐어? 목숨 건진 걸 다행으로 여겨."

"그래서 더 물러나기 싫다. 죽으면 그만이고 살면……, 다행이겠지. 어차피 여기가 무너지면, 다 끝이잖아."

아즈윈은 킥킥대고 웃으며 제이의 성한 쪽 어깨를 두드렸다.

"대단한 녀석! 어제 널 함부로 여긴 거 사과하지. 사과의 의미로 한 팔로 싸워도 되는 거 하나 가르쳐 주지. 이건…… 번호 붙이기 애매하니까 그냥 'J 포메이션'라고 하자. 너 싸우는 거 보고 만들어 뒀다."

"고맙다."

"아니, 내가 고맙다. 널 보고 있자니 그동안 침울하게 있었던 게 바보 같아졌어."

전날 한 번 합을 맞춰본 게 있어, 가르치기 어렵지 않았다. 아즈윈은 제이의 어깨 부상까지 고려해서 공격 방향을 수정했고, 그는 금방 가르침을 흡수했다.

갑자기 주위가 술렁댔고 쉬고 있던 병사들이 급히 무기를 들고 이동했다. 제이는 잠깐 칼을 내리고 병사들의 움직임을 살폈다. 그러나 아즈윈은 그의 칼을 툭 치며 말했다.

"한눈팔지 마. 시간 없어."

군대가 재정비되고, 병사들이 바삐 움직이는 순간에도 둘은 연습을 반복했다. 그리고 제이가 아즈윈의 말 한마디로 자기 자리를 찾아가게 될 무렵 전투가 시작되었다.

아즈윈은 살짝 땀에 젖은 이마를 손등으로 훔치고 그 자리에 털썩 주저앉았다. 병사들의 함성과 모즈들의 함성이 들렸다. 제이가 물었다.

"안 가냐?"

"너도 여기 잠깐 앉아."

제이는 시키는 대로 앉았다.

아즈윈은 호흡을 정돈하는 시간을 충분히 가진 후 말했다.

"다 외웠지?"

"외웠다."

"기병대의 제일 뒤에 따라붙어서 처음에는 싸우지 마. 그 어깨로 오래 싸울 수는 없어. 그러니 체력 보존하고 있어. 중간에 내가 신호를 보낼 거야. 그럼 내 옆으로 와라. 그리고 방금 가르쳐준 포메이션으로 싸우면 돼. 알았지?"

"알았다."

아즈윈은 일어나 손을 내밀었다. 제이는 그녀의 손을 잡고 힘겹게 일어났다.

"가자, 제이메르. 이제 내가 싸우는 모습을 보여 주마."

"그건 하얀 늑대의 이빨이냐?"

아즈윈은 이를 드러내며 씨익 웃어 보였다.

그때 어두운 동쪽 하늘에서 검은 드래곤이 날아 올라갔다. 그리고 동시에 축복의 탑에 대기하고 있던 가넬과 셀바이크가 날아올랐다. 공기가 피부를 흔들 정도로 강하게 떨렸다. 동시에 아즈윈은 아랫배가 시큰거리는 두려움을 느꼈다.

로크의 마지막 전투가 시작되었다.

'이게 무슨 짓이냐, 타냐?'

타냐의 머릿속에 떠 있던 건 죽지 않는 자들의 군주였다. 그자는 끔찍한 공포를 보여 주지도 않고 협박을 하지도 않고 강하게 압력을 가하지도 않았다. 그저 시커먼 어둠과 죽음을 암시하는 단어만 내뱉었다.

하지만 창문에서 날아든 날개 달린 모즈가 공격한 후에는 죽지 않는 자들의 군주가 아닌 테일드의 모습이 보였다. 아란티아를 구하고 돌아 오겠다며 마지막으로 안아 주던 다정한 모습 그대로였다. 그는 쓰러진 타냐를 측은하게 바라보며 말했다.

'네 힘으로 할 수 없는 일을 해선 안 된단다. 그건 운명에 거스르는 짓이야.'

타냐는 강한 어조로 저항했다.

"테일드의 모습으로 나를 농락하지 마라. 그런다고 난 넘어가지 않 아."

타냐의 목소리는 사방에서 메아리쳐 그녀에게 되돌아왔다.

'이제 너의 스승조차 알아보지 못하니?'

테일드의 목소리는 구슬프게 들렸다.

"겉모습에 빠지지 말라고 가르친 건 테일드다. 하지만 넌 테일드가 아니야."

'불쌍하게도. 지친 나머지 사고가 꽉 막혀 버렸구나. 좋다, 난 단지 지금의 네 잘못을 가르쳐 주려고 왔다.'

"인간을 지키고자 함이 잘못되었다고?"

'패한다는 걸 알고 있지 않니?'

"그렇지 않아."

'아니, 알고 있을 거야, 타냐. 이 전투는 진다. 조만간 축복의 탑이 무너질 거야. 너도 나와 같은 미래를 내다보고 있어. 러스킨은 패배의 공포를 이기지 못하고 적의 편에 붙었고 기사 빅터는 이기는 편에 붙고

싶어서 인간에게 칼날을 들이댔지. 너는 그들보다 더 먼 미래를 내다볼
수 있는 통찰력이 있지 않니?'

타냐는 카셀, 제이메르, 라이와 같이 로크에 발을 디뎠던 순간부터
그런 미래를 내다보고 있었다. 그러나 누구에게도 말하지 못했다. 라
틸다가 꿈에서 미래를 봤다고 할 때 깜짝 놀란 것도 그 때문이었고 카
셀이 미래를 봤다며 떠나야겠다고 말할 때 강하게 저지하지 못한 것도
그 때문이었다.

무너진 탑과 몰려오는 모즈들, 가넬을 짓밟은 구아닐의 포효.

'아니면 카셀을 기다리는 거냐? 네가 본 미래를, 그 애가 바꿔 줄 거
라고 기대하는 거냐? 그래서 떠나는 걸 강하게 잡지 못했던 거겠지.'

테일드는 다정하게 손을 내밀었다. 그의 손 위 떠오른 구체 안에 카
셀이 보였다. 그는 베논에 타고 있었다. 어디서 베논을 얻은 걸까? 하
지만 그는 눈보라에 갇혀 움직이지 못하고 있었다.

점점 강해지는 눈 속에 파묻히던 그는 베논 위에서 내려 고삐를 잡
아당겨 앞으로 가고 있었다. 그의 앞에 눈처럼 희뿌옇게 보이는 거대한
존재가 버티고 있었다. 하지만 카셀은 어둠 속에서 그것을 발견하지 못
했다.

'카셀, 다가가지 말아요!'

타냐는 자신의 목소리가 그에게 닿지 않을 걸 알면서도 소리쳤다.
카셀은 보검을 뽑아 자기를 막고 있는 보이지 않는 존재에게 소리쳤
다. 그러나 그의 목소리는 조금도 위협적이지 않았다. 잠깐 날씨가 맑
아지자 카셀은 안전하다고 생각했는지 무방비 상태로 걸어갔다.

카셀은 눈 쌓인 얼음 틈바구니로 떨어졌다. 마지막까지 버텼으나,

정체를 알 수 없는 유령 같은 괴물이 그를 얼음 틈새로 던져 버렸다.

"안 돼!"

타냐는 외쳤다.

'염려 마라.'

테일드는 어느새 등 뒤로 다가와 타냐의 가는 어깨를 따뜻하게 감쌌다. 다정한 목소리는 꿀처럼 달콤했고 추운 날 벽난로 앞처럼 따스했다.

'그리 위험한 절벽은 아닌 것 같구나. 살아 있을 거야. 하지만 얼음 틈새에서 오래 버틸 수 없을 것 같은데?'

타냐는 숨을 거칠게 내쉬었다.

테일드의 부드러운 목소리가 이어졌다.

'너에게 우선되는 게 무엇이니, 타냐? 이기지 못할 전투냐, 아니면 네가 사랑하는 사람이냐? 아직 늦지 않았어. 지금 가면 카셀을 구할 수 있다.'

"카, 카셀은…… 카셀은 혼자 이겨 낼 수 있어."

'그가 얼마나 약한지 알면서 그러는구나. 너의 보호가 필요해. 네가 먼저 약속하지 않았니? 저 애를 지킨다고.'

타냐는 거칠게 테일드의 손길을 뿌리쳤다. 하지만 애초에 형체가 없는 그를 뿌리칠 수는 없었다.

"카셀은 이곳을 지키기 위해 저기에 간 거야. 그런데 내가 여길 버릴 수는 없어."

타냐의 입술 사이로 붉은 피가 흘러 바닥에 뚝뚝 떨어졌다. 분노로 가득 찬 그녀의 목소리가 심하게 떨렸다.

"속일 생각하지 마. 저건 '어제' 있었던 일이야. 어제 축복의 탑에서 제이메르가 홀로 싸우고 있던 그 순간에 벌어진 일이야. 그러니까, 지금 카셀은……."

테일드는 안타까운 한숨을 쉬었다.

'벌써 내 말을 잊었니? 너는 이미 한번 목숨을 버렸던 아이다. 네가 살고자 한다면 조금은 이기적이어도 좋다고 말하지 않았니? 로크가 무너진다 한들, 그 순간이 인간의 멸망이겠니? 네가 카셀과 사랑을 나누고 오랫동안 같이 살아갈 수 있는 시간은 이어질 테지. 아니면 하늘 산맥에 숨어 살아도 좋겠구나.'

테일드는 서글픈 눈으로 타냐의 뺨을 가만히 쓰다듬었다. 그토록 그리워한 스승님의 손길이었다. 타냐는 끝내 그 손을 뿌리치지 못했다. 그리고 악마의 영혼을 받아들였을지언정 테일드의 온기를 느끼고 싶은 자신의 나약함에 울었다.

'이 전투에서 승리한다 해도 네가 카셀을 잃으면, 뭐가 남겠니? 평생 그걸 가슴의 상처로 안고 살 바에야 다른 인간들의 운명을 무시하여라.'

"마스터……."

타냐는 울면서 눈앞의 테일드의 얼굴에 힘없이 손을 댔다. 그리고 떨리는 목소리로 말했다.

"설사 지금 제 눈앞의 당신이 진짜라 해도 그런 말을 해선 안 돼요."

타냐의 손에서 하얀빛이 났고 테일드의 몸은 바닥에 떨어트린 도자기처럼 산산조각이 났다. 테일드는 처절하게 비명을 지르며 사라졌다. 너무 현실 같은 환각이라 정말로 자기 손으로 테일드를 죽인 것 같았다. 그게 적의 의도라는 걸 알면서도 견딜 수가 없었다.

타냐는 얼굴을 감싸 쥐고 울었다.

'카셀, 죽지 말아요. 꼭 돌아와야 해요.'

아이린은 경련을 일으키듯 몸을 떠는 타냐를 끌어안고 있었다. 타냐
는 나직이 신음하며 카셀과 테일드의 이름을 맥락 없이 중얼거렸다. 아
이린은 타냐의 이마를 찬 수건으로 식히기도 하고 부르르 떠는 손을 잡
아 주기도 했다.

죽음이라는 거대한 힘 앞에 한없이 어리고 작기만 한 이 소녀가, 혼
자서 이렇게 싸우고 있는데 자신은 아무것도 못한다는 게 증오스러웠
다. 지금 타냐가 무너지면 수천 명이 죽어 가며 지켜 낸 어젯밤이 무의
미해진다.

'가장 중요한 사람은 내가 아니라, 타냐야.'

아이린은 주머니 속의 회복 가루를 꺼내 지체 없이 타냐의 몸에 뿌
렸다. 그러나 치유의 가루는 설탕 가루처럼 타냐의 얼굴과 옷에서 흘러
내리기만 했다. 아무 일도 일어나지 않았다. 죽어 가는 목숨을 일으키
는 마법 같은 건 일어나지 않았다. 타냐 정도의 힘을 가진 마법사에게
는 통하지 않는 모양이었다.

계속 뭔가를 중얼거리던 타냐는 아이린의 팔을 쥐고 있던 손을 바닥
에 툭 떨어트렸다. 아이린은 타냐를 끌어안았다.

"안 돼, 타냐. 포기하면 안 돼!"

타냐를 격려하던 아이린의 목소리는 이내 자신에게 향했다.

"여기서 무너지면 안 돼. 포기하면 안 돼."

멀리서 전투를 알리는 나팔 소리가 울렸다. 모즈들의 진군이 몰고 오는 압력이 여기까지 느껴졌다. 아이린은 꾹 참았던 눈물을 흘리며 허공에 대고 말했다.

"못하겠어요, 새나디엘. 도저히 못 해내겠어요. 퀘이언, 이럴 때 너라면 어쩌겠니?"

그녀의 목소리는 공허하게 흩어졌다.

로크의 방벽을 이루는 푸른빛이 점차 옅어지기 시작했다.

Chapter 20

워그의 영혼

축복의 탑은 무너져 있었고 카-구아닐은 레-가넬을 짓밟고 있었다.

구아닐의 포효는 로크의 병사들을 불태웠다.

누구도 구아닐의 힘을 막지 못했다.

타냐는 아로크의 탑 꼭대기에 쓰러져 있었다. 그녀는 죽어 가는 목소리로 말했다.

'늦었어요, 카셀.'

무너진 로크의 성벽 앞에 회색 로브의 마법사가 얼굴을 가린 후드를 머리 뒤로 넘겼다. 평온해 보이는 그의 얼굴에 사악한 미소가 떠올랐다.

"내가 이겼다, 새나디엘의 후계자. 너 같은 하찮은 인간이 고작 인간의 대장장이가 차가운 불길에서 망치로 두들겨 만든 칼 한 자루 들었다고 나를 막을 수 있을 것 같은가?"

그의 목소리는 백 명이 동시에 말하는 듯 중첩되어 울렸다.

"애초에 아란티아에서 백 명도 안 되는 기사들을 데려온다 한들 무너져 가는 흐름을 되돌릴 수 있다고 생각했느냐?"

카셀은 아무 대꾸도 하지 못했다. 아니, 말을 했으나 하는 말마다 얼음이 되어 바닥에 떨어졌다.

"그곳에서 얼어 죽어라. 하늘 산맥의 유령에게 먹혀라. 내게 죽으면 안식도 얻지 못할 터! 차라리 워그를 증오하는 고대의 유령에게 먹히는 게 네겐 안식이 되리라."

카셀은 목을 잡고 피를 토했다. 마법사는 그를 비웃었다.

"네가 할 일은 아무것도 없다."

카셀은 몸을 감싸는 차가운 어둠에 사로잡혔다.

'이건 악마의 저주일까, 나의 상상일까?'

카셀은 구별하지 못했다. 어느 쪽이든 저항할 수 없는 건 매한가지였다. 다가오는 어둠 앞에서 모든 것을 포기하고 그대로 죽음을 허락하고 싶었다. 그때 차가운 철갑으로 감싼 커다란 손이 어둠을 쫓아내며 말했다.

"네 두려움을 아직도 꺾지 못했는가?"

웰치였다.

"네가 진짜 하찮은 인간이라면 죽지 않는 자들의 군주가 나서지 않았을 것이다. 굳이 네게 환각을 심어 주려고 노력하지 않았을 것이고 굳이 하늘 산맥까지 넘어와 너에게 공포를 보여 주진 않았을 것이다."

이제 웰치는 더 이상 검은 갑옷의 기사가 아닌 살아 있는 한 명의 인간으로 보였다. 그는 믿음직스러운 얼굴로 고개를 끄덕이며 손을 내밀었다.

"그를 두려워하지 마라. 그 역시 너를 두려워하고 있는 것이니!"

카셀은 피 묻은 손으로 웰치의 손을 잡았다.

"제게 정말 캡틴의 자격이 있습니까?"

새나디엘 앞에서 무릎 꿇었던 위대한 기사는 주름진 눈가에 미소를 띠고 말했다.

"너는 이미 그 답을 알고 있지 않느냐? 나는 캡틴이 아닌 자와 캡틴의 자격을 논하지 않는다."

"……캡틴 웰치."

카셀은 그 말을 하며 정신을 차렸다. 하지만 얼어붙은 몸은 아직 움직일 수가 없었다.

옆구리에 따뜻한 것이 감싸고 있었다. 카셀은 본능적으로 그것을 꽉 끌어안았다. 사방이 지독히 추웠기에 털북숭이가 더 따뜻하게 느껴졌다.

뜨듯하고 축축한 것이 카셀의 얼굴을 핥았다.

"너구나. 다행이야. 살아 있었구나."

카셀은 얼어붙은 입술을 떼며 말했다. 베논은 몇 번 더 그의 얼굴을 핥고 킁킁대며 코를 가까이 가져왔다. 뜨거운 콧김이 얼어붙은 얼굴에 닿았다. 바람이 불지 않아서 그런지 사방이 온통 얼음뿐인데도 바깥보다는 따뜻했다.

"잠깐만 이대로 있자."

의지는 몸을 일으켰으나 육체는 의지를 끌어당겨 눕혔다. 카셀은 한참 동안 베논을 끌어안고 온기가 회복되길 기다렸다.

주위를 둘러보았으나 아무것도 보이지 않았다. 굴러떨어진 곳이 어디인지도 알 수 없었다. 동물 울음 같은 바람 소리가 들려오는 걸 보니 바깥은 또 눈보라가 치는 모양이었다.

"안 다쳤니? 너만 안 다치면 우린 계속 갈 수 있을 거야."

하반신에 느낌이 없었다. 아까 떨어질 때 다리가 잘려나갔나 싶어 만져 보니 아직 있었다. 하지만 딱딱하게 굳은 것이 남의 다리를 만지는 기분이었다.

카셀은 열심히 다리를 주물렀다. 팔이 뻐근해질 정도로 주무르고 나서야 감각이 돌아왔다.

카셀은 손을 베논의 배 밑으로 넣었다. 장갑이 방해가 되어 배 밑에 손을 넣은 채로 장갑을 벗었다. 녀석은 추위에 익숙한 듯 그의 차가운 손을 거부하지 않았다.

"어디로 가야 하지? 너는 어디로 가야 할지 알겠니? 여긴 또 어디지? 절벽 아래로 떨어져 버렸으니 너라고 방향을 잡고 있겠냐마는, 그래도 나보다는 잘 알겠지? 하아, 너와 말이 통하면 물어보고 싶은 게 한둘이 아니구나."

지금은 그냥 좀 더 자고 싶었다. 그러다 거의 무의식중에 있어야 할 것을 찾아 더듬거렸다. 허리에도 없었다. 바닥에도 없었다.

보검을 잃어버렸다!

카셀은 정신없이 주변을 더듬었다. 손이 얼어붙어 바닥이 얼음인지 바위인지 흙인지도 느껴지지 않았다. 어둠 속이라 보이는 것도 없었다.

'침착하자. 칼 손잡이에 빛을 발하는 보석이 달려 있어. 이런 어둠

속에서는 더 잘 보여야 해.'

카셀은 고개를 천천히 돌려 가며 아주 작은 빛이라도 보이나 하고 집중했다. 하지만 빛은 없었다. 어디 다른 곳으로 떨어진 모양이었다. 여기는 위치상 눈이 쌓이는 곳이 아니니 눈에 파묻혀도 깊이 박히지는 않았을 것이라 생각하고 카셀은 주변을 더듬거렸다. 하지만 손에 걸리는 건 까칠한 눈뿐이었다. 점점 초조해졌고 나중에는 죽을힘을 다해 눈속에 손을 집어넣어 가며 찾아 헤맸다.

손이 깨질 것처럼 아팠다. 하도 마음이 급한 나머지 장갑을 벗은 채로 눈을 파헤치고 있다는 사실을 뒤늦게 깨달았다.

카셀은 다시 바닥을 기어 베논의 숨소리가 들리는 곳으로 되돌아갔다. 그리고 베논이 주저앉은 배 밑으로 손을 넣어 장갑을 찾았다. 언 손에 다시 따뜻한 피가 돌았다. 장갑을 찾음과 동시에 그 밑에 딱딱한 게 잡혔다.

보검은 거기 있었다. 칼집도 같이 있었다.

카셀은 베논의 배가 다치지 않도록 조심조심 칼을 꺼냈다. 손잡이에 박힌 희미한 보석의 빛을 보니 허탈한 웃음이 나왔다. 이 똑똑한 녀석은 보검이 카셀에게 소중한 거라고 생각한 나머지, 자기 딴에 가장 안전한 곳에 보관하고 있었던 모양이었다. 아니면 자기도 카셀과 붙어 있는 게 따뜻하니 옆에 누웠고, 그 장소가 하필 칼이 떨어진 장소였든가.

'당신이 없다면 나 역시 없는 거겠죠?'

칼을 찾은 안도감이 졸음을 몰고 왔다. 피로가 몸을 끌어당겼고 나른함이 유혹했다. 카셀은 칼날을 손에 꽉 쥐었다. 얼어붙은 손에 뜨끔한 고통이 전해졌다.

"나는 캡틴 울프다."

카셀은 눈을 감고 칼날에 베인 손바닥에서 팔뚝으로 흐르는 뜨거운 피를 느꼈다. 카모르트에서 처음 하얀 늑대들을 만나 노르만트에 입성할 때도 그랬고 하늘 산맥의 눈 덮인 산에 갇힌 지금도 마찬가지였다.

"누군가 아니라 할지라도 지금 나는 되어 가는 중이다."

카셀은 다시 장갑을 끼고 힘들게 베논의 등에 올라탔다. 엎드려 있던 베논은 그가 안장에 올라타 목덜미를 끌어안자 몸을 일으켰다. 여전히 주변은 어두웠고 카셀은 거의 아무것도 보지 못했다. 손잡이에 박힌 작은 불빛으로는 천장도 보이지 않았다.

'하푸처럼 계곡이 이어져 있는 걸까? 그냥 동굴일까?'

지금 떨어진 곳이 어떤 구조인지 알 길이 없었다. 그저 천장에 머리를 부딪치지 않도록 최대한 몸을 낮추고 있을 도리밖에 없었다.

베논은 카셀이 떨어지지 않는지 확인하듯 앞뒤로 움직여 보더니 천천히 걸었다. 카셀은 베논이 아까 추락했던 얼음 틈새를 기어 올라갈 거라고 예상하고 목덜미를 좀 더 세게 잡았다. 떨어졌던 기억을 더듬어 보자면 꽤 경사가 급했으니, 자신을 태우고 베논이 올라가긴 힘들지도 몰랐다. 하지만 이상하게도 베논은 직진을 하고 있었다. 약간 위로 올라가기도 하고 내려가기도 했으나, 급격한 경사를 오르지는 않았다.

"어딜 가는 거니? 혹시 너 너무 영리한 나머지 날 따뜻한 곳으로 데려가는 거야? 그럼 안 돼. 우린 여길 벗어나야 해."

말은 그리했지만 지금은 베논이 가는 대로 매달려 있는 것밖에 할수 없었다.

베논은 계속 지하를 통해 걷고 있었다. 카셀은 조심스럽게 손을 옆으로 뻗었다. 손끝이 벽에 닿았다. 그는 움찔하며 손을 움츠렸다.

바위였다. 혹시나 하고 다시 손을 뻗어 보니 또 바위가 닿았다. 얼음이 아니었다.

'얼음 틈바구니가 아니라 동굴을 통해 가고 있구나. 길을 알고 가는 걸까, 아니면 구멍이 뚫려 있으니 그냥 가는 걸까?'

산에 익숙한 녀석이 본능적으로 빠져나가는 길을 알고 있을 거라고 믿고 기다려야 했다. 카셀은 천천히 흔들리는 베논의 등에서 꾸벅꾸벅 졸다가 결국 잠들어 버렸다. 그사이 보검이 빛을 내기 시작했다는 건 깨닫지 못했다.

흔들림에 다시 깨어났을 때 카셀은 이상한 소리를 들었다.

누군가 수군거리는 소리였다. 굵은 목소리였지만, 발음이 잘 구별되지 않았다. 소리가 벽을 타고 울리니 사방에서 카셀을 둘러싸고 회의라도 하는 듯했다. 그는 호흡을 잠시 멈추고 눈동자만 옆으로 굴렸다. 희미한 보석의 빛으로는 겨우 팔이 닿는 거리만 보였다.

베논도 움직이지 않았다. 카셀은 조심스레 베논의 등에 손을 댔다. 그 추위 속에서도 끄덕 않던 녀석이 희미하게 몸을 떨고 있었다. 호흡은 점점 거칠어졌고 불안하게 발을 내디뎠다가 물리기를 반복하고 있었다.

"이곳에 우리 둘만 있는 게 아니구나."

카셀은 칼을 꺼내려고 조심스럽게 허리에 손을 가져갔다. 그러자 뭔가 딱딱한 것이 그의 팔뚝에 닿았다. 닿은 부분의 살점이 떨어져 나갈 것 같은 냉기가 느껴졌다.

카셀은 황급히 팔을 치웠다. 그 순간 보석의 빛에 살짝 비쳐 누군가의 팔이 보였다. 손가락은 나뭇가지처럼 길었고 팔뚝은 대나무처럼 가늘었다. 팔은 얼음으로 이루어진 하얀 비늘이 덮여 있었고 비늘 사이를 비집고 길고 짧은 가시들이 위협적으로 튀어나와 있었다. 카셀이 잠깐 멈칫한 사이 그 손이 허리에 차고 있는 보검을 슬그머니 잡아당겼다.

카셀은 재빨리 보검의 손잡이를 움켜잡았다. 그러자 그 괴이한 생물체가 그의 가슴을 확 떠밀었다. 그는 베논의 등에서 굴러떨어졌다. 공포를 견디지 못한 베논이 울면서 제자리에서 펄쩍 뛰었다.

보이지는 않지만 분명 뭔가가 있었다. 살아 있는 존재인지, 죽어 있는 존재인지, 하나인지 둘인지 여럿인지도 분간할 수 없었다.

카셀은 엉덩이를 끌어 뒤로 물러났다. 차가운 바위 벽이 등에 닿았다. 카셀은 허리를 더듬어 칼을 찾았다. 그러나 없었다. 보검의 빛도 보이지 않았다. 칼을 빼앗겼다!

"누구냐?"

카셀은 더욱 크고 더욱 위협적으로 들리도록 소리치고 싶었다. 그러나 얼어붙은 목청에서 새는 소리는 작고 겁먹은 소리였다. 아무것도 보이지 않는 어딘가에서 딱딱하고 거대한 것이 날아들어, 또 한 번 카셀을 떠밀었다.

카셀은 무기력하게 벽에 뒤통수를 부딪쳤다. 뒤이어 딱딱한 손이 그의 목을 움켜잡더니 그를 들어 올렸다. 반항할 틈도 없이 그는 벽을 따라 위로 끌려 올라갔다.

카셀은 두 손으로 상대의 팔뚝을 움켜잡았다. 딱딱한 얼음 같은 팔이었다. 보검을 빼앗아 간 그 손이었다.

얼음으로 된 나뭇가지도 아니었고 고드름 같은 것은 더더욱 아니었다. 보이지는 않지만 알 수 있었다. 심지어 그것은 말도 했다.

"드루 리아이 아즈 즈레드."

느낌상 그런 건지 실제로 그런 건지 카셀은 아주 높은 곳까지 끌려 올라가 멈췄다. 추위와 공포로 윗니와 아랫니가 딱딱 부딪쳤다.

"그뷔수……. 쿠 그뷔수."

알아들을 수 없는 목소리가 귀로 흘러들어왔다. 목을 조였지만 의외로 아프지는 않았다. 오히려 자장가처럼 카셀을 달콤한 잠으로 이끌었다.

뒤이어 시끄럽게 잠을 방해하는 목소리만 없었다면 벽에 걸린 채로 잠들었을 것 같았다.

'일어나라, 나디엘의 후계자! 그리고 내게 와라.'

카셀은 명령하는 그 목소리를 비웃어 주고 싶었다. 이렇게 잡혀 있는 중에 대체 뭘 어쩌라는 건가 하고.

'영혼마저 얼어 버린 짐승 따위에게 사로잡혀 걸음을 멈추지 마라. 네가 만들어 낸 공포로 너를 붙잡지 마라. 처음 내게 왔듯이 내게 오라.'

카셀은 눈을 떴다. 그는 여전히 벽에 등을 기대고 있었다. 하지만 공중에 떠오른 게 아니라 바닥에 앉아 있었다. 뭔가가 자신의 목을 잡고 있지도 않았다.

'헛것을 본 건가?'

카셀은 장갑 낀 손을 쥐었다 펴길 반복했다.

'아니야. 느낌이 남아있어. 난 얼음으로 된 팔뚝을 쥐고 있었어.'

베논의 겁에 질린 발소리가 좁은 동굴 안을 울리고 있었다. 가까이 있지만 어디 있는지는 보이지 않았다. 스무 걸음쯤 떨어진 자리에 보검의 빛이 희미하게 보였다.

'빼앗아 간 게 아니라, 단순히 떨어뜨린 거야? 이상하네. 분명 빼앗아 간 거라고 생각했는데…….'

카셀은 비틀거리며 보검의 앞으로 걸어갔다.

그 길을 또 한 번 뭔가가 막아섰다. 그것의 투명한 몸체 너머로 보검의 빛이 일그러져 보였다. 카셀은 천천히 시선을 위로 올렸다.

이번에는 환각도, 착각도 아니었다. 뱀처럼 긴 목과 말처럼 긴 머리를 가진 하얀 얼음 조각상이 카셀을 내려다보고 있었다. 놈의 긴 머리가 천천히 카셀을 향해 내려왔다.

카셀은 그 다가오는 머리를 움켜잡았다.

"물러서라."

카셀은 어느 순간 인간의 언어가 아닌 고대의 언어로 말하고 있었다. 그것은 카셀의 목소리인 동시에 스토크 워그의 목소리였다.

"내게 패해 이곳으로 쫓겨났다면 미련을 두지 말고 계속 이곳에 몸을 웅크리고 있으라. 나는 드래곤들의 하이로드와 같은 존재이며 인간들의 여왕을 섬기는 자다."

그 투명한 머리가 카셀의 머리 위에서 멈췄다. 작게 열린 입에서 하얀 냉기가 밑으로 쏟아졌다.

그것도 고대어로 말했다. 카셀은 이제 그의 말을 모두 알아들을 수 있었다.

"나는 누라이다."

얼음 조각에 닿은 카셀의 손이 얼어붙기 시작했다. 손목을 얼리고, 팔뚝을 얼리고, 어깨를 얼리더니 입김까지 얼렸다. 머리 위를 덮는 냉기는 머리카락을 딱딱하게 얼리고 얼굴을 얼리고 눈을 마비시켰다. 카셀은 지금까지 희뿌옇고 반투명하게 보이던 괴물을 뚜렷하게 볼 수 있었다.

그것은 하늘 산맥의 눈 덮인 산꼭대기 위에서 날개를 펼친 한 마리 거대한 새였다.

"드래곤 따위 나의 먹이에 불과하거늘, 하이로드가 어쨌다는 거냐? 나는 하늘 산맥의 모든 것을 지배하는 신이다."

놈의 날개에는 드래곤 같은 팔이 붙어 있었고 목에는 깃털 대신 철갑 비늘이 돋아나 있었다. 부리는 독수리 같았고 꼬리는 뱀처럼 길었다. 새의 입에서 터져 나오는 엄청난 울음소리에 근처 모든 산이 지진을 일으켰고, 눈사태가 일어나 숲을 삼켰다.

마치 자신이 하늘 산맥의 주인이라고 선언하는 것 같았다.

새의 발톱 아래에는 갈기갈기 찢어진 레미프들의 시체가 찍혀 있었다. 부리에는 레미프의 살 조각이 너덜너덜하게 매달려 있었다. 레미프들을 지키려던 드래곤마저 포식자에게 붙잡힌 초식 동물처럼 애처롭게 저항했다.

여신 나딜에게서나 볼 수 있는 위압감이 카셀을 짓눌렀다. 이대로 숨을 쉬지 못해 죽어 버릴 것 같았다.

"고개를 들어라!"

좀 전에 카셀을 깨웠던 목소리가 쩌렁쩌렁 울려, 누라이의 목소리를 집어삼켰다. 그리고 눈 위를 달리는 하얀 동물이 거대한 새의 목덜미를 물었다. 새는 날개에 달린 앞발을 하얀 짐승의 몸에 박고 저항했다. 발톱이 하얀 털 짐승의 등을 찢고 배에 구멍을 냈다.

거대한 두 짐승의 싸움으로 산이 무너지고 수백 년 동안 자란 나무 수백 그루가 부러졌다. 거대한 바위산 하나가 무너지며 끝내 괴물 새는 목이 부러져 죽었다. 넘치는 피가 바위산을 물들였다.

하얀 짐승은 피투성이가 되어 산 아래로 터덜터덜 내려갔다. 그 새의 새끼들이 복수라도 하듯 하늘에서 내려와 공격했다. 마지막까지 저항하며 숲을 내려간 그 짐승은 결국 산 아래 초원에서 기절해 쓰러졌다.

새들은 하늘 산맥 아래까지 쫓아 내려와 죽어 가는 짐승 주위로 몰려들었다. 마치 시체를 쪼아 먹으려고 모여든 까마귀 떼 같았다.

그곳으로 갈색 머리를 뒤로 땋은 소녀가 뛰어들어, 새의 부리를 칼로 벴다. 새들은 부리와 발톱을 휘두르며 저항했으나, 동료가 둘이나 죽자 겁을 먹고 달아났다. 그 소녀도 심한 상처를 입고 하얀 짐승 옆에 쓰러졌다.

그 짐승은 자신을 구해 준 여자를 품에 끌어안고 그녀의 상처를 핥아 주었다.

'내가 이곳을 지킬게. 너는 하늘 산맥을 지켜. 너의 이름으로 나의 기사단을 만들겠어. 여신께서 내려 주신 이 도시의 모든 것을 너를 위해 만들 것이며, 언제나 너를 기다릴 거야.'

그녀는 그 짐승을 끌어안으며 말했다.

'너의 모습을 따서 내 기사단의 가장 위대한 기사를 하얀 늑대라고 부를게. 그 첫 번째는 내가 될 거야. 누라이를 물어 죽인 너의 이빨을

찬양하며 나의 칼 역시 너의 이빨이라 부르겠어.'

수십 년이 흐르고 그 하얀 털의 짐승은 하늘 산맥의 깊은 산속에서 죽어 갔다. 그의 육체는 바위와 하나가 되었고 수백 년이 지나며 작고 검은 바위로 변했다.

그 바위 앞에 로브를 입은 마법사가 나타났다.

'이런 곳에 있었군요, 새나디엘의 하얀 늑대, 하늘 산맥의 또 다른 수호자여. 저는 루티아의 그랜드 마스터 테일드입니다.'

그의 웃는 모습은 어린아이처럼 밝았다.

'같이 가시지요. 조만간 당신의 힘이 필요한 싸움이 벌어질 것입니다.'

그다음 보인 것은 아란티아의 대장장이 르고였다. 그는 새나디엘 여왕에게 물었다.

'뭘 만들라고요?'

'보검.'

'무슨 보검이요?'

'아란티아의 보검.'

르고는 황당해 하는 모습을 보였지만, 새나디엘은 웃기만 했다.

다음 순간 젊은 시절의 퀘이언이 보검을 들고 크게 외치고 있었다.

'아란티아의 여왕을 위하여.'

그리고 로일이 보였다. 로일은 패잔병들의 술집에 앉아 꾸벅꾸벅 졸았다. 하지만 듣던 것과는 달리 쥐고 있는 칼에서 손을 떼는 일은 없었다. 갑자기 누라이를 향해 포효하던, 고개를 들라고 카셀에게 소리치던 목소리가 로일에게 조용히 말했다.

'호이로-모.'

그 목소리는 이제 카셀에게 인간의 언어만큼이나 똑똑히 들렸다.

'날 보내라.'

잠꼬대처럼 로일이 뭐라고 웅얼거렸다. 안 된다고 말하는 것 같았다. 목소리는 다시 명령했다. 아니, 부탁했다.

'쥬모티야 자이-와 보드웝프 두 유위. 호이로-모.'

'언제고 다시 너에게 돌아갈 테니 날 보내라.'

소매치기가 몰래 훔쳐 가려고 작정을 해도 뺏어 가지 못할 정도로 강하게 칼을 쥐고 있던 로일의 손에서 힘이 빠졌다. 보검은 지저분한 술집 바닥에 툭 떨어졌다. 그리고 운 좋은 부랑자가 그것을 슬쩍 집어 들었다.

그다음에는 카셀 자신의 모습이 보였다. 허름한 음유시인의 복장을 하고 패잔병들의 마을 어느 으슥한 골목에서 졸고 있는 모습이었다.

또 한 번 같은 목소리가 울렸다. 그때는 알아듣지 못했던 그 목소리를 지금은 알아들을 수 있게 되었다.

'쿠무. 아이프트 조드 모.'

'와라. 그리고 날 집어라.'

다음 순간 카셀은 죽지 않는 자들의 군주에게 지배당해 악마가 되어 버린 검은 사자 백작을 향해 외치고 있었다.

'나는 하얀 늑대들의 캡틴, 카셀 울프다!'

캡틴 웰치가 화이트 게이트로 달려오는 모습이 보였다. 카셀은 되살아난 익셀런 기사단을 향해 소리쳤다.

'약속을 지켜라, 블랙!'

그다음 카셀은 카구아를 향해 소리치고 있었다.

'물러나라. 아란티아의 힘 앞에서 네 사악한 의지를 버려라.'

그리고 얼음처럼 투명한, 영혼만 남은 모습으로 카셀을 노려보는 하늘 산맥의 그 거대한 새가 앞을 가로막고 있었다. '워그'의 영혼은 그 모든 순간에 있었고 카셀의 행동을 지켜보고 있었다.

'시프 유위 주-모-푸?'

'이제 내가 보이는가?'

같은 목소리가 다시 들렸다.

카셀은 이제 대답할 수 있었다.

"보입니다. 워그의 영혼이시여."

카셀은 천 년 전 워그에게 죽었던 하늘 산맥의 악마 느-라이프덤을 똑바로 주시했다. 더 이상 그것은 얼음 덩어리도 아니고, 반투명한 유령도 아니었다. 창공에서 먹잇감을 내려다보는 육식 새의 모습이었다.

"네가 아무리 고대의 악령이며 이곳을 지배하는 주인이라 할지라도 예외가 될 수는 없다, 누라이."

카셀은 거대한 존재의 머리에 대고 얼어붙은 손을 꽉 쥐었다.

"하얀 늑대의 이빨을 보고 살아남을 수 있는 건 오직 하얀 늑대뿐이다."

카셀의 손 안에서 크리스털 같은 날카로운 얼음 조각이 깨졌다. 바닥으로 떨어지는 얼음 조각들 속에서 정체를 알 수 없는 동물의 고통스러운 비명이 울려 퍼졌다. 동시에 동굴 전체가 흔들렸다.

유령은 사라졌다.

카셀은 비틀거리며 걸어가 떨어진 보검을 쥐었다. 손잡이의 보석은 여전히 옅은 빛만 내고 있었고 칼날에는 아무 변화도 없었다. 카셀은 칼날에 이마를 댔다.

"당신이 나디우렌의 증표라서 길을 찾을 수 있었던 게 아니었군요. 애초에 하늘 산맥은 당신의 영역이었어요. 그렇죠?"

카셀은 칼을 집어넣고 고개를 들었다. 어두웠는데도 주변이 다 보였다. 천장이 금 가고 벽이 갈라지는 것도 보였다. 먼발치에서 불안해 어쩔 줄 몰라 하며 서성대는 베논이 보였다. 카셀은 바닥이 크게 진동하는 통에 제대로 걷지 못하고 비틀거리며 베논에게 다가갔다.

"무서워할 것 없다."

카셀은 베논의 얼굴을 쓰다듬었다.

"겁주는 것밖에 할 줄 모르는 유령이었을 뿐이야."

그는 베논의 등에 올라탔다. 그리고 힘 있게 고삐를 잡아 베논의 머리를 돌렸다. 카셀은 베논이 알아듣지 못하는 말이나 괜한 위로보다는 망설임 없는 행동으로 녀석을 진정시켰다.

"가자. 이제 길은 내가 안내하마."

베논은 무너지기 시작하는 동굴 안을 전력으로 달리기 시작했다. 앞이 보인 건 한순간이었고 다시 시커먼 어둠이 앞을 가렸다. 그러나 카셀에게는 어느 방향으로 가고 있는지 모두 보였다.

하늘 산맥의 마력은 더 이상 카셀을 방해하지 못했다.

아니, 이제 하늘 산맥은 카셀의 영역이었다.

베논은 눈으로 막혀 있는 동굴 입구를 머리로 들이받아 부수며 밖으로 빠져나왔다. 바닥에 착지하자 또 눈 쌓인 산자락이 나왔다. 눈은 아직 내리고 있었으나 심하지 않았다. 구름이 너무 짙게 깔려 시간이 얼마나 흘렀는지 분간이 안 갔다.

하늘 산맥에 들어온 후 시간 개념을 완전히 잊어버린 카셀이었다.

"이쪽으로 오세요."

그때 한 여자의 목소리가 귓가에 들렸다. 차갑게 언 마음을 녹이는 따뜻한 목소리였다. 함정이라는 생각은 들지 않았다. 이제 카셀은 어느 것이 그를 위하는 진짜 목소리인지, 어느 것이 그를 해치려는 가짜 목소리인지도 다 알 수 있었다.

카셀은 원래 가려던 방향에서 약간 돌려 목소리가 들린 쪽으로 향했다.

베논은 바닥이 파이는 눈 바닥을 가벼운 걸음으로 뛰어 산을 내려갔다. 구름도 점점 걷혀 갔다. 눈 쌓인 바닥이 끝나고 풀 자란 언덕이 나왔고, 곧 나무가 나왔다.

베논이 달리는 속도가 점점 빨라졌다. 하지만 카셀은 가장 빨라지는 순간에 고삐를 잡아 세웠다. 숲이 시작되는 곳에 즈비 족의 레미프 두 명이 환한 달빛 아래 서 있었다. 한 명은 덩치 큰 남자 레미프였고 한 명은 그에게 의지해 겨우 서 있는 가냘픈 여자 레미프였다. 그녀는 눈을 감고 있음에도 카셀이 나타난 걸 알고 미소를 지어 보였다.

카셀은 베논의 위에서 휙 뛰어내려 그녀에게 인사했다.

"부름에 이끌려 왔습니다, 시나비아."

시나비아의 옆에 있는 레미프는 라든의 대장인 판커틴이었다. 판커틴이 먼저 인사했고 뒤이어 시나비아가 말했다.

"당신의 눈에는 이제 하늘 산맥의 길이 보이시는군요."

"보입니다."

"오래전 잃어버린 영혼이 기억을 되찾았네요. 그가 당신을 인도할 것이고 당신은 그를 인도해야 할 겁니다."

"제가 얼마나 온 거죠?"

시나비아는 북쪽을 가리켰다.

"저쪽은 인간들의 나라로 치면 아란티아와 가넬로크의 국경입니다. 그리고 남쪽에는 하푸가 있죠."

카셀은 가슴이 철렁 내려앉는 것 같았다. 절반밖에 오지 못했다. 그리고 이제 밤을 지나 새벽에 가까워지고 있었다. 시간이 얼마나 지난 걸까? 로크는 지금 어떤 상황일까?

"시나비아, 로크는 지금 무사합니까? 당신의 통찰력으로 어느 정도까지 보이나요?"

카셀은 성급히 물었다.

시나비아는 감은 눈으로 고개를 갸웃했다.

"하늘 산맥 너머의 전투까지 모두 볼 수 있을 정도로 내 시야가 넓지는 않아요. 미안해요, 카셀. 하지만 당신의 친구 한 명의 모습은 보이는군요. 제이메르……."

카셀은 그의 이름을 듣는 것만으로도 그리움에 가슴이 떨렸다.

"지금 그의 앞에 수많은 기사들이 무릎을 꿇고 있군요. 레-가넬-란도르께서 직접 지키고 계시는군요. 새벽빛이 그 둘을 감싸고 있어요. 그 이상은 보이지 않네요."

카셀은 무서워서 타냐에 관한 얘기를 물어볼 수가 없었다. 다행인지

불행인지 시나비아는 그녀에 대해 말해 주지 못했다.

"그리고 당신이 가장 알고 싶어 하는 사람은 제가 뚫고 볼 수 없는 영역 안에 있습니다."

그 정도만 알면 충분했다. 로크 존이 아직 유지되고 있다는 뜻이니까.

문제는 여전히 시간이었다. 만약 지금 가넬로크가 무사하다 해도 다시 한번 밤이 오면 또 한 번의 격전을 이겨 내지 못할 것이다. 시나비아는 그의 걱정을 정확히 읽은 듯 말했다.

"저는 당신을 약간이나마 돕기 위해, 당신이 만나야 할 우그들을 이쪽으로 이끌었습니다."

"그들을 이쪽으로?"

"다행히 제가 부르는 소리를 경계하면서도 받아들이는 강한 정신의 소유자가 있더군요. 쉐이든, 아는 이름이지요?"

"쉐이든이 와 있다고요?"

카셀은 깜짝 놀라 물었다. 시나비아는 다시 북쪽을 가리켰다.

"그대로 거슬러 올라가세요. 그 끝에 당신이 찾는 우그들이 있습니다."

카셀은 긴장된 목소리로 물었다.

"당신은 정말 시나비아인가요?"

"왜 갑자기 그런 말을 하시죠?"

"라루튼의 공주 세르메이도 그렇고 라든의 무녀도 그렇고 모두가 저를 가장 적절한 시점에 정확하게 돕고 계십니다. 심지어 악마의 목소리에 혼란을 일으킬 때 당신들 두 사람이 환각 안으로 끼어 들어와 저를 여기로 인도했습니다. 어떻게 제가 의심하지 않을 수 있겠습니까?"

"우연도 아니고 악마의 계략도 아닙니다. 모든 것은 당신이 끌어낸 결과입니다. 당신은 혼신을 다해 저를 이끌었고 저를 설득했고 우리를 살렸습니다. 세르메이 공주도 마찬가지였을 겁니다. 대단하게 여길 일도 아닙니다. 우린 당신이 준 것을 되돌려 드리고 싶을 뿐이니까요."

시나비아는 웃으며 말을 이었다.

"카셀, 만약 당신 자신을 믿지 못하겠다면 당신이 해 놓은 일을 믿으세요."

"고맙습니다."

카셀은 깊이 고개 숙여 인사했다.

시나비아는 가는 손을 들어 숲의 한쪽을 가리켜 방향을 지시했다.

"늦지 말고 가요, 카셀."

카셀은 서둘러 베논에 올라타 달리려다가 멈췄다.

"혹시 라이에 대해서 알고 계신 게 있다면⋯⋯."

"그는 자신의 기더를 끝냈습니다. 이제 당신이 할 일은 그의 안식을 빌어 주는 것이에요. 그의 영혼은 우리가 데리러 갈 테니까요."

카셀은 눈물이 나는 것을 참으려고 어금니가 깨질 정도로 턱에 힘을 주었다.

"그렇게 하겠습니다, 시나비아."

"자, 제 마지막 선물이에요. 당신의 잃어버린 시간을 찾아요."

시나비아는 빙그레 웃으며 손에 쥔 노란 가루를 뿌렸다. 카셀은 그 가루가 만들어 낸 희미한 길을 따라 베논을 인도했다. 돌아보니 시나비아와 판커틴이 손을 들어 인사하고 있었다. 카셀도 손을 들어 인사했다.

카셀이 다시 고삐를 쥐자 베논은 속도를 올렸다. 동굴에서부터 희미한 빛을 내던 보검의 빛이 점점 강해지고 있었다. 하지만 카셀은 라이의 죽음을 생각하느라 빛이 강해진다는 생각은 하지도 못하고 있었다. 그저 아침이 밝아 오니 당연히 주변이 밝아진다고만 생각했다.

베논은 자기 스스로도 놀라 머뭇거릴 만한 무지막지한 속도로 하늘 산맥의 숲과 산을 뛰었다.

곧 숲이 끝났다.

하늘 산맥에서 벗어난 것이었다.

'얼마나 걸린 거지? 시나비아가 가리킨 방향으로 제대로 달린 건가? 중간부터 확인을 못 했어. 방향이 틀렸으면 어쩌지?'

허둥댈 것도 없이, 카셀은 정확히 원하는 자리에 와 있었다.

모닥불이 여러 개 놓인 야영지였고, 모닥불 앞에 낯익은 얼굴들이 있었다.

울프 기사단이었다.

브나타이돌 울프는 어렸을 때부터 유령이라면 질색이었다. 어머니는 덩치만 크고 겁 많은 아들의 담력을 키우겠답시고 밤중에 공동묘지에 들어가 할아버지 묘에 꽂힌 꽃을 가져오게 했다. 물론 못하면 아홉 살 때 이불에 오줌 싼 얘기를 먼 훗날 며느릿감이라고 데리고 오는 여자에게 폭로해 버리겠다고 협박하면서!

열두 살의 브나타이돌은 울면서 공동묘지에 갔다. 그는 귀를 막고 죽을힘을 다해 달려 마침내 꽃을 집었다. 그 순간 기다리고 있었던 듯 공동묘지 뒤에서 시커먼 물체가 불쑥 튀어나왔다.

브나타이돌은 비명을 지르며 넘어졌다. 오줌까지 지리며 그는 엉엉 울었다. 무덤 뒤에서 튀어나온 건 최근 근처를 돌아다니며 어린아이만 잡아먹는 늙은 이리였다.

브나타이돌은 숨을 헐떡이며 침을 질질 흘리며 다가오는 그 이리를 향해 외쳤다.

"유령도 아니면서 놀라게 하고 지랄이냐, 이 엠병할 자식아!"

열두 살의 브나타이돌은 맨손으로 이리를 두들겨 팼고 발로 걷어차 목뼈를 부러트렸다. 그리고 그는 엉망으로 짓이겨진 꽃 대신 이리 시체를 증거로 들고 갔다. 어머니는 그걸 보고 기절했고 다시는 아들을 놀리지 않았다. 그렇다고 그의 공포가 치료되진 않았다.

울프 기사단에 들어온 후로도 그는 어둠 속에서 뭔가 바스락거리면 기겁을 하고 달아나고는 했다. 쉐이든은 그런 그를 두고 '일출부터 일몰까지만 무적인 녀석'이라는 평가를 내렸다. 아무도 부정하지 않았다. 심지어 본인도.

블루 게이트를 통과해 아란티아와 가넬로크의 국경 지대까지 이동해 온 울프 기사단은 그곳에서 하룻밤을 보냈다. 지붕 없는 곳에서 하룻밤을 보내는 것만으로도 충분히 심장 떨렸던 브나타이돌은 해도 뜨기 전에 출발 준비를 하는 것이 마음에 안 들었다. 더구나 쉐이든은 이상한 이유로 기사단을 하늘 산맥에 가까이 붙여 이동시켰다. 그게 더 시간을 지체시킨다는 걸 알면서도.

'하이로드 탈룬드께서 꿈에 요정이 나타나 그렇게 지시를 했다더군. 믿지 않았는데 나도 같은 꿈을 꾸게 되었다. 수상하지만 못 따를 말은

아니었다.'

'요정이 아니라 유령이 아니었을까?'

나름대로 진지한 브나타이돌의 질문은 모두들 무시했다.

'나쁜 놈들, 쉐이든의 꿈은 믿으면서 내 경고는 안 믿어?'

그는 주섬주섬 옷을 챙겨 입고 산 쪽으로 다가가 소변을 보았다. 밤에 혼자 볼일을 보러 오지 못해 참았더니 소변 줄기가 길게도 이어졌다.

앞에서 바스락 하는 소리가 났다. 그는 숨을 멈췄다. 물 떨어지는 소리가 멈췄는데도 낙엽 밟는 소리가 가까워지고 있었다. 설마 하고 숲의 어둠 속을 지켜보았더니 뭔가가 진짜로 걸어오고 있었다. 형체도 분명했다! 열두 살 때 나타난 이리 사건 이후 가장 확실한 모습을 띤 유령이었다.

"으악!"

브나타이돌은 바지 단추 잠그는 것도 잊고 달려왔다.

"유령이다! 하늘 산맥에서 유령이 내려오고 있다."

공교롭게도 브나타이돌의 말을 듣고 제일 먼저 달려 나온 사람은 그의 짐을 챙겨 주던 실디레였다. 실디레는 그의 바지 틈으로 나온 걸 보고 고개를 돌렸다. 그의 목소리를 듣고 달려온 몇 명의 울프들 중 말라가 그 꼴을 보고 소리 질렀다.

"야! 우리 중에 유일하게 순수함을 간직한 아이한테 왜 제일 못 볼 꼴을 보이는 거야?"

브나타이돌은 뒤늦게 단추를 채우면서도 허둥지둥 어쩔 줄을 몰랐다.

"지금 그게 문제가 아니야. 하늘 산맥에서 유령이 나타났다니까! 이번에는 진짜야."

"아, 글쎄 진짜 유령이 나타나면 네 칼로 베어 버리라니까. 르고가 만든 칼은 그런 일도 할 수 있다잖아. 제기랄, 화이트 게이트 앞에서 싸운 익셀런 기사들이 유령이었다는 건 알고 하는 소린지 도무지 알 수가 없네."

"그게 같냐?"

둘이 말다툼을 하도록 내버려 두고 쉐이든이 다가갔다. 그는 브나타이돌이 유령이 나타났다고 지적한 방향을 바라보며 말했다.

"진짜다."

쉐이든의 말에, 다들 정색을 하고 뒤늦게 그쪽을 돌아보았다.

"진짜라고?"

"진짜? 어디, 어디?"

브나타이돌은 자기 말은 안 믿어 주면서 쉐이든의 말은 믿어 주는 동료들이 얄미웠다. 아직 잠이 덜 깬 프란츠가 반만 뜬 눈으로 물었다.

"저거 늑대 아니야?"

"아니야. 달라. 그리고 그 위에 누가 타고 있군."

"요정인가?"

프란츠는 요정을 마치 옆 동네 사는 사람 취급하면서 말했다. 브나타이돌은 점점 가슴을 졸였다. 쉐이든이 설명했다.

"하늘 산맥의 요정은 레미프라고 부르지. 이 근처는 하늘 산맥이니까 그럴지도 모르겠다. 일단 가 보자."

쉐이든이 걸어가자 브나타이돌이 제일 먼저 말했다.

"난 절대 안 가."

어째서인지 실디레가 그의 복부를 후려쳤다. 검을 쥔 이후 처음으로 여자 주먹에 쓰러지는 순간이었다. 아즈윈과 말라를 상대로 쓰러졌을 때는 목검에 맞은 거였으니까.

어둠 속에는 정말로 정체 모를 동물 위에 누군가 사람이 타고 있었고 느릿느릿 비틀비틀 이쪽으로 다가오고 있었다. 쉐이든은 칼을 꺼낼 준비를 하고 프란츠에게 수신호를 보냈다.

'같이 간다. 나머지는 모두 대기.'

울프들은 긴장된 얼굴로 그 자리에 멈췄다. 둘은 조금 더 앞으로 걸어갔다. 그자가 달빛에 얼굴을 드러내는 순간 쉐이든은 놀라움을 감추지 못했다.

"카셀?"

카셀이 타고 있는 동물은 쉐이든도, 프란츠도 처음 보는 것이었다. 사납게 생겼지만 혀를 헐떡이는 게 붙임성 좋은 개를 닮았다. 카셀은 흔들거리는 몸을 고정시키고 쉐이든과 프란츠를 번갈아 살폈다. 그리고 한참이나 지난 후에 말했다.

"아, 쉐이든이구나. 프란츠도 있군. 다들 있어?"

프란츠는 잠이 확 달아난 눈으로 대꾸했다.

"다 있다."

호기심에 다른 울프들을 제치고 다가온 슈벨이 큰 소리로 말했다.

"카셀이잖아."

뒤에서 대기하고 있던 울프들이 우르르 몰려왔다. 카셀이 얼떨떨한 눈으로 물었다.

"슈벨? 어떻게 여기에?"

"빚 못 갚아 팔리는 심정으로 어쩌다 보니 빌리랑 쌍으로……."

슈벨은 장난스럽게 말을 이으려다 실패했다. 카셀의 음산한 모습을 보니 도저히 농담을 할 수가 없었다.

"전부 가넬로크로 가는 길이었다. 너야말로 어떻게 여기에 있나?"

쉐이든이 물었다.

"정말로 시나비아가 도왔구나. 다행이다."

쉐이든의 질문을 듣지 못했는지 카셀은 희미하게 웃으며 자기 할 말만 했다. 그의 옅은 미소에 프란츠는 괜히 겁이 났다. 반가운 얼굴로 다가온 다른 울프들도 왠지 머뭇거리게 되었다. 브나타이돌이 유령이 나타났다고 떠든 게 꼭 헛소리 같지만은 않았다.

"출발 준비는 됐어?"

카셀이 대뜸 물었다.

"지금 막 떠날 참이었다. 로크까지는 아직 나흘이나 더 가야 하니까."

쉐이든이 대답했다.

"그럼 따라와. 지름길이 있어."

"지름길?"

카셀은 이미 하늘 산맥 쪽으로 방향을 돌렸다. 프란츠가 놀라 말했다.

"하늘 산맥으로 가자는 거야? 미쳤어?"

카셀은 지친 목소리로 물었다.

"혹시 나 아직 너희들 캡틴이야?"

"그, 그야 그렇지만……."

"그럼 따라와."

쉐이든도 망설였다.

"로크로 가는 가장 짧은 길은 동쪽이다. 남쪽이 아니야."

"쉐이든, 날 믿어."

카셀은 그 말을 마지막으로 입을 다물었다.

쉐이든은 머뭇거리다가 뒤에 대고 소리쳤다.

"캡틴 명령 들었지? 출발 준비하자."

다들 웅성거리기만 했다.

그때 실디레가 대뜸 말했다.

"인사할 시간은 줘야지."

실디레는 지난 한 달 동안 지나치게 훈련에 열중한 나머지 얼굴에 그만 큰 상처를 입고 말았다. 평생 지워지지 않을 상처일 텐데도 그녀는 개의치 않았다. 본의 아니게 훈련 중 상처를 입힌 프란츠가 더 괴로워했다.

왜 그렇게 열심히 훈련하느냐고 쉐이든이 물었더니, '카셀이 돌아오면 제대로 된 울프의 기사로 보이고 싶어서.'라고 대답했다. 그러니 카셀이 돌아온 것을 가장 반가워할 사람도 이 사춘기의 소녀였다.

"인사는 가면서 하자. 우리는 지금부터 하늘 산맥으로 가야 한다."

실디레의 옆으로 현역 울프 기사들 중 가장 나이가 많은 알렉스가 다가와 쉐이든에게 속삭였다.

"지금 제정신인가? 하늘 산맥으로 가자고?"

"캡틴의 명령이다."

"명령이라고 죽으러 간다는 거야?"

"카셀은 죽으러 가는 길에 부하들을 던져 넣고 뒤에서 구경하는 녀석이 아니야. 알잖아."

이미 출발 직전이었던 터라 야영지를 정리하는 데에는 오래 걸리지 않았다. 하지만 다들 끝까지 미심쩍은 눈치였다. 뒤늦게 소식을 듣고 나타난 울프들도 하늘 산맥으로 간다는 말에 기겁을 했다.

"말도 안 돼. 미친 짓이야."

"하늘 산맥에 들어가면 아무도 길을 못 찾는다고 했어."

"우리도 마스터의 베나 실크와 함께 하는 게 아니라면 뒷산에도 못 올라가잖아."

"맞아. 게다가 마스터 말이, 베나 실크가 있어도 열 명 이상 보호해 주는 건 무리라고 했어."

쉐이든이 뭐라 설득하기 전에 가장 먼저 말에 오른 사람은 빌리였다.

"지금 그게 10년 전 죽은 캡틴 웰치의 기사들과 싸웠던 녀석들이 할 소리야?"

검술에서든 인생에서든 단순함을 추구하는 자이논이 뒤따라 말에 올랐다.

"그렇긴 하네."

쉐이든이 웃으며 말에 올랐고 처음부터 의심이라고는 없었던 실디레가 뒤따랐다. 결국 나머지도 자의 반 타의 반으로 말에 올랐다.

잠깐 기다리던 카셀은 그 모습을 확인하더니 별다른 명령도 없이 숲 안으로 휙 들어가 버렸다. 하지만 누구도 쉽게 그 뒤를 따르지 못했다. 쉐이든조차 마지막 순간에는 머뭇거렸다.

"레미프 여자가 꿈을 통해 나를 유인한 이유가 카셀 때문이었을까, 아니면 악마의 함정이었을까?"

쉐이든의 말에 빌리가 비웃듯이 말했다.

"그런 말 하기에는 너무 늦은 거 아닌가?"

"알면서도 말하게 되는군."

초조하게 기다리던 실디레가 버럭 소리쳤다.

"내가 앞장서도 돼?"

실디레는 쉐이든의 대답을 기다리지도 않고 숲 안으로 불쑥 들어가 버렸다. 이상하게도 얼마 들어가지도 않았는데 실디레가 탄 말이 사라졌다.

"쟨 꼭 뭐든 나보다 빨리 하더라."

슈벨이 뒤따라 들어갔고 빌리도 한마디 하면서 들어갔다.

"난 누구처럼 유령이 무섭지 않은 몸이라……."

쉐이든도 가볍게 말의 옆구리를 찼다. 고작 다른 숲보다 나무가 약간 더 우거진 숲으로 들어가는 것뿐이었건만, 괴물의 아가리로 들어가는 기분이었다.

다른 울프들도 하나씩 그 뒤를 따랐다. 마지막까지 들어가지 못한 이는 브나타이돌이었다. 그가 탄 말은 자연스럽게 동료를 따라가려고 했지만 자꾸 고삐를 당기는 바람에 계속 숲 앞에서 원을 그리며 맴돌았다.

"다들 어째서 저렇게 겁이 없는 거지? 저게 카셀이 아니고 하늘 산맥에서 내려온 유령이 카셀로 변한 거면 어쩌려고? 왜 아무도 의심을 안 하지? 이거 안 따라가면 규칙 위반으로 기사단에서 제명당하나? 그럼 엄마가 화낼 텐데."

브나타이돌은 거기까지 말했다가 고개를 갸웃했다.

"가만있어 보자, 우리 기사단에 규칙이란 게 있던가?"

그는 괜히 그걸로 생각을 길게 끌다가 말의 옆구리를 세게 걷어찼다.

"에라, 모르겠다!"

결국 브나타이돌도 숲 안으로 들어갔다. 그렇게 울프 기사단은 아크
랜드에서 사라졌다.

Chapter 21

무너진 방벽

탑의 동쪽에서 대기하고 있던 모즈들 전부와 마지막 남은 로크의 군대 전부가 격돌하는 것보다 하늘에서 벌어지는 세 마리 드래곤들의 전투가 더 웅장하다고 아즈윈은 생각하고 있었다. 뒤늦게 기병대에 합류한 아즈윈은 무수히 많은 모즈들을 베었으나, 평원에 깔린 모즈들의 엄청난 숫자를 보면 칼질 자체가 무의미한 것 같았다.

주위가 아까보다 훨씬 어두워졌다. 하늘을 보니 로크 주위로 검은 구름이 몰려오고 있었다. 로핀이 말한 대로였다. 태양은 더 이상 인간의 편이 되지 못했다.

아즈윈은 기병대의 전투보다 하늘의 전투에 더 신경 쓰고 있었다. 딱히 로핀의 명령 때문만은 아니었다. 셀바이크의 움직임은 구아닐이나 가넬을 압도하고 있었다. 너무 커서 공중에서의 방향 전환에 시간이 걸리는 구아닐과 가넬에 비해, 셀바이크는 물속의 물고기처럼 자유자재였다.

구아닐은 셀바이크를 따라잡지 못해 쩔쩔매고 있었다. 그러다 가넬의 꼬리에 얻어맞아 까마득한 상공에서 바닥으로 곤두박질쳤다.

구아닐은 수십 마리의 모즈들을 깔아뭉개며 바닥에 쓰러졌다. 그러나 그다지 큰 충격을 받지는 않은 것 같았다. 구아닐은 모즈들을 짓밟으며 도움닫기를 하더니 다시 날아올랐다. 그리고 바닥을 향해 검은 불길을 뿜어냈다. 로크의 방패병들이 그 불길에 휩쓸렸다.

이번에는 가넬이 불을 뿜어 모즈들 수백 마리를 한 번에 태워버렸다. 구아닐이 가넬의 가슴에 머리를 들이받았다. 두 마리 드래곤은 불규칙적으로 날개를 퍼덕이며 허공에서 뒤엉켰다. 거기에 셀바이크까지 가세해 발톱으로 구아닐을 할퀴었다. 한 덩어리로 엉킨 드래곤 세 마리가 모즈들 한가운데로 떨어졌다.

꼬리에 채이고 발에 밟히는 모즈들이 엄청났다. 하지만 구아닐도, 가넬도 거기에 신경 쓰지 않았다. 일부 모즈들이 창을 던져 가넬과 셀바이크를 공격하려 했으나, 그런 쇠붙이로는 드래곤의 비늘을 뚫지 못했다.

"온다, 아즈윈."

로핀이 말을 달려와 소리쳤다.

"드래곤 기사단이 나설 차례군요. 처지지 말고 잘 따라오세요."

아즈윈은 말하며 어제부터 적이 아끼고 아껴 온 모즈들의 정예군을 돌아보았다. 척 보기에도 다른 모즈들보다 월등히 컸다. 게다가 어제 인간으로부터 빼앗은 갑옷으로 무장하고 있었다.

아즈윈은 로크 기병대를 향해 소리쳤다.

"진군!"

기병대는 열을 맞추어 동시에 출발했다. 드래곤 기사단이 기병대의 옆으로 따라붙었다. 그 선두에는 브란더가 있었다.

"드래곤 기사단은 좌측 공격!"

아즈윈은 말발굽 소리에 이기려고 악을 썼고 브란더도 즉시 대답했다.

"좌측 공격!"

브란더를 선두로 한 드래곤 기사단이 다시 분리되어 빠른 속도로 멀어졌다. 모즈들의 정예 부대도 달려오는 기병대 쪽으로 속도를 늦추지 않고 달려왔다.

곧 두 종족의 정예 부대가 서로 부딪쳤다. 처음 말과 부딪친 모즈들은 튕겨 나가거나 말에 밟혔으나 곧 말의 속도가 늦춰지자 지체 없이 말 위에 올라타 기병들을 공격했다. 짧은 시간 동안 많은 모즈들이 죽어 나갔고 동시에 많은 기병들도 말에서 떨어졌다.

아즈윈은 처음부터 모즈들의 선두에 있는 검은 갑옷의 기사를 노렸다. 전투가 시작된 이후 그녀는 계속 적 지휘관의 위치만 살폈다. 놀랍게도 지휘관은 한 명뿐이었다. 빅터가 저렇게 전장의 앞까지 나와 있을 리 없었다. 마지막 남은 익셀런 기사인 게 틀림없었다.

'저 녀석만 해치우면……'

아즈윈은 모즈들을 뚫고 곧장 그를 향해 달려갔다. 그 역시 기병 둘을 쉽게 베고 자신을 향해 달려오는 아즈윈을 향해 직진했다. 하늘 산맥에서 만난 제1기사단의 실력은 익히 알고 있으니 그녀는 처음부터 전력을 다해 부딪쳤다.

그는 아즈윈의 검을 막고 창을 휘둘러 그녀의 균형을 무너트렸다.

뒤이은 모즈 두 마리의 공격에 그녀는 결국 낙마하고 말았다.

크게 다치지 않았으나, 아즈원은 모즈들에게 포위되고 말았다. 그녀는 등에 맨 방패를 한 손에 끼고 모즈들의 공격을 막으며 포위를 헤쳐 나오려고 애썼다. 하지만 갑옷 입은 모즈들을 상대하는 건 갑옷 입은 기사들을 상대하는 것만큼 어려웠다.

그때 누군가 말을 타고 포위망을 뚫고 들어오더니 말에서 뛰어내려 아즈원의 옆에 섰다. 제이메르였다.

"안 불러서 그냥 내가 왔다."

아즈원은 대답 대신 칼을 내밀었다. 제이는 그녀의 칼을 가볍게 치고 그녀의 등에 붙었다. 그녀는 즉시 명령을 내렸다.

"포메이션, 기억하지?"

모즈들은 아즈원과 제이가 칼을 휘두를 공간도 확보하지 못할 정도로 엄청나게 몰려들었다.

로핀은 아즈원과 제이가 모즈들에게 파묻히는 걸 발견하고 둘을 구하려고 말 머리를 돌렸다. 때마침 브란더가 이끄는 기사들이 후방을 공격해 모즈들의 정예 부대도 대열이 깨졌다. 로핀은 그 틈을 노려 말을 몰았고 세 명의 드래곤 기사들이 옆에 붙어 그를 도왔다.

셋에게 모즈들을 맡기고 고삐 쥔 손으로 말을 모는 것에만 집중하던 중, 누군가 로핀의 뒤통수 쪽을 공격했다. 로핀은 급히 고개를 숙여 피했다. 뒤이은 공격에 드래곤 기사 중 한 명이 얻어맞아 머리부터 굴러 떨어졌다.

아즈윈을 말에서 떨어트렸던 그 익셀런의 기사였다. 그는 반격해 오는 드래곤 기사 둘을 동시에 말에서 떨어트려 버렸다.

로핀도 그자의 공격을 막았으나, 한 번 부딪치는 것만으로도 균형을 잃었다. 로핀은 괜히 버티기보다 그냥 말에서 떨어지는 쪽을 택했다. 그래서 재빨리 몸을 돌려 다리부터 착지할 수 있었다. 그사이 그 익셀런 기사는 창을 머리 위에서 한 바퀴 돌리더니 로핀 쪽으로 말을 돌렸다. 그리고 막 로핀을 향해 달려오려는 순간 다른 기사가 다가와 저지했다.

"멈춰라, 포웰. 내가 맡을 녀석이다. 넌 가서…… 드래곤 기사들을 지휘하는 저놈을 베고 와라."

빅터였다. 그리고 빅터가 가리킨 기사는 브란더였다.

포웰은 지체 없이 브란더에게 달려갔다. 빅터는 로핀 쪽으로 말을 몰고 오더니 가볍게 말 위에서 내렸다. 그의 손짓 한 번에 로핀을 공격하려고 다가오던 모즈들이 물러났다. 자연스럽게 두 사람 사이에 넓은 공간이 만들어졌다.

로핀은 먼저 떨어진 세 명의 드래곤 기사들을 확인했다. 모두 죽어 있었다. 아즈윈의 생사는 확인할 수가 없었다. 너무 많은 수의 모즈들에게 둘러싸여 보이지 않았다. 제이메르가 도우러 갔다고는 해도 부상당한 몸으로 아즈윈에게 방해나 안 되면 다행이었다. 더구나 아즈윈이 저렇게 묶이는 바람에 이로피스 기사단이 이도 저도 못하고 묶여 있게 되었다.

로핀은 이로피스 기사단의 그린리히를 잘 알고 있었다. 맡은 임무는 잘 해낼 줄 알아도 자유분방한 사고로 움직이는 기사는 아니었다. 더구나 가장 결정적인 순간에 움직여 줘야 할 병력이 독단으로 행동할 수도 없는 노릇이었다.

빅터는 자연스럽게 한 손을 늘어트리고 다른 한 손은 칼에 올려놓고 섰다. 로핀은 묘한 이질감이 느껴졌지만 한참이나 깨닫지 못하다가 나중에야 알았다. 빅터에게 팔이 두 개 다 있었다.

"저 녀석의 이름은 포웰이다. 기마 전투로만 보자면 적어도 이 전장 내에서 위에 설 실력자는 없다. 너도, 나도 포함해서 말이다. 봐라. 대륙 최고라고 할 만한 드래곤 기사단도 저 녀석 하나를 못 막고 있지?"

빅터는 포웰의 뒷모습을 바라보며 말하다가 어깨를 으쓱했다.

"저 녀석처럼 다른 부하들도 각자의 영역에서는 최고였는데, 왜 죽은 건지 모르겠어."

"그거야 더 센 놈을 만나서 그런 거지. 너, 보기보다 멍청하구나?"

로핀이 대꾸했다. 빅터는 큰 소리로 웃으며 칼을 꺼냈다.

"어쨌든 수고했다, 로핀. 작전대로라면 오늘 아침에 끝났을 전투를 무려 한나절이나 늦췄구나. 훌륭해. 계획이 더뎌지는 바람에 내가 구아닐과 러스킨에게 얼마나 무안했는지 아나?"

"여유 넘치는 척하지 마라. 빅터, 그냥 쉽게 말해. 나 때문에 미치겠지?"

"그래. 미치겠다. 진작 알고 있었지만 항상 후회한다. 다들 탑을 무너트리는 싸움이니, 로크의 마법 방벽을 무너트리는 싸움이니, 인간과 모즈의 전투니, 드래곤 구아닐과 드래곤 가넬의 싸움이니, 어쩌니 저쩌니 떠드는데……."

빅터는 어깨를 으쓱하며 말을 이었다.

"다 틀렸어! 이건 너를 죽이는 싸움이었어. 널 죽여야 전투가 쉬워지는 게 아니라 널 죽이는 것 자체가 전투에 이기는 거다."

"고마워."

로핀은 뿌듯해하는 미소로 대꾸했다.

"우리 처음 만났을 때 기억 나냐, 빅터? 첫 경험인들 그렇게 짜릿했을까? 크으, 그때 네 팔 베는 느낌이란 정말이지……."

"하아, 그리 좋았나? 첫 경험이 좋았다는 남자도 처음 봤지만 나랑 싸워 좋았다는 놈도 네가 처음이다."

"내가 워낙 천부적이라서. 검술도, 그쪽도."

"천부적인 검술이 아직 녹슬지 않았기를 빌지."

"어느 쪽도 아직 녹슬지 않았어."

로핀은 달려들어 칼을 휘둘렀다. 빅터도 피하지 않고 받아쳤다. 둘에게는 둘만의 공간이 펼쳐졌고 둘은 상대방 외에 아무 것도 보이지 않았다. 또한 공간이 차단된 듯 소리조차 들리지 않았다.

"정말 녹슬진 않았군."

빅터가 말했으나 로핀은 대꾸할 여유가 없었다.

"하지만 그게 다면 안 되지."

벌써 지친 로핀과 달리 빅터의 얼굴에는 여유가 넘쳤다. 로핀이 겨우 물러나며 억지로 말했다.

"허어 참, 그 나이에도 발전할 수 있긴 있구나. 그런데 그 새로 생긴 팔은 어떻게 된 거냐?"

"사소한 건 신경 쓰지 마라. 그보다 하나 궁금한 게 있다, 로핀."

"뭐냐?"

"이제 어쩔 거냐?"

"뭐? 주어를 말해, 주어를!"

"뒤에 이로피스 기사단을 뒀다만 그걸로 이미 무너진 전세를 회복할 수는 없을 것이다. 드래곤 두 마리가 힘을 합쳐도 구아닐을 이기지 못한다. 여기서 어떻게 하면……."

그 순간 어둑어둑한 하늘 전체를 덮는 하얀 섬광이 수만 마리의 모즈와 수천 명의 인간들로 뒤덮인 평원 전체를 가로질러 퍼졌다. 천둥이 동시에 수백 개 내리친 것보다 더 큰 소리가 쩌렁쩌렁 울렸다. 심지어 로크의 방벽까지 파문을 일으켰다. 그리고 찢어지는 드래곤의 비명이 터져 나왔다.

한 마리 드래곤이 허공에서 떨어져 바닥에 머리를 들이받았다. 셀바이크였다. 목의 절반이 너덜너덜하게 찢겨져 나간 드래곤은 바닥에 축 늘어져 움직이지 않았다. 타치셀에서 카-탄톨이 죽은 것과 같은 흔적이었다.

그 하얀빛은 구아닐의 등에 타고 있는 늙은 마법사의 지팡이에서 뻗어 나온 것이었다.

"러스킨……."

드래곤을 죽이는 마법에 셀바이크가 죽었다.

'그렇게 조심하라고 일렀는데.'

러스킨은 내내 구아닐의 등 위에 타고 있었으면서 저 결정적인 한 번을 위해 내내 없는 척했던 것이다. 빅터는 입맛을 다시며 했던 말을 고쳤다.

"방금 했던 말 취소. 드래곤은 이제 한 마리 남았군. 자, 이제 어쩔 거냐?"

이미 숨이 끊어진 셀바이크의 몸 위로 모즈들이 개미처럼 올라타 도끼와 칼을 내리찍었다. 화살이건 창이건 다 튕겨 내는 튼튼한 살갗이었지만 죽은 뒤에는 마법의 힘이 사라져 모즈들의 난도질에 찢겨져 나갔다.

그 위로 구아닐이 내려와 울부짖었다. 그의 몸에서 암흑의 연기가 피어올라 휘감겼다. 눈의 착각인지 모르나 구아닐의 몸이 부풀어 이제 가넬보다 더 커 보였다. 방금 전까지 셀바이크에게 찢긴 상처가 모조리 회복되었고 발톱과 이빨은 더 길어졌다.

"봐라. 이제 어떤 드래곤도 구아닐을 죽이지 못한다. 인간의 죽음을 먹고 인간의 공포를 먹으면서 성장한 구아닐을 어떻게 상대할 거냐? 문제는 저게 끝이 아니라는 거다. 마지막 힘을 허락받으면 더 이상 크나딜도 구아닐을 꺾지 못한다. 나디우렌이 직접 여기에 강림한다 해도 막지 못할 것이다."

빅터는 한 번 더 반복해 물었다.

"어찌할 거냐, 로핀?"

인간들의 영역에 착지한 가넬도 포효했다. 하지만 구아닐에 비해 힘에 부쳤다. 구아닐과 가넬은 동시에 서로에게 날아가듯 달려가 몸을 부딪치더니 상대의 손을 맞잡았다. 두 마리 드래곤이 휘젓는 꼬리가 일으킨 흙먼지에 주변이 뒤덮었다.

"대답하기 전에 나도 하나 묻자, 빅터."

로핀이 말했다.

"마지막 질문이 되겠군."

빅터는 다시 칼을 쳐들었다. 로핀도 칼을 들었다.

"10년 전에 말이야, 네가 론타몬의 군대를 이끌고 곧장 아란티아로 왔으면 어땠을 것 같아?"

"딱히 지금 상황에 어울리지 않는 질문 같다만?"

"어쩌할 거냐는 질문에 대한 내 대답이 바로 그거다. 캡틴 웰치가 아닌 캡틴 빅터가 제1기사단을 끌고 골드 게이트로 들이닥쳤으면 우리를 이길 수 있었을 것 같나?"

회색 로브의 마법사는 남쪽 성문에서 다섯 걸음도 채 남겨 두지 않고 있었다. 느낌뿐일지 몰라도 그는 지금까지 한 시간에 한 걸음씩 다가오던 것에 비할 수 없을 정도로 빨리 다가오고 있었다. 망루에 선 집정관 루에머스가 말했다.

"방벽이 흔들리는 것 같소, 메이루밀."

"마스터 타냐의 힘이 다한 거요."

루밀이 대답했다.

"캡틴 울프는 오지 않는 거요?"

루에머스가 물었다.

"살아 있다면 내일. 어쩌면 모레."

"내 처지에 늦는다고 그를 탓할 수조차 없군."

다가오는 공포를 이기지 못한 병사 하나가 회색 로브의 마법사를 향해 화살을 쏘았다. 그러나 그 화살은 고스란히 화살을 쏜 병사에게 되돌아가 이마에 박혔다. 병사는 성벽에서 떨어져 죽었다. 그러나 아무도 놀라지 않았다. 이미 견디기 힘든 공포에 작은 공포가 더해졌을 뿐이었다.

죽지 않는 자들의 군주는 고개를 들어 루밀을 올려다보았다. 오랜 친구를 만나는 것처럼 반가운 얼굴로 테일드가 웃고 있었다.

루밀은 지그시 입술을 깨물고 아로크의 탑을 돌아보았다. 테일드도 루밀처럼 탑을 바라보았다. 그리고 부드럽게 말했다.

"이제 그만 쉬어라, 타냐."

그리고 또 다른 방향으로 고개를 돌려 말했다.

"그리고 이제 네 자리로 돌아올 때가 되었다, 라틸다."

분노의 탑 꼭대기 방에 있던 라틸다는 어디선가 들리는 목소리에 순간 힘을 잃었다. 난간을 쥐고 있던 그녀는 무릎이 꺾여 그 자리에 풀썩 쓰러졌다. 사-크나딜은 먼 곳을 응시하고 있느라 그녀의 반응을 보지 못하고 있었다.

라틸다는 크나딜의 마법 덕에 어제부터 있었던 전투를 모두 지켜보고 있었다. 모두의 죽음 하나하나에 가슴 아파 울던 그녀였으나, 눈을 뜬 지금은 오히려 아무것도 보지 못했다.

'……네 자리로 돌아올 때가 되었다.'

악몽 속에서 들려왔던 그 목소리가 또 들리고 있었다.

다시 앞이 보였을 때 그녀의 두 손은 피로 물들어 있었다. 오래전 덴모주의 지하 동굴 속에서 신도들의 피로 목욕하던 황홀한 순간이 떠올

랐다. 즈쿨라에 취해, 피 냄새에 취해 여왕처럼 호령했던 그 순간의 쾌
감이 그녀를 덮쳤다.

'모든 것은 너의 뜻대로 되리라, 여군주 라틸다.'

그 목소리가 다정하게 명령했다.

'크나딜을 죽여라!'

마법이라고는 모르는 라틸다였다. 어째서 자신이 분노의 탑에 앉아
있으면 방벽이 작동되는지, 그 원리도 몰랐다. 그런데 지금 그녀는 모
든 것을 이해할 수 있었고 모든 마법을 쓸 수 있었다. 어느 순간 그녀의
손에서 검은 기운이 솟아나고 있었다. 그것은 손가락 하나하나에 칼날
처럼 길게 뻗어 나와 육식 새의 발톱처럼 구부러지며 형태를 갖췄다.

라틸다는 전장을 주시하는 크나딜의 등 뒤로 손을 뻗었다.

"모든 것이 나의 뜻대로 되리라."

로크의 군대는 이미 밀릴 때까지 밀려나 있었다. 많은 지휘관들이
모즈들의 화살에 쓰러진 후, 지휘 체계도 무너졌다. 그래도 한꺼번에
전열이 무너지지 않는 것은 로크 병사들의 굳은 의지 덕이었다.

모즈와 인간이 뒤섞인 틈바구니에서 아즈원과 제이메르가 겨우 빠
져나왔다. 한 손으로만 칼을 휘두르던 제이는 설 기운도 없이 지쳐 아
즈원의 부축을 받아야 했다.

"이로피스 기사단은 왜 쓰지 않는 거야?"

제이가 힘겨워하며 물었다.

"지금은 아니야."

이로피스 기사단에 있는 그린리히가 작전을 묻는 신호를 보내고 있었다. 보통 전투 중에 저런 신호를 보내는 일은 없었다. 그만큼 다급하고 초조해하는 것이었다. 만약 전장에서 아즈윈이나 브란더가 죽었다면 독단으로라도 움직이겠다는 뜻이기도 했다.

아즈윈은 옆에 떨어진 드래곤 기사단의 깃발을 들고 지대가 높은 곳에 올라가 흔들었다. 약속된 신호였다.

'대기. 움직이지 말 것.'

아즈윈은 제이에게 고개를 저어 보이며 말했다.

"지금 이로피스 기사단이 움직이면 조금 숨은 트이겠지. 하지만 그게 다야. 저런 막강한 기동력을 이런 진흙탕 싸움에 집어 던지면 전력을 반감시킬 뿐이야."

"그럼 넌 뭘 기다리는 거야?"

"기회!"

아즈윈은 이마를 손등으로 닦으며 말을 이었다.

"전쟁에도 흐름이란 게 있어."

땀인 줄 알았는데, 닦고 보니 피였다. 머리를 맞은 기억이 없는데, 언제 다친 건지 알 수가 없었다.

"그 흐름이 왔을 때 정작 싸울 병력이 없으면 결국 아무것도 못하게 돼. 이대로 흐름을 되돌리지 못하고 지는 한이 있어도 난 이로피스 기사단을 움직이지 않을 거야."

두 사람 앞에 힘겹게 빅터를 맞아 싸우고 있는 로핀이 있었다. 아즈윈이 보기에 로핀은 오래 버티지 못할 것 같았다.

타치셀에서 로핀은 굳이 쓰러진 아즈윈에게 귀한 회복 가루를 써 가며 빅터에게 맞섰다. 자신감 넘치는 척했지만, 실은 빅터를 상대로 혼자 싸울 자신이 없었던 것이다.

'선생님은 질 걸 알고도 혼자서 해낼 생각이셨던 거야.'

아즈윈은 로핀을 도우려고 가려 했으나, 말을 탄 검은 기사가 앞을 막아섰다.

"찾고 있었다, 하얀 늑대."

아즈윈은 제이를 옆으로 밀어놓고 말했다.

"뒤에 있어, 제이메르. 이 녀석은 내가 맡는다."

제이는 대답할 힘도 없어 숨만 헐떡였다. 아즈윈은 칼과 방패를 들었다.

"난 포웰이다. 이 전장에서 네가 살아남은 마지막 내 상대다. 드래곤 기사단의 지휘관은 이미 내 손에 죽었고 어제 스탠리까지 죽이며 활약했던 저자는 싸울 형편도 못 되는군."

포웰이 말했다.

제이가 숨을 꿀꺽 삼키고 버럭 소리쳤다.

"네가 브란더를 죽였다고?"

"이름까지 알지는 못한다. 내 창에 맞고 말에서 떨어지는 것만 봤으니."

아즈윈의 만류에도 불구하고 제이가 앞으로 나서려는 순간, 하늘에서 쿵 하고 심장까지 울리는 묵직한 소리가 들렸다.

멀지 않은 곳에서 맞붙어 있던 두 마리 드래곤 중 가넬이 구아닐의 꼬리에 채여 아즈윈 쪽으로 튕겨 나왔다. 아즈윈과 제이는 급히 뒤로 물러났고 포웰도 말 머리를 돌렸다. 드래곤의 거대한 몸체가 바닥을 스치며 아즈윈과 포웰의 사이로 지나갔다.

안개 같은 먼지가 피어올라 아즈윈의 시야를 가렸다. 그 사이를 구아닐이 꼬리로 바닥을 쓸며 성큼성큼 걸어 지나갔다. 전투가 시작되기 전만 해도 아즈윈은 자신의 손으로 구아닐을 죽이겠다고 다짐했다. 그런데 정작 그 괴물이 바로 앞을 지나는데도 그녀는 꼼짝하지 못했다.

지금 등에 메고 있는 도끼로는 도저히 어찌해 볼 엄두도 내지 못할 정도로 커져 있었다. 위압감은 타치셀에서 봤을 때와 비교도 할 수 없었다. 그녀는 그저 발에 밟히지 않도록 물러나는 것밖에 할 수 없었다.

구아닐은 쓰러진 가넬의 목을 잡아 다시 한번 집어 던졌다. 아침의 드래곤은 로크의 병사들을 무너트리며 무기력하게 내동댕이쳐졌다. 아즈윈이 잠깐 그쪽을 바라보고 있는 사이 먼지 틈으로 창이 날아왔다.

아즈윈은 방패로 창을 막고 뒤로 물러났다. 포웰이 모는 말의 앞발이 그녀의 머리 위로 떨어졌다. 그녀는 옆으로 피하며 칼을 휘둘렀으나, 포웰은 쉽게 막았다. 제이가 도와주려고 다가왔으나 그녀는 소리쳤다.

"피해. 이 녀석, 처음부터 널 죽이려고 날 몰아붙이는 거야."

제이는 그 말을 듣고 얼결에 뒤로 물러났다. 포웰은 잠시 공격을 늦추고 한참 뒤로 물러난 제이를 노려보았다.

"스탠리의 복수부터 하려고 했더니, 너부터 죽여야겠군."

"레드워드와 홀튼의 복수를 하려면 어차피 날 죽여야 할 거다."

"아아, 그 둘을 죽인 게 너였나?"

"그래. 약간 과장하자면, 네이슨도 내가 죽였다!"

포웰은 다시 창을 휘둘렀다. 그러나 전력으로 방어에 집중하는 아즈원의 방패를 쉽게 뚫지는 못했다. 물론 아즈윈도 말 위에서 창을 뿌리는 포웰을 공격할 수가 없었다.

가넬이 또 한 번 구아닐의 공격에 나가떨어졌다. 아즈윈과 포웰의 싸움에서 물러나 있던 제이는 이제 두 마리 드래곤의 싸움을 돌아보았다.

가넬은 힘겹게 일어나려 했으나 결국 구아닐의 발아래 짓밟혔다. 가넬이 토하는 피가 두 드래곤의 싸움에 희생된 병사들의 시체를 뒤덮었다. 구아닐은 가넬을 밟은 채로 옆에 우뚝 서 있는 축복의 탑을 노려보았다.

탑 안에 있는 마법사들이 비명을 지르며 밖으로 빠져나오려 했다. 그러나 구아닐은 마법사들이 탑을 빠져나오기 전에 꼬리를 휘둘러 축복의 탑을 후려쳤다. 탑이 한쪽으로 크게 기울어지는 것을 보고 구아닐은 꼬리를 다시 휘둘러 탑의 반대편을 후려쳤다. 세 번째 공격이 이어지자 축복의 탑은 버티지 못했다.

구아닐은 인간이 들어 본 적 없는 사악한 목소리로 외쳤다.

"무너져라. 천 년 전 무너졌던 아로크의 방벽처럼 또 한 번 부서져라."

네 번째 공격은 없었다. 이미 사방에 금이 간 축복의 탑은 마치 구아닐의 목소리를 버티지 못하는 것처럼 무너져 내렸다.

로크를 뒤덮은 푸른 마법 장벽이 파문을 일으켰다. 안 그래도 옅어져 있던 방벽의 빛깔이 거의 사라졌다.

타냐는 숨을 가늘게 쉬고 있었다. 가끔씩 어깨를 파르라니 떨기도 하고, 알아들을 수 없는 말로 고통을 호소하기도 했다. 내주는 물컵에 입술을 댈 정도의 의식은 찾았으나, 한 모금도 제대로 마시지 못하고 기침을 토했다. 그녀에게 뿌려진 치유의 가루는 바닥에 떨어진 채 그대로였다. 8년 전 죽어 가는 자신을 살렸던 치유의 빛은 없었다.

아이린은 자기 무릎에 뉘인 타냐를 내려다보았다. 하얗게 질린 얼굴을 보니 새삼 타냐가 아직 어리다는 생각이 들었다. 아이린은 그녀의 어깨를 가만히 쥐고 귓가에 대고 말했다.

"수고했다, 타냐. 이제 쉬렴."

아이린은 그녀를 그 자리에 눕혔다. 타냐는 떨리는 눈으로 아이린에게 물었다.

"카, 카셀은요……?"

아이린은 거짓말도 할 수 없는 지금 상황이 너무도 슬펐다.

"잊어버리렴."

그때 북쪽에서 시작된 파문이 아로크의 탑까지 이어졌다. 방벽의 한쪽이 무너지는 순간 세 개의 탑이 이루던 균형도 무너졌다. 타냐는 길게 숨을 토하며 추욱 늘어졌다. 그 순간 푸른빛의 방벽이 사라졌다.

더 이상 로크 존은 없었다.

아이린도 같이 늘어지려는 순간, 어디선가 테일드의 목소리가 들렸다.

'포기하지 마, 아이린. 포기하지 마!'

혼자만의 상상이어도 좋았다. 아이린은 그게 '진짜' 테일드의 목소리라고 믿었다.

아이린은 타냐를 두고 자리에서 일어났다. 그리고 문 너머에서 걱정스럽게 기다리고 있던 마법사에게 고갯짓으로 타냐를 가리키고 그녀는 계단을 내려갔다. 베나 에사르크가 격렬하게 반응하고 있었다.

"포기하지 않아."

아이린은 계단을 미끄러지듯 달려 내려가 아로크의 탑을 벗어났다.

로크 존이 없어졌다.

회색 로브의 마법사는 자신을 가로막는 마법이 사라지는 순간 마지막 남은 다섯 걸음을 성큼성큼 다가왔다. 그리고 성문에 손을 들이댔다. 투석기에 수십 번 얻어맞아도 무너지지 않았던 성문이 장작개비처럼 박살 났다.

테일드는 부서진 성문 안으로 들어와 마침내 로크에 발을 디뎠다.

"이틀 걸렸군."

그의 앞에 메이루밀과 던멜이 버티고 서 있었고 다른 병사들은 멀찌감치 떨어져 있었다. 의원들은 모두 의회 건물로 피해 있으라고 했는데 집정관 루에머스는 그 말을 듣지 않고 병사들 사이에 섞여 있었다.

"뭘 하자는 건지 모르겠군."

테일드는 병사들 쪽으로 팔을 휘둘렀다. 수십 명의 병사들이 보이지 않는 힘에 밀려 뒤로 나가떨어졌다. 테일드가 웃으며 말했다.

"이봐, 루밀. 지금 나를 상대로는 자네도 저 병사들과 다를 바 없어. 물러나게. 난 그냥 내 불쌍한 제자를 쉬게 해 주러 온 걸세."

루밀은 넘어진 병사들 틈에서 루에머스가 무사한지 확인하고 말했다.

"그렇게 둘 수는 없지."

"그렇게 둘 수밖에 없지 않나?"

테일드는 부드럽게 미소 지으며 루밀을 향해 손을 내밀었다.

그때 말 한 마리가 달려와 메이루밀의 뒤에서 멈췄다. 아이린이었다. 그녀는 말에서 뛰어내리며 칼을 꺼냈다. 테일드는 내밀었던 손을 접었다.

루밀이 물었다.

"타냐는?"

아이린이 말했다.

"이제부터는 우리 몫이야."

테일드는 그녀가 꺼낸 칼을 바라보며 물었다.

"8년 전에도 그 칼, 별로 쓸모없지 않았나?"

"오늘은 쓸모 있을 것이다. 너도 이 칼은 무서울 테니까."

"아아, 무섭기야 하지. 그런데 날 찌를 수나 있으려나? 화이트 게이트 앞에서도 못했는데."

"타냐와 약속했다. 망설이지 않겠다고."

테일드는 장난스럽게 웃으며 뒤통수를 긁적이다가 팔을 활짝 펼쳤다.

"그럼 나도 원군 좀 모셔와야겠군."

펄럭이는 로브 자락 뒤로 루밀과 아이린의 스승이 모습을 드러냈다. 그란돌이었다.

아이린이 속삭여 말했다.

"루밀, 던멜. 그란돌을 부탁한다. 죽지 않는 자들의 군주는 내가 맡겠다."

"테일드의 마법을 너 혼자 막을 수는 없다."

"너희 둘이서 그란돌을 막을 수도 없겠지. 서로 불가능한 걸 해야 할 시점이야."

"그건 그렇군."

루밀은 대답하고 던멜에게 입 모양으로만 말했다.

'내가 정면을 맡는다. 넌 기습을 노려라.'

던멜은 고개를 끄덕였다.

테일드는 두 사람이 주고받는 말을 모두 알아들은 듯 웃으며 말했다.

"다친 몸으로 골골대는 두 사람의 힘만으로 그란돌을 상대하려면…… 응?"

테일드는 갑자기 말을 멈추고 허공의 어느 한 지점을 응시했다. 그리고 자상한 목소리로 아무도 없는 곳에 대고 말했다.

"그래. 허락한다, 구아닐."

모즈 군대의 기세는 조금도 늦춰지지 않았으나 인간들의 군대는 힘을 잃었다. 축복의 탑을 지키기 위한 싸움에서 그들은 끝내 패배했다. 포웰과 싸우는 아즈윈도, 빅터와 싸우던 로핀도, 무너지는 탑을 보고 패배를 인정하지 않을 수 없었다.

구아닐은 쓰러진 가넬의 목을 움켜잡고 들어 올렸다. 그리고 로크의 병사들을 향해 입을 열었다.

"너희들을 지켜 준다던 이 드래곤의 무력함을 보라. 이것이 너희 인간들의 마지막을 알리는 재물이 될 것이다."

구아닐의 등에 타고 있던 러스킨이 지팡이를 치켜들었다. 지팡이 끝에서 시작된 하얀빛이 넓게 퍼져 가넬의 몸 전체를 감쌌다. 분산된 빛은 점점 한 점으로 모이기 시작했고, 그 점이 향하는 지점은 가넬의 목이었다.

"가넬의 죽음을 보아라!"

구아닐이 소리쳤다. 그 순간 아무도 예측하지 못한 방향에서 날아든 칼 한 자루가 러스킨의 지팡이를 맞혔다.

지팡이에서 뻗어 나간 하얀빛이 가넬의 목을 지나쳐 아무도 없는 평원을 뚫었다. 빛이 닿은 부분에 있던 바위가 깨지고 바닥이 갈라졌다. 만약 그곳에 군대가 있었다면 천 명을 증발시켜버렸을 무시무시한 마법이었다.

빛이 사라졌고, 가넬은 무사했다.

구아닐의 뒤에는 드래곤의 기사 브란더가 있었다. 칼을 던진 게 마지막 힘이었는지 그는 말 위에서 휘청거리고 있었다. 얼굴은 머리에서 흐르는 피로 온통 검붉게 물들어 있었고, 갑옷은 깨져 어깨에만 걸쳐져 있었다.

"탑이 무너졌다고……, 로, 로크의 긍지까지 무너진 건 아니다!"

아즈윈의 앞에 있던 포웰이 고개를 갸웃했다.

"저 녀석 살아 있었나……?"

분노한 구아닐이 브란더를 향해 입을 벌렸다. 그러나 가넬의 입에서 뿜은 불길이 그보다 더 빨랐다. 구아닐과 구아닐에 타고 있던 러스킨은 붉은 불길에 휘감겨 한참이나 날아가 평원에 처박혔다.

가넬은 온몸에서 붉은 피를 흘리며 말했다.

"가넬로크의 병사들이여, 아로크의 기사들이여. 내가 죽더라도 포기하지 마라. 죽어서라도 나는 너희들의 수호신이 되리라."

가넬은 혼신의 힘을 다해 전장을 향해 소리쳤다.

"싸우라. 내가 같이 싸워 주겠다. 죽으라. 내가 같이 죽어 주겠다."

로크의 병사들이 일제히 함성을 질렀다. 그리고 다시 한번 모즈들을 향해 칼을 들었다.

불길에 휩싸였던 구아닐은 금방 다시 일어났다. 등에 타고 있던 러스킨조차 큰 피해를 입은 것 같지 않았다. 검은 비늘을 휘감은 검은 연기가 금방 다친 부분이나 불탄 자리를 회복시켰다.

"어둠과 죽음의 주인이시여, 제게 마지막 힘을 허락하소서. 이 전투를 끝내버리겠나이다."

구아닐은 고대어로 어딘가를 향해 말하고 잠시 대답을 기다렸다. 그리고 곧 하얀 이를 드러내며 웃어 보였다.

"감사합니다."

구아닐은 고함을 지르며 달려들어 다시 가넬을 잡았다. 두 드래곤이 맞붙으며 근처에 있던 브란더가 휩쓸려 먼지 속으로 사라졌다.

이제 가넬은 구아닐을 상대로 거의 아무 저항도 하지 못했다. 구아닐은 그대로 황금빛 드래곤을 바닥에 패대기쳤고 커다란 발로 그의 얼굴을 짓밟았다. 그 상태로 구아닐은 인간의 군대를 향해 소리쳤다.

"인간에게 명령한다."

그의 목소리가 하늘을 쩌렁쩌렁 울렸다.

"죽어라! 가넬이 죽는 것처럼 죽어라!"

구아닐의 몸을 감싼 비늘이 깨져 나가기 시작했다. 얼굴의 뿔이 극

단적으로 길어지고 양어깨가 부풀어 올랐다. 깨진 비늘 안에서는 더욱 선명한 검은빛을 내는 비늘이 돋아났고 팔뚝에 자란 갈기가 칼날처럼 솟아올랐다. 꼬리는 길어졌으며 날개는 더욱 크게 펼쳐졌다.

"너희들의 저항은 여기에서 끝이다. 아침의 드래곤이 너희들을 지켜주는 시간도 끝났다."

구아닐은 포효했다.

"이제부터는 나의 시간이다!"

검은 날개에서 뿜어져 나간 어둠이 전장을 뒤덮기 시작했다. 무너진 축복의 탑을 뒤덮은 검은빛이 모즈의 군대를 뒤덮고 인간의 군대를 뒤덮고 마법의 방벽을 잃은 로크를 뒤덮었다.

동쪽에서 밀려오는 검은 파도가 세찬 바람처럼 흘러가 남쪽을 채우고 북쪽을 채웠다. 끝까지 어둠에 저항하던 태양도 석양과 함께 서쪽으로 지고 있었다. 구아닐이 일으킨 어둠의 파도는 서쪽으로 밀려갔다.

"가라앉아라!"

구아닐은 손가락으로 태양을 가리키며 명령했다. 붉은 석양을 퍼트리던 태양은 검은 장막에 그 빛을 잃었다.

"가라앉아라!"

마치 구아닐의 명령을 듣기라도 하듯 태양은 지평선 밑으로 사라졌다.

"이것이 너희들이 보는 마지막 태양이 되리라."

가넬은 떨리는 시선으로 서쪽을 바라보았다. 태양의 마지막 한 점 빛까지 서쪽 언덕 뒤로 사라지는 순간 모든 것이 회색빛이 되었다.

가넬은 힘없이 눈을 감았다. 벗겨진 비늘은 전처럼 신비로운 황금빛을 뿜지 못했다. 이제 더 설 힘도 없었다.

구아닐의 날개가 만들어 낸 검은 장막은 끝내 서쪽까지 가득 채웠다. 그리고 태양이 가라앉은 자리까지 완전히 먹어 들어갔다. 그 순간 태양이 다시 떠올랐다.

가넬은 죽을 때가 되어 헛것을 보는구나 싶어 고개를 세게 흔들었다. 입에 고인 피가 여기저기로 흩뿌려졌다. 잘못 본 게 아니었다. 서쪽에서 가라앉았던 태양이 하얀빛을 품고 다시 떠오르고 있었다.

구아닐도 멀뚱히 눈을 껌뻑였다.

그것은 태양이 아니었다. 환하게 빛을 내는 한 자루 칼이었다. 칼을 쥐고 있는 남자를 제일 먼저 알아본 건 아즈윈이었다.

"카셀!"

로핀도, 빅터도 자신의 눈을 믿을 수가 없었다. 시간상 절대 올 수 없는 아란티아의 원군이 도달해 있었다.

그것은 울프 기사단이었다.

✦ Chapter 22 ✦
늑대들의 노래

하늘 산맥의 숲은 지독히 어두웠다. 게다가 말이 지나가기에는 나무가 너무 우거졌다. 숲으로 진입한 지 반 시간도 안 되어 쉐이든은 뭔가 잘못되었다고 생각했다. 아니, 카셀이 뭔가 잘못 생각한 것이다. 아무리 짧은 지름길이 있어도 말이 달리지도 못하는 길이면 의미가 없었다. 다른 울프들도 알아챘지만 섣불리 그 말을 입 밖에 내지 못하고 있었다.

사실 새나디엘 여왕이 화이트 게이트를 비우고 가넬로크로 떠나라고 명령했을 때부터 쉐이든은 불안했다.

'참! 그렇구나. 네 상처가 아직 아물지 않았지. 그럼 넌 빠져라. 알렉스가 지휘하는 게 낫겠니? 어디 프란츠는 어떨까? 요새 동료들의 믿음을 얻고 있다지? 아예 빌리는 어떻겠니? 익셀런 기사단에서 검술 교관이었으면 우리 애들보다는 지휘 능력이 좋을 텐데.'

'아니, 그런 뜻이 아니라…… 울프 기사단이 화이트 게이트를 떠나는 문제를 말씀 드리는 겁니다, 폐하.'

'로크가 무너지면 화이트 게이트도 의미가 없다. 떠나라, 쉐이든. 내가 할 말은 그게 다다.'

그 말을 하는 새나디엘의 얼굴에는 비장감마저 느껴졌다. 웃고 있었으나 목숨을 걸고 있다는 기분이었다. 마치 최전방에 나선 기사단의 캡틴처럼.

"캡틴이 이상해."

실디레가 가장 핵심을 잘 짚었다. 길이 이상하다, 하늘 산맥에 처음 들어와 무섭다, 이런 게 지름길일 리 없다……, 다른 울프들의 그런 말은 중요하지 않았다. 카셀이 이상했다. 그 말을 듣고 나니 정말 그랬다. 실디레는 그렇게 만나고 싶어 하던 카셀을 두고도 말 한마디 건네지 못했다.

"카셀이 아닌 것 같아."

무서운 나머지 뒤에 처지고 싶지 않아 엉겁결에 제일 앞으로 나와 버린 브나타이돌이 얼른 끼어들었다.

"그렇지? 유령이 흉내 낸 거라니까."

"그만 좀 해."

실디레가 속삭이는 소리로 화를 냈다.

길은 험해지고, 나무는 많아지고, 말은 뛰기는커녕 걷지도 못했다. 뒤에서 빌리와 프란츠의 목소리가 들렸다.

"점점 우거지고 있어. 더 가면 빠져나오기도 힘들겠는데."

"꼭 적이 함정으로 이끄는 것 같은 기분이군."

쉐이든은 참다못해 카셀에게 다가갔다.

"카셀, 지금이라도 돌아가는 게……."

그때 카셀이 보검을 뽑았다. 보검은 뽑는 순간부터 강렬하게 빛을 내고 있었다.

쉐이든은 놀라 눈을 크게 떴다. 다른 울프들도 놀랐다. 말들도 갑작스러운 빛에 흥분하여 앞다리를 치켜들거나 뒷걸음질 쳤다. 기사들은 말을 진정시키려고 애썼다.

카셀은 말없이 자신이 타고 있는 그 이름 모를 짐승을 몰았다. 보검의 빛은 사방으로 퍼지지 않고 전진 방향으로 길게 뻗었다. 쉐이든은 또 한 번 할 말을 잃고 카셀의 뒤를 따라가기만 했다. 다들 가늘게 실눈을 뜨고 그 빛을 쫓아갔다.

"나, 나무가…… 휘어 있어."

말라의 작은 목소리가 뒤에서 들렸다. 그녀의 검은 얼굴이 하얗게 보였다. 수군대는 슈벨의 목소리가 동굴 안에서 울리듯 메아리쳤다.

"우리 단체로 꿈이라도 꾸는 거야?"

겁이라고는 없는 에릴이 겁먹은 목소리를 냈다.

"하늘 산맥의 나무가 원래 이런 식으로 자라는 건 아닐 것 같은데……."

기사단의 앞을 가로막고 있던 나무가 허리를 옆으로 구부리고 있었다. 바닥도 좌우로 조금씩 밀려나면서 뻥 뚫린 길이 생겨났다. 전진 방향을 가로막는 건 아무것도 없었다. 그것은 나무로 이루어진, 숲을 관통하는 터널이었다.

숨이 가빠 왔다. 바로 옆에 있는 몇 명을 제외하고는 친구들의 얼굴도 희미하게 보였다.

휘어져 있던 나무들은 기사단이 지나가고 나면 도로 펴졌다. 그리고 다시는 통과를 허락하지 않겠다는 듯 서로 엉켜 길을 막았다. 그리고 정면에 막혀 있던 나무는 꿈틀대며 카셀에게 길을 내주며 물러나고 있었다.

"쉐, 쉐이든. 나 무서워."

실디레가 떨리는 목소리로 말했다. 그러나 쉐이든은 실디레를 위로해 주지 못했다. 무섭기는 그도 마찬가지였다. 실디레를 그렇게 아끼는 프란츠도 입을 굳게 다물고 다독거리는 말을 하지 못했다. 브나타이돌은 거의 실신하기 직전이었다.

"다들 두려워하지 마."

카셀이 차분한 목소리로 말했다.

"이건 이상한 마법이 아니야. 새나디엘 폐하와 별개로 존재했던 아란티아의 주인께서 우리에게 주는 선물이지. '하얀 늑대'가 '늑대들'을 인도하는 거야."

카셀은 뒤를 돌아보며 희미하게 미소 지었다. 어찌 보면 만사를 체념한 사람의 미소 같았고, 어찌 보면 새나디엘 여왕의 인자한 웃음 같기도 했다.

"가자. 친구들!"

카셀은 베논의 옆구리를 찼다. 베논이 달리기 시작했다. 쉐이든도 말을 세게 몰았다. 동시에 울프들 모두 경쟁적으로 말을 달리기 시작했다.

베논의 걸음은 육상의 어떤 동물도 따라가지 못하는 엄청난 속력임에 분명했다. 그러나 카셀이 뚫고 나가는 빛의 공간 안에서는 울프들의 말도 베논에 필적할 정도로 빨랐다. 울프 기사단을 위해 길을 내준 나무와 바위가 회색빛으로 보일 정도로 빠르게 스쳐 지나갔다. 말발굽 소리도 거의 들리지 않았다.

그들은 뭔가에 홀린 듯 정신없이 달렸다. 여러 개의 산을 지나고 끝없이 이어지는 나무를 관통했다. 중간에 보이는 엄청난 넓이의 계곡은 단 한 번의 점프로 허공을 날 듯 지나쳐 갔다.

얼마나 달린 건지 알지 못했다. 어느 방향으로 가고 있는지도, 어디까지 와 있는지도 알 수 없었다. 사실 울프들 모두 달리는 그 자체에 취해 지금 뭣 때문에 카셀을 따라 달리는 건지도 잊어버렸다.

마침내 카셀이 크게 방향을 꺾었다. 달린 지 몇 시간 만에 처음 방향을 꺾는 것이었다. 아니, 달린 지 하루가 되었는지도 몰랐다. 어쩌면 이틀, 어쩌면 한 달. 쉐이든은 방금 1년 동안 달렸다고 해도 믿을 수 있을 것 같았다.

숲이 사라졌다. 그들은 어느새 평지를 달리고 있었다. 하지만 여전히 방향 감각을 잡을 수가 없었다. 카셀이 들고 있는 보검이 계속 빛을 내는 바람에 지금이 밤인지 낮인지도 분간이 되지 않았다.

쉐이든은 고개를 들어 하늘을 보았다. 별도 달도 태양도 보이지 않았다. 머리에 닿을 듯 가까운 하늘에서 시커먼 구름이 빠르게 뒤로 물러났다. 쉐이든이 옆에 있는 프란츠에게 소리쳤다.

"지금이 아침인가, 밤인가?"

프란츠도 고개를 저었다.

"나도 모르겠어. 시간이 얼마나 흘러 버린 거지? 우리가 늦은 건가? 제때 도착한 건가?"

쉐이든은 아무런 지시 없이도 저 혼자 달리는 말을 내려다보았다.

"말이 전혀 지치지 않았어."

처음에 겁에 잔뜩 질려 있던 브나타이돌도 편안한 표정으로 말했다.

"우리도 지치지 않았지."

쉐이든은 웃으며 말했다.

"가서 카셀에게 울프 기사단의 깃발을 전해 주고 와라. 도착한 것 같다."

카셀은 베논의 속도를 늦추기 시작했고 마지막 순간이 되어서야 보검을 집어넣었다. 빛이 완전히 사라진 후에야 그들은 자기들이 어디까지 와 있는지 알았다.

그곳은 로크의 북쪽, 축복의 탑 앞이었다.

"참으로 어처구니없는 일이 일어났군. 포웰, 가서 먼 길 온 여행자들이 얼마나 헛고생했는지 가르쳐 주고 와라."

울프 기사단의 출현에 가장 놀란 건 빅터였으나 가장 먼저 보검의 빛을 비웃은 것도 빅터였다. 포웰은 아즈윈과 승부를 내지 못한 것에 미련을 두지 않고 모즈들이 있는 곳으로 말을 몰았다.

로핀도 아즈윈에게 말했다.

"너도 가라, 아즈윈. 네가 있을 곳은 여기가 아니라 저기야."

"하지만 로핀."

"어서!"

아즈윈은 빅터와 로핀을 번갈아 보다가 결국 포웰과 같은 방향으로 뛰어갔다. 하지만 말을 타고 달리는 포웰보다는 아무래도 한참 뒤쳐졌다. 작별 인사하듯 돌아보는 아즈윈에게 로핀은 칼을 흔들어 보였다.

"저 아이와 힘을 합쳐야 겨우 날 상대했을 텐데 멋 부리려고 너무 무모한 짓을 했군."

빅터가 도발하듯 말했지만, 로핀은 빅터가 아닌 제이에게 말했다.

"제이메르. 네 다친 쪽 팔, 앞으로 못 움직일 테니 잘 봐 둬라. 아이린 대신 좀 가르쳐 주마. 한 팔로 싸우는 게 어떤 식인지."

제이는 좀 얼떨떨한 얼굴로 고개만 끄덕였다. 로핀은 빅터를 보며 말을 이었다.

"나도 후배들 왔으니 진짜로 한번 해 볼까?"

"여태껏 한 건 최선이 아니었다?"

"최선이었지. 하지만 이제 뒤를 염려할 필요가 없게 됐잖아."

"멍청한 놈. 고작 오십 명의 기사들이 왔다고 전투에 영향을 주지는 않아."

"맞다. 흐름만 조금 바뀌겠지."

로핀은 빙그레 웃었다.

"……하지만 내 비장의 무기가 그 흐름을 어떻게 뒤집는지 잘 봐라."

카셀은 언덕 위에서 평원을 뒤덮은 모즈들을 바라보며 쉐이든에게 말했다.

"내가 할 수 있는 건 여기까지야. 나머지는 맡길게."

쉐이든은 살짝 고개를 끄덕여 대답했다. 그의 옆으로 브나타이돌이 다가와 늑대의 깃발을 카셀에게 건넸다.

"이거 들어, 캡틴."

쉐이든은 카셀이 깃발을 드는 모습을 보고 모두에게 말했다.

"가자."

체스를 좋아하는 기사, 푸티에르가 가장 먼저 외쳤다.

"여왕 폐하를 위하여."

다들 그 말을 반복했다.

"여왕 폐하를 위하여."

"여왕 폐하를 위하여."

곧 오십 명의 울프 기사단과 한 명의 익셀런, 한 명의 탈락한 울프가 언덕 밑으로 말을 몰았다.

멀리서 보기에 그 진군은 초라하기 그지없었다. 언덕 아래까지 달려온 포웰은 모즈 궁수 부대를 이끌고 와 대기했다. 삼백 마리의 모즈들이 일제히 활을 장전했고 또 다른 삼백 마리는 뒤에서 백업을 준비했다. 포웰은 모즈들에게 레미프어로 명령을 내렸다.

"첫 번째 라인, 화살 장전."

분노의 탑을 꽈악 쥐고 울프 기사단의 진격을 바라보던 크나딜은 갑자기 뒤에서 들리는 비명에 놀라 돌아보았다.

탑에 있던 라틸다가 배를 움켜잡고 쓰러져 있었다. 검은 연기가 그녀의 몸을 감싸고 있었고 발톱처럼 생긴 마법의 힘이 배를 뚫고 있었다.

크나딜은 순간 라틸다가 자기 손으로 자기를 찔렀다는 사실을 깨달았다.

"무슨 짓을 한 거냐, 라틸다?"

그걸로 끝이 아니었다. 여전히 어둠의 힘이 라틸다의 힘을 감싸며 그녀를 지배하려 했다. 그녀는 배를 찌른 상태에서도 어둠의 힘에 저항하기 위해 몸부림치고 있었다.

"안 돼."

크나딜이 탑 쪽으로 손을 뻗으며 외쳤다.

그 순간 라틸다의 몸에서 흘러넘치는 검은 기운이 크나딜을 뒤로 떠밀었다. 크나딜의 거대한 몸이 통째로 떠올라 나가떨어졌다.

라틸다의 몸에서 흘러나온 어둠의 마법이 분노의 탑을 감쌌다. 순식간에 탑 전체에 금이 가기 시작했다.

"아빠가 주신 목숨이야. 당신 멋대로 하게 두지 않겠어!"

라틸다는 비명을 지르며 얼굴을 바닥에 떨어트렸다.

'도와줘요, 아빠.'

배를 꿰뚫은 통증 같은 건 아무것도 아니었다. 라틸다는 절벽에서 떨어지는 몸을 실오라기 하나로 버티는 심정으로 정신을 붙들었다. 배 밑으로 뜯겨진 살점과 피가 툭툭 떨어지는 소리가 들렸다.

'로일.'

라틸다는 배를 쥔 채로 눈을 감았다. 그 순간 축복의 탑으로 달려오는 울프 기사단이 보였다.

그들을 향해 모즈들이 활을 쏘았다.

하늘을 가득 채운 화살이 울프 기사단을 향해 떨어졌다.

라틸다는 점점 흐려지는 의식으로 노래했다. 언젠가 들어 본 적이 있는 아란티아의 노래였다. 그러나 그녀의 들릴 듯 말 듯 한 작은 목소리는 탑이 금 가고 무너지는 소리에 묻혔다.

하늘이 노래하고 땅이 기도해요

전설이 이름 밝혀 줄 기사들이

빛 밝은 숲에서 그림자 없는 바다에서

싸우고 지켜요, 어둠을 몰아내어

이름이 전설이 될 기사들이

어둠을 지킬 기사들이……

라틸다는 더 이상 노래할 수 없었다. 멀어지는 의식 속에서 그녀는 조용히 읊조렸다.

"여왕이시여, 당신의 아이들을 지키소서."

구아닐은 웃음을 터트렸다. 그것은 경박스러운 도박꾼이 판돈을 쓸어 담으며 환호하는 소리와 같았다.

"아둔하구나! 아둔하도다, 새나디엘이여. 아란티아의 축복에서 벗어난 기사들이 대체 다른 나라에서 무슨 힘을 발휘한다고 이곳으로 보낸 것이냐? 실수했다, 새나디엘. 너의 성급함이 인간을 멸망으로 인도했구나."

구아닐은 모즈의 궁수 부대 쪽으로 돌진하는 울프 기사단에게 외쳤다.

"보아라. 이것은 아란티아를 벗어난 늑대 새끼들의 최후가 될 것이다."

하늘로 솟구친 화살은 어두운 하늘을 가로질러 울프 기사단을 향해 수직으로 내리꽂혔다.

카셀은 지그시 눈을 감고 브나타이돌이 전해 준 깃발을 높이 들었다. 늑대의 그림이 그려진 아란티아의 상징이 바람에 강하게 펄럭였다.

"보아라."

카셀이 말했다.

"이것은 아란티아를 벗어난 울프 기사단의 첫 번째 승리가 될 것이다."

날아오는 화살의 소나기 속에서 울프들의 칼과 창과 방패가 소용돌이쳤다.

쉐이든의 창에, 머리 위로 날아오는 아홉 개의 화살이 튕겨 나가 바닥에 떨어졌다. 에릴은 달리는 말 위에서 자신에게 떨어지는 화살 전부를 보고 피했고, 배롤은 허리 뒤에 차고 있는 커다란 타워 실드로 말까지 보호했다. 실디레는 말 위에 엎드려 화살을 전부 흘려보내고 말 머리 쪽으로 날아든 화살을 두 자루 칼로 쳐 냈다. 누군가는 머리만 살짝 꺾어 화살을 피하고, 누군가는 약한 부분만 방패로 막은 채 단단한 다른 갑옷에 박히는 화살을 튕겨냈다.

한순간 우수수 내리꽂힌 화살은 모조리 울프들이 휘두른 무기에 맞고 부러지거나 빗겨 나갔다. 울프 기사단 중 아무도 말에서 떨어지지 않았다.

쏟아진 소나기에 아무도 젖지 않고 통과한 꼴을 보고 포웰은 조금 얼떨떨했다. 그래서 두 번째 명령을 내리는 게 조금 늦었다.

"두 번째 라인 장전하라. 두 번째 라인!"

그러나 두 번째를 준비하지 않고 있던 모즈들의 대응보다 무서운 속도로 질주하는 울프 기사단이 더 빨랐다. 울프들의 공격은 자이논이 투척용 창을 한 자루 집어 던지면서 시작되었다. 직선으로 날아간 창이 모즈들 세 마리를 꿰고 지나갔다. 뒤이어 에릴이 쏘아 올린 화살이 포물선을 그리며 날아가 한 발에 모즈 한 마리씩 박혔다.

두 번째 라인과 첫 번째 라인이 교체하는 혼잡한 상황에, 갑작스러운 공격이 더해져 모즈 궁수 부대는 큰 혼란에 빠졌다. 뒤에서 버티고 있던 창을 든 모즈들은 앞으로 나서지도 못했다. 아무리 훈련시켰다 해도 이런 위급 상황까지 대처하게 할 수는 없었다.

포웰은 포기하고 자기 목숨이라도 부지하려고 창을 들었다.

언덕 아래로 질주한 울프 기사단이 활을 든 모즈들을, 둑에서 넘친 홍수처럼 휩쓸고 지나갔다. 급하게 창을 들이댄 모즈들도 그 홍수에 파묻혀 나가떨어졌다.

포웰은 제일 선두에서 달려오고 있는 울프를 향해 창을 강하게 휘둘렀다.

쉐이든은 자신의 앞을 가로막는 검은 기사를 향해 창을 휘둘렀다. 두 기사의 창이 서로의 목을 노리고 날아갔다. 그러나 포웰의 창은 허공만 찌르고 쉐이든의 창은 포웰의 투구와 함께 뺨을 찢고 지나갔다. 충격에 휘청하고 물러나는 포웰의 팔을 뒤따르는 프란츠의 칼이 베고 지나갔고, 실디레의 칼이 목을 벴다. 말에서 떨어지는 그의 시체는 뒤따르는 울프 기사단 틈으로 빨려 들어갔다.

모즈들의 마지막 지휘관은 사라졌다.

모즈들은 기병대의 공격에 익숙했다. 드래곤 기사들도 상대했고 로크 기병대와도 같은 식으로 싸웠다. 그러나 삼각형을 그리며 몰려오는 울프들의 돌격에 모즈들은 거의 아무런 저항도 못했다. 울프들은 미미한 모즈들의 저항을 거의 무시하다시피 받아넘기고, 달리는 속도를 늦추지 않았다.

자이논은 모즈들이 세 마리나 동시에 꿰여 있는 창을 버리고 다른 창을 두 손에 들어 던졌다. 울프들에게 쇠스랑을 던지려던 모즈 두 마리가 동시에 그의 창에 꿰여 쓰러졌다. 자이논은 뒤이어 르고가 만들어 준 자신의 철창을 좌우로 휘둘러 가까이에 있는 모즈들을 차례차례 쳐내며 달렸다.

유령 빼고는 무서울 게 없는 브나타이돌은 큰 칼로 모즈들의 머리를 한꺼번에 몇 개씩 베고 지나갔다. 창에 꿰이는 걸 각오하고 머리 위를 덮치는 모즈들조차 브나타이돌이 펼친 검의 경계를 뚫고 들어오지 못했다.

쉐이든의 창과 배롤의 칼이 동시에 휩쓰는 자리에는 모즈들의 시체만 남았다. 지휘관을 잃은 모즈들의 정예는 우왕좌왕하며 진영을 흐트러뜨렸다.

코엔이 집어 던진 쇠사슬에 목이 걸린 모즈가 허공으로 딸려 올라갔다가 바닥에 고꾸라졌다.

말라는 말 뒤에 타고 올라오려는 모즈를 주먹으로 내리찍어 떨어트리며 기세 좋게 소리쳤다.

"어딜 자식이!"

민첩하기로는 던멜보다 한 수 위인 에릴만 말이 균형을 잃고 넘어지는 바람에 굴러떨어졌다. 하지만 그는 바닥에 떨어진 속도를 늦추지 않고 그대로 데굴데굴 구르며, 단검 두 자루를 뽑았다. 그리고 그 상태로 모즈들의 발목을 후두두둑 끊어 놓았다. 그가 굴러간 자리를 따라 수십 마리의 모즈들이 발목을 움켜쥐며 쓰러졌다.

울프 기사단의 돌격으로 모즈들 수백이 순식간에 쓸려나갔다.

크나딜이 분노의 탑에서 라틸다에게 떠밀린 직후 어둠의 기운이 탑을 감쌌다. 라틸다는 피를 쏟는 배를 움켜쥔 채로 움직이지 않고 있었다.

크나딜은 힘겨운 발걸음으로 분노의 탑을 향해 걸어가며 말했다.

"버텨라. 정신을 놓아선 안 된다."

크나딜은 손으로 탑을 붙잡았다.

"아직은 이 탑이 필요하다."

여기서 라틸다를 적에게 빼앗기면 지금까지 견뎌 온 모든 것이 끝장이었다. 울프 기사단이 달려와 전투의 흐름을 바꾼 것마저 무의미해진다.

크나딜은 탑을 붙든 채로 시선을 돌렸다. 그리고 멀리 쓰러져 있는 자신의 형제에게 소리쳤다.

"일어나라, 가넬! 아직 쓰러질 때가 아니다. 일어나서 다시……."

그 순간 거대한 손이 크나딜의 손을 움켜잡았다. 탑에서 손을 뗄 수 없는 그는 시커먼 손톱이 자신의 목을 꿰뚫는 걸 뻔히 보면서도 물러나지 못했다.

라틸다가 자리에서 일어나고 있었다. 그녀의 가녀린 팔은 크나딜의 손가락 한 마디도 되지 않았지만 그녀의 손에서 뻗어 나온 검은 연기는 거인의 팔을 만들어 드래곤의 목을 쥐고 있었다.

라틸다의 눈동자에서 붉은빛이 쏟아졌다. 어둠의 힘은 크나딜의 육체를 감쌌고 이어 분노의 탑 전체를 휘감았다.

"라틸다, 정신을 잃지 마라. 네 영혼을 빼앗겨선 안 돼!"

크나딜이 소리쳤다. 하지만 그녀는 듣지 않고 손을 치켜들었다. 크나딜의 몸이 검은 손에 붙들려 위로 끌려 올라갔다.

'지금 죽여야 한다…….'

크나딜은 라틸다를 향해 손을 내밀었다.

'지금밖에 없다. 지금 라틸다를 죽이지 않으면 내가 죽는다.'

그걸 알면서도 크나딜은 그렇게 할 수 없었다. 처음부터 도박이었다. 축복의 탑이 무너지거나, 타냐가 힘을 잃거나, 분노의 탑에 있던 라틸다가 적의 손아귀에 넘어가거나, 셋 중 한 가지만 일어나도 지는 싸움이었다. 그리고 지금 세 가지 모두 마치 정해진 수순인 양 일어났다.

크나딜은 여기서 자신이 라틸다를 죽이면 적이 원하는 대로 된다는 것을 알고 있었다.

"라틸다, 깨어나야 한다."

라틸다는 붉게 타오르는 눈동자로 노려볼 뿐 크나딜을 내려놓지 않았다. 오히려 다른 쪽 손을 들어 또 하나의 검은 손을 만들어 냈다. 그리고 그녀는 말했다.

"모든 것이 나의 뜻대로 되노라!"

분노의 탑은 끝내 라틸다의 힘을 견디지 못하고 무너져 내렸다.

"내가 울프의 한 명이었으면서도 그걸 몰랐다니……."

로핀은 후배들의 돌격을 바라보며 혼잣말로 중얼거렸다.

"울프 기사단이 아란티아의 축복에 보호받는 게 아니라 울프 기사단 그 자체가 아란티아의 축복인 거야."

빅터도 그 광경을 보다가 말했다.

"아무래도 내가 모즈들을 직접 지휘해야겠군."

"어딜 가려고? 넌 나랑 마무리 지어야지."

"로핀 널 죽이고 간단 소리다, 물론."

"못 간다니까 그러네."

지금까지와 달리 로핀이 먼저 공격했다. 빅터는 새로 생긴 손까지 합쳐 칼을 두 손에 쥐고 막았다. 로핀은 계속 몰아붙여 쉴 틈을 주지 않았다.

"그때도 그랬고, 지금도 그랬고 넌 항상 나보다 강했다, 빅터. 차기 여왕 수호기사로 지목 받은 하얀 늑대보다 강했다 그거다. 그런데 왜 항상 네가 지는 줄 알아? 난 항상 마지막 기술은 안 보여 줬거든."

처음 두 사람이 싸웠을 때 로핀은 그란돌을 흉내 낸 기술로 그의 팔을 베었다. 그리고 지금은 로핀이 홀로 10년 동안 연습한 기술을 썼다. 어느 누구에게도 보이지 않은 기술이었다. 그러나 빅터 역시 가만히 있지 않았다. 그는 자기 품 안으로 뛰어드는 로핀의 배를 칼로 찔렀다.

로핀은 개의치 않았다. 그것은 처음부터 상대에게 찔리는 걸 전제로 한 기술이었다. 그래서 지금까지 쓰지 못했다. 타치셀에서도 그런 이유 때문에 아즈원에게 칼을 넘긴 것이었다.

로핀의 칼이 밑에서 솟구쳐 빅터의 턱을 뚫고 두개골을 깨트리며 뒤통수에서 빠져나왔다. 바닥에서 치고 올라오는 공격이라 빅터의 눈에 보이지도 않았다.

"숨기고 있을 만한 기술이지, 자식아."

빅터는 아무 대꾸도 못하고 옆으로 허물어졌다. 로핀은 비틀거리다가 꼿꼿이 섰다. 그리고 옆에서 놀란 눈으로 보고 있는 제이메르에게 말했다.

"가만히만 있지 말고 와서 좀 도와다오."

제이는 허둥지둥 달려가 그를 부축하려 했다. 하지만 그는 그 도움을 거부하고 자기 배에 박힌 칼을 잡으며 말했다.

"이거나 뽑아달란 소리야."

"안 됩니다. 출혈이 너무 심해져요."

"뽑으라면 뽑아. 그리고 빅터 턱에 박힌 것도 뽑아 와라."

제이는 도저히 로핀의 배에 박힌 칼을 뽑지 못하고, 우선 빅터에게 박힌 칼을 뽑아 로핀의 손에 쥐어 주었다. 로핀은 제이의 손을 잡아 자기 배 쪽으로 가져갔다. 아직 출혈이 심하지 않았다.

"뽑아."

제이는 더 이상 거부할 수 없었다. 천천히 뽑으면 더 고통스러운 걸 알기에 한 번에 깨끗하게 뽑아냈다. 피가 왈칵 쏟아져 나왔다. 로핀은 가늘게 떨며 제이의 팔에 기댔다.

"제이메르……. 구아닐이……, 어디 있나?"

그는 엉뚱한 곳을 바라보며 물었다.

"북쪽, 그러니까 저쪽에 있습니다."

제이가 로핀의 손을 잡아 방향을 가르쳐 준 후에야 그는 구아닐을 보았다.

"뭘 하고 있나?"

"날개를 펼치고 모즈들의 진영으로 날아가고 있습니다. 이제 동쪽으로 갔습니다. 거기에 착지해 울프 기사단을 기다리고 있습니다."

구아닐의 포효가 들려왔다.

"울프들은?"

"이쪽으로 오고 있습니다. 우릴 지나쳐 구아닐 쪽으로 갈 것 같습니다."

"아즈원은? 보이나?"

제이는 눈을 가늘게 뜨고 서쪽에서 몰려오는 울프 기사단을 바라보았다. 아즈원이 드래곤 기사단의 깃발을 흔들고 있었다. 그녀의 신호를 본 이로피스 기사단이 기다렸다는 듯이 아즈원 쪽으로 진군했다.

아즈원은 깃발을 내던지고, 자신을 향해 돌진해 오는 울프 기사단을 향해 달려갔다.

울프 기사단의 공격에 정신이 팔려 뒤에서 다가오는 아즈윈을 발견하지 못한 모즈들 수십 마리가 그녀의 칼에 베어져 나갔다. 그녀는 처음에는 자세를 낮춰 달리다가 이내 몸을 곧게 펴고 왔던 길을 되돌아가는 방향으로 뛰었다.

달려오는 첫 번째 말에는 쉐이든이 타고 있었다. 그는 아즈윈을 발견하고 속도를 늦추려 했다. 하지만 아즈윈은 소리쳤다.

"멈추지 마!"

쉐이든은 고개를 끄덕이며 다시 말의 속도를 올렸다. 아즈윈은 달리는 속도를 늦추지 않고 뒤에서 달려오는 실디레에게 외쳤다.

"실디레, 같이 탄다! 물러나."

실디레는 즉시 고삐를 놓고 안장 뒤쪽으로 몸을 밀었다. 그리고 아즈윈은 달려오는 말의 목을 잡고 허공에서 빙그르르 돌아 안장에 올라탔다. 그녀는 고삐를 쥐자마자 실디레의 손을 자신의 허리에 감싸게 했다.

"너 뺨 왜 그래?"

아즈윈이 실디레의 얼굴을 확인하고 인사하려다 물었다.

"다쳤어."

"누가 그랬어?"

"프란츠가."

"책임진다든?"

"책임진대. 어떻게 질 건지는 말 안 했지만."

"그 얘기 재밌겠다. 나중에 술이나 마시면서 얘기하자."

"술?"

실디레는 아즈윈이 이 와중에 뭔 소리를 하는 건가 싶었다.

아즈윈은 칼을 높이 치켜들고 소리쳤다.

"내가 지휘한다. 기마대 포메이션 3번!"

울프들이 줄을 지어 그녀의 뒤를 따랐다. 모즈들의 부대를 뚫고 지나가며 울프들의 검과 창이 또 한바탕 폭풍처럼 치고 지나갔다.

아즈윈은 얼굴에 튄 피를 닦을 여유도 없이 외쳤다.

"알렉스, 옹고르, 말라, 콜디. 포메이션 7번으로. 좌측으로 들어가 모즈들을 공격하라. 알렉스가 지휘해."

아즈윈의 말이 떨어지자마자 네 기의 기사가 왼쪽으로 빠져나갔다.

"쉐이든, 닐테, 파렐. 7번 우측 포메이션. 쉐이든이 지휘한다. 스나다스, 배롤. 후방으로 빠져 쉐이든 조를 보호하라."

그녀의 명령을 들은 기사들이 빠져나가면 바로 다른 기사들이 달려왔고, 그들 역시 아즈윈의 명령을 듣고 긴 대열에서 빠졌다. 빠진 자리에는 이로피스 기사단 이백여 기가 따라붙었다. 선두에 캡틴 그린리히가 보였다.

"기다리다 못해 지칠 지경이었다!"

그린리히가 소리 질렀다.

"그럼 힘 좀 비축했겠군요. 이제부터는 당신들이 주인공입니다. 아까 말했던 원형 대열로 모즈들을 뚫고 가세요."

"알았다."

그린리히가 옆으로 빠지려는 순간 아즈윈은 있어야 할 사람이 없는 것을 알았다.

"그린리히! 루시우스는?"

"낙마했다!"

모즈들을 뚫고 오면서 이로피스의 기사들이 몇 당했는데 루시우스도 당한 모양이었다. 그러고 보니 브란더도 드래곤들끼리의 싸움에 휩쓸린 후 보이지 않았다. 아즈윈은 당황했다.

드래곤 기사단을 지휘할 사람이 없었다!

작전 회의를 할 때부터 걱정했던 일이었다. 하지만 백업을 맡을 사람이 없어 포기했었다. 물론 양쪽 모두에 훌륭한 기사들이 많이 있고 지휘를 맡을 만한 사람은 남아 있지만 울프 기사단의 작전에 맞춰 줄 사람이 남아 있지 않게 된 것이었다. 설마 했던 일이었으나 진짜로 벌어지고 말았다.

'누구 아무라도……'

아즈윈은 빠르게 울프 기사단 몇 명을 돌아보았다. 실디레, 푸티에르, 코엔, 자이논. 그리고 모르는 기사 두 명이 있었다. 한 명은 낯이 익었지만, 기억은 나지 않았다. 다른 한 명이 아즈윈의 말 옆으로 접근했다.

"지휘관 자리 남는 거 있나?"

"당신 누군데?"

아즈윈은 시간이 없어 짧게 물었고 그 남자도 그걸 알고 짧게 대꾸했다.

"빌리, 익셀런의 기사다. 울프 기사단의 전투 포메이션은 모두 외우고 있다."

'익셀런의 기사?'

아즈윈에게는 너무도 엉뚱한 일이었지만 상관없었다. 적절한 시점에 나타나 준 사람을 써먹지 않을 이유가 없었다.

"그럼 네가 드래곤 기사단을 지휘해라. 내가 주는 신호를 놓치지 마."

"알았다. 슈벨, 따라와라."

빌리가 뒤로 말을 돌렸고 다른 기사 하나가 따라갔다.

아즈윈은 손가락으로 신호를 보냈고 빌리는 즉시 이쪽 방향으로 뛰어오는 드래곤 기사단을 반대 방향으로 이끌었다. 그린리히도 뒤따르는 기사들에게 소리치며 전속력으로 달렸다.

"이로피스!"

나팔 소리가 길게 울렸고 기사들은 경쟁이라도 하듯 울프 기사들보다 더 빨리 모즈들을 향해 들이닥쳤다.

그렇게 아즈윈의 옆에는 네 명의 울프들이 남았다. 실디레가 요란한 말발굽 소리를 이기려고 외쳤다.

"우리는 뭐 해?"

아즈윈도 목청껏 외쳤다.

"드래곤 사냥!"

멀지 않은 전방에 로핀이 보였다. 그는 아무 부상 없이 당당히 서서 자신의 칼, 베나 에실크를 들고 있었다. 그의 뒤에 제이메르가 있었고 쓰러진 빅터도 있었다.

'이길 줄 알았어요.'

아즈윈은 빙그레 웃으며 자신의 칼을 수직으로 던졌다. 기다리고 있던 로핀도 베나를 수직으로 던졌다. 두 자루 검이 허공에서 교차하며 베나 에실크는 아즈윈의 손에, 아즈윈의 검은 로핀의 손으로 들어갔다.

울프 기사단이 지나가자마자 로핀은 그 자리에 털썩 주저앉았다. 제이가 같이 주저앉아 그의 상처를 손으로 막았다.

"맙소사, 아즈원한테 안 보이려고 칼을 뽑은 겁니까?"

"달리는 아이를 멈추게 하고 싶지 않았어. 그리고 어차피 난……."

로핀은 끝까지 말하지 못하고 멈췄다. 그리고 아즈원의 칼을 제자의 손이라고 생각하는 듯 쓰다듬으며 말했다.

"제이메르, 싸우는 장면을 계속 설명해다오. 이제 앞이 잘 안 보이는구나."

"서, 설명이오?"

제이는 자신의 말재주가 이렇게 증오스러울 때가 없었다. 그래도 최선을 다해 묘사했다.

"아즈원이 구아닐을 향해 달려가고 있습니다. 뒤에 세 명이 따라가고 있군요."

"울프들의 대열이 어떻지?"

"여기서는 잘 보이지 않습니다. 하지만 구아닐을 중심으로 한 진영을…… 맙소사. 천 마리 정도 되는 모즈들과 구아닐이 울프들 오십 명에게 포위당했습니다. 그 중심으로 이로피스 기사단이 뛰어들어서 뭐랄까, 헤, 헤집어 놓고 있네요. 드래곤 기사단은 계속 빙글빙글 돌고만 있는데……. 모즈들이 당황해서 흩어지고 있습니다. 어떻게 떨어진 상태에서 저렇게 동시에 움직일 수 있는지 모르겠습니다……."

"양쪽 기사단을 지휘하는 친구들도 제법인가 보군. 이로피스는 그린리히일 것이고 드래곤 기사단은 루시우스인가?"

"아니오. 빌리군요."

제이가 놀라 말했다.

"빌리? 그게 누구야?"

"잘 기억은 안 나지만 익셀런 기사단의 훈련 교관일 겁니다. 저 녀석이 왜 울프 기사단에 껴 있는 건지는 잘……?"

"그거 재미있군. 이렇게 되면 네 나라의 기사단이 모두 모인 게 아니냐?"

로핀은 피식 웃으며 말을 이었다.

"지휘관을 잃은 모즈들은 그냥 평원에서 허둥대는 맹수들일 뿐이야. 더 이상 군대가 아니지. 내가 말했잖아. 빅터 하나만 죽이면 이 전쟁 끝이라고. 무슨 의미인 줄 알아? 빅터가 없으면…… 구아닐도 무용지물이야."

로핀은 침을 꿀꺽 삼키며 물었다.

"그런데 카셀은 어디 있나?"

제이는 언덕 위쪽을 올려다보았다. 거기에는 울프의 깃발만 꽂혀 바람에 휘날리고 있었다. 카셀은 없었다.

"안 보입니다."

"가야 할 곳으로 간 거겠지. 내 몸을 좀 더 잘 세워라. 눈이 좀 보이는 것 같다. 내가 직접 보고 싶어. 역시 내가 맷집 하나는 끝내주지."

제이는 시키는 대로 했다. 하지만 배를 뚫은 상처에서는 피가 벌컥벌컥 터져 나오고 있었다.

"저 애가 바로 내 비장의 무기다, 빅터."

몸이 점점 차가워져 가고 있음에도 로핀은 전장에서 눈을 떼지 않았다.

"아즈윈, 이제 네가 하얀 늑대의 이빨을 보일 차례다."

Chapter 23

데일드의 저주

"난 내 의지로 널 죽이지 않겠다, 라틸다."

탑의 일부가 무너져 요란한 와중에도 크나딜은 조용히 말했다.

라틸다가 서 있는 자리는 진작 무너져서 가라앉았지만 그녀는 허공에 뜬 채 고정되어 있었다. 그녀의 배에서 흐르는 피가 다리를 타고 흘러 발끝에서 떨어지고 있었다. 검은 기운이 그녀의 몸을 감싸고 있었고, 붉은 눈빛은 크나딜을 노려보고 있었다.

"너 역시 나를 죽이지 않고 있구나."

크나딜은 그녀의 다른 쪽 손에 뭉쳐 있는 마법의 힘을 바라보며 말했다. 맹수의 발톱 같은 검은 형체는 드래곤의 목을 노리고 있을 뿐 움직이지 않았다. 언제든 크나딜을 죽일 수 있는 마법이었고, 아까부터 준비되어 있으나 여전히 그녀의 손에 머물러 있었다.

"내가 널 죽이든 아니면 네가 날 죽이든 이 싸움은 패배한다. 인간들의 전투를 무의미하게 만들지 마라. 너는 아직 네 영혼을 악마에게 빼앗기지 않았다. 견뎌내야 한다. 네가 인간의 편에 서야 할 이유가 단 하나라도 남아있다면 거기에 의지하라.”

꽉 다문 라틸다의 입술이 부들부들 떨렸다.

“악마의 목소리에 귀 기울이지 말고 너의 목소리에 귀 기울여라.”

크나딜은 강요도, 부탁도 하지 않았다. 그저 차 한 잔 마시며 잡담하듯 차분하게 말했다.

“네가 말한 그대로……, 모든 것이 너의 뜻대로 될 것이다.”

탑의 나머지 부분도 모두 무너졌다. 그리고 크나딜의 목을 쥔 검은 손도 사라졌다.

라틸다는 아무것도 없는 허공에 떠서 크나딜과 눈높이를 맞추고 있었다. 붉게 타오르는 눈동자는 그대로였으나, 눈물이 쏟아졌다. 그녀의 붉은 머리카락이 바람에 흩날렸다.

“뜻대로 하겠습니다.”

그녀는 크나딜을 향해 손을 내밀었다.

“제게 오세요, 마스터 크나딜. 와서 분노의 탑을 대신해 주세요.”

크나딜은 분노의 탑이 무너진 자리에 섰다. 그리고 허공에 뜬 라틸다를 한 손에 쥐었다. 그녀의 몸 주위를 감싸고 있던 검은 기운이 이제는 크나딜의 몸 주위를 맴돌았다.

“내 생명의 반을 태워 나, 라틸다의 이름으로 명합니다.”

그녀의 목소리가 음악처럼 평원을 뒤덮기 시작했다.

“레-가넬-란도르는 일어나 축복의 탑을 대신하세요.”

크나딜의 몸에서 붉은빛의 기둥이 하늘로 뿜어져 올라갔다. 드래곤의 고통스러운 포효가 하늘을 울리고 공기를 울렸다.

빛의 기둥은 하늘에서 꺾여 축복의 탑 쪽으로 날아갔다. 그리고 구아닐의 꼬리에 무너진 탑이 있던 자리에 내리꽂혔다. 인간과 모즈들의 격전지 사이에서 붉은빛이 폭발했다.

크나딜의 목소리가 탑 옆에 쓰러진 가넬에게 전해졌다.

"일어나라, 레-가넬. 영겁을 이어 갈 너의 생명 절반을 태워 해야 할 일이 있다."

뒤이어 라틸다의 목소리가 울렸다.

"일어나세요, 가넬!"

가넬은 대답 없이 기어가 무너진 탑의 자리에 섰다. 내리쬐는 붉은 빛이 가넬의 몸에 닿는 순간 또 하나의 황금빛 기둥이 하늘로 치솟아 올라갔다. 두 가지 빛깔이 뒤엉킨 빛의 기둥이 로크의 상공을 가로질러 아로크의 탑으로 떨어졌다.

빛을 잃은 아로크의 탑에, 쳐다보기 힘든 강한 빛이 폭발했다.

타냐 옆으로 익숙한 손길이 다가와 어깨를 두들겼다.

타냐는 옆으로 쓰러진 채로 힘겹게 눈을 떴다. 테일드였다. 그는 부드럽게 미소 지으며 말했다.

"일어나야지, 우리 공주님."

타냐는 겨우 입을 열어 말했다.

"물러나라……. 자랑이라도 하러 왔는가? 좋다, 네가 이겼다. 그러니 아로크의 탑으로 오라. 거기에서 내, 마, 마지막 힘을 너에게……."

타냐는 그 뒷말을 하기가 힘들었다. 테일드는 혀를 차며 타냐 앞에 쭈그리고 앉았다.

"타냐, 누누이 말했잖니? 선택은 네 맘이고 그게 이기적이라면 그냥 이기적으로 행동하라고. 다른 사람이 그렇게 행동하면 밥맛이지만 너처럼 착한 아이는 그렇게 하는 게 나아. 지금도 그래. 넌 대체 누굴 걱정한 나머지 몸을 사리고 있는 게냐?"

타냐는 그의 다정한 말이 악인지 선인지 구별할 수가 없었다. 타냐는 당신의 진짜 정체가 누구냐고 묻고 싶었다. 하지만 테일드는 이미 그 질문까지 알고 있다는 듯 그녀의 머리를 장난스럽게 두들겼다.

"우물을 퍼낼 때가 왔다. 일어나라, 타냐."

타냐는 퍼뜩 눈을 떴다. 탑이 금방이라도 무너질 듯 흔들리고 있었다. 그녀는 힘겹게 몸을 일으켜 정좌를 했다. 그리고 숨을 거칠게 내쉬며 눈앞에 희미하게 보이는 테일드를 바라보았다. 그는 장난스러운 미소로 말했다.

"아 참, 좋은 소식 하나! 카셀이 돌아왔다."

그리고 테일드의 환영이 사라졌다.

"마스터……."

타냐는 슬픔인지 기쁨인지 모를 눈물을 흘리며 눈을 감았다.

"당신이 주신 마법, 당신을 위해 쓰겠습니다."

아로크의 탑을 감싸고 있던 가넬의 황금빛과 크나딜의 붉은빛이, 타냐의 몸에서 뿜어져 나오는 푸른빛과 하나가 되었다. 그 안에서 타냐는 라틸다의 얼굴을 보았다.

타냐는 말없이 라틸다를 향해 고개를 끄덕였다.

라틸다 역시 고개를 끄덕이기만 했다.

타냐는 안에 모으고 있던 마지막 힘을 쏟아냈다. 얼굴에 난 오래된 흉터가 찢어져 피가 터져 나왔다. 팔뚝의 살갗이 찢어지고 목덜미가 찢어지고 가슴이 찢어지고 다리의 핏줄이 터졌다. 그래도 그녀는 아랑곳 않고 힘을 터트렸다.

아로크의 탑을 중심으로 파란빛이 퍼져 나갔다. 다시 로크의 방벽이 생겼다.

하늘에 사라졌던 푸른 마법 방벽이 생겼다. 로크 존이 사라지자마자 몰려들었던 모즈들이 다시 방벽에 부딪쳐 나가떨어졌다. 성문을 지나 성큼성큼 아로크의 탑으로 다가오던 테일드의 몸이 보이지 않는 힘에 사로잡혀 멈췄다. 심지어 몇 걸음 뒤로 밀려나 허공에 떠오르기까지 했다. 그는 보이지 않는 줄에 묶인 듯 사지가 팽팽하게 당겨져 움직이지 못했다.

테일드는 보이지 않는 힘에 저항해 팔을 잡아당겼다. 단지 그런 동작만으로 공기가 진동하며 주변에 있는 성벽이 깨져 나갔다. 다리를 움직이자 또 바닥이 울리며 투석기 공격으로 흔들흔들하던 집이 무너져 내렸다. 그러나 풀려나지는 못했다.

방벽의 푸른빛은 점점 더 강해졌다. 당황한 그는 또 한 번 몸을 폈다. 천둥이 내리치는 굉음과 뜨거운 열기가 주변으로 뻗어 나갔다. 그러나 그 빛의 그물을 빠져나가지는 못했다.

아이린은 무슨 일이 벌어졌는지 금방 알았다. 8년 전 얼음 성에서 테일드가 죽지 않는 자들의 군주를 묶었던 바로 그 마법이었다.

'타냐가 마지막 힘을 썼다!'

아이린은 지체하지 않고 베나 에사르크를 바닥에 꽂았다. 그녀가 마법의 주문을 외우는 순간 테일드가 명령했다.

"그란돌, 저년을 베어 버려라."

그란돌은 즉시 아이린에게 다가갔다.

루밀이 달려나갔다. 동시에 던멜이 단검을 집어 던져 그란돌의 시선을 빼앗으며 뛰어들었다. 루밀보다 뒤늦게 달려갔음에도 던멜이 먼저 그란돌과 맞붙었다. 뒤이어 루밀도 그란돌을 향해 칼을 내리쳤다.

세 명의 전사들이 보이지 않을 정도로 빠르게 칼을 부딪쳤다. 금속끼리 맞물리며 불꽃이 번쩍거렸고 세 사람의 발에 채인 자잘한 자갈 파편들이 튀어나갔다.

아이린을 죽이려는 자와 아이린을 보호하려는 자들 간의 싸움은, 북쪽에서 벌어지는 인간과 모즈들의 마지막 전투만큼이나 처절하게 이어졌다.

"포기해라, 아이린. 그 칼로 나를 벤다 해도 일시적이다."

차라리 비열한 얼굴로 말했으면 비웃어 주면 그만일 텐데, 테일드는 다정한 미소로 그녀를 설득하려 들었다.

"일시적이어도 상관없어. 이번에는 망설이지 않겠다."

"이번에는? 마치 화이트 게이트 앞에서 망설이지 않았다면 끝났을 거라고 생각하는 것 같군. 10년 전에 네 칼에 베었어도 난 죽지 않았고, 화이트 게이트에서도 날 베었다 해도 통하지 않았을 것이다. 난 죽음을 지배하니까."

아이린은 듣지 않았다. 오직 베나 에사르크의 주문에만 집중했다. 칼날의 붉은빛이 점점 커졌다. 테일드는 피식 웃으며 말했다.

"아이린. 북쪽에서 싸우는 로핀과 여기 있는 너, 두 사람의 지혜를 합쳤다면 좋았을 텐데. 아직도 깨닫지 못하나? 왜 이 전장에 카구아가 나타나지 않았을까? 아, 넌 카구아가 뭔지 모르지?"

테일드는 큰 소리로 웃었다. 그 거친 웃음소리에 아슬아슬하게 버티던 성벽의 기둥이 무너졌고 동시에 망루 하나가 바닥으로 떨어졌다. 테일드의 머리 위에 있는 하늘의 구름마저 거품처럼 들끓었다.

"이번 전쟁은 루티아의 공격을 그대로 복사한 전투였다. 난 여기에서 모즈들 십만을 모두 잃어버려도 상관없었다. 지금 남쪽에서 또 다른 십만의 모즈들이 올라오고 있다. 내일 아침쯤 도착할 거다. 아니, 그 녀석들까지 전멸당해도 좋아."

테일드의 눈동자가 검게 물들었다.

"심지어 네가 베나로 나를 베어도 상관없다. 잠깐 시간이 지체될 뿐이야. 내 영혼이 거할 또 다른 육신만 찾으면 그만이지. 그 모든 걸 희생시켜서 뭘 얻으려 했냐고? 당연하잖아, 아이린. 저 멍청한 캡틴 울프 녀석이 여길 구하겠답시고 쓸데없이 울프 기사단을 데려왔지? 정확히 내가 원하던 바다!"

테일드가 보여 주는 현재의 모습이 아이린의 눈에도 들어왔다.

그곳은 화이트 게이트였다. 새나디엘 여왕은 화이트 게이트의 망루 위에 있었고 퀘이언은 그녀의 옆에 있었다. 그리고 두 사람 앞에는 날개 없는 네 마리 검은 드래곤이 있었다.

"아!"

아이린은 외마디처럼 내질렀다.

"내가 이겼다, 아이린. 로크는 처음부터 함정이었다. 내가 노리는 건 한 나라도 아니었고, 한 도시도 아니었고, 드래곤도 아니었어. 새나디엘 한 명이었다."

테일드의 웃음소리가 로크의 방벽을 뒤흔들었다.

"카셀도 내가 이용했다. 나는 녀석이 울프 기사단을 데려오는 데 성공하길 빌었어. 정말 잘해 주었다, 캡틴 카셀! 인간을 멸망으로 이끈 위대한 영웅이라고 기억해 주겠노라."

아이린은 테일드의 말을 듣지 않으려고 애썼지만 베나를 쥔 손에서 힘이 빠져나가는 걸 막을 수가 없었다. 베나는 죽지 않는 자들의 군주를 벨 수 있을 정도로 강하게 마법을 뭉쳤지만 정작 그녀는 그걸 뽑을 수가 없었다. 테일드에게 다가가는 길목이 그란돌에게 막혀 있었다.

루밀이 그란돌의 칼에 맞아 쓰러졌다. 어제 다친 상처까지 터지며 그는 쓰러져 일어나지 못했다.

던멜도 자신의 검을 모두 잃었다. 맨손으로도 싸울 수 있는 그였으나, 그란돌의 검 앞에 무기 없는 던멜은 무력했다. 루티아에서 입은 부상을 회복하지 못한 육체로 지금까지 버티긴 했으나 그란돌의 마지막 공격에 그만 무릎을 꿇었다. 잘려나간 손가락에서, 찢어진 뺨에서, 부러진 어금니에서 흐르는 피가 금방 바닥을 적셨다.

그란돌은 두 사람에게 결정타를 날리느라 시간 낭비하지 않고, 곧장 아이린을 향해 다가왔다.

아이린은 베나를 뽑을 수도, 뽑지 않을 수도 없었다. 지금 베나를 뽑아 봐야 아이린은 테일드가 아닌, 그란돌과 싸워야 했다. 아이린은 한쪽 눈으로는 그란돌을, 다른 한쪽 눈으로는 화이트 게이트 앞에 있는 퀘이언을 보고 있었다.

"미안해, 퀘이언……."

베나 실크, 여왕 수호기사의 검이 천 년 동안 이렇게 커다란 적을 맞이한 것은 처음이었다. 그럼에도 퀘이언은 두려움 없는 맹렬한 공격으로 네 마리 드래곤을 베었다. 지금의 구아닐만큼 거대한 덩치를 가진 카구아들을 상대로 그는 꼬리를 베고, 배를 찌르고, 뛰어올라 이빨을 깨트렸다. 결국 네 마리 모두 퀘이언 앞에 쓰러졌다.

지치고 다친 퀘이언은 비틀거리며 물러났다. 그러나 그것은 끝이 아니었다. 쓰러진 카구아들은 검은 기운에 휘감기더니 도로 일어났다. 몇 번을 죽여도 같은 일이 벌어지고 있었다. 카구아들은 상처 하나 없이 또다시 퀘이언의 앞에 섰다. 가장 선두에 있는 카구아가 검은 불길을 뿜어냈다. 베나 실크의 힘으로 불길을 베었지만 옆에 있는 다른 카구아의 불길까지 막지는 못했다.

퀘이언은 불길에 휩싸여 성문에 부딪쳤다. 온몸의 뼈가 부서지고 너덜너덜해진 몸으로 퀘이언은 또 한 번 베나 실크를 들었다. 그러나 그의 육체가 그의 의지를 따르지 못하고 칼이 떨어졌다.

로크와 같았다. 네 마리 카구아는 퀘이언을 끝내는 데 시간 낭비하지 않고, 곧장 망루 위에 홀로 선 작은 여인에게 다가가고 있었다.

"미안해요, 새나디엘."

아이린은 눈물을 흘리며 고개를 떨어트렸다.

"고개를 드시오."

아이린과 그란돌의 사이를 막아선 사람은 놀랍게도 집정관 루에머스였다.

"당신이 마지막 인간의 힘이라면, 희망이라면, 마법이라면……, 마지막까지 당당하시오. 마지막까지 저항하시오."

루에머스는 좀 전까지만 해도 제대로 쳐다보지도 못했던 공포의 군주를, 지금은 똑바로 바라보며 외치고 있었다.

"수많은 목숨을 앗아 가도 로크의 정신마저 앗아 갈 수는 없다! 천년 전에 무너졌어도 다시 일어난 것이 아로크였고 10년 전에 무너졌어도 다시 일어난 것이 가넬로크였다."

루에머스는 다시 아이린을 돌아보며 말을 이었다.

"이곳은 아크랜드의 희망이자 최후의 순간까지 살아 있어야 할 땅이오. 고개를 드시오, 마스터 아이린. 고개를 들고 마지막까지 싸……!"

그란돌의 검이 루에머스의 오른쪽 손목을 베었다. 밑으로 떨어진 팔을 내려다보며 루에머스는 비틀거렸으나, 쓰러지지도 비명을 지르지도 않았다. 그는 잘린 손목을 움켜쥐고 굳게 다문 입술로 고통을 인내하다가 말했다.

"싸, 싸우시오, 아이린."

그란돌의 검은 아까 한번 베었던 손목의 윗부분을 베었다. 루에머스는 결국 비명을 질렀고 그란돌의 검은 또 잘린 팔의 어깻죽지를 내리쳤다. 루에머스의 피가 아이린의 얼굴로 터졌다. 세 조각난 그의 오른팔이 바닥을 굴렀다.

아이린은 눈도 감지 않고 그 피를 얼굴로 받아 냈다. 그녀의 눈동자가 분노로 일그러졌다.

"정신 차리십시오, 마스터 그란돌. 하얀 늑대는 다른 하얀 늑대와 싸워선 안 됩니다."

그란돌은 쓰러진 루에머스를 넘어 다가왔다. 하지만 아이린은 베나를 뽑지 못했다. 지금까지 준비한 마법의 힘은 그란돌을 위한 게 아니었다.

'제발, 메이루밀. 던멜. 아무나 일어나 그란돌을 조금만 막아다오.'

"그대로 계십시오, 마스터 아이린."

아이린의 속마음에 대한 답이라도 하듯, 그녀의 등 뒤에 로일이 섰다.

"하얀 늑대와 하얀 늑대의 싸움은 아직 저에게 달려 있습니다."

라틸다의 입안 가득 머금은 피가 입술 옆으로 흘러내렸다. 그녀의 붉은 눈동자는 이미 크나딜의 도움 없이도 전장을 모두 내다보고 있었다.

로일이 그란돌 앞에 서 있었다. 갑옷도 없이 맨발로 서서, 배를 꿰뚫었던 상처가 조금도 회복되지 않은 몸으로 그는 칼을 뽑았다.

라틸다의 눈에는 로일의 마음까지 보이는 듯 했다. 로일은 싸우고 있었다. 멀리 떨어져 있어도, 전혀 다른 상대와 싸우고 있어도 그는 '지키는 마음'으로 싸우고 있었다. 그녀 역시 같은 마음이었다.

라틸다는 양팔을 펼쳤다. 그녀가 뿜어내는 힘이 너무 강하여, 크나딜은 그만 한쪽 무릎을 꿇고 말았다.

"라틸다……. 네 힘으로 이 이상은……."

"가넬께서는 영생을 포기하셨습니다. 전 제 생명의 전부를 태워 버려도 좋습니다. 마지막으로 로일을 만나 얼굴을 볼 시간만 허락된다면 나머지는 모두 쓰겠습니다."

라틸다는 이를 악물었다.

"지금까지 제 주위의 모든 사람들이 절 지키느라 고통 받았어요. 그러니 이제 저도 그들을 지키고 싶습니다."

라틸다의 눈이 붉게 타올랐다.

"나의 이름으로 명한다."

크나딜은 온몸을 짓누르는 압력에 고통스럽게 포효했다. 라틸다가 내는 어둠의 힘이 크나딜의 힘을 강제로 뽑아냈다. 또 한 번 붉은빛의 기둥이 하늘로 치솟았다.

"구아닐! 네 육체는 지상에 묶이리라!"

구아닐의 검은 불길이 울프의 기사들을 향해 터져 나왔다. 그러나 애꿎은 모즈들만 그 불길에 휩싸였을 뿐 울프들은 미리 방향을 알고 피해 있었다.

그들이 헤집고 다니는 자리마다 모즈들의 시체가 줄을 이었고 지휘관을 잃은 모즈들은 제대로 대처하지 못했다. 그저 괴성만 지르다 달려오는 말 위로 도끼나 칼만 집어 던졌다. 하지만 그걸 맞아 줄 울프들이 아니었다.

이로피스의 기사단은 울프들의 전진 방향에 있는 모즈들을 부쉈다.

아즈윈은 빌리에게 신호를 보냈고 그는 빠르게 아즈윈 옆으로 따라붙었다. 아즈윈은 손가락으로 원을 그리며 말했다.

"구아닐의 시선을 끌어라. 우리가 놈을 잡겠다."

빌리는 드래곤의 기사들에게 칼로 신호를 보내 아즈윈의 말을 그대로 전했다.

'저 녀석, 드래곤 기사단의 신호 체계까지 알고 있네?'

구아닐은 계속 불을 뿜으며 모즈와 울프들을 동시에 공격했다. 구아닐의 불은 울프들을 떨어뜨리지 못하고 모즈들만 불태웠다. 그러나 구아닐의 어깨에 타고 있는 러스킨이 쓰는 불꽃 마법은 정확히 목표물을 조준할 수 있어, 벌써 일곱 명째 울프가 말 위에서 나가떨어졌다.

'안 돼. 너무 커. 이대로는 움직임을 잡을 수가⋯⋯.'

아즈윈이 구아닐의 주위를 맴돌며 약점을 찾으려던 그때, 갑자기 하늘에서 붉은빛의 기둥이 구아닐의 등으로 뚝 떨어졌다. 날개를 활짝 펼치던 구아닐이 바닥에 얼굴을 처박았다. 육중한 몸이 바닥을 긁었다.

구아닐은 날개를 퍼덕이며 다시 몸을 일으키려 했지만 뭔가에 짓눌려 그러질 못했다. 타고 있는 러스킨도 균형을 잃는 바람에, 마법의 지팡이를 울프들에게 겨냥하지 못했다.

'분노의 탑에서 온 빛이야. 크나딜이 뭔가 한 건가?'

아즈윈이 구아닐의 옆으로 달려가며 외쳤다.

"지금이다, 코엔!"

코엔은 기다리고 있었다는 듯 쇠사슬을 집어 던져 구아닐의 목을 휘감았다. 갑작스러운 충격에 정신을 못 차리고 있던 구아닐은 가는 쇠사슬이 목을 감아 오자 황급히 그걸 잡아챘다.

"으아악!"

코엔은 물론이고 쇠사슬의 끝을 고정시켜 둔 말까지 잠깐 딸려 올라갔다. 아즈윈의 신호에 맞춰 푸티에르도 쇠사슬을 던져 날개를 묶었다. 드래곤의 덩치에 비하면 양쪽에 걸린 무게 자체는 별거 아니었지만, 미묘하게 잡아당기는 각도 때문에 구아닐은 균형을 잃었다. 한참이나 끌려 올라가 허공에서 빙글빙글 돌던 코엔과 코엔이 타고 있던 말이 가까스로 땅에 닿았다.

자이논이 던진 창이 벌써 세 개째 드래곤의 날개 끝에 박혔다. 구아닐은 박혀 있는 창 때문에 날갯짓을 제대로 하지 못했다.

"올라가."

아즈윈은 뒤에 타고 있는 실디레에게 외쳤다.

"뭘 하면 돼?"

실디레가 물었다.

"마법사!"

아즈윈은 짧게 설명했다. 실디레는 달리는 말에서 뛰어올라 코엔이 잡고 있는 쇠사슬에 매달렸다. 그리고 한 바퀴 돌아 잽싸게 흔들리는 쇠사슬 위를 밟고 달려 올라갔다.

중간에 구아닐이 크게 뛰어오르는 바람에 코엔과 푸티에르의 말이 또 한 번 들썩였다. 하지만 르고가 무기만큼이나 정성스럽게 만든 쇠사슬은 끊어지지 않았다.

날지 못하는 구아닐은 달리기 시작했다. 코엔과 푸티에르도 같은 방향으로 말을 달려 드래곤을 쫓아갔다. 그사이 실디레는 드래곤의 등 위에 올라탔다. 위에 있는 마법사 러스킨은 그렇게 흔들리고 있는데도 차분하게 자세를 잡고 수염만 휘날리고 있었다.

"쓸데없는 짓이다, 어린 울프의 기사여. 이 싸움에서 승리한다 한들, 죽지 않는 자들의 군주를 죽이지는 못한다."

실디레는 검은 비늘에 손을 짚어 균형을 잡으며 소리쳤다.

"죽지 않는 자들의 군주가 뭔데?"

"그것도 모르고 여길 온 거냐?"

"……알 게 뭐야? 내가 할 일은 널 떨어뜨리는 거다!"

실디레는 드래곤의 등 위를 달려 칼을 휘둘렀다. 러스킨은 울프의 기사가 휘두르는 빠른 검을 지팡이로 쉽게 막고 불꽃의 마법을 뿌렸다. 구아닐의 등 위에서 커다란 폭발이 일어났다.

"검으로 마법을 이길 생각을 하다니."

러스킨의 불길이 사라진 자리에 남아 있는 건 아무것도 없었다. 하지만 러스킨은 순간 목덜미의 서늘한 감각을 느끼고 손을 짚었다.

실디레는 이미 러스킨의 목을 치고 지나간 후였다. 울프의 기사들조차 실디레와 첫 대결에서는 패했다. 러스킨도 예외는 아니었다.

"드래곤의 죽음이 내게 달려 있고 내 죽음도 드래곤에게 달려 있다……. 그게 이런 뜻이었나?"

러스킨은 지팡이를 떨어트렸다. 뒤늦게 그의 목덜미에서 붉은 피가 실처럼 뿜어졌다.

"이거면 되는 거냐, 테일드……?"

늙은 마법사는 구아닐의 등에서 떨어졌다. 그리고 드래곤이 달리는 발아래 짓밟혔다. 실디레는 구아닐의 어깨를 짚고 칼을 거꾸로 쥐었다. 하지만 갑옷처럼 튼튼하게 싸여 있는 드래곤의 비늘을 뚫을 자신이 없었다.

그때 실디레는 드래곤의 뺨에 길게 나 있는 검상을 발견했다. 드래곤끼리의 전투로 긁힌 다른 상처는 벌써 아물어 있었으나 이상하게도 몇 군데 벗겨진 비늘은 아물지 않고 있었다. 누가, 어떻게, 무슨 힘으로 저런 무지막지한 상처를 만들어 냈을까? 실디레는 구아닐에게 상처 입힌 라이라는 존재를 알지 못했다. 그저 저곳이라면 자신의 힘으로도 충분히 뚫을 수 있다는 것만 생각했다.

구아닐은 목을 묶은 쇠사슬에 신경 쓰느라 정작 자기 목덜미에 올라타 있는 실디레의 존재는 전혀 신경 쓰지 못하고 있었다. 드래곤은 달리는 속도를 더 높이더니 결국 코엔과 푸티에르의 쇠사슬을 끊어 버렸다. 그리고 날개를 강하게 퍼덕이며 공중으로 치고 올라갔다.

"크나딜도 아닌 인간 따위가 날 땅에 묶을 수 있다고 생각했나? 지금 당장 그곳으로 가서 너와 크나딜을 둘 다 처단하리라!"

구아닐의 발이 막 땅에서 떠오르는 순간, 실디레가 구아닐의 뺨에 난 상처에 칼을 힘껏 처박았다. 날려고 몸을 띄운 상태에서 구아닐은 비명을 지르며 바닥에 머리부터 처박혔다. 실디레는 크게 요동치는 구아닐의 몸에서 튕겨 나가 허공을 날았다.

실디레는 비명도 지르지 못하고 등부터 바닥에 떨어졌다. 추락하기 직전에 말 한 마리가 지나가며 정확히 그녀의 몸을 받아 냈다.

프란츠였다.

"괜찮나?"

실디레는 숨을 크게 내쉬었다.

"죽을 뻔했네!"

"이 정도면 얼굴에 상처 낸 빚은 없는 거지?"

"그거 아직도 신경 쓰고 있었어?"

실디레는 오히려 황당해하며 프란츠의 몸에 매달려 말 뒤로 옮겨 갔다.

"구아닐 쪽으로! 아즈윈을 보호해야 해."

"알았다."

구아닐은 처박힌 몸을 털며 일어나려 했다. 하지만 또 한 번 붉은빛의 기둥이 그를 짓눌렀다. 구아닐은 어둠의 힘으로 빛을 밀어내며 소리쳤다.

"놓아라! 나는 네 년의 명령을 듣지 않는 존재다!"

그러나 여자의 목소리를 내는 빛의 기둥은 구아닐을 놓아주지 않았다.

"아니! 모든 것은 나의 뜻대로 된다. 너 역시 그리되리라!"

"감히 날 상대로 그런 말을 지껄이다니!"

구아닐은 몸을 엎드린 자세에서 빛의 기둥을 향해 포효했다. 입에서 터져 나간 어둠의 빛이 붉은 빛을 상쇄했다. 빛의 기둥이 깨지며, 라틸다의 비명이 터져 나왔다.

"나는 구아닐이다! 세상 어떤 마법사도, 어떤 드래곤도 날 막을 수 없거늘, 한낱 암컷 인간 따위가 감히 날……!"

구아닐이 몸을 일으키려는 순간, 또 하나의 붉은빛이 눈앞에 버티고 있었다. 구아닐이 유일하게 두려워하는 그 빛은 베나 에실크였다.

"선생님께서 하실 일을 대신하러 왔다."

아즈윈은 말 위에서 뛰어내리며 그대로 구아닐의 이마에 베나 에실크를 처박았다. 구아닐은 몸부림치며 튕겨 올랐으나 아즈윈은 떨어지지 않았다.

"크아아악."

구아닐은 자신의 이마에 붙은 아즈윈을 주먹으로 내리쳤다. 그러나 아즈윈은 끝까지 버티더니 오히려 주먹으로 구아닐의 눈동자를 후려쳤다. 구아닐은 머리에 아즈윈을 단 채로 크게 몸부림치다가 도로 바닥에 턱을 부딪쳤다.

베나 에실크에서 시작된 붉은빛이 구아닐의 몸 전체를 휘감았다. 구아닐은 꿈틀댔으나 에실크의 힘을 이겨내지 못하고 날개만 퍼덕였다. 아즈윈은 베나 에실크에서 손을 떼더니 등 뒤에 차고 있던 게랄드의 도끼를 꺼내 들었다.

"마지막으로 이건 게리 몫이다."

아즈윈은 꿈틀대는 구아닐의 긴 목을 도끼로 내리쳤다.

구아닐의 비명이 전장을 뒤흔들었다.

먼 곳에서 제이의 몸에 등을 기대고 앉아 있던 로핀은 드래곤의 비명만 듣고도, 모든 상황을 머릿속에 그릴 수 있었다.

"어떠냐, 친구들? 대륙 최강의 기사단을 다 모아 놓고 혼자서 지휘하고 있는 내 제자가 보이나? 거기다 드래곤을 두려워하지 않는 용기, 전장을 가득 채우는 저 뜨거운 가슴과 지치지 않는 강인함. 거기에 끝내주는 외모까지……."

로핀은 나직이 웃음을 터트렸다.

"봐라, 누가 나보다 더 멋진 제자를 키웠느냐?"

로핀은 천천히 팔을 늘어트렸다.

"내기는……, 내가 이겼다."

제이메르는 차가워진 그의 손을 잡고 말했다.

"친구분들께 전하겠습니다, 마스터 로핀."

구아닐의 목을 베고도 멈추지 않고 기사단을 지휘하는 아즈윈의 모습을 보자 제이는 눈물이 쏟아졌다.

"당신의 승리입니다. 이 전투 전부가 당신의 승리입니다."

로일과 그란돌은 한참이나 서로를 노려보며 물러서지 않았다. 다급해진 테일드가 소리쳤다.

"한 번 베었던 녀석을 상대로 뭘 망설이는 거냐, 그란돌?"

아이린이 대답 없는 그란돌 대신 대꾸했다.

"네 썩은 영혼으로는 보이지 않겠지? 조종당하고 있다고는 하나 그란돌의 영혼은 순수하다. 그러니 죽음에서 되살아난 하얀 늑대가 얼마나 성장했는지 보이는 거다."

정작 로일은 두 사람의 말을 듣지 못하고 있었다. 그는 처음 아이린의 뒤에 발을 디디는 순간부터 그란돌의 호흡에만 집중하고 있었다. 그란돌은 눈으로 말하고 있었다.

'같은 기술로 나를 이길 생각은 마라.'

로일 역시 눈으로 말했다.

'알아도 막지 못하는 기술이 최강이라고 마스터께 가르침을 받았습

니다. 그걸 가르친 건 당신이 아니었습니까?'

그란돌이 살짝 미소 지었다. 죽지 않는 자들의 군주에게 조종당하고 있던 그의 눈빛에 처음으로 생기가 돌고 있었다. 아이린도 그걸 보고 깜짝 놀랐다.

'완전히 사로잡힌 게 아니었나?'

처음부터 이상했다. 테일드가 죽지 않는 자들의 군주에게 강제로 몸을 빼앗길 수 없듯, 그란돌처럼 정신력이 강한 사람이 강제로 몸을 조종당할 수는 없었다. 방금 미소 하나로 아이린은 새로운 사실을 알았다.

'빼앗긴 게 아니라 내준 거다? 테일드도, 그란돌도…….'

그때 지붕 위에서 누군가 소리쳤다. 다들 두 사람의 대결에 집중하느라 그 목소리에 반응하지 못했다.

"로일!"

베논을 타고 로크의 지붕 위를 질주해 온 카셀이었다.

카셀은 지체 없이 아란티아의 보검을 로일에게 던졌다. 그러나 로일은 그쪽을 보지도 않았고 그란돌 역시 신경 쓰지 않았다. 카셀이 던진 칼은 빙글빙글 회전할수록 가속도가 붙어 곧장 로일에게 날아들었다.

로일은 들고 있던 칼을 놔 버리고 날아오는 보검 쪽으로 손을 내밀었다. 즈토크 워그는 빨려 들어가듯 로일의 손에 잡혔고 그 순간 눈부신 하얀빛이 터져 나왔다. 동시에 카셀이 소리쳤다.

"진짜 하얀 늑대의 이빨을 보여줘!"

그걸 기점으로 로일과 그란돌은 서로를 향해 달려들었다. 아이린의 동체 시력으로도 보지 못할 정도의 빠른 공격이, 한쪽 무릎을 꿇고 앉아 있는 그녀의 머리 위에서 충돌했다.

언제나 아란티아에 한 명밖에 존재하지 않았던 하얀 늑대의 검술은 상대를 단 일격으로 죽이는 궁극의 기술이었다. 그란돌을 보고 아이린이 배웠고, 아이린은 퀘이언을 가르쳤고, 퀘이언은 금방 아이린을 능가했다. 그러나 로일과 그란돌은 퀘이언보다 강하고 빨랐다.

정확히 똑같은 기술이 같은 힘으로 부딪치며 둘 다 튕겨 나갔다. 하지만 둘 다 멈추지 않고 아이린을 중심으로 한 바퀴 돌며 다시 같은 기술로 부딪쳤다. 아이린은 두 사람의 싸움이 아닌, 눈앞에 묶여 있는 테일드 한 명만 노려보았다.

멀리서 지켜보던 메이루밀은 로일의 공격을 보며 미소 지었다.

'망설임이 사라졌구나.'

일격에 모든 것을 끝내야 하는 기술에 두 번째는 있을 수 없었다. 하지만 둘 사이의 격돌은 세 번이나 이어졌고 세 번째에서 그란돌의 다리는 격한 움직임을 견디지 못하고 멈춰 버렸다. 하지만 로일은 그 세 번째 검을 휘둘렀다. 이가 부서지도록 깨물고, 근육이 찢겨져도 멈추지 않았고, 뼈가 부러져도 팔을 움직였다.

로일의 검이 그란돌의 배에 꽂혔다.

그란돌의 칼이 바닥에 떨어졌다.

아이린은 세 번째 격돌이 일어나기 전에 이미 자리에서 일어나 있었다. 베나 에사르크의 붉은빛이 칼날에 응축되어 불처럼 달아오르고 있었다.

"그란돌, 나를 보호하라."

테일드가 소리 질렀다.

"너는 죽지 않는 나의 인형이다. 그따위 칼에 굴하지 말고 일어나 나를 보호하라."

그란돌은 로일의 검에서 빠져나오려 했으나 로일은 놔주지 않았다. 그리고 즈토크 워그 역시 그란돌을 놔주지 않았다.

"라틸다. 너에게 힘을 내린 내게 돌아와라. 크나딜을 죽여라!"

그러나 라틸다는 거절했다. 오히려 그녀는 크나딜의 도움을 받아 구아닐의 힘을 억제시키고 있었다.

"구아닐, 돌아와라. 돌아와서 나를 보호하라!"

그러나 그 순간 구아닐은 실디레의 칼에 찔려 바닥에 추락하고 있었다.

아이린은 테일드의 앞에 서서 베나 에사르크를 얼굴 앞에 세웠다.

테일드는 눈에 핏대를 세우고 소리 질렀다.

"말했지? 소용없는 짓이다. 어떤 살아 있는 존재도 나를 죽일 수 없으며…….'

"모든 죽어 있는 존재가 어쩌고저쩌고는 그만 닥치고, 이제 그만 내 남자한테서 떨어져!"

아이린의 검이 테일드의 배에 꽂혔다. 붉은 섬광이 죽지 않는 자들의 군주를 뚫고 무너진 성문을 지나 로크의 남쪽 평원까지 관통했다. 모든 살아 있는 존재를 공포에 떨게 하는 무서운 비명이 아이린은 물론이고 성벽을 지키는 병사들과 로크 사람들의 머리를 헤집어 놓았다.

바로 그 시간에 아즈윈의 도끼가 구아닐의 목을 쳤다.

축복의 탑을 받치고 있던 가넬이 더 이상 버티지 못하고 그 자리에 쓰러졌다.

분노의 탑을 지키던 크나딜도 힘을 잃고 쓰러졌다.

라틸다의 몸도 힘없이 바닥에 떨어져 움직이지 않았다.

타냐도 정신을 잃었다.

로크의 방벽이 사라졌다.

동시에 테일드를 묶은 마법마저 사라져 버렸다.

테일드의 몸이 바닥에 내려앉았다. 그는 자유로워진 손을 위로 들어올렸다. 그의 가는 손가락 사이에 검은 힘이 응축되었다.

"아직 운은 내 편이군."

테일드는 왼손으로 아이린의 목을 움켜쥐고 검은 발톱으로 만들어진 오른손을 치켜들었다.

"8년 전에도 이런 식이었지, 아마?"

찌르는 것 하나만으로 모든 힘을 써 버린 아이린은 그 손을 보고도 피하지 못했다. 그의 말대로 상황은 8년 전과 거의 같았다.

'맙소사, 안 돼. 여기서 또 같은 일이 벌어지게 할 수는 없어.'

그때도 아이린이 공격에 성공했음에도, 저 마지막 반격을 막지 못해 얼음 성의 군주를 놓친바 있었다.

"죽어라, 아이린!"

그때와 다른 건, 지금은 죽지 않는 자들의 군주조차 낌새를 눈치채지 못할 정도로 뛰어난 암살자가 있다는 것이었다.

"!"

던멜의 검이 테일드의 오른손을 베고 지나갔다. 베어 나간 팔뚝이 바닥에 떨어지며 손에 뭉쳐 있던 어둠의 마법이 폭발했다. 던멜은 그 폭발에 밀려 뒤로 나가떨어졌다. 동시에 베나 에사르크의 붉은빛이 완전히 테일드의 몸을 감쌌다.

몸부림치는 회색 로브의 마법사에게서 검은 연기가 빠져나왔다. 검은 연기는 형체를 갖추기 시작하며 테일드의 머리 위에서 소용돌이쳤다.

"오냐, 이번엔 너희들이 이겼다."

꿈틀대는 검은 연기는 인간의 언어와 레미프의 언어, 그리고 고대어로 동시에 저주를 토해냈다.

"짧은 평화를 이어 가거라. 허나 이미 화이트 게이트는 무너졌다. 너희들의 싸움은 이제야 시작되었노라. 테일드, 루티아의 그랜드 마스터여. 이제 늙어 빠진 몸을 내주마. 그리고 나는 눈여겨봐 뒀던 새로운 몸으로 떠나겠노라."

테일드의 몸은 천천히 수그러져 아이린의 몸에 안겼다. 아이린은 그 모든 소리를 무시하고 테일드를 끌어안았다.

테일드의 맑은 눈동자가 아이린을 향했다. 그리고 본래 그의 목소리로 말했다.

"잘해 줬어, 아이린……. 늦어서 미안해."

아이린은 빙그레 웃으며 8년 만에 돌아온 연인을 꽉 끌어안았다.

"잘 왔어, 테일드. 뭘 하다 이제 왔어?"

테일드는 빙그레 웃었다.

"스승님을 적의 편에 던져 주었지."

"러스킨을?"

아이린이 물었다. 테일드는 고개를 끄덕였다.

"죽지 않는 자들의 군주가 구아닐을 자기 옆에 두지 않고 자유롭게 풀어주도록. 러스킨이 있다면 마음 놓고 그렇게 할 거라고 알고 있었다. 그리고 아란티아의 가장 커다란 힘이 구아닐을 죽일 수 있도록 유도했지."

속삭이는 테일드의 목소리는 몇 개월 전 러스킨에게 말하는 목소리로 변해 있었다.

'루티아를 배신하셔야 합니다, 마스터 러스킨. 공포를 받아들이고 사악한 편으로 완전히 돌아서십시오. 당신이 저들 편에 서서 전력을 다해 싸워 주면 죽지 않는 자들의 군주는 자기 옆에 둬야 할 암흑의 힘을 방치해 버릴 겁니다.'

테일드는 또한 다른 시간, 다른 공간에서 옛 친구를 기다리며 낚시를 하는 그란돌을 찾아가 이야기했다.

'죽지 않는 자들의 군주 편에서 싸워 주십시오, 그란돌. 내일 저의 육체를 빌린 마법사가 당신의 육체를 빼앗을 겁니다. 빼앗도록 두십시오. 그럼으로써 당신은 당신의 친구를 죽이게 되겠지만 대신 더 큰일을 할 수 있게 됩니다.'

러스킨과 그란돌의 배신은 테일드의 육체를 가진 죽지 않는 자들의 군주가 한 일이 아니었다.

'진짜 테일드'가 한 일이었다. 아이린은 뭐가 뭔지 몰라 어안이 벙벙했다.

테일드는 자신의 육체를 이용하여 수많은 생명을 앗아 가는 죽지 않는 자들의 군주를 내버려 두었다. 심지어 블랙풋의 마스터 칼스텐에게 아란티아의 여왕을 암살하라고 지시할 때도 침묵했다.

아이린은 혼란에 빠졌다.

"테일드, 뭘 한 거야? 대체 8년 동안 저 괴물의 영혼에 갇혀서 무슨 일을 하고 있었던 거야?"

8년 전, 아이린의 베나 에사르크에 맞아 달아나던 얼음 성의 군주는 얼마 가지 못하고 눈 내리는 평원에서 테일드에게 붙잡혔다.

검은 형체만 남은 암흑의 군주는 마법 지팡이를 들이대는 테일드를 향해 말했다.

"나를 죽여 봐야 소용없다. 아니, 네가 살아 있는 존재인 이상 너는 나를 죽일 수 없다. 십 년이건 백 년이건 지난 후에 나는 또다시 나타날 것이다. 그때 너 같은 위대한 마법사가 있을까? 천 년 전에는 운 좋게도 나디엘이 있었고 지금은 운 좋게도 네가 있지만, 백 년 후에는 어떨까?"

암흑의 군주는 거절할 수 없는 제안을 하고 있었다.

테일드는 천천히 지팡이를 아래로 떨어뜨렸다.

"자, 나를 받아들여라. 내 힘을 네 육체 안에 가두어 너와 함께 증발시켜라. 그럴 자신 없나? 네가 아니면 어떤 마법사도 하지 못한다. 그럴 자신이 없다면 그냥 나를 죽이라. 네 연인도 함께 죽을 것이다."

"무슨 소리냐?"

테일드가 물었다.

"내 마지막 마법이다. 내 저주에 얽혀 내가 죽는 순간 함께 죽을 인간들 중 하나다. 나와 접촉한 모든 인간들이 나와 함께 죽으리라. 론타몬의 익셀런 기사들, 나를 신으로 믿고 따르는 신도들, 내 명령에 따랐던 론타몬의 왕실, 가넬로크의 의회. 너의 연인, 너의 두 친구……. 모두 나와 함께 죽으리라."

테일드는 할 말을 잃었다.

"내가 네 깨끗한 영혼에 들어가면 그 저주는 사라진다. 내 말이 거짓이 아님은 네 마법의 눈이 더 잘 알 것이다. 해 볼 만하지 않은가?"

테일드는 아이린을 두고 나온 얼음 성을 바라보다가 긴 생각에 빠졌다. 로브가 눈에 덮이고, 몸이 조각처럼 딱딱하게 굳을 쯤에야 그는 고개를 끄덕였다.

암흑의 기운은 모든 마법 장벽을 벗어 버린 테일드의 몸 안으로 흘러들어 갔다. 그리고 곧 테일드의 자아가 사라지고, 암흑의 군주가 표면으로 올라왔다.

"이렇게 어리석을 수가!"

테일드의 몸을 가진 죽지 않는 자들의 군주는 웃음을 터트렸다.

"정말로 그게 가능하리라 보았는가? 정말로 내 힘을 고작 인간에 불과한 네 힘으로 가둘 수 있다고 생각했는가? 이제 끝이다. 이번 세대에서 나를 막을 유일한 인간의 힘이 사라졌다. 이제 새나디엘 하나만 제거하면 끝이다. 아크랜드와 하늘 산맥에 죽음의 힘이 깃들 것이다."

아이린의 질문에 테일드는 힘없이 대꾸했다.

"어떤 살아 있는 존재도 그를 죽일 수 없고 모든 죽어 있는 존재는 그의 조종을 받는다……. 나는 저 악마가 자기 몸에 건 축복과도 같은 저주를 뒤바꿨다. 8년이나 걸렸고 너무나도 많은 희생이 있었어. 하지만 이제 끝났어, 아이린. 이제 다……."

아이린은 저도 모르게 그란돌의 배를 찌르고 있는 로일을 바라보고 있었다.

모든 죽어 있는 존재 중 가장 위대한 인간의 전사!

"놓아라, 로일 울프. 퀘이언이 아주 잘 가르쳤구나."

그란돌은 로일의 머리를 쓰다듬었다. 로일은 부상을 참고 칼을 찌르고 있느라 모든 힘을 다 소진하고 있었다. 그란돌은 한 번 더 말했다.

"이제 내게 맡겨라. 네 친구를 구해야겠다."

그란돌은 자신의 배를 찌르고 있는 칼에서 로일의 손을 떼고 직접 배에서 칼을 뽑았다. 그의 손안에서도 즈토크 워그의 빛은 사라지지 않았다.

테일드의 머리 위에서 형체를 갖춘 검은 형상은, 쓰러져 있는 던멜을 향해 꾸물대며 나아갔다.

던멜은 죽지 않는 자들의 군주가 봐 둔 다음 매개체였다. 테일드보다 강한 육체를 가지고 있었고 테일드보다 어둠의 힘에 익숙하며 또한 같은 핏줄이었다. 슈라이튼 백작의 손자, 테마르!

그란돌은 곧장 던멜을 향해 걸어갔다. 죽지 않는 자들의 군주는 그란돌의 접근을 발견하고 소리쳤다.

"멈춰라! 너는 아직 나의 힘에서 벗어날 수 없다!"

그러나 그의 명령은 그란돌이 쥐고 있는 보검의 빛을 뚫지 못했다.

"멈추라 했다! 나는 너의 주인이다. 너는 죽어 있는 존재며 모든 죽어 있는 존재는 나의 명령을 듣는다. 멈춰라, 그란돌!"

그란돌은 멈추지 않았다.

"단 하나 죽어 있는 존재가 너를 죽일 것이다……."

아이린의 품에 안겨 있는 테일드는 힘없이 검은 연기를 향해 말을 이었다.

"그것이 내가 네 영혼에 갇힌 채로 뒤바꾼 너의 저주다. 아니, 나의 저주다. 루티아의 그랜드 마스터 테일드가 목숨을 바꿔 완성한 저주다. 아아, 들어 봐, 아이린. 이 말은 8년이나 참았다가 하는 거야."

테일드는 심지어 즐거워 보이기까지 했다.

"죽어라, 죽지 않는 자들의 군주!"

그란돌의 손 안에서 빛을 발하는 아란티아의 보검은 형체 없는 검은 연기를 뚫었다. 칼날은 연기 안에서 부서졌고 동시에 하얀빛이 주위로 터져 나왔다.

그것은 빛의 형상을 갖춘 늑대로 변했다.

늑대는 달아나는 연기를 물어뜯었다.

죽지 않는 자들의 군주가 내는 비명이 로크의 하늘을 덮었다.

북쪽 축복의 탑을 뒤덮은 모즈들이 그 비명에 힘을 잃고 동시에 쓰러졌다.

그의 비명은 가넬로크의 하늘을 덮었다. 로크로 진군해 오던 또 다른 십만의 모즈들이 쓰러졌다.

그의 비명이 대륙을 훑으며 이 전투 후에 벌어져야 할 모든 저주를 뜯어냈다. 카모르트에서도, 이로피스에서도, 론타몬에서도.

그러나 테일드조차 그 비명에 마지막 저주가 섞여 있다는 건 알지 못했다.

'네 마리 카구아는 새나디엘을 죽일 때까지 나의 죽음 후에도 죽지 않으리라!'

그의 저주는 아란티아의 블루 게이트를 지나, 그레이 게이트, 레드 게이트, 골드 게이트를 지나 화이트 게이트에 이르렀다.

새나디엘은 머나먼 동쪽에서 들려오는, 영원히 죽지 않을 존재가 죽어 가는 소리에 귀를 기울였다.

"폐, 폐하. 나, 나디움 안으로 피하십시오."

성문 앞에 쓰러진 퀘이언은 칼을 지팡이 삼아서라도 일어나려고 애썼지만, 서지 못했다.

카구아 네 마리는 화이트 게이트를 향해, 아란티아의 여왕을 향해 전진했다.

"아니, 퀘이언. 나 하나만 죽으면 끝날 일이다. 내가 죽지 않으면 끝나지도 않겠지. 아무도 없는 여기가 좋겠구나."

새나디엘은 고개를 저었다.

"녀석이 복수심에 눈이 멀어 마지막 순간 왕국 하나를 불태울 저주 대신 날 죽이는 마법을 택했구나. 차라리 다행이야."

새나디엘은 쓰러진 퀘이언을 바라보며 빙그레 웃었다.

"고마워, 퀘이언. 지금까지의 모든 수호기사 중 네가 제일 좋았어. 내 아이들을 부탁할게. 잘 위로해 줘. 나중에 나 죽었다는 소식 들으면 다들 너무 슬퍼할 거야."

첫 번째 카구아가 화이트 게이트 바로 앞까지 다가와 검은 발톱을 치켜들었다.

마지막 순간까지 편안한 미소를 짓고 있던 새나디엘은 그만 눈물을 흘렀다.

"근데 나도 너무 슬퍼. 다시는 너희들을 보지 못하는 게 너무 슬퍼. 부디 행복하렴. 다들 행복하렴. 나의 축복이 모두를 행복하게 해줬으면……."

카구아의 발톱이 새나디엘을 향해 뚝 떨어졌다.

퀘이언은 그 처참한 순간을 눈앞에 두고도, 손가락 하나 까딱하지 못했다. 하지만 카구아의 발톱은 새나디엘의 머리에서 몇 미터나 떨어진 허공을 긋기만 했다. 헛친 게 아니라 팔이 뒤로 끌려간 것이었다.

아니, 팔이 끌려간 게 아니라 몸이 통째로 끌려간 것이었다.

카구아 한 마리가 아니라 네 마리 모두 뒤로 나가떨어졌다.

그 중 두 마리는 공중에 딸려 올라가 두 동강이 나 갈기갈기 찢겨졌다.

붉은 드래곤이 날개를 펼치고 화이트 게이트 앞에 내려앉아 있었다. 그 거대한 몸체에 비하면 아무리 커졌다고는 하나, 카구아 네 마리는 어른 앞에 선 어린아이였다. 붉은 드래곤은 꼬리를 휘둘러 이빨을 들이밀고 달려드는 카구아의 목을 후려쳐 부러트렸고 남은 한 마리는 불을 뿜어 태워 버렸다.

붉은 드래곤의 마법 앞에 영원히 살아 있어야 할 저주마저 불타 사라졌다.

"이, 이것은……."

퀘이언은 드래곤의 얼굴을 올려다보기 위해 목을 한참이나 위로 꺾어야 했다.

"여왕이시여, 이것은 대체 무슨 기적입니까?"

"모든 걸 아란티아의 축복으로 설명할 수는 없겠지."

새나디엘은 눈물을 흘리며 말했다.

"인사하거라, 퀘이언. 드래곤들의 지배자이자 하늘 산맥의 여신인 나디우렌, 사—나딜이시다."

붉은 드래곤은 퀘이언을 향해 손을 뻗었다. 간단한 회복 마법만으로 퀘이언은 몸을 일으킬 수 있었다. 그는 비틀거리며 일어난 다음, 다시 드래곤 앞에 무릎을 꿇었다.

나딜은 카구아의 시체를 뒤로 하고 화이트 게이트 앞으로 걸어갔다. 네 마리 카구아의 시체는 곧 타들어 가 재가 되었다.

"어서 오십시오, 나딜. 나의 어머니."

새나디엘도 무릎을 꿇으며 말했다.

"내 딸, 나디엘. 하늘 산맥에도 많은 일이 있어 늦었구나."

"어머니께서 나타나 주실 줄은 몰랐습니다."

"너의 후계자가 나타나 나에게 부탁했노라. 모든 전투가 가넬로크에서 벌어지면 아란티아가 비게 되니 나더러 가 달라고."

"감히 여신에게 그런 요구를 하다니, 무례하기는 제 아버지와 꼭 같네요. 하지만 다시 한번 드래곤을 보고 싶다는 제 소원에 여신을 데려오다니…… 이건 뭐라 할 말이 없군요."

"나 역시 너를 보고 싶던 참이니 그걸 무례한 요구라 할 수는 없었지."

두 종족의 여왕은 서로를 바라보며 천 년 전 처음 만난 그날처럼 미소 지었다.

"죽지 않는 자들의 군주가 죽으면서 남긴 최후의 저주는 카셀이 내게 한 작은 부탁을 이기지 못했구나."

늘대의 형상을 한 빛 덩어리는 달아나려는 검은 연기의 마지막 한 점까지 먹어 치우고 자신도 사라졌다.

할 일을 모두 끝낸 보검은 바닥에 떨어지더니, 손잡이만 남기고 산산이 부서졌다. 흑요석처럼 부서진 칼날 파편도 하얀 연기와 함께 사라졌다.

그란돌은 비틀거리며 테일드 앞으로 다가왔다.

"내 역할은 여기까지구나, 테일드."

테일드는 아이린의 품에 안긴 채 고개를 끄덕였다.

"감사합니다, 마스터 그란돌."

"그럼 난 내 오랜 친구에게 사과하러 가야겠군."

부드러운 미소와 함께 그란돌은 거짓말처럼 무기력하게 쓰러졌다. 오래전 숨이 끊긴 것처럼……, 그러나 편안한 얼굴로 그는 눈을 감았다.

"이제 나도 때가 다 된 것 같아, 아이린."

테일드도 아이린의 손을 잡고 말했다. 그의 잘린 팔에서 흐르는 피가 아이린의 두 다리를 적시고 있었다. 그녀는 웃으려고 애썼지만 눈물을 감추지 못했다.

"이렇게 빨리?"

테일드는 팔을 올려 아이린의 눈물을 닦아 주었다. 아니, 따뜻한 눈물을 손끝으로 느껴보고 있었다. 그 작은 온기에 그는 행복한 미소를 지었다.

"두 개의 영혼이 존재했던 육체라 어느 한쪽이 빠져나오면 그렇게 될 수밖에. 내 계산에는 5분도 못 버티는 건데, 어째 계산이 틀렸네. 네 품에 있어서 그런가……? 다행이다. 그만큼 널 볼 수 있어서."

테일드는 낮은 숨을 몰아쉬더니 사과했다.

"미안해, 아이린."

"돌아오겠다던 약속은 지켰네, 뭘."

테일드의 얼굴은 천천히 늙어 가기 시작했다. 청년의 얼굴에서 중년의 얼굴로, 중년에서 노인의 얼굴로 바뀌었다. 얼굴의 주름이 늘어나고 머리도 하얗게 탈색되었다.

"한 번만 더 안아 줘, 아이린. 너무 오랫동안……, 너무 추운 곳에 있었어."

힘없이 말하는 그의 몸을 아이린은 세게 끌어안았다. 그리고 그의 입술에 입 맞추었다.

"타냐에게도 미안하다고 전해 줘."

"전해줄게."

"행복하게 살아."

"행복하게 살게."

"사랑해, 아이린. 그거 하나로…… 저 암흑 속에서 버텼어."

"나도 사랑해, 테일드."

테일드는 소리 없이 숨을 멈추었다.

멀리서 승리의 함성이 울려 퍼졌지만, 아이린은 그의 몸을 끌어안은 채 움직이지 않았다. 그저 그의 몸을 떠난 영혼에게라도 계속 들려주고 싶어 같은 말만 반복했다.

"사랑해, 테일드. 사랑해……."

✦ Chapter 24 ✦
그리고 카셀은 없었다

쓰러진 던멜에게 블랙풋의 요원들이 달려갔다. 던멜은 테일드의 팔을 베고 쓰러진 뒤로 일어나지 못하고 있었다. 손가락이 잘려져 나간 손에서 흐르는 피가 바닥을 적시고 있었다. 하지만 그가 일어나지 못하는 건 단지 겉으로 보이는 부상 때문이 아니었다.

'마지막 순간 던멜이 칼을 휘두르지 않았다면?'

루밀은 생각했다가 고개를 저었다. 전투에 가정을 넣을 수는 없다. 이 자리에 있는 어느 누구든 단 한 명이라도 없었다면 상황은 전혀 달라졌을 테니까.

블랙풋의 요원들 중 한 명이 로일과 루밀 쪽으로 다가와 말을 걸었다.

"두 분 괜찮으십니까?"

"괜찮다고 허세 부리고 싶지만, 일어나질 못하겠군. 그래도 급한 건 아니니 던멜을 치료한 다음에 도와주게."

루밀이 웃으며 말했다.

"알겠습니다."

그 요원은 다시 턴멜에게 돌아갔다.

아이린은 여전히 테일드를 끌어안고 움직이지 않았다. 내버려 두면 언제까지고 그러고 있을 것 같았다.

모든 것이 테일드의 머릿속에서 벌어진 일이었다. 그는 8년 전 이미 이 전쟁을 계산하고 있었던 것이다. 그 계산 안에서 드래곤과 인간들, 그리고 죽지 않는 자들의 군주가 움직였다.

만약 러스킨이란 존재가 없었다면 암흑 군주는 구아닐을 홀로 내버려 두지 않았을 것이다. 그란돌이 없었다면 베나 에사르크를 쥐고 있는 아이린을 상대로 혼자 로크 존 안으로 들어오지 않았을 것이다. 그런 이유 때문에 테일드는 그 둘을 죽지 않는 자들의 군주에게 넘겨주는 도박을 걸었다.

아란티아 화이트 게이트 앞에서 아이린에게 미리 얼굴을 보여준 것도 어쩌면 테일드 본인의 의지였을지도 몰랐다. 자신의 연인이 이런 결정적인 순간에 망설이지 않도록.

그녀의 사랑이 얼마나 큰지 알기에.

병사들이 바쁘게 움직여 부상자를 구하러 달려왔다. 많은 병사들이 기절한 루에머스에게 매달려 응급 처치를 했고 루밀과 로일에게도 몇 명이 달려왔다.

이번에도 루밀은 거절했다. 지금은 전투가 끝난 이 자리를 벗어나고 싶지 않았다.

"로일."

루밀이 입을 열었다.

"예."

로일도 무겁게 입을 열었다.

"잘해 줬다."

"고맙습니다."

로일은 힘없이 북쪽 하늘을 바라보았다. 붉은 드래곤 한 마리가 이쪽을 향해 날아오고 있었다. 사─크나딜이었다.

"혹시 아란티아로 돌아가실 겁니까?"

로일이 물었다.

"잘 모르겠구나. 우선 캡틴 데라둘의 시신을 로크로 모셔 온 다음 생각해 봐야지. 하지만……."

루밀은 긴 고민 끝에 말을 이었다.

"돌아가긴 해야겠지. 보아하니 아이린은 당분간 나디움에 가지 못할 테니 보고할 사람은 나밖에……."

루밀은 자기도 모르게 로핀은 이미 돌아갈 수 없을 거라고 예감했다.

점점 가까워져 오는 크나딜의 두 손에는 라틸다가 쥐어져 있었다. 로일은 팔다리가 축 늘어진 그녀의 모습을 뚫어지게 바라보며 말했다.

"폐하께 돌아가시거든 제 말 좀 전해 주세요."

"뭐라고 해 줄까?"

"내주신 숙제는 풀었다고요. 그러니 나디움에는 돌아가지 않는다고요."

루밀은 고개를 끄덕이며 물었다.

"이제 갈증은 나지 않느냐?"

로일은 루밀을 돌아보며 미소 지었다. 그리고 대답 대신 말했다.

"루밀, 지금 오는 라틸다가 죽었든 살았든 그녀의 옆에 있게 해 주세요."

로일은 그 말을 하며 루밀의 어깨에 기댔다.

"그래. 라틸다도 같은 말을 할 것 같구나."

그 후로 계속 말이 없어 돌아보니 로일은 루밀의 어깨에 머리를 기댄 채로 기절해 있었다.

루밀은 로일을 편히 눕혔다. 그리고 블랙풋의 요원을 한 명 불러 로일을 맡기고, 부축을 받아 자리에서 일어났다. 죽은 테일드를 끌어안은 채 울지도 않고 가만히 앉아 있는 아이린이 아무래도 걱정되어 다가가려다, 문득 주위를 둘러보았다.

"그런데 카셀은 어디 갔지?"

카셀은 아로크의 탑 꼭대기에 있었다. 숨을 헐떡이는 베논이 꼬리를 살랑거리며 그의 옆에 앉아 있었다. 타냐는 꼭대기 방 한가운데에 쓰러져 있었다. 아로크의 마법사들은 카셀을 위해 방 밖으로 물러나 주었다.

"타냐, 일어나요. 제가 돌아왔어요."

타냐의 얼굴은 피투성이가 되어 알아볼 수 없을 정도로 엉망이었다. 팔이나 목덜미에도 칼에 난도질당한 것처럼 날카롭게 베인 상처가 있었다. 극심한 출혈로 옷은 피로 젖어 있었다. 너무 상처가 많아 어디부터 손을 대야 할지 몰랐다. 이곳의 마법사들조차 함부로 손을 대지 못

그리고 카셀은 없었다

할 정도였다.

카셀은 그냥 그녀를 끌어안기만 했다.

"타냐…… 일어나요. 제가 왔어요."

타냐는 희미하게 눈을 떴다. 이마에서 흐르는 피가 눈꺼풀을 따라 눈동자로 스며들어 갔다. 그녀는 몇 번이나 눈을 깜빡이며 자신을 안고 있는 남자가 누구인지 알아보기 위해 애를 썼다.

"카셀."

타냐는 겨우 입을 열었다.

"정말 왔군요. 마스터께서 당신이 왔다고 했을 때는 거짓말인 줄 알 았어요."

"미안해요. 너무 늦어서……."

어떤 상황이든 울지 않겠다고 다짐했던 카셀이었지만 타냐의 얼굴 을 보는 순간 무너지고 말았다. 그녀는 오히려 우는 카셀을 달래며 말 했다.

"그래도 당신을 보게 되어 다행이에요. 마음속으로 빌었어요. 제 생 명의 마지막 한 방울까지 긁어 쓸 테니 부디 한 번만이라도 당신을 볼 수 있게 해 달라고, 그렇게 빌었어요."

"틀렸어요. 마지막까지 오래오래 행복하게 살게 해 달라고 빌었어야 죠. 우리 둘의 아이에게 읽어 줄 동화의 마지막 한 줄처럼, 그런 기도 를 해야죠."

"그렇게 큰 욕심은 없어요. 카셀, 그래요. 살아 있었다면 당신과 계 속 함께하고 싶었어요. 그렇게 살고 싶었어요."

타냐의 손은 점점 차가워졌고 숨소리는 더욱 작아졌다.

"정말 그러고 싶었어요."

그녀의 이어지는 목소리 역시, 귀를 가까이 하지 않으면 들리지 않을 정도로 작아졌다. 카셀은 그런 그녀를 두고 아무것도 할 수 없었다. 죽어 가는 그녀에게는 하늘 산맥의 기적도 일어나지 않았고 아란티아의 축복도 일어나지 않았다. 죽지 않는 자들의 군주가 마지막으로 가져가는 생명은, 전투를 결정지어 버린 울프 기사단도 아니었고, 울프 기사단을 데려온 카셀도 아니었고, 자신의 목숨을 앗아 간 아이린도 아니었고, 카구아 네 마리로 죽이려 했던 새나디엘도 아니었다.

타냐였다.

로크의 방벽으로 십만 마리 모즈를 막고, 죽지 않는 자들의 군주를 막고, 마지막 순간 라틸다와 가넬, 크나딜이 생명을 태워 보낸 거대한 마법을 자신의 생명 전부로 받아 낸 그녀였다. 아무리 루티아의 마스터라도 그런 힘을 온전히 감당해 낼 수는 없었다.

"……그리고 아들을 낳으면 테일드라고 이름 짓겠지요. 딸을 낳으면 나디엘이라고 지었을 거예요. 둘 다 있어도 좋겠지요. 마법 같은 건 쓰지 못해도 좋으니 당신과 한평생 농사를 지으며 살고 싶었어요. 그래요. 우리 아이들에게 읽어 줄 마지막 동화 한 줄처럼, 그렇게 살고 싶었어요. 그렇게……."

타냐의 마지막 말은 거의 들리지 않았다.

"사랑해요, 카셀."

그녀는 천천히 카셀의 품 안에서 힘을 잃어 갔다. 카셀은 크나딜의 동굴 안에서처럼 그녀를 끌어안았다. 그리고 눈을 감았다.

'여왕이시여, 여신이시여. 나의 생명을 가져가셔도 좋으니 부디 타

냐를 살려 주십시오. 아버지가 어머니와 저를 살렸던 그때의 기도처럼, 타냐를 살려 주세요.'

카셀은 반응하지 않는 타냐의 움직임에 절망하며 울음을 터트렸다.

아즈윈은 로핀의 시체 앞에 주저앉아 고개를 숙이고 있었다. 로핀을 사이에 두고 제이메르도 반대편에 한쪽 무릎을 꿇고 앉아 있었다. 울프 기사단이 말을 타고 달려오더니 모두 말에서 내려 그 앞에 섰다. 자연스럽게 아즈윈과 제이메르가 모두의 중심이 되었지만, 둘 다 아무 말도 하지 않았다.

"캡틴은 어디 갔지?"

실디레가 눈치를 보며 입을 열었다.

쉐이든이 나서서 상황을 정리했다.

"전투가 시작되기 직전에 로크 시내로 간 모양이다. 아까 로크 안쪽에서 벌어진 일을 보니."

"무사할까?"

"무사할 거다. ……무사하겠지."

쉐이든은 멀리 떨어져 있는 프란츠에게 손짓하며 물었다.

"인원 점검해 봤어? 다친 사람은?"

"스무 명 정도. 그중 네 명은 좀 많이 다쳐서 실려 갔다. 난 그쪽으로 가 보려고 하는데?"

"부탁한다. 에릴, 넌 가서 저쪽 지휘관에게 우리 쪽 상황 보고해 주고. 실디레, 너도 프란츠랑 같이 가라. 혹시 여유 되면 카셀도 찾아보고."

셋은 즉시 말에 올라 흩어졌다.

"빌리와 슈벨은 어디 갔지?"

쉐이든은 무리 속에 없는 두 사람을 찾아 주변을 살폈다. 울프 기사단 중에는 본 사람이 없는지 다들 주변을 두리번거리기만 했다.

한 무리의 기사단이 그들 옆으로 달려왔다. 드래곤 기사단이었다. 빌리와 슈벨은 그쪽 선두에 있었다.

"기다리게 했군."

빌리가 말에서 내리며 말했다. 그의 옆에 있는 드래곤의 기사가 뒤따라 내리며 아즈윈의 앞에 섰다.

"나는 드래곤 기사단의 브란더. 그쪽의 친구가 우리를 지휘했다고 들었다."

쉐이든이 고개를 저었다.

"친구는 맞지만 엄밀히 말해 '우리 쪽' 친구는 아니다. 빌리는 익셀런의 기사니까."

브란더는 조금 놀라는 눈치였다. 빌리는 그저 손짓만 해 보였다.

"자존심 상하는 일이군. 가장 중요한 순간에 우리를 이끈 것이 익셀런의 기사라니."

브란더는 말이야 그렇게 하지만 기분 나쁜 표정이 아니었다. 브란더는 이어 로핀의 시신 앞에 한쪽 무릎을 꿇었다. 그는 자신만의 방식으로 예의를 갖춘 다음, 제이에게 말했다.

"그럼 우리는 먼저 가서 기다리겠다, 캡틴."

제이는 당장 불쾌한 표정으로 그를 올려다보았다.

"나 캡틴 안 맡겠다고 하지 않았어?"

"그랬었나? 그럼 한번 생각해 보고."

브란더가 말에 올라타자 제이는 벌떡 일어나 소리쳤다.

"생각해 보는 건 내 쪽이어야 하잖아!"

브란더를 비롯한 드래곤 기사단은 먼지를 일으키며 로크 쪽으로 달려가 버렸고 제이는 투덜대기만 했다.

이로피스 기사단도 뒤따라 울프 기사단이 있는 곳으로 왔다. 캡틴 그린리히는 로핀의 시신 앞에 무릎을 꿇고 인사를 올렸다. 짧은 시간이 었지만 강한 존경의 뜻이 담겨 있었다. 그다음 그린리히는 쉐이든에게 악수를 청했다.

"울프 기사단이 오는 순간 자네의 얼굴이 떠오르더군. 올 거라고 믿었네."

"먼저 오신 줄 몰랐습니다. 우리 옆으로 이로피스의 깃발이 따라올 때는 거짓말이라고 생각했지요."

쉐이든은 그의 손을 힘 있게 쥐었다. 이 한 번의 악수로 지난 수년간 의 얘기를 대신하는 기분이었다.

"있을 만한가, 울프 기사단은?"

"나쁘지 않습니다. 캡틴 그린리히께 배운 게 이 규율 엉망인 기사단 에서도 통하더군요."

"그거 고맙군. 하지만 울프의 기사가 날 캡틴이라 부르면 안 되지. 자네 캡틴은 어디 있나? 기적을 보여 준 친구를 직접 만나고 싶은데?"

"저도 잘 모르겠습니다."

"로크에서 나중에 만나게 되려나?"

로크는 앞으로 몇 년 동안은 전후 처리에 관련된 수많은 문젯거리와 싸워 가야 할 것이다. 그 자리에 이번 전쟁의 중심에 있었던 캡틴 울프가 빠질 리 만무했다. 그린리히는 아마도 그걸 예상하고 로크에서 만나길 기대하는 모양이었다. 하지만 쉐이든은 무의식중에 알았다. 그는 카셀을 만나지 못할 것이다. 실디레를 보낸 것도 카셀의 생사를 확인하라는 뜻에서 보낸 것이었지, 그를 찾아 데려오라는 뜻이 아니었다.

쉐이든은 웃음으로 얼버무렸고 그린리히는 그의 등을 한번 두들기고 떠났다. 다른 이로피스 기사단도 그를 따라 모두 떠났다.

"쉐이든."

쉐이든이 막 울프들을 모아 어찌할지 결정할 참에 아즈원이 불렀다. 쉐이든은 반쯤 열었던 입을 닫고 대꾸했다.

"어, 그래."

아즈원은 아직 고개를 들지 않고 물었다.

"가넬께서는 무사하신가?"

"가넬이라면……?"

쉐이든은 무너진 탑 옆에 쓰러져 있는 황금빛의 드래곤을 바라보았다. 그 주위에는 수많은 마법사들이 몰려와 드래곤을 치료하려고 애를 쓰고 있었다. 하지만 그다지 효과는 없는 모양이었다. 드래곤 기사단에서도 상당수가 그쪽으로 가 있었고 제이도 걱정스럽게 그쪽을 쳐다보고 있었다.

"……숨은 쉰다. 가슴이 오르락내리락 하는 걸 보니. 하지만 멀어서 상태가 잘 보이지는 않는군."

그리고 카셀은 없었다

415

때마침 로크 쪽에서 붉은빛의 드래곤, 크나딜이 날개를 퍼덕이며 가넬 쪽으로 날아갔다. 아즈원도 그제야 고개를 들었다. 크나딜은 부드럽게 착지해 가넬을 날개로 감싸 안았다. 크나딜의 입이 벌렸다 닫기를 반복하는 걸 보니 무슨 말을 하는 모양인데 목소리는 들리지 않았다.

"여왕 수호기사 자리는 내가 맡겠다."

아즈원은 천천히 자리에서 일어나며 말했다.

"폐하께서도 좋아하실 거다."

쉐이든이 말했다.

"고마워."

"그런데 갑자기 무슨 바람이 불어서?"

"로일은……, 아마 울프 기사단으로 돌아오지 않을 거다. 던멜도 당분간은 자리를 비우겠지. 녀석은 아직 정리해야 할 과거가 많이 남아 있어. 너는……, 너는 수호기사의 자리에 있기에는 밖으로 돌아다니며 할 일이 많아. 반면 난 그 외에는 필요 없는 존재다."

"여왕 수호기사 자리를 할 일 없는 녀석이 맡는 자리로 격하시키지 마라."

쉐이든의 말에 아즈원은 웃음을 터트렸다.

"그런데 게랄드는? 보이질 않는군."

아즈원은 웃는 얼굴을 전혀 무너트리지 않고 주먹으로 쉐이든의 가슴을 툭 쳤다.

"하늘 산맥에서 날 살리고 죽었다. 그러니 이번 수호기사는 두 사람 몫이 될 거야."

쉐이든은 입을 다물고 말을 잇지 못했다. 다른 울프들도 놀라 아무 말도 하지 못했다. 그 사이 아즈윈은 아직 앉아 있는 제이에게 말했다.

"제이메르, 부탁 하나 하자."

"로핀 얘긴가?"

제이는 피곤한 눈으로 말했다. 아즈윈이 고개를 끄덕이자 제이도 따라서 고개를 끄덕이며 말했다.

"내가 알아서 하마."

"고마워."

아즈윈은 갑자기 힘찬 걸음으로 걸어가 세워 둔 말들 중 하나에 휙 올라탔다. 그리고 자신을 바라보는 울프의 기사들 모두에게 말했다.

"당분간 또 울프 기사단에는 캡틴이 없다. 새로운 캡틴이 생길 때까지, 그리고 마스터로부터 수호기사의 자리를 물려받을 때까지 내가 캡틴 자리에 있겠다."

그 자리에 있는 울프의 기사들은 모두 당연하게 그 사실을 받아들였다.

실디레가 이 자리에 없는 걸 다행스러워하며 쉐이든이 모두를 대표해 말했다.

"캡틴 아즈윈."

나머지도 모두 복창했다.

"캡틴 아즈윈."

아즈윈은 첫 번째 명령을 내렸다.

"모두 떠날 채비를 갖춰라. 부상당한 녀석들은 로크에서 쉬었다가 나중에 따라와라."

"그 말 하면 다 죽을힘을 다해 따라올걸. 우리야 여왕 폐하 옆에 있는 게 속 편하니까."

브나타이돌이 농담처럼 말하며 제일 먼저 말 위에 올랐다. 다른 기사들도 일제히 말에 올라탔다.

"맞아. 우리 있을 곳은 폐하 옆이다."

울프의 기사들은 모두 칼을 뽑아 한데 모았다.

"여왕 폐하를 위해!"

모두 말을 타고 떠날 준비를 갖출 때 쉐이든은 팔짱을 끼고 지켜보고만 있었다.

"넌?"

아즈윈이 물었다.

"난 부상자들 데리고 뒤따라가마. 이런 일은 내가 제격이지. 그리고……."

쉐이든 말고 말에 오르지 않은 사람은 두 사람 더 있었다. 빌리와 슈벨이었다.

"울프 기사단에 너희 두 사람 있을 자리는 충분하다."

쉐이든이 말했다.

"대답은 진작 한 걸로 아는데?"

슈벨은 빙그레 웃으며 말했다. 시선은 아즈윈의 등을 향하고 있었지만.

"여왕 폐하께 전해다오. 빚은 갚았다고."

빌리도 덧붙여 말했다. 쉐이든은 더 강요하지 않고 고개만 끄덕였다.

아즈윈은 말 머리를 돌려 쉐이든에게 말했다.

"마스터 아이린과 메이루밀께는 부상 치료 끝내고 오는 다른 울프들과 합류해서 오시라고 전해 줘. 우리는 먼저 가서 환영 인사를 준비해 둔다고."

"그러지."

둘의 대화를 듣고 있던 제이가 다친 자리를 만지작거리며 아즈윈에게 물었다.

"방금 전투가 끝났잖아. 그렇게 급하게 갈 필요 있어?"

"몰라. 왠지 그래야 될 것 같아."

"그건 그렇다 치더라도 카셀은 어쩌고? 캡틴 자리 막 빼앗아도 돼?"

아즈윈은 아련한 시선으로 로크 쪽을 바라보다가 고개를 저었다.

"카셀은 이미 우리들의 기더를 떠났어."

아즈윈은 영문 모를 소리를 하고 말을 몰아 멀어져 갔다. 다른 기사들도 그녀의 뒤를 따랐다. 경미한 부상으로 나 죽네 하고 엄살 피우던 몇몇 울프들이 황급히 일어나 같이 가자며 말에 올랐다.

빌리와 슈벨도 말에 올라 다른 방향으로 달려갔다.

쉐이든은 팔짱을 낀 채로 물었다.

"기더를 떠나다니? 그게 무슨 뜻인지 아나, 제이메르?"

제이는 다친 어깨를 짚은 채로 짜증 내듯 중얼거렸다.

"알 게 뭐야?"

로핀의 시신은 다음 날 화장하기로 결정됐다. 성대한 장례식을 치르자는 의견이 있었지만 제이가 반대했다. 그런 건 로핀에게 어울리지 않았다.

제이는 다른 드래곤 기사단의 기사들과 짧은 인사를 나눈 후 밤이 되어서야 로크로 돌아왔다. 그리고 아이린을 찾아다녔다. 금방 찾을 수 있을 줄 알았는데, 의외로 그녀가 있는 곳을 아는 사람이 없었다. 그러다 보니 이것저것 듣게 되어 저절로 많은 일을 알게 되었다. 축복의 탑 근처에서만 싸우느라 몰랐던 로크 존 내의 혈투에 대해서도.

제이는 드래곤 기사단 내에 임시로 마련된 비상 병동을 찾아갔다. 큰 부상을 입은 루에머스가 그쪽에 있다니 아이린도 거기에 있지 않을까 하는 생각에서였다. 과연 루밀과 로일, 그리고 던멜은 같은 방에 있었다.

때마침 방에서 쉐이든과 프란츠, 실디레가 나오고 있었다.

"아이린 못 봤어?"

"못 봤다. 난 너한테 물을 참이었다만?"

제이는 고개를 저으며 또 물었다.

"카셀은?"

쉐이든을 제치고 실디레가 나서서 물었다.

"우리도 못 찾았어. 너도 모르는 거야?"

제이는 또 한 번 고개를 저을 수밖에 없었다. 아즈윈이 떠나면서 '기더가 떠났다.'라는 말을 한 게 마음에 걸렸다. 그 역시 정확한 의미를 모를 뿐, 대충 짐작이 갔다.

'그렇다고는 해도 아즈윈 갠 어떻게 그걸 미리 알 수 있었지?'

제이가 대답했다.

"떠난 모양이군."

"그럴 리가! 그냥 이대로 떠나면 안 되지!"

실디레는 카셀이 없는 것이 제이의 책임이라도 되는 양 따졌다.

"그걸 내가 어떻게 아냐?"

제이는 도망치듯 병실 안으로 들어가 버렸다. 프란츠가 실디레를 등 떠밀어 떠나주니, 더 이상의 말싸움은 피할 수 있었다.

제이는 뒤통수를 긁적이며 로일과 루밀이 누워 있는 침대 쪽으로 다가갔다. 던멜이 두 사람의 침대 앞에 힘겨운 자세로 앉아 있었다. 그 옆에는 붉은 장미의 여백작이 앉아 있었다. 제이는 던멜에게 무사해서 다행이라는 말을 하려다 붕대로 친친 감은 손을 보고 물었다.

"왜 그래, 그거?"

던멜은 대답 대신 힘없는 미소로 붕대 감은 손을 흔들어 보이기만 했다.

제이는 피식 웃으며 자신의 어깨를 두들겨 보였다.

"나도 이 팔 못 쓸 것 같다. 너도 그래?"

던멜은 고개를 끄덕여 보였다. 지쳤지만 뭔가를 해낸 얼굴이었다.

'다른 사람의 눈에도 내 미소가 저렇게 보였으면 좋겠다.'

제이는 자고 있는 루밀을 슬그머니 내려다보았다. 아이린이 어디 갔나 물어보고 싶었는데, 일어날 기미를 보이지 않았다. 대신 제이는 옆 침대에서 자고 있는 로일을 눈짓으로 가리키며 라틸다에게 말을 걸었다.

"로일은 괜찮냐?"

라틸다는 졸린 눈으로 대꾸했다.

"예, 괜찮아요. 아까 일어나 내가 살아 있는 걸 확인하더니 도로 잠들어 버렸어요."

제이가 보기에는 사실 라틸다가 더 환자 같았다.

로크 존 안에서 벌어진 전투에 대해서 묻고 싶은 게 아주 많았다. 하지만 던멜과는 긴 대화를 할 수가 없고 로일과 루밀은 잠들어 있었다. 라틸다는 그런 걸 알고 있을 리가 없었다. 알고 있어도 지금은 대화하기에 좀 힘들어 보였다.

딱히 다른 대화는 할 것도 없고, 잘 모르는 여자와 말없이 있는 것도 어색하고 해서 제이는 그냥 나갈 핑계 대는 셈 치고 물었다.

"마스터 아이린이 어디 계신지 알아?"

"남쪽 성문에 계세요."

뜻밖에도 라틸다가 알고 있었다.

"무사해?"

"내가 볼 때는요."

라틸다는 작은 목소리로 대꾸했다.

"고마워."

혹시나 했는데 무사하다는 말만 들어도 기뻤다. 제이는 다행스러워하며 침실을 나섰다.

문을 닫기 직전에 안을 보니 라틸다는 정성스러운 손길로 로일의 얼굴에 흐르는 식은땀을 닦아 주고 있었다. 어디서 나타났는지 던멜의 옆에 블랙풋의 헤더가 나타났다. 두 사람이 하는 수화는 알아볼 수가 없었다. 하지만 사이는 좋아 보였다.

제이는 성문까지 절룩거리며 걸어갔다. 아이린은 언제 무너질지 모르는 금이 간 망루에 서 있었다. 제이는 밑에서 올려다보며 소리쳤다.

"마스터, 위험하게 왜 그런 곳에 있어?"

아이린은 내려다보며 환하게 웃었다.

"야아, 제이메르! 내 자랑스러운 제자. 대단한 활약을 했다면서? 올

죽지 않는 자들의 군주

라와라. 네 입으로 직접 듣자꾸나."

"별로 할 얘기 없어. 대단한 활약도 아니었고."

제이는 계단을 올라가 그녀의 옆에 섰다. 망루에서는 벌판에 줄을 이어 쌓인 모즈들의 시체가 한 번에 내려다보였다.

'저거 치우는 데만도 몇 달은 걸리겠군.'

제이는 궁금한 것만 물었다. 로핀이 죽었다는 소식은 이미 들었을 테니 굳이 말해서 그녀의 상처를 건드리지 않았다.

"카셀 어디 갔어?"

"사라졌다."

아이린은 짧게 대꾸했다. 그럴 거라고 짐작했지만 아직도 의문이었다.

"이런 거, 잘은 모르겠지만 캡틴 울프가 있어 줘야 하는 거 아니야? 그러니까 내 말은, 전후 처리라든가……."

"우리 제이메르, 이제 그런 것도 알아?"

아이린은 놀리듯 웃더니 곧 진지하게 말했다.

"옳은 말이야. 루에머스가 의식을 차리고 제일 먼저 찾은 사람도 카셀이었어. 크나딜이 라틸다를 들고 날아와 제일 먼저 찾은 사람도 카셀이었지. 하지만 정작 녀석은 어디로 갔는지 없더군."

제이는 곰곰이 생각해 본 후 말했다.

"타냐 옆으로 간 게 아닐까?"

아이린은 그 질문을 기다렸다는 듯 곧바로 대답했다.

"타냐는 죽었다."

제이메르는 카셀이 없어졌다는 것보다 더 크게 놀랐다. 그 무지막지한 마법사 여자가 죽는 일은 도저히 상상할 수가 없었다.

그리고 카셀은 없었다

423

"그럼 카셀은 타냐의 시신 옆에 있겠네?"

"아니, 타냐도 없어졌어."

제이는 인상을 구겼다.

"……그럼 죽은 건 어떻게 알아?"

"난 타냐의 마법에 대해 잘 알고 있다. 마지막 순간 드래곤 두 마리가 뿜어내는 봉인의 힘을, 탑이 아닌 자기 몸으로 받아 내서 죽지 않는 자들의 군주를 묶은 거야. 타냐는 마지막 생명의 힘을 모조리 쏟아부었겠지. 그 정도 마법은 테일드도 할 수 없어. 그걸 해낸 타냐가 살아 있을 수는 없는 거야."

"그렇군. 그럼 아로크의 탑 꼭대기에 시신이 있어야 하는 거잖아."

"맞아. 근데 없어졌어."

"뭔 소리야?"

"카셀이 죽은 타냐를 끌어안고 우는 모습을 배려해 마법사들이 잠시 자리를 피해줬는데, 다시 돌아와 보니까 둘 다 없어졌다는 거야."

"카셀, 그 힘도 없는 녀석이 혼자 힘으로 타냐의 시신을 업고 어디로 가버렸다는 소리야?"

"그렇지? 이상하지? 너도 올라가 봤지, 그 아로크의 탑? 엄청 높거든. 혼자서도 헐떡대며 오르내릴 계단을 사람 하나 들쳐 메고 이동해? 게다가 아로크의 탑에 있던 사람들은, 카셀이 올라가는 건 봤어도 내려오는 건 못 봤다고 했거든."

"그 녀석 베논인가 하는 그 하얀 털 짐승을 타고 왔던데, 거기에 태워서……."

아이린은 대답 대신 자기 옆에서 늘어져 자고 있는 베논을 보여 주었다. 아까부터 있었지만 워낙 조용해서 모르고 있었다. 들릴 듯 말 듯 고르게 내뱉는 숨소리와 숨을 내뱉을 때마다 볼록거리는 배만 아니면 커다란 인형 같았다. 루티아를 공격하던 검은 기사가 타고 있을 때는 무시무시해 보였지만 지금 보니 고양이처럼 귀여웠다.

"방 안에는 이 녀석만 있었어."

아이린은 발로 베논을 툭툭 차며 말했다. 베논은 움찔거리면서도 계속 잘 잤다.

"그럼 뭐야? 카셀이 무슨 마법이라도 부렸나?"

"마법일지도 모르지. 맞아."

아이린은 피식 웃으며 안주머니에 손을 넣어 하얀 가루를 집었다. 가죽 주머니에 약간 남아 있는 치유의 가루였다. 그녀는 제이의 다친 어깨에 가루를 문질러 주었다. 살짝 빛이 나는가 싶더니 놀랍게도 어깨의 통증이 일시적으로나마 가셨다.

"나는 분명 이 치유의 가루를 타냐에게 뿌렸어. 하지만 타냐처럼 강한 마법사에게는 통하지 않았지. 그래서 그냥 옷과 살갗에 묻기만 하고 아무 일도 벌어지지 않더라. 방금처럼 빛이 나지도 않았고. 아까운 짓을 해 버린 거지. 그런데 아까 베논 이 녀석만 남아 있는 탑 꼭대기에 올라가 보니 이 치유의 가루가 흔적도 없더라 이거야."

"누가 빗자루로 쓸었나?"

"아니, 아니! 타냐는 생명을 끌어올려 마법을 썼기 때문에 죽어 가는 것이었는데 생명이 사라지려는 순간, 타냐는 마법사가 아니게 된 거야. 그때 그 애의 몸에 묻어 있는 치유의 가루가 뒤늦게 발동됐다는……."

아이린은 거기까지 말하고 잠깐 말을 멈췄다. 그녀는 턱을 쓰다듬으며 말을 이었다.

"추측이야. 나도 자세히는 몰라. 난 분명히 타냐가 죽었다고 생각했다. 그래서 타냐의 시체를 부여잡고 울고 있는 카셀을 보게 될 거라고 생각했는데, 이런 맙소사! 녀석이 없어진 거야. 그래서 이런저런 추리를 하다 보니 이런 결론에 이르렀지. 그럴듯해?"

제이는 하나도 알아들을 수가 없어 결론만 냈다.

"그럼 타냐 안 죽었네?"

"응."

"죽었다면서?"

"내 추리에 의하면 그랬을 수도 있다는 거지."

"어느 쪽이든 카셀은 떠난 거지?"

"그렇지."

"걔한테 할 말이 있었는데……."

제이는 섭섭해하며 말했다.

"나도 둘 모두에게 할 말이 있었는데 안타깝군. 하지만 넌 녀석의 고향이 어디인지 알고 있지 않니? 찾아가면 되지."

"그렇긴 해."

제이는 난간에 손을 짚고 말을 이었다.

"일단 고향에 사는 '누구 한 명' 잘 있나 보고, 그다음 찾아가 봐야겠다."

"그러렴."

아이린은 제이의 등을 세게 한 번 쳐 주었다.

"아, 맞다. 그리고."

제이는 뒤늦게 말했다.

"로핀이 전해 달라는 말이 있었어."

"그 녀석이 설마 유언 같은 걸 남긴 거야?"

아이린이 놀라 말했다.

"유언은 아닌 것 같고, '내기는 내가 이겼다.' 그랬어."

제이의 말에 그녀는 웃음을 터트렸다.

"그랬단 말이지?"

그녀는 먼 하늘을 올려다보며 중얼거렸다.

"웃기지 말라고 그래."

제이는 별 생각 없이 아이린의 시선을 좇아 하늘을 올려다보았다. 아이린은 혼잣말처럼 말을 이었다.

"내기는 아직 진행 중이니까!"

로일이 눈을 뜨자 왼쪽 침대에 누워 있어야 할 루밀은 보이지 않았다. 오른쪽 침대에 있어야 할 던멜도 보이지 않았다. 라틸다만 침대에 얼굴을 대고 졸고 있었다.

로일은 손을 내밀어 그녀의 머리를 쓰다듬었다. 겨우 손을 내미는 동작인데도 어깨가 떨어져 나갈 것처럼 아팠다. 한 곳이 아프면 다른 곳도 동시에 아프다 보니 몸의 어디를 얼마큼 다쳤는지도 알 수 없을 지경이었다.

로일의 신음소리에, 라틸다가 잠에서 깨 고개를 들었다. 그녀는 졸린 눈으로 말했다.

"잘 잤어요, 나의 기사님?"

로일은 희미하게 웃어 보였다. 라틸다도 말없이 그를 바라보니 한동안 아무도 없는 병실 안은 두 사람의 침묵으로 가득 찼다.

"고맙습니다."

로일이 먼저 입을 열었다.

"뭐가요?"

라틸다는 로일의 얼굴에서 눈을 떼지 않고 물었다.

"마지막 순간 카셀이 저한테 보검을 던져줬어요. 내게 하얀 늑대의 이빨을 보여 달라면서. 칼을 잡는 순간 전 제 이빨이 뭔지 떠올랐죠. 당신이었어요."

"저요?"

"당신을 지킨다는 마음이 제 이빨이었습니다. 그리고 칼을 휘둘렀지요. 다른 무엇이 아닌 그것 하나만 생각하면서."

"카셀에게 고맙다는 말을 해야겠군요."

로일은 고개를 끄덕이며 말했다.

"이제야 지킨다는 것이 무엇인지 알았습니다."

로일은 떨리는 손을 들었다. 이런 몸으로는 더 이상 라틸다의 경호 기사가 되겠다는 말을 할 수 없었다. 전 같으면 이미 포기했을 로일이었다. 그러나 이제는 말할 수 있었다.

"그러니까 이제 평생 라틸다를 지키면서 살아가고 싶어요. 허락해 주시겠습니까?"

"허락할게요, 로일. 아니, 부탁할게요. 평생 내 옆에 있어 줘요."

라틸다는 여전히 모든 것을 다 안다는 눈빛으로 말했다. 어딘지 슬퍼 보이는 눈망울로 그녀는 로일의 떨리는 손을 꽉 쥐었다.

"그 평생이 단 몇 년, 몇 달뿐일지라도."

던멜은 붕대를 감아 놓은 왼손을 내려다보았다. 검지와 중지, 그리고 약지 한 마디가 깔끔하게 잘려나갔다. 너무 깨끗하게 잘려 오히려 치료하기도 편했다. 하지만 앞으로는 수화하기가 쉽지 않을 것 같다는 생각이 들었다.

'최소한의 치료만 끝내면 떠나려고 한다.'

던멜은 좀 전부터 계속 뒤에 서서 지시를 기다리고 있는 헤더에게 수화로 말했다. 성한 쪽 손에도 힘이 잘 들어가지 않다 보니 수화가 부정확하고 속도도 빠르지 못했다. 헤더는 불안해하는 눈으로 물었다.

'역시 블랙풋으로 돌아오시는 게 아니었습니까?'

'사실 그러려고 했다. 이번 전쟁만 무사히 끝나면 쉬고 싶기도 했고……'

던멜은 잠깐 시선을 드래곤 기사단 건물 뒤쪽으로 돌렸다. 거리에는 수많은 사람들의 행렬로 가득 채워져 있었다. 승리를 만끽하는 환한 얼굴보다는 죽음을 슬퍼하는 얼굴이 대부분이었다.

던멜은 힘들게 수화를 이어 나갔다.

'그러나 난 여기서 멈출 수 없게 되었다. 이번 전투에서 나는 내가 알지 못하는 어떤 비밀을 엿들었다. 아마 평생 듣지 말았어야 할 얘기였는지도 모르지. 하지만 듣게 된 이상 난 알아야겠다.'

'그래서 어디로 가실 생각이신지?'

'론타몬을 찾아가 볼 생각이다.'

헤더는 실망하는 빛을 감추지 못했다. 던멜은 헤더의 머리를 쓰다듬더니 그녀의 뒤에 있는 어둠에 대고 수화를 했다.

'뒤에 있나, 발락?'

기둥 뒤쪽에서 대기하고 있던 발락이 조용히 모습을 드러냈다. 아예 기척을 느끼지 못하고 있던 헤더는 깜짝 놀랐다.

"예, 마스터."

'날 마스터라 부르지 마라. 던멜이나 테마르면 족하다. 해 줬으면 할 일이 있다.'

"무슨 일이든 말씀만 하십시오."

'나와 같이 론타몬으로 가자.'

발락과 헤더는 동시에 놀랐다.

'이런 손으로 모험을 계속해 나갈 자신이 없다. 그러니 네가 내 앞에 서다오. 들어줄 수 있겠나?'

던멜의 부탁에 발락은 고개를 끄덕였지만 아무래도 헤더의 눈치를 보고 있었다. 던멜은 뒤이어 헤더에게 수화를 보였다.

'헤더. 너한테도 부탁할 일이 있다. 론타몬의 일만 끝나면 난 루티아로 떠날 것이다. 그때는 네가 내 동행이 되어야겠다.'

"루티아요?"

헤더가 놀라 입으로 소리를 냈다. 던멜은 살짝 미소 지으며 수화로 말했다.

'자세한 얘기는 그때 하겠지만 루티아에 내 힘이 필요한 모양이다. 내가 론타몬에서 돌아올 때까지 나와 같이 갈 요원 몇 명을 준비하고 루티아와 연계해서 움직일 정보 요원을 로크 내에 심어 둬라.'

헤더는 긴장하며 수화로 물었다.

'어째 얘기가 커지는 것 같습니다만.'

그다지 깊게 생각하지 않았던 던멜은 오히려 재미있어하며 수화로 말했다.

'일이 커진다라, 그렇게 되는구나. 내 생각대로 일이 진행되면 블랙 풋은 루티아 소속이 될 것이다. 같이 하겠느냐?'

헤더와 발락은 당연하다는 듯 말했다.

"네, 테마르."

몸은 만신창이가 되었지만 마음은 홀가분했다. 스승님이 죽은 후 계속 가슴 한구석에 박혀 움직이지 않던 묵직한 덩어리가 사라진 기분이었다.

일이 커지는 것 같다는 말을 들었을 때 던멜은 차라리 다행이라고 여겼다. 자신의 모험이 이대로 끝나지 않는다는 뜻이었으니까.

던멜은 로크의 성곽 먼 곳을 주시했다. 아무도 발견하지 못했지만 던멜은 카셀의 위치를 알고 있었다. 카셀이 어디를 거쳐 어떻게 떠나고 있는지도 추적할 수 있었다. 뒤쫓아 붙잡을 수도 있었다. 하지만 놓아주었다.

아까 저녁에 쉐이든도 던멜이 추적할 수 있다는 걸 알면서도 묻지 않았다. 둘 다 같은 마음이었다. 카셀은 스스로 캡틴이 되었고 이제 스스로 떠났다. 그래서 붙잡지 않았다. 카셀도 던멜처럼 새로운 모험을 시작하고 있었다.

'잘 가라, 카셀. 하얀 늑대들의 캡틴!'

던멜은 보이지 않는 로크의 밤하늘을 향해 손을 흔들었다.

'그리고 영원한 나의 캡틴.'

카셀은 멀리 떨어진 평원에서 로크를 바라보고 있었다. 깊은 밤이지만 아직도 로크 시내는 횃불로 환하게 밝혀져 있었다. 사람들의 환호성이 희미하게 울렸다. 하지만 그의 주변에는 가끔씩 말이 투레질하는 소리만 났다.

전투는 끝났으나 로크는 해결해야 할 수많은 문제들이 있었다. 죽은 병사들과 그 유족들을 챙겨야 할 것이고 부서진 성벽과 무너진 건축물들의 보수, 카모르트에서 온 원군 파병에 대한 처리, 이로피스 기사단 출병, 이 일에 대한 각국 대표와의 협의는 물론이고 아직 로크에 머물고 있는 드래곤들에 대한 문제까지.

많은 의회 의원들이 희생되었다. 로크의 의회는 새로운 의원들을 대거 선출해야 할 것이고 두 명의 집정관을 또 뽑아야 한다. 루에머스가 집정관 생활을 얼마나 더 할 수 있을지 모르나 예전 같은 활동은 무리일 것이다. 로크에는 이 많은 일들을 주도하며 처리해 줄 사람이 필요했고 그중 가장 적절한 사람이 자신이라는 걸 카셀은 잘 알고 있었다.

카셀은 쓸쓸히 로크를 바라보며 말했다.

"수많은 문제들을 던져 버리고 도망쳐 나온 캡틴 울프를 사람들은 욕하겠죠?"

카셀의 허리를 끌어안으며, 말 뒤에 타고 있는 타냐가 말했다.

"아니, 홀연히 나타나 도시를 구하고 또다시 홀연히 사라진 영웅이라고 기억할 겁니다."

"하긴, 어떻게 기억되느냐는 이제 중요하지 않지요."

타냐가 죽어 가던 그 순간, 탑 꼭대기의 방은 그녀가 내쉬는 마지막 호흡에 갑자기 환하게 밝아졌다. 바닥에 깔려 있는 가루들이 부서지며 타냐의 몸 안으로 흘러 들어갔고 옷과 얼굴에 떨어진 가루들 역시 자잘하게 폭발했다. 카셀은 그녀를 안은 채 멍청히 그 광경을 바라보기만 했다.

타냐가 내뱉은 마지막 호흡은 다시 그녀의 코와 입으로 들어갔다. 그리고 그녀는 천천히 눈을 떴다. 테일드가 만든 치유의 가루, 그것은 그녀의 스승이 제자에게 준 마지막 선물이 되었다.

마법이란 우물을 모두 퍼낸 타냐는 더 이상 마법사가 아니었고 로크를 떠난 카셀은 더 이상 캡틴이 아니었다. 그러나 둘은 더 바랄 게 없었다.

"네, 중요하지 않습니다."

타냐는 카셀의 등에 기대어 조용히 말을 이었다.

"살아 있으니까요."

아란티아의 축복은 이 모든 것을 위해 두 사람을 불렀고, 그것이 끝난 지금 다시 두 사람을 놔주었다. 다른 많은 울프들과 하얀 늑대들도 그렇게 흩어지리라는 걸 카셀은 잘 알았다.

그리고 카셀은 없었다

433

'언젠가 다시 볼 수 있겠지.'

카셀은 생각했다.

적어도 지금은 아니었다. 다시 만난 다음 돌아설 자신이 없었다.

"바로 고향으로 돌아갈 건가요?"

타냐가 물었다.

"아니요. 지금 당장은 아니에요. 그 전에 가야 할 곳이 있으니까요."

카셀이 타고 있는 말 앞에는 라이의 한쪽 날개가 놓여 있었다. 먼저 갈 곳은 여기였다.

'내 모든 모험이 시작된 곳.'

로크의 뒷수습에 붙잡혀 있으면 언제 돌아갈 수 있을지 몰라 서둘러야 했던 이유였다.

"하지만 이제 거리를 끌어당기는 기적 같은 건 필요 없어요. 아무리 여행이 길어도 상관없으니까."

카셀은 말 머리를 돌렸다.

"먼저 갈게, 내 소중한 친구들."

그리고 그는 마지막으로 로크를 돌아보며 속으로 중얼거렸다.

"나의 기더가 영원히 너희들과 이어져 있기를."

카셀은 새로운 모험을 시작했다. 그러나 이제는 혼자가 아니었다.

기다리는 아버지

루우룬 마을의 역사상 최대 위기설에 봉착한 에밀은, 한 시간 전부터 그 문제로 눈앞에서 시끄럽게 떠드는 늙은이를 어떻게 쫓아내야 할까 고민하고 있었다. 전날 책 읽다가 늦게 자서 졸려 죽겠는데 루우룬 마을 촌장은 그를 놔주지 않았다.

"에밀, 대체 이 일을 어찌하면 좋단 말인가? 세상이 망할 징조지. 어떻게 하룻밤 사이에 밭 전체에 키우고 있는 감자가 남김없이 뽑혀 사라질 수 있단 말인가? 옆집도 그런 일을 당한 것에 놀라 어떤 망나니가 그런 짓을 했나 싶어 밤을 새워서라도 잡으려고 지키고 있었더니, 글쎄 내 뒤통수를 후려치고 달아나지 뭔가? 분명 옆 마을 그놈들인 게야. 거 왜 있지? 요새 건들거리고 다니는 그 젊은 놈들."

"그러니까 촌장, 나더러 옆 마을 촌장을 찾아가 그 망나니들을 잡아서 대령하라 그런 말씀이십니까?"

에밀이 물었다. 늙은 촌장은 허허 웃었다.

"아, 뭐 꼭 그런 말은 아니지만, 그래 주면 좋다는 거지."

"그게 그 녀석들 소행이 아니면요? 안 그래도 옆 마을 촌장에게 꼬투리 잡혀 계시면서 얼마나 더 망신당하시려고요?"

"하지만 그 감자는 말이야!"

"예, 예. 올봄부터 죽을힘을 다해 키워 놓은 감자죠. 하지만 하룻밤 사이에 뽑아 간 건 전문가들 소행이죠. 그 애송이들이 할 만한 짓이 아니에요."

에밀은 피곤한 나머지 손사래를 쳤다. 당장 떠오르는 용의자가 몇 놈 있었으나 관여하고 싶지 않았다. 그는 자리에서 일어나 거의 반강제로 촌장을 쫓아냈다.

"제가 좀 더 생각해 보고 처리하겠습니다. 가서 쉬세요. 저도 좀 쉬어야겠습니다."

"아, 알겠네. 그만 좀 밀어. 맞다. 그리고 카셀 말일세."

에밀은 촌장을 거의 문밖으로 밀어낸 후 문고리를 잡고 물었다.

"예, 카셀이 왜요?"

"안 오나?"

"제가 압니까?"

"아니, 어제도 오늘 돌아오는 데 내기를 걸었다며? 자네 그런 식으로 술값 날린 게 얼마야?"

"그냥 재미로 하는 겁니다. 다른 도박으로는 날 이겨 먹지 못하니 그런 내기라도 해서 술 한잔 얻어먹으려고 하는 거죠. 저도 사는 셈 치고 내기 받아주는 거고요. 카셀은 당분간 안 올 겁니다."

"정말 안타까운 일이야. 그 녀석 인잰데. 내 눈은 틀림없어. 큰 인물이 될 거야. 루우룬 마을의 촌장 자리는 따 놓은 당상이지! 물론 자네가 촌장을 맡아 준다면 더 좋겠지만, 그러질 않으니 카셀에게라도……."

"그것도 카셀이 온 다음에 얘기합시다."

에밀은 문을 세게 닫아 버렸다. 하지만 촌장은 계속 '아까워, 아까워. 내 뒤를 이을 완벽한 후계자인데……' 하면서 돌아가고 있었다.

에밀은 문에 등을 대고 한숨을 쉬었다. 언제나 그렇듯 혼자 집으로 돌아오면 방 안이 휑하니 비어 보였다.

'내가 3년이나 떠나 있을 때 아버님이 얼마나 외로우셨을지 알겠군.'

에밀은 설거지를 하고 방 청소를 한 후에야 창문을 열고 연초 파이프를 물었다.

'어제 술집 찾아온 상인들 얘기나 들으러 갈까? 가넬로크에서 악마들이 드래곤이랑 전쟁을 벌였다는 얘기가 꽤 재미있었는데. 꼭 진짜 같았단 말이야.'

그렇게 무료한 일상의 오후가 지나갔다. 못 잔 잠이 쏟아졌다. 에밀은 참지 않고 그대로 잠들었다. 오랜만에 과거의 기분 좋은 일들이 뒤죽박죽으로 꿈속에 등장했다.

에밀은 꿈속에서도 이 꿈이 깨지 말아 달라고 빌었다.

비가 오고 있었다. 꿈속인데도 차가움이 느껴졌다. 이십오 년 전 그날이었다.

로크의 비는 카모르트의 비보다 따뜻했지만 시기가 시기인지라 에밀은 그 비를 맞고 부들부들 떨었다. 에밀은 빗속에서 창문에 대고 소리 질렀다.

"달리아, 난 네가 좋아. 이대로 널 두고 가고 싶지 않아."

달리아도 창밖으로 머리를 내밀고 소리쳤다.

"난 죽어, 에밀. 이제 살날이 1년도 남지 않은 여자를 진짜로 좋아하는 게 어딨어? 사실대로 말해 줄까? 죽기 전에 얼굴 탱탱한 젊은 사내 녀석 하나 가지고 놀아 본 거야. 그러니 돌아가. 가서 너의 행복을 찾아. 넌 어떤 여자라도 행복하게 해 줄 수 있을 거야. 그냥 날 던져 버려. 나도 널 던져 버릴 거야!"

"그래, 달리아. 나는 어떤 여자든 행복하게 만들 수 있어. 나는 정말 대단한 남자니까. 하지만 딴 여자는 싫어. 에이, 진짜! 대륙 전체를 뒤져서 겨우 찾아낸 여자가 뭐 이따위로 소극적이야?"

"뭐, 이따위?"

"내가 이대로 놓칠 것 같아? 1년밖에 못 산다고? 오냐, 좋다! 그럼 1년 동안 꼭 붙어살자. 1년 동안 남들이 평생 맞대고 있는 것보다 더 맞대고 살자."

달리아는 빗소리에 지지 않으려고 목소리를 높였다.

"시끄러, 나쁜 자식. 이제야 겨우 삶을 포기할 수 있게 되었단 말이야. 네 덕에 행복하게 죽을 자신이 생겼단 말이야. 그런데 왜 자꾸 미련을 두게 하는 거야? 왜 슬픔을 만들려는 거야?"

달리아는 울음을 터트렸다. 에밀은 눈물 섞인 빗물을 맞으며 크지 않은 목소리로 말했다.

"그래, 그럼. 그렇게 못 견딜 것 같으면……, 그냥 미련 가져. 괴롭게 살아. 한 시간, 한 시간이 아까워 미칠 정도로 괴롭게, 나랑 같이 살자!"

"이 나쁜 자식."

달리아는 울면서 2층 창문에서 뛰어내렸다. 에밀은 떨어지는 그녀를 안고 진흙으로 엉망인 바닥을 뒹굴었다. 눈을 꼭 감고 에밀을 안고 있던 달리아가 처음 입을 열었다.

"우와, 1년 후가 아니라 지금 죽을 뻔했다."

하지만 에밀은 환호를 지르며 하늘에 대고 소리쳤다.

"거봐. 내가 이겼지? 아무리 괴롭혀도 내가 이긴다고 했지?"

달리아는 산통이 시작되는 순간부터 에밀의 손을 꽉 잡고 놓지 않았다.

"에밀, 만약……, 만약 무슨 일이 생기면 반드시 아기를 구해야 해? 알았지? 난 이미 드래곤이 예언한 기한보다 더 오래 살고 있어. 그러니 언제 죽을지 몰라. 꼭! 알았지? 우리 아기 죽이면 안 돼!"

"그런 말 하지 마. 둘 다 무사할 거야."

그러나 달리아는 본능적으로 그 위험을 알고 있었다. 산파는 하루 종일 아기를 받지 못하고 고생하다가 밖으로 나와 말했다.

"산모와 아기 둘 다 위험할 수 있네. 둘 중 하나는 포기해야……."

에밀은 다 늙은 노파의 멱살을 잡고 소리쳤다.

"뭐라고, 이 돌팔이 늙은이가?"

촌장과 마을 청년들이 그를 뜯어말렸다.

"이거 봐. 둘 중 하나를 선택하라고? 웃기지 마. 좋아, 선택한다! 내가 죽지. 그러니 둘 다 살려 내!"

당황한 노파는 도망치듯 도로 안으로 들어가 버렸다. 그리고 또 반나절이 지나, 마침내 아기의 울음소리가 터졌다.

에밀은 문을 박차고 뛰어 들어갔다. 얼굴이 하얗게 질린 달리아가 아직 탯줄도 자르지 않은 아이를 안고 있었다. 노파도 기진맥진해 말했다.

"옜다, 아들이다. 허약해 보이는 여자라고 생각했는데……. 나 원. 남편이나 마누라나 똑같은 것들끼리 만나서 사는구먼."

달리아는 웃는 얼굴로 에밀에게 말했다.

"네가 한 말을 기억해 냈어. 미련을 가지라고 했지? 그래. 미련을 가졌어. 살아남으려고 안간힘을 썼어. 봐. 내 아기야. 네 아기야. 우리 아기야. 나 해냈어. 다리도 둘이고 팔도 둘이고 눈도 둘이야. 손가락도 다섯 개야. 이거 봐, 벌써 내 손가락을 쥐고 있어. 이것 봐. 벌써 젖을 찾고 있어. 날 알아보는 것 같아. 어쩌면 좋지?"

달리아는 눈물을 왈칵 쏟아 내면서 기쁨을 주체하지 못하고 있었다. 에밀은 아기와 아내 모두를 껴안고 울었다.

"잘했어, 달리아. 이 못된 아들놈아. 너도 잘했다. 둘 다 정말 수고했어."

달리아도 울고, 에밀도 울고, 아기도 울고, 셋 모두 울었다.

"아이 이름 뭐라고 지을 거야?"

달리아가 물었다.

"아버지께서 예전에 하늘 산맥의 요정에 얽힌 일을 겪었어."

"그 얘기 나도 들었어."

"나는 항상 그 얘기를 들을 때마다 가슴이 두근거렸고 결국 그런 모험을 하고 싶어서 여행을 떠났고 그 여행에서 너를 만났지. 그러니 그때 그 요정과 친구였던 모험가의 이름을 따서 카셀이라고 짓고 싶어."

"그럼 우리 아들은 하늘 산맥의 여행자가 되겠네?"

"아아, 그렇게 되면 곤란한데. 녀석이 나 같은 짓을 하게 두고 싶지는 않아. 그건 사실 미친 짓이거든."

"그 미친 짓에 반한 날 두고 할 소리야?"

달리아는 환하게 웃었다.

달리아는 침대에 누워 마지막을 기다렸다. 에밀은 아들을 침대 옆에 내려놓고 달리아 옆에 앉았다.

"보려무나, 카셀. 세상에서 가장 아름다운 네 엄마란다."

달리아는 힘없이 웃으며 카셀의 손을 잡았다.

"건강해야 해, 카셀. 엄마는 너무 힘들어서 먼저 쉴게."

카셀은 혼자 침대 옆에 서서 엄마의 손을 놓지 않았다. 그렇게 달리아는 카셀의 손을 잡은 채로 죽었다. 달리아의 표정은 한없이 행복해 보였다.

오랜만에 생생하게 꾸는 행복한 꿈을 방해하는 노크 소리가 들렸다. 에밀은 인상을 구겼다. 무시하려 했으나 노크가 계속 이어졌다. 에밀은 하는 수 없이 일어나 문 쪽으로 갔다.

기다리는 아버지

"누구든 반가운 얼굴이 아니면 한 대 쳐 줘야지. 드래곤을 날려 버렸던 이 주먹으로."

에밀은 문을 열었다. 그리고 문 너머에 서 있는 청년을 보고 허리에 손을 올렸다. 눈앞에 드래곤만큼 거대한 괴물이 입을 쩌억 벌리고, '지금부터 내가 하는 질문에 대답하지 않으면 널 잡아먹겠다.' 하는 말을 해도 '일단 들어와서 차나 한잔 하고 그 질문이 뭔지 한번 들어 봅시다.'라고 대답할 에밀이었으나, 지금은 아무 말도 못했다.

옆에는 얼굴이 상처투성이인 여자가 서 있었다. 그녀는 보일 듯 말 듯 희미한 미소로 고개를 끄덕여 인사했다. 에밀은 더더욱 할 말이 없어졌다. 그저 드래곤을 날려 버린 그 주먹을 쓰지 못하고 뺨만 긁적이다가 마지막에는 웃어 보였다.

"어서 오너라, 아들아."

에밀과 달리아의 하나밖에 없는 아들이 말했다.

"돌아왔습니다, 아버지."

「하얀 늑대들」 끝

죽지 않는 자들의 군주

아마도 대부분의 작가들이 그렇겠지만, 작업을 끝내고 나면 성취감보다 허탈함이나 두려움이 앞선다. 잘 썼을까, 빠진 문장은 없나, 한번 봤던 독자들이 또 재미있게 봐줄까?

너무 고쳤다가 투박해서 좋았던 기존의 느낌이 사라질 거라는 걱정과 이왕 건드렸으니 모든 면에서 전보다 나아지고 싶다는 욕심이 챕터를 넘길 때마다 충돌했다.

여기서 조금만, 저것만 살짝, 티 나지 않게, 흠집 내지 않고, 조심조심 내디디며 전진하다가 마지막 통과 지점을 앞두고 돌아보니, 온통 빨간 글씨로 수정되어 있는 교정본이 전장의 시체처럼 쌓여 있었다. 없애지 말았어야 할 문장들을 향해 오인 사격을 한 건 아닌지 두렵다.

그걸 알아보러 돌아갈 시간이 없다고 다음 작업에 코를 박지만, 어쩌면 살폈다가 발견될까 봐 무서워 핑계 대는 것인지도 모르겠다. 잘

했을 거야, 아마도…….

   또 한 번 함께해 주신 열혈 독자님들께, 처음 합류해 주신 독자님들께, 그리고 몇 번이고 하얀 늑대들의 여정을 따라와 주신 아란티아 모험가님들께 깊은 감사를 드린다.
   모두의 기더에 행운이 이어지길.

2019. 06. 07

윤현승

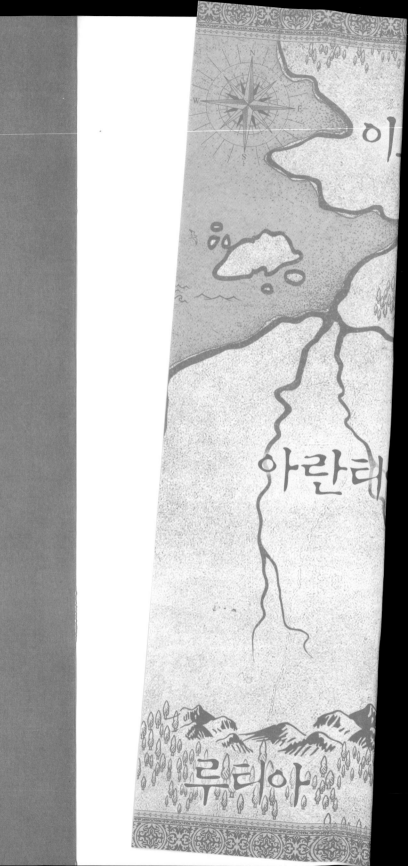